Amores Modernos

Daniel Bullen

Amores Modernos

A vida amorosa, erótica e sexual de artistas e intelectuais
que abriram as fronteiras de seus relacionamentos

Tradução
CARMEN FISCHER

Título original: *The Love Lives of the Artists.*
Copyright © 2011 Daniel Bullen.
Copyright da edição brasileira © 2014 Editora Pensamento-Cultrix Ltda.
Texto de acordo com as novas regras ortográficas da língua portuguesa.
1ª edição 2014.
Todos os direitos reservados. Nenhuma parte desta obra pode ser reproduzida ou usada de qualquer forma ou por qualquer meio, eletrônico ou mecânico, inclusive fotocópias, gravações ou sistema de armazenamento em banco de dados, sem permissão por escrito, exceto nos casos de trechos curtos citados em resenhas críticas ou artigos de revistas.

A Editora Seoman não se responsabiliza por eventuais mudanças ocorridas nos endereços convencionais ou eletrônicos citados neste livro.

Editor: Adilson Silva Ramachandra
Editora de texto: Denise de C. Rocha Delela
Coordenação editorial: Roseli de S. Ferraz
Preparação de originais: Marta Almeida de Sá
Produção editorial: Indiara Faria Kayo
Assistente de produção editorial: Bruna M. Leite
Editoração eletrônica: Fama Editora
Revisão: Liliane S. M. Cajado e Vivian Miwa Matsushita

Dados Internacionais de Catalogação na Publicação (CIP)
(Câmara Brasileira do Livro, SP, Brasil)

Bullen, Daniel
   Amores modernos : a vida amorosa, erótica e sexual de artistas e intelectuais que abriram as fronteiras de seus relacionamentos / Daniel Bullen ; tradução Carmen Fischer. — 1. ed. — São Paulo : Seoman, 2014.

   Título original: The love lives of the artists.
   ISBN 978-85-98903-93-4

   1. Artistas — Relações com homens 2. Artistas — Relações com mulheres 3. Autores — Relações com homens 4. Autores — Relações com mulheres I. Título.

14-08408   CDD-700.92

Índices para catálogo sistemático:
1. Artistas : Relacionamentos : Biografia 700.92

Seoman é um selo editorial da Pensamento-Cultrix Ltda.
Direitos de tradução para o Brasil adquiridos com exclusividade pela EDITORA PENSAMENTO-CULTRIX LTDA., que se reserva a propriedade literária desta tradução.
Rua Dr. Mário Vicente, 368 — 04270-000 — São Paulo, SP
Fone: (11) 2066-9000 — Fax: (11) 2066-9008
http://www.editoraseoman.com.br
E-mail: atendimento@editoraseoman.com.br
Foi feito o depósito legal.

Sumário

Introdução 9

CAPÍTULO UM 23
Os Grandes Trianguladores
Lou Andreas-Salomé e Rainer Maria Rilke

CAPÍTULO DOIS 77
Visões que se Apoiam Mutuamente
Alfred Stieglitz e Georgia O'Keeffe

CAPÍTULO TRÊS 122
Os Intelectuais e seus Amores
Jean-Paul Sartre e Simone de Beauvoir

CAPÍTULO QUATRO 171
Os Monstros Sagrados
Diego Rivera e Frida Kahlo

CAPÍTULO CINCO 218
O Milagre Realizado com Sangue e Júbilo
Henry Miller e Anaïs Nin

EPÍLOGO 271
Amor e Arte nos Limites da Cultura Moderna

Notas e Bibliografia 282
Agradecimentos 302
Créditos 303

Para Meaghan, com amor e admiração

Eu sei que seus olhos estão agora bem abertos. Você nunca mais vai acreditar em certas coisas, nunca mais vai repetir certos gestos e nunca mais vai ter que passar por certas mágoas e apreensões. Uma certa dose inofensiva de fervor imoral em sua ternura e crueldade. Sem remorso nem vingança; sem mágoa nem culpa. Vivendo simplesmente, sem nada para salvá-la do abismo senão uma grande esperança, uma fé e uma alegria extraídas da experiência que poderá repetir sempre que quiser.
— DE HENRY MILLER PARA ANAÏS NIN, 1932

Introdução

O que mais queremos saber de uma pessoa notável é quanto ela fez avançar a história [do amor]?
— Ralph Waldo Emerson

Até hoje tudo que deu cor à vida continua carente de história: onde encontrar uma história de amor, de avareza, de inveja, de consciência, de compaixão, de crueldade?... Será que alguém já pesquisou as diferentes maneiras de dividir o dia ou as consequências de uma rotina regular de trabalho, de dias festivos e de todo o resto?... Será que alguém já compilou as experiências de convívio das pessoas... Alguém já descreveu a dialética do casamento e da amizade?
— Friedrich Nietzsche

Estamos apenas chegando a ponto de poder observar objetivamente e sem julgamento a relação de um indivíduo com outro. Nossas tentativas de viver tal relação não dispõem de nenhum modelo. Ainda assim, já existem em nosso tempo algumas coisas cujo propósito é facilitar os nossos primeiros passos tímidos de iniciante.
— Rainer Maria Rilke

Os antigos ideais estão mortos e enterrados — não há nada neles. Parece-me que existe apenas essa perfeita união com uma mulher — uma espécie de matrimônio perfeito — e nada mais.
— D. H. Lawrence

I.

Já há quase dois séculos, é comum se falar sobre o casamento como uma instituição em crise. Não apenas o divórcio se tornou lugar-comum, mas também os arranjos domésticos e as práticas sexuais que costumavam provocar escândalos hoje não provocam nada mais do que um franzir de cenho nas conversas corriqueiras. Por meio da publicidade, do entretenimento e da moda, todos inundados de sexo, a pornografia, a perversão e os aspectos mais sórdidos do amor infiltraram-se na cultura cotidiana — a ponto de os pais de hoje não se preocuparem com o fato de a geração de seus filhos não respeitar a instituição do casamento, mas com o fato de os amigos e colegas de escola deles poderem estar tão saturados — tão entorpecidos, desinteressados e sobrecarregados — que não vão sentir nada quando tiverem suas primeiras experiências sexuais. A esperança de que o casamento possa ainda ter algo de sagrado foi tão grandemente abandonada que a nossa decadência moderna é medida pelo seu grau de deterioração.

Mas, mesmo assim, apesar de todas essas lamentações generalizadas, será que não ganhamos nada com nossas atuais liberdades? Somos hoje livres porque os nossos antepassados lutaram pela liberdade de criar vínculos com quem achassem melhor, de rompê-los quando se desgastavam e então estabelecer novos vínculos — nós simplesmente não acabamos consumando o que eles queriam para si mesmos? Se nós perdemos algum vínculo de pertencimento ao cosmos ou a alguma tradição, conquistamos essa liberdade — com certeza, podemos perceber algum avanço, das antigas tradições a essa nova liberdade, que parece concretizar uma antiga promessa.

Há vantagens pelas quais nós podemos medir a nossa liberdade: podemos nos expressar, realizar e criar a nós mesmos de modos sem precedentes. Aos olhos de nossa modernidade, a alma tornou-se um trabalho ainda por ser realizado — e enquanto cidadãos modernos, nós colocamos a promessa da alma em nossos relacionamentos. Nós passamos a acreditar que a realização de cada ser é única — e, assim, também, cada relacionamento deve ser uma obra de arte, uma contribuição original para a realização de cada um dos parceiros. De acordo com essa visão, o casamento tornou-se simplesmente uma forma mais convencional e terá de ser reinventado por cada geração se as pessoas modernas quiserem aperfeiçoar sua liberdade e individualidade de um modo novo e superior. Se pais e avós lamentaram as mudanças modernas, os jovens sabem, no mínimo desde o começo do século XX, que os casamentos de seus antecessores jamais bastariam para suas novas liberdades.

Nós somos modernos, sabemos demais: sabemos que o amor é um momento fugaz no processo de aperfeiçoamento da alma — sabemos que o desejo é uma luta constante do eu contra o eu, do espírito contra o corpo. Sabemos que temos de perceber as coisas por nós mesmos se quisermos confiar nelas: achamos que se quisermos alcançar um casamento como o da geração de nossos avós — casamentos esses que consideramos empreendimentos nobres de vida, baseados em crenças comuns — só conseguiremos depois de termos encontrado e testado as nossas próprias crenças numa variedade de experiências próprias.

Por que, portanto, um homem não poderia ter uma mulher e, paralelamente, conhecer outras mulheres enquanto busca a si mesmo e sua realização pessoal? E por que a satisfação de uma mulher deveria se limitar ao homem com quem ela se casou, quando existem aspectos dela mesma que sempre continuarão necessitando se expressar? Por que os parceiros não deveriam dar um ao outro essa liberdade, quando cada um deles sabe que as possibilidades do outro vão além do que ele próprio pode dar? Essas são perguntas que cada um de nós terá de responder por si mesmo, mas, independentemente das respostas a que cada um de nós chegue, a nossa própria liberdade insistirá em colocá-las, de maneira que, mesmo que cheguemos a uma solução hoje, as perguntas serão novamente formuladas amanhã, toda vez que alguém fizer ressoar as promessas que acreditamos guardar no fundo do coração, em nossos genitais e em nós mesmos.

A maioria das pessoas, quando confrontada com essas perguntas, reconhece quase instintivamente que a liberdade sexual é na realidade um convite ao caos e ao drama, a brigas, ataques e, por fim, à solidão e à desgraça. Se essas pessoas, no entanto, valorizam a paz e a estabilidade, é melhor que se atenham ao parceiro atual, até onde for possível, e guardem a infidelidade para situações desesperadas ou para as raras oportunidades. Elas se mantêm para seu único parceiro e moralizam os filhos que ainda não amadureceram o suficiente para assumir o compromisso, relegando a infidelidade para as pessoas desesperadas que jamais conseguem ser amadas o bastante. É assim que o casamento tradicional persiste: como um preconceito contra as pessoas imaturas que não têm paciência para levar adiante o compromisso que assumiram com o cônjuge.

No entanto, não conseguimos escapar à suspeita de que a individualidade possa ser inibida pelo casamento e de nos perguntar se as pessoas em relacionamentos abertos não seriam na realidade mais corajosas do que as outras — como se a liberdade fosse, no final das contas, uma questão de coragem, irreverência e honestidade, de rebeldia. Desde a publicação de *A Letra Escarlate* e *Madame Bovary* na década de 1850 — e, em seguida, de *Ana Karenina* na década de 1870 —, as pessoas modernas passaram a sentir atração por aquelas que cometem o adultério: buscamos as liberdades prometidas em suas histórias de bravura e trememos diante das consequências do conhecimento adquirido fora do casamento.

Já nos primeiros anos do século XX, no entanto, não bastava ler romances sobre liberdade sexual e adultério. As convenções restritivas estavam sendo dissolvidas e, mesmo antes das convulsionadas guerras mundiais, havia um clima de revolução permanente na cultura europeia, de maneira que artistas e boêmios começaram a experimentar novas formas de amar e de se relacionar, além dos métodos de representação. Berlim, Nova York, Zurique e Montparnasse estavam começando a se tornar conhecidos como lugares em que os artistas estavam traçando novos rumos para o casamento. Na época em que Freud fez explodir a virtude das restrições burguesas — quando a Primeira Guerra Mundial fez do amor e do sexo o refúgio em que as pessoas podiam se esconder dos horrores da moderna cultura industrial —, os casos e arranjos matrimoniais não convencionais já eram sinais de originalidade artística. Quando *O Amante de Lady Chatterley* foi publicado em 1928, a infidelidade havia se tornado o símbolo máximo de realização da individualidade: era a salvação do homem — e igualmente da mulher — da máquina tanto da mortalidade como da decadência.

Havia muitos que, como Picasso e Hemingway, se tornaram famosos por casar e voltar a casar muitas e muitas vezes — e havia muitos outros artistas em outros arranjos escandalosos —, mas D. H. Lawrence via na própria relação amorosa um novo meio, e os boêmios e artistas, seguindo essa mesma linha, fizeram arte tanto de seus próprios relacionamentos quanto das histórias ou dos poemas ou quadros que herdaram juntamente com sua cultura. Depois de todos os deslocamentos e das desorientações que vieram com a industrialização, o próprio amor tornou-se a forma última de arte, e sua obra-prima ainda estava por ser feita.

Se as pessoas iriam buscar as potentes forças que as moviam e reivindicar as forças das novas máquinas, tanto construtivas como destrutivas — se as pessoas quisessem reivindicar e incorporar tudo que a humanidade havia inventado e transformado em cem anos —, se as pessoas quisessem equilibrar o eu interior diante de toda essa força recém-liberada, elas teriam de criar um novo tipo de solidariedade entre os parceiros. A fidelidade conjugal era agora um obstáculo, pois, se os amantes quisessem ser verdadeiros para consigo mesmos e para com o outro, cada pessoa teria que se entender não apenas com a realidade do desejo próprio, mas também com a realidade do desejo de seu parceiro: agora o próprio desejo era uma matéria-prima extremamente poderosa nas mãos das pessoas que se sentissem com coragem suficiente para trabalhar com ela. Agora estava claro qual era o poder que dois amantes podiam usar para transformar seu amor numa obra de arte única: os parceiros empreendedores tinham apenas que encontrar alguma maneira de equilibrar o amor com a realização de cada um deles.

II.

O meu interesse por este assunto não é acadêmico: eu escrevi este livro quando procurava uma linguagem com a qual reconciliar casamento e desejo na minha própria vida. Em minhas leituras, fui atraído para biografias, cartas e diários de artistas que foram difamados por seus casos amorosos: descobri que a vida deles dizia respeito às minhas próprias questões sobre minhas obrigações — para comigo mesmo e com a minha parceira na época. Eu li tantas histórias quantas encontrei de artistas que tinham amantes paralelamente aos casamentos que duravam por toda a vida deles — de artistas que davam a seus parceiros essa liberdade. Eu queria saber por que pessoas como Diego e Frida, Sartre e Beauvoir e Henry Miller e Anaïs Nin tiveram amantes, saber por que eles toleravam os amantes uns dos outros e, também, saber se suas carreiras de artistas justificavam — ou até mesmo exigiam — seus arranjos não convencionais. Eu queria saber se a criatividade deles ia tão longe a ponto de criar uma nova definição de casamento, uma nova categoria de arte e até mesmo de moralidade.

Escolhi contar as histórias desses cinco casais em particular pelo fato de ambos os parceiros serem artistas e ambos considerarem a questão do relacionamento aberto como parte de seus projetos criativos. Diferentemente dos artistas que adotaram o papel de modelo ou assistente em suas parcerias, essas pessoas encontraram artistas da mesma estatura e, em condições de igualdade, viram a questão do amor como oportunidade artística: elas estabeleceram suas próprias relações enquanto facetas de sua criatividade. Ao ler as biografias, no entanto, fiquei decepcionado pela falta de detalhes sobre a vida amorosa real dos artistas. O saber convencional sobre os artistas e o amor se reduzia a dois arquétipos exíguos: o *enfant terrible* — que era infantil demais para resistir à tentadora variedade de amantes — e o herói da cultura — que transcendia corajosamente as limitações do casamento para preservar tanto sua liberdade pessoal como o afeto do parceiro. Há, é claro, ainda outros arquétipos — o da mulher sofredora, eternamente atormentada com os casos do marido, e o da sedutora doentia, que transforma todo encontro em poema de liberdade —, mas em geral o senso que permeava as biografias era que os artistas simplesmente eram maiores do que a vida e que a vida amorosa deles era uma aberração extravagante ou própria de boêmios — ou, talvez, ainda uma obra de arte rara e corajosa, inacessível aos simples mortais. Em todos os casos, os artistas pareciam seres livres da moralidade comum: seus desejos não eram os nossos desejos, suas decisões não eram as nossas decisões e suas vidas amorosas eram distintas e originais, tão sem precedentes como toda coisa para ser moderna tem de ser inaudita.

Os próprios artistas em geral reconheciam que suas inovações na vida amorosa davam suporte a suas carreiras artísticas. Eles tiravam proveito da notoriedade angariada por sua vida amorosa não convencional e declaravam em seus diários, suas memórias e cartas que sua criatividade havia justificado e até mesmo exigido seus casos. Então, quando a instituição do casamento parecia se deteriorar ao longo de todo o século XX, as pessoas seguiram seus exemplos, e suas declarações provocadoras sobre amor e casamento foram proclamadas em livros e artigos, biografias e retratos: o casamento era uma impostura burguesa. A autoconfiança obrigava o artista a assumir liberdades eróticas. A criatividade era um vínculo mais forte do que o casamento, uma vez que abarcava todos os fracassos matrimoniais e ainda assim conservava sua verdade e honestidade. Por essas suas corajosas declarações, artistas como Diego Rivera, Jean-Paul Sartre e Simone de Beauvoir se tornaram figuras famosas da cultura moderna, cuja reputação se baseou tanto em seus amores infames quanto em suas obras de arte ou sua filosofia.

Com respeito à transformação do casamento nos últimos cem anos, acho que não podemos subestimar a importância que os artistas casados, que persistiram em sua liberdade de viver casos amorosos simultaneamente — e que deram a seus parceiros essa mesma liberdade —, tiveram no futuro do casamento. Jean-Paul Sartre e Simone de Beauvoir e Henry Miller e Anaïs Nin em particular abriram caminho para a revolução sexual dos anos 1960, mas Rainer Maria Rilke e Lou Andreas-Salomé, Alfred Stieglitz e Georgia O'Keeffe, e Diego Rivera e Frida Kahlo, todos desempenharam papéis importantes na derrocada do casamento do século XIX e em sua transformação em um vínculo flexível a serviço da realização pessoal de cada um dos parceiros.

III.

Se os artistas tivessem usado eles próprios as máscaras do herói da cultura e do *enfant terrible* — se esses arquétipos lhes proporcionassem a liberdade de se submeterem à prova de seu tempo, e de submeterem sua arte à prova de seus relacionamentos —, essas seriam apenas as facetas públicas de sua vida amorosa. Se você fizer uma leitura mais aprofundada dos diários e das cartas desses artistas, poderá ver que muitas vezes eles sabiam muito bem que as relações que pareciam demonstrar sua autenticidade artística não convencional não passavam de brincadeiras com caricaturas. Se eles mesmos se escondiam atrás dessas caricaturas — e não era raro que em seus diários e suas cartas eles reconhecessem que o heroísmo erótico era apenas uma pose —, muitas vezes os próprios arquivos públicos contradiziam suas declarações ousadas ou rebeldes com respeito à liberdade ou indiferença com que viam os casos amorosos do parceiro.

Os mitos não eram afetados por essas contradições. Os biógrafos em geral aceitavam as caricaturas — ou então procuravam contorná-las e ilustrá-las como se com isso pudessem fazer suas próprias narrativas se confundirem com os relatos das experiências sexuais deles. Em vez de rastrear as decisões e atitudes dos artistas em sua vida amorosa — em vez de acompanhar seus desejos a partir das necessidades criativas internas de darem expressão artística às consequências sofridas em termos de dano, arrependimento ou satisfação —, em vez de tentar entender a vida amorosa dos artistas, eles preferiam permanecer em território seguro, descrevendo a vida social que eles levavam e o desenvolvimento de seus projetos artísticos. As influências criativas dos artistas e suas visões — sua prática, suas teorias, seus talentos, suas carreiras, suas vendas diretas ou comissionadas e seus legados artísticos — eram descritas em detalhes, mas suas influências e visões e a vida amorosa que levavam eram narradas sem consistência no melhor dos casos, e os relacionamentos extraconjugais que eram tratados de maneira escandalosa numa biografia, na próxima eram totalmente omitidos. As decisões que o artista tomava em sua vida amorosa — suas expectativas e suas tendências, suas realizações, crises e soluções — e sua criatividade no amor praticamente não eram examinadas. Em nenhum lugar o amor era descrito como intimamente ligado à arte ou como uma expressão paralela de sua alma.

Essa ausência era surpreendente porque, quando eu me voltava para os diários e as cartas do próprio artista, constatava que quase tudo era distorcido com o propósito de expressar as visões de sua própria singularidade que eles sentiam a necessidade de demonstrar a cada oportunidade. Seus demônios não haviam escolhido entre o amor e a arte como meio de expressão: mas suas próprias visões, sua individualidade única e criativa não apenas permitiam, mas exigiam ativamente que eles fossem tão originais em seus casamentos como eram em sua arte. Enquanto se desenvolviam como artistas, seus diários e suas cartas, e até mesmo suas obras de arte, eram recheados de ideias sobre que espécies de amante eles necessitavam e seus sentimentos para com o cônjuge e seus vários casos extraconjugais. Eles especulavam sobre que tipo de pessoa eles achavam que podiam encontrar em outro artista que pensasse da mesma maneira; escreviam cartas extensas a seus amigos para dizer quanto estavam felizes por descobrirem a arte um do outro; escreviam cartas delirantes quando entravam na vida amorosa um do outro e, se escreviam em seus diários, frequentemente também escreviam cartas líricas um ao outro para justificar seus casos e suas reconciliações.

A consideração e a deliberação com que os biógrafos descreveram as vidas dos artistas enquanto tais dificilmente se evidenciam em suas descrições dos relacionamentos dos artistas, embora os mesmos princípios — de autêntica rebeldia, de honestidade e beleza, como também de atrevimento emocional em nome da criatividade — animassem seus casamentos, seus casos extraconjugais, bem como a tolerância que tinham com os amantes um do outro. A visão ímpar que fazia deles artistas, no entanto, não era examinada nas narrativas de sua vida amorosa. Os artistas eram coerentes em sua obstinação e tenacidade para proteger sua individualidade quando experiências devastadoras ou absorventes ameaçavam afetar de maneira intensa demais seu trabalho — mas os biógrafos não conseguiam enxergar esse mesmo traço em suas vidas amorosas. Eles teriam visto que os artistas podiam ser ferozes ao afirmarem e defenderem sua liberdade criativa, como também magnânimos em admitir a influência de outros artistas, e essa mesma magnanimidade se evidenciava em como eles permitiam uns aos outros as liberdades eróticas que sabiam ser essenciais à expressão artística.

Se os artistas se regozijavam em seus papéis públicos como monstros sagrados e terrores criativos, seus diários e suas cartas expunham uma profunda ambiguidade com respeito a seus casos e seus cônjuges, pois eles sempre pagaram certo preço pelos comportamentos adotados em seu amor irreverente e criativo. Desde estados depressivos a esgotamentos nervosos, da dependência de álcool e drogas até a ter casos por mesquinharia ou vingança, nem sua liberdade nem sua tolerância dos casos um do outro eram isentos de certo custo, e se eles tinham a certeza de que tais façanhas eram necessárias, nem sempre se sentiam à vontade com o preço que tinham de pagar: seus diários e suas cartas deixam transparecer certo desespero e até mesmo terror quando seus casos os preenchem de sentimentos que parecem incompreensíveis, infindáveis, caóticos ou apenas profundamente solitários.

No entanto continuavam sendo artistas e, uma vez que se abrissem para a experiência — mesmo quando crianças — e se comprometessem a passar sua versão de todas as experiências que a vida tinha para lhes oferecer, eles em geral aceitavam como predestinadas aquelas coisas que eles não podiam nem reprimir nem controlar: eles simplesmente as transformavam em arte da melhor forma possível. Eles conservavam o distanciamento e o espaço criativos do artista: olhavam para a própria vida como se estivessem lendo os romances que já haviam escrito sobre as próprias experiências — eles se distanciavam tanto dos próprios sofrimentos como das próprias experiências de êxtase. Porém a vida deles não era medida apenas pela arte, mas também por seus compromissos iniciais de viver a vida em sua plenitude. Sua arte seria medida por suas decisões reais, tanto no amor como na escrita ou na pintura.

A arte era, é claro, apenas a manifestação mais visível de suas afirmações pessoais, mas suas decisões em sua totalidade demonstravam um esforço calculado para proteger sua individualidade criativa: eles se rebelavam contra suas famílias; viviam na pobreza ou faziam trabalhos degradantes para sustentar sua arte; insultavam as convenções burguesas; ostentavam atitudes dramáticas, mas no amor, mais do que em qualquer outra esfera, proclamavam a originalidade de suas experiências — proclamavam a amplitude de suas visões e seu compromisso de vivê-las integralmente. Já haviam abandonado tudo que lhes permitiria viver confortavelmente, vivendo isolados de tudo que o mundo moderno, com todas as suas máquinas e cidades, lhes oferecia. Eles já haviam se voltado contra o conforto em favor da própria experiência, em favor de suas próprias emoções e da linguagem com que as expressariam. Eles já haviam abandonado o casamento e o cotidiano doméstico normal — desistiram de ter filhos; não davam a mínima para a própria saúde: o que importava era o dever de se expressar. Quando encontravam outros artistas para amar, eles davam um ao outro a mesma liberdade: seus ciúmes e até mesmo suas traições, eles consideravam, seriam apenas medidas de sua capacidade para viver a experiência com criatividade. Eles eram artistas e não se humilhariam com práticas desonestas. Eles dariam ao desejo o que lhe era devido, e se isso lhes fizesse sofrer, eles tirariam forças das emoções humanas, as únicas coisas que lhes restavam das cidades e das máquinas.

IV.

Tendo constatado, nos escritos dos próprios artistas, que eles continuaram sendo artistas em suas relações amorosas, a minha leitura da arte e do amor na vida amorosa dos artistas levou-me a fazer uma pesquisa abrangente e, depois, já escrevendo, eu me vi tentando responder a perguntas elementares sobre seus relacionamentos abertos: o que as decisões dos artistas com respeito a sua vida amorosa haviam significado para eles como artistas e o que suas obras de arte haviam significado para eles como amantes? Que técnicas eles haviam desenvolvido que tivessem algo em comum com o amor e a arte? Que papéis eles haviam desempenhado e de que maneira eles achavam que cada papel havia sido útil em suas carreiras, tanto artística como amorosa? Teria a criatividade os levado a ter amantes e isso os teria realmente ajudado a suportar o ciúme quando o outro também tinha alguém que ameaçava substituí-lo?

Este livro não responde exatamente a essas perguntas: elas simplesmente serviram de roteiro à medida que eu ia contando as histórias de como cada um deles se via em sua vida artística e amorosa. Para ser honesto, nem eram essas perguntas às quais eu queria responder, pois elas em si simplesmente serviam de diretrizes para a minha curiosidade. Não eram as "respostas" que importavam, elas seriam apenas um elemento paralelo às questões vitais: qualquer "resposta", eu achava, teria de ser dada em sua própria categoria, assim como o significado de uma obra de arte só pode ser outra peça de arte e o significado de uma biografia tem de ser outro conjunto de decisões, a serem colocadas e vividas na prática e, depois, talvez, descritas em outra biografia.

Este livro reflete, portanto, as circunstâncias nas quais foi escrito. Eu não tive condições financeiras para fazer exaustivas pesquisas acadêmicas: eu não fiz nenhuma pesquisa em arquivos — encontrei todas as minhas fontes em livrarias e bibliotecas universitárias. Eu simplesmente contei as histórias — tanto quanto possível nas palavras dos artistas —, uma vez que eu não podia me dar a liberdade de fazer interpretações de suas obras. Porém não contei apenas a história das relações individuais e de seus casos mais proeminentes: eu contei a história do desenvolvimento do amor na vida de cada artista, de seu nascimento, passando por seus relacionamentos mais e menos importantes, até a morte — dando exatamente tanto espaço para as crises no amor como para os momentos gloriosos de inspiração compartilhada e os períodos criativos mais importantes.

O que eu descobri, ao manter o foco centrado na vida amorosa dos artistas, foi que seus envolvimentos atrevidos, ainda que por vezes contraditórios — com a verdade e a expressão pessoal —, haviam sido instrumentos para eles, para conhecerem primeiro sua natureza espiritual e depois o talento para expressá-la tanto no amor como na arte. Seguindo a intuição em seus relacionamentos e trabalhando para se manterem verdadeiros com as experiências que eram realmente bastante comuns — de amor e de ciúme, de raiva e de sentimentos de perda, de redenção ou de um novo amor —, apesar disso, eles se colocavam em situações nas quais tinham autonomia para alcançar um equilíbrio próprio entre o compromisso e a liberdade. Como indivíduos, suas vidas amorosas seguiram as eternas experiências arquetípicas de perda da inocência, de viverem amplamente e, por fim, às vezes, de sabedoria adquirida, mas, como pessoas modernas, eles foram marcados por seu tempo: não tinham nenhum contato com a natureza e, se suas vidas foram conformadas pelas novas tecnologias industriais — novas armas com maior poder destrutivo e cidades recentemente mecanizadas —, suas vidas em conjunto foram marcadas também pelas liberdades modernas: não limitadas pelas tradições ou convenções. Eles tiveram em comum um mundo que havia perdido seu Deus e viam a natureza humana como uma guerra do eu contra o eu, agora — mesmo que a guerra nunca pudesse ser ganha, eles sabiam que podia ao menos ser travada honesta e corajosamente por meio da criatividade. Seus relacionamentos fizeram então deles colaboradores, agindo, direcionando, testemunhando e criticando suas respostas aos tempos modernos. Se eles conseguiram ou não se salvar de sua modernidade e realizar suas novas liberdades, eles permaneceram juntos, deixaram que suas vidas transcorressem, até mesmo as decisões um do outro, e deram à luz as obras de arte que sentiam necessárias, para mantê-los vivos como seres humanos.

Suas experiências nem sempre foram simplesmente libertadoras. Todos os artistas constataram que sempre alguém tinha de pagar um preço pela liberdade e pelo discernimento — fosse da parte dos cônjuges, que queriam mais compromisso ou liberdade do que eles estavam dispostos a dar, ou dos amantes, que queriam mais amor ou mais acesso do que estavam tendo, ou ainda dos próprios artistas, que, em momentos de crise, eram propensos a sentir que estavam se corrompendo ou se degradando em seus casos extraconjugais. Mas, independentemente do preço, eles sempre pagaram o máximo que puderam e continuaram insistindo na liberdade tanto para si mesmos como para ambos no relacionamento.

Quer suas histórias desvendem ou não o ousado novo casamento, elas descrevem os aspectos e as funções do desejo — tanto para a liberdade de criação como para a de amar. Em seus relacionamentos abertos, os artistas descrevem as forças criativas por meio das quais os seres humanos conseguem sobreviver às condições turbulentas e desumanas dos tempos modernos. No amor, assim como em sua arte, eles descrevem o controle criativo pelo qual as atitudes e as decisões deliberadas podem fazer uso até da experiência de opressão — e do sentimento de ciúme por ser substituído por outro — para dar forma e expressão artística à alma humana moderna, em sua nova condição de ser perpetuamente ameaçada de ser substituída por máquinas ou eliminada totalmente pelas guerras. Em virtude de sua própria modernidade, os artistas constataram que até mesmo a expressão "ser humano" havia sido colocada em questão: seus relacionamentos — um com o outro, por meio um do outro, com seus próprios sentimentos mais difíceis, de raiva, ciúme e desespero — eram seus esforços para definir o que poderiam ser os seres humanos na era industrial.

V.

Parece-me importante acrescentar uma última nota com respeito às condições culturais que vêm mudando drasticamente desde as décadas de 1960 e 1970, quando as obras de arte e a vida [dos artistas aqui abordados] tiveram seu maior impacto sobre suas culturas. Os últimos desses artistas morreram na década de 1980, mas seus livros já pareciam atuais à luz das revelações pessoais dos artistas que vieram depois — e parecem ainda mais atuais hoje, à luz das tecnologias digitais que tornaram as revelações pessoais tanto fáceis como corriqueiras.

Porém há um intervalo que vai da morte de um artista até a publicação de seus diários e suas cartas que não me possibilitaria contar as histórias de relacionamentos mais recentes. Os artistas homossexuais em especial pediram para ser incluídos, mas casais de gays ou de lésbicas só começaram a escrever timidamente sobre seus relacionamentos abertos há tão pouco tempo que seus diários e suas cartas ainda não foram publicados. Assim como no caso de todos os casais mais recentes, seus diários e suas cartas, bem como os diários e as cartas de seus parceiros, ainda não foram publicados — faz tão pouco tempo que eles morreram que seus relatos não poderiam ser contados sem preconceitos ou injustiças —, e quem entregaria a qualquer parceiro vivo a tarefa de discursar sobre a natureza de seu relacionamento, os bens e os males que teriam sofrido? Daqui a cinquenta anos, quando os diários e as cartas de outra geração se tornarem acessíveis, e os muitos biógrafos tiverem escrito sobre cada um dos artistas, suas histórias poderão ser contadas de uma maneira que hoje ainda não é possível. Até lá, eles certamente continuarão gestando e criando onde nós dificilmente os percebemos, nas experiências que sempre ocorrem antes das obras de arte: em nossa própria vida.

Amores Modernos

Capítulo Um

Os Grandes Trianguladores
Lou Andreas-Salomé e Rainer Maria Rilke

A pessoa que não é "fiel" não necessariamente abandona um parceiro para ficar com outro, mas é muitas vezes simplesmente impulsionada *a voltar para si mesma*... A infidelidade dela não é, portanto, traição [...] para ela, o gesto não precisa ser de abandono para deixar livre a pessoa a quem esteve ligada: devolvê-la ao mundo é assim um gesto mais de respeito...

Uma mulher não tem outra escolha que não seja ser infiel ou se contentar com ser apenas a metade do que é... Que não seja tomado como arrogância o fato de ela precisar começar de novo muitas e muitas vezes: não é simples sobrecarregar-se com [começar novos relacionamentos do zero].
— Lou Andreas-Salomé

[...] toda companhia só pode consistir no fortalecimento de duas solidões próximas, enquanto tudo que um está habituado por necessidade a dar a si mesmo é, por natureza, prejudicial à relação.
— Rainer Maria Rilke

I.

Quando Lou Andreas-Salomé conheceu Rainer Maria Rilke, não ficou claro de imediato que cada um deles seria uma figura importante na vida do outro. Duas semanas depois de se conhecerem, eles se tornaram amantes e continuaram sendo por mais de três anos, mas Andreas-Salomé era casada quando se conheceram e, embora seu matrimônio jamais tenha sido consumado, seu marido já havia se recusado a conceder-lhe o divórcio cinco anos antes, quando ela havia se apaixonado por um jornalista. "Ele simplesmente tinha a ideia fixa", ela escreveu sobre o episódio em suas memórias, "de que a nossa relação era um fato real, irreversível,

apesar de tudo o que havia acontecido." Nos cinco anos que haviam se passado, sempre que tinha um amante, ela se via obrigada a assegurar ao marido de que ele não seria uma ameaça ao casamento.

Fred Charles Andreas, o marido de Lou, era um erudito, professor de língua e cultura persa — era quase quinze anos mais velho do que sua esposa que tinha então 36 anos e já era uma autora que por conta própria havia se tornado bem conhecida. Andreas não foi ameaçado por Rilke, que tinha 21 anos, sem nenhuma realização além de versos sentimentais e ambições poéticas para recomendá-lo. Rilke, como visitante, se sentia ameaçado por Andreas, mas não como rival, e se sentia aparentemente satisfeito por ser incluído na casa dos Andreas: não há nenhuma evidência de que ele se sentisse atormentado pelo casamento de sua recente amante. Existem, no entanto, indícios de que ele se considerava privilegiado por ter intimidade com uma escritora que se interessara por ele, alguém que podia apresentá-lo a editores e escritores.

Rilke não era na época o único amante de Andreas-Salomé. Em 1897, quando conheceu Rilke, ela continuava tendo um caso intermitente com Friedrich Pineles, um médico oito anos mais novo que ela: seus encontros com Pineles — Zemek como era chamado — ocorreram em férias e viagens até 1908, mas Zemek era também um amante secundário, não alguém sobre quem ela escreveu. Em 1895, quando o conheceu, ela já havia escrito um romance sobre sua ligação apaixonada com seu professor, Hendrik Gillot, quando tinha 17 anos, e um livro de memórias sobre a amizade que tivera com Friedrich Nietzsche, aos 21 anos. Entre esses dois relacionamentos — e também seu casamento em 1887 e seu caso com o jornalista em 1892 —, ela já havia tido experiências de vida para escrever seus romances.

Rilke podia estar apaixonado por uma linda mulher mais madura, mas, pelo menos no início, ela parece ter mantido sua cabeça no lugar, colocando-o em seu devido lugar entre os homens de sua vida. Lou Andreas-Salomé sempre havia sido uma presença imponente que, com seus lindos cabelos ruivos, seu temperamento poético e obstinado, além de seus profundos conhecimentos de religião e filosofias sobre a liberdade do indivíduo, atraía os homens. Muito antes de ter conhecido Nietzsche em 1882, ela estava determinada a seguir sua própria intuição espiritual — definir em seus próprios termos em que Deus ela acreditaria e depois deixaria de acreditar — e depois ainda dizer como viveria na ausência desse Deus. Depois de encontrá-la pela primeira vez, Nietzsche escreveu que ela personificava a coragem com a qual ele esperava definir uma nova moralidade, e ele pode ter se declarado ou não a ela. "Jamais esqueça", ela havia lhe dito, "que seria uma calamidade você não edificar um memorial à plenitude de sua mente mais profunda no tempo que lhe resta." Quando conheceu Rilke em 1897, Andreas-Salomé havia deixado Nietzsche, que perdeu a cabeça e parou de escrever em 1889 — e seu amante era no momento Zemek, um jovem médico que tratava de sua saúde e não representava nenhuma ameaça a seu casamento. Depois de Nietzsche e Zemek, ela não esperava que o jovem Rilke tivesse algo para lhe ensinar — mais provavelmente, ele testaria a capacidade dela de moldar um jovem artista. Ele já estava encontrando sua forma de se expressar poeticamente por meio da pura observação, mas ainda era vítima de medos histéricos. Será que Andreas-Salomé seria capaz de salvá-lo da loucura que havia se abatido sobre Nietzsche quando a arte exigiu demais dele? Rilke era jovem, estava apenas começando: ele havia sido noivo de uma jovem aristocrata por dois anos, mas queria se tornar conhecido como poeta antes de assumir compromisso com uma mulher. Sua poesia — sua futura poesia — obstruía o caminho de qualquer compromisso sério.

Depois da paixão inicial, Andreas-Salomé e Rilke passaram seus três primeiros anos juntos como parceiros de estudos. Rilke havia escrito cartas de amor no começo — "Eu não quero ver nenhuma flor", ele escreveu numa carta representativa, "nenhum céu e nenhum sol — que não seja em você. Quão mais belo e como um conto de fadas tudo é visto através de seus olhos... Eu quero ver o mundo através de você; pois assim verei não o mundo, mas sempre e unicamente você, você, você!" —, mas ela ignorou sua poesia, mesmo quando se concentrava na leitura que ele lhe fazia. Eles passaram seu primeiro verão juntos fora de Munique, antes de

Rilke ir com ela e seu marido para Berlim, no norte. Ali, como professora e mãe substituta, Andreas-Salomé supervisionou seus estudos em arte renascentista e fomentou sua poesia — fazendo-a corresponder ao padrão da experiência vivida. Quando seus estudos o levaram para a Itália, ela pediu a ele que escrevesse um diário, mas quando, ao retornar, mostrou-o e ela não ficou impressionada, ele acrescentou uma passagem de tortura prolongada: "Eu odiava você como algo *grandioso demais*", ele escreveu. "*Eu* queria ser então o rico, o doador, o anfitrião, o mestre e Você devia chegar e ser guiada pelos meus cuidados e meu amor e gozar da minha hospitalidade."

A incapacidade de Andreas-Salomé de ver alguma genialidade nos escritos dele só aumentou o desejo de Rilke de escrever algo que a tocasse e a moldasse como ela o havia moldado. Como a intimidade entre eles ainda era uma possibilidade, eles voltaram sua atenção para a Rússia, onde os camponeses estavam apenas deixando a religião popular e o feudalismo para entrar na modernidade, uma situação cultural que parecia prenhe de experiências espirituais: eles seriam capazes de dizer para si mesmos que deuses viviam no cenário e na religião dos camponeses. Em duas viagens, em 1899 — com Andreas — e depois de novo em 1900 — apenas os dois —, eles percorreram vastas dimensões, saboreando a vida espiritual pré-moderna dos camponeses, bem como a arte moderna nas galerias.

Nessas viagens, eles passaram de parceiros de estudos a companheiros de viagem, mas, no final da segunda viagem, Andreas-Salomé estava perdendo a paciência com a necessidade exagerada de Rilke de transformar tudo em poesia — que se manifestava em ataques de pânico quando ele não conseguia se expressar em versos. Eles se separaram e Rilke foi para uma colônia de artistas na Alemanha, onde ele usou sua experiência com Andreas-Salomé como base para uma nova parceria, com a escultora Clara Westhoff. A essa altura, Andreas-Salomé já havia descartado efetivamente Rilke, mas, quando ele lhe comunicou que pretendia se casar, ela lhe escreveu um "Último Apelo" virulento, advertindo-o de que, se tentasse levar uma vida convencional, ele estaria cortejando a loucura e o suicídio. Ela pediu que ele queimasse as cartas escritas por ela e ele concordou, apagando efetivamente o tempo que ela havia passado com ele. Ela já havia empurrado seu marido e seus amantes irrelevantes para o mesmo silêncio, recusando-se a escrever sobre eles — agora Rilke entraria no rol de homens que ela havia apagado de sua vida.

Durante os dois anos seguintes, Rilke não se correspondeu com Andreas-Salomé, que quase imediatamente voltou para Zemek, mas o casamento de Rilke não foi afinal mais convencional do que o matrimônio jamais consumado de Andreas-Salomé. Enquanto Andreas-Salomé havia insistido em seu direito de manter seus casos, Rilke deixou seu lar depois de um ano e meio de casado: ele se mudou para Paris para escrever uma monografia sobre Rodin, deixando que sua esposa dispusesse das coisas deles e entregasse a filha de 8 meses aos pais dela, enquanto ela tentava se sustentar com as comissões pela venda de suas obras de arte e o que recebia de seus alunos.

Rilke só retomou o contato com Andreas-Salomé depois de um ano em Paris tê-lo deixado exaurido, deprimido e de novo assolado por medos. Já descasado, ele pediu a Andreas-Salomé conselhos e encorajamento, como sempre havia feito, só que agora ele podia também lhe enviar sua monografia sobre Rodin, que descrevia a atividade artística como uma forma de criatividade semidivina — cujo resultado não era apenas arte, mas o próprio mundo. Naquele livro, Andreas-Salomé deu pela primeira vez valor ao que Rilke escrevia. Ela se manteve afastada dele — continuava se encontrando com Zemek —, mas encorajou-o a encarar seus medos escrevendo. Esse foi o começo de uma realização plena entre eles, quando Rilke, que sempre havia se prostrado diante de Andreas-Salomé — "Só você sabe quem eu sou", ele costumava repetir —, suscitou o reconhecimento dela de que eles eram "aliados nos difíceis mistérios da vida e da morte, duas pessoas unidas no sentido do eterno que liga dois seres humanos. A partir deste momento você pode contar comigo". Parecia não importar que a relação física entre eles estivesse definitivamente acabada — ou que Andreas-Salomé continuasse se encontrando com Zemek. Levaria mais dois anos para eles se verem pessoalmente, mas, pelo menos em suas cartas, a intimidade estava finalmente estabelecida sobre uma base sólida e eles seriam leais um ao outro, à sua própria maneira, apesar de qualquer outra ligação deles. Nunca mais Andreas-Salomé voltaria a sugerir que ela e Rilke destruíssem suas cartas.

Eles não foram, entretanto, de nenhuma maneira sexualmente fiéis um ao outro — e tampouco a seus respectivos cônjuges — nos 25 anos seguintes. Tampouco a relação deles foi uma presença constante em suas vidas: suas viagens constantes para a Itália, Alemanha e Suíça, Paris, Rússia e Escandinávia os afastavam — e houve também vários períodos de dois a três anos em que eles mal se corresponderam. Ambos continuaram casados pelo resto da vida e ambos salvaguardaram sua liberdade de ter casos extraconjugais — sobre os quais Andreas-Salomé nunca falava, mas Rilke os esboçava em suas cartas. Porém tanto em suas cartas como em suas visitas pessoais, de 1903 até sua morte em 1926, Rilke se voltava para Andreas-Salomé sempre que precisava de ajuda para entender seus sentimentos, e as cartas de Andreas-Salomé indicavam a ele o caminho em direção ao Deus que eles compartilhavam, a divindade que existia em consequência da devoção e criatividade de ambos. Em seus poemas e, também, em seu estilo de vida dedicado à escrita, Rilke desenvolveu essa devoção como um fato concreto no mundo. Estimulando-o a escrever, Andreas-Salomé podia sentir que havia a mão dela na criação dele próprio.

Centrada como foi na escrita de Rilke, a relação deles foi também especial entre os casamentos e os casos de ambos. Rilke não se mostrava em tal profundidade a mais ninguém, e ninguém mais dava a Andreas-Salomé o poder que ela tinha de ajudá-lo a entender sua alma, a revelar suas preocupações nos termos mais ousados, incutindo-lhe coragem para criar e transformá-las em arte como também em seus anseios divinos. Tampouco nenhuma outra pessoa mostraria a Andreas-Salomé a imagem de si mesma como criadora — de alguém que apenas com seus pensamentos e sua presença podia criar vida e direcioná-la. Andreas-Salomé jamais se confessou realmente a Rilke durante a vida dele, mas, três anos antes de ela morrer, ele foi o único amante que ela mencionou diretamente em suas memórias:

> Se eu fui sua mulher por anos, foi porque você foi a primeira pessoa *realmente verdadeira* em minha vida, corpo e homem num único ser indivisível, como realidade inquestionável da própria vida. Eu poderia ter confessado a você palavra por palavra o que você disse ao declarar seu amor: "Só você é real". Assim, nós formamos um par antes mesmo de nos tornarmos amigos, e nos tornarmos amigos não foi tanto uma questão de escolha como foi de realização de um casamento subjacente. Nós não éramos metades em busca da outra metade: nós éramos inteiros diante daquela inconcebível inteireza com um arrepio de surpresa pelo reconhecimento. Assim, nós éramos irmãos — mas de uma era antes de o incesto virar sacrilégio.

II.

A fé de Lou von Salomé, numa inocência tão profunda que até mesmo o incesto era sagrado e isento de culpa, tinha suas origens numa comunidade puritana de pietistas alemães expatriados de São Petersburgo. Gustav von Salomé, seu pai, era um soldado alemão russo que havia se distinguido em combate e alcançado o posto de general a serviço do czar Alexandre II, e ele e sua mãe, Louise Wilm — filha de um próspero produtor de açúcar originário de Hamburgo e de mãe dinamarquesa —, levavam uma vida de luxo na corte russa amplamente internacional. Eles moravam no esplêndido edifício do Estado-Maior do outro lado da rua do Palácio de Inverno de São Petersburgo ocupado pelo czar e passavam os verões nas proximidades da propriedade do czar em Peterhof, na costa da Finlândia.

A comunidade pietista que fazia parte da corte do czar tinha muito pouco contato com a cultura russa, que foi totalmente transformada quando o czar aboliu a servidão em 1861. Vivendo sob a proteção do czar, Gustav von Salomé tinha 57 anos e um cargo administrativo estável quando sua mulher de 38 anos deu à luz pela sexta vez sua única filha em fevereiro daquele ano. Batizada com o nome da mãe, a menina passou a ser chamada pelo apelido russo Lyolya, mas foi criada num lar alemão, com uma governanta francesa e uma babá russa, e seus pais lhe contavam histórias de uma Alemanha onde tudo era melhor, mais racional e mais organizado do que na Rússia. Um biógrafo observa que ela só foi conhecer socialmente os russos quando já tinha 16 anos.

Praticamente não existem registros da infância de Lyolya — apenas suas memórias, escritas quando ela tinha mais de 60 anos, mas que são suspeitas de promover uma visão filosófica da infância como um tempo de harmonia paradisíaca: depois de passar por um desencantamento por motivos não especificados, experiências e envelhecimento, ela retornaria a seu estado original de felicidade. Ela se ateve a esse *script* em todos os seus escritos — mesmo nas anotações em seu diário, em que os biógrafos observam que ela fazia rascunhos antes de escrever a versão final. Omissões, inconsistências e afirmações não realistas levaram os biógrafos a não confiar nessas narrativas, e eles tiveram, portanto, que reconstruir sua vida a partir de cartas e diários — e também de suas obras de ficção, nas quais sua psicologia se revela indiretamente, mas parece, no entanto, permanecer em certas relações. Por sorte, os biógrafos preencheram muitas lacunas nos registros de Lou, e podemos descrever sua vida de uma maneira que leva em conta suas inconsistências, bem como o que eles omitiram ou suprimiram.

De acordo com as memórias de Andreas-Salomé, ela era muito próxima de seu pai quando menina: eles eram "ligados por pequenas demonstrações secretas de ternura que [...] interrompíamos quando Mushka [a mãe] entrava no aposento, porque ela não aprovava tais expressões manifestas de sentimentos". Suas afeições excluíam, portanto, explicitamente a mãe: uma vez, quando sua mãe estava nadando, ela perguntou: "Por que você não se afoga apenas uma vez?". Sua mãe objetou que então morreria, mas Andreas-Salomé recorda ter "rugido o mais alto que pude... 'E daí?'". Não fica claro se Lyolya von Salomé tinha motivos para se sentir sozinha entre seus pais e cinco irmãos, mas aos 52 anos ela escreveu em seu diário que havia sido "amargamente solitária entre todos eles e dada a fantasiar como sua única alegria". Como disse em suas memórias: "Meus pais e seus pontos de vista foram em certo sentido abandonados (quase traídos) em favor de um interesse mais abrangente. Eu me dediquei a um poder maior e cheguei a fazer parte de sua autoridade, até mesmo de sua onipotência". No início, ela se lembra de que acreditava em um Deus do tipo vovô, "que me mimava imensamente, que aprovava tudo que eu fazia, que adorava me dar presentes, tanto que parece que seus bolsos não tinham fundo". À noite, ela contava para si mesma histórias sobre Deus, inventando dramas com base nas pessoas que via ao redor, mas ela nunca identificou o que tornava seu mundo inventado preferível ao mundo aristocrático em que vivia. "Talvez", ela escreveu, portentosamente, "eu soubesse demais: alguma forma de conhecimento ancestral deve ter se imprimido em meu temperamento básico". Repleta desse "conhecimento ancestral", ela logo constatou a insuficiência de Deus: em suas memórias, ela descreve que o perdeu quando ele deixou de responder diretamente a seus relatos e a suas perguntas.

Lyolya havia acabado de completar 17 anos quando seu pai morreu em 1878 e ela foi deixada aos cuidados de sua mãe menos permissiva, que dizia que uma menina "dificilmente [...] terá tudo à sua própria maneira como ela tinha". Sem acreditar mais em Deus, Lyolya se recusou a ser confirmada na igreja pietista ortodoxa de sua família, mas, logo depois da morte de seu pai, ela solicitou uma entrevista com Hendrik Gillot, sacerdote carismático e independente do pietismo holandês, 25 anos mais velho do que ela: ele era o tutor dos filhos do czar e era popular entre os jovens de São Petersburgo. Em seu primeiro encontro com Gillot, Lyolya viu nele o guia espiritual com autoridade para substituir seu pai: "agora toda solidão chega ao fim", ela escreveu em seu diário, "é isso que eu vinha procurando [...] uma pessoa real [...] ela existe". Gillot concordou em aceitá-la como aluna e proporcionou-lhe uma educação completa em filosofia e literatura. Ele havia sido fortemente influenciado pela filosofia racionalista de Spinoza, que considerava Deus e a natureza como uma mesma entidade — e passou a ela a crença romântica em que essa divindade podia ser alcançada pela experiência individual. A postura individualista e anti-institucional de Gillot tornou-o popular entre os jovens de São Petersburgo — particularmente entre os narodniks, membros de um movimento jovem baseado na nostalgia pelos costumes populares dos camponeses pré-feudais: Lyolya não foi a única jovem a considerar suas pregações um convite à espiritualidade pessoal.

Lyolya lutou no começo contra os ensinamentos estritos de Gillot, mas quando ele ameaçou deixar que ela seguisse seu próprio rumo, ela "se rendeu inteiramente", como disse sua mãe, e logo Gillot "assumiu o lugar de Deus", como Lyolya o descreveu em suas memórias. Uma das primeiras providências de Gillot foi mudar seu nome russo Lyolya para Lou, que ele achava mais fácil de pronunciar, mas o mais importante foi que ele obrigou-a a abandonar a ficção e dedicar-se estritamente ao estudo de filosofia, que ela assimilou de tal maneira que, quando conheceu os filósofos Paul Rée e Friedrich Nietzsche em 1882, ela era, de acordo com certas versões, a mais amplamente versada dos três. Ela, no entanto, nunca escreveu sobre filosofia e retornou à ficção em 1884, e quando escreveu sobre Gillot em seu romance autobiográfico *Ruth*, ela contou que havia escapado certa vez de sua aia para ir ao encontro dele, atribuindo à relação com ele algo de romance clandestino — coisa que ela intensificou ao afirmar que passava as aulas no colo dele. Quando sua mãe descobriu aquelas aulas ilícitas e chamou Gillot para que este desse explicações, ele declarou que "*quer[ia]* ser responsável pela menina": ele foi tão longe a ponto de propor deixar a mulher e os dois filhos para se casar com ela. Muito mais tarde, Andreas-Salomé escreveria que "quando me julgou mal [...] ele deixou de existir", mas foi ainda assim Gillot que ela escolheu como sacerdote que lhe daria a confirmação quando precisou tirar o passaporte para sair do país.

Os médicos recomendaram um clima mais saudável para a menina Salomé, que passava longas noites debruçada sobre seus livros de religião e pensando na morte do pai, o que estava prejudicando sua saúde: ela se queixava de "insônia, perda de apetite, sangramento pulmonar, aperto no coração e surtos de tristeza mortal", que sua tia Caro atribuía a "excessiva irritação nervosa e esgotamento mental", que "por sua vez causam cansaço físico". Não obstante, por ordem dos médicos, Salomé e sua mãe se prepararam para ir a Zurique, onde as universidades admitiam mulheres e ela poderia assistir a aulas de religião comparada. Mesmo tendo recusado a proposta de casamento de Gillot, Salomé o escolheu para ler o texto de sua confirmação — em holandês, que tornava suas nuance eróticas ininteligíveis para sua mãe: "Não tenha medo, pois eu escolhi você; eu chamei seu nome, você é minha". A resposta dela, de acordo com o texto bíblico, foi: "Você me abençoou, por isso não vou abandoná-lo".

Antes de partir para Zurique em 1880, Lyolya escreveu dois poemas descrevendo seu cansaço da vida: "Derradeiro Pedido" descreve o amor como um sentimento que só se consuma na morte; e "Sofrer" contém algo de otimismo sombrio em sua fome de viver:

Viver por séculos, pensar
Tome-me de novo em seus braços,
Se não tem nenhum outro prazer para [me] dar,
Pelo menos ainda dispensa sofrimento.*

---

* O biógrafo Rudolph Binion observa que Andreas-Salomé acrescentou posteriormente uma ressalva, "na versão de Freud [...] o sofrimento pode ser meramente mental".

Acompanhada de sua mãe, Salomé assistiu a aulas em Zurique por um ano antes de apresentar novos sintomas de doença — ela desmaiava, expelia sangue com catarro e sofria de insuficiência cardíaca (todos os sintomas tanto de depressão, esgotamento nervoso e superexcitação como de problemas cardíacos que, no entanto, jamais chegaram a se manifestar) — e seus médicos recomendaram que ela e sua mãe se mudassem mais para o sul, onde o clima era mais quente.

III.

Depois de se mudar para Roma, Salomé se recuperou totalmente: seus sintomas jamais voltariam a se manifestar. Ela conheceu a feminista Malwida von Meysenbug, que dirigia um espaço onde as jovens se encontravam para conferências e conversas intelectuais. Meysenbug ficou impressionada com Salomé e incentivou-a: "A sua missão é grandiosa [...] ainda vamos falar muito sobre isso". Quando Meysenbug convidou o filósofo Paul Rée para dar uma palestra às meninas em março de 1882, Salomé solicitou no mesmo instante que ele fosse seu próximo professor. Doze anos mais velho do que ela, Rée havia acabado de publicar seu segundo livro — que argumentava em favor de uma origem prática evolucionária da moralidade —, mas seus argumentos concisos eram estritamente acadêmicos e não incluíam a moralidade de seu vício de jogador nem a rejeição que ele tinha por sua própria origem judaica. Tampouco sua filosofia o impedia de andar com um frasco de veneno para o caso de querer se matar.

Considerando-se segura por conta da aversão refinada e filosófica que Rée tinha por si mesmo, Salomé escandalizava sua mãe e a sociedade romana por andar sozinha com ele tarde da noite depois de deixarem o espaço cultural. Ela diria mais tarde que o amor entre ela e Rée nunca foi possível, mas Rée considerava o que ela disse em suas memórias "uma afirmação completamente falsa, para meu pesar e minha raiva, sugerindo [...] que nos casássemos". Enfurecida de novo pela proposta de casamento de um homem, ela escreveu em suas memórias que lutou "para fazê-lo ver e entender o que a vida amorosa 'reservada', a que eu havia me determinado como uma condição permanente, significava em combinação com meu impulso em direção a uma liberdade totalmente irrestrita". Em lugar do casamento, Salomé idealizava um relacionamento intelectual casto: "um sonho muito simples foi o que me convenceu da exequibilidade de meu plano... Nele eu vi um estúdio repleto de livros e flores, ladeado por dois quartos, e nós andando de um lado para o outro, como colegas, trabalhando juntos numa união alegre e sincera".

Cheio de entusiasmo por Salomé, Rée cantou louvores a ela ao amigo Friedrich Nietzsche, que ela havia conhecido em 1873 na Basileia. Cinco anos mais velho do que Rée — e dezessete mais velho do que Salomé —, Nietzsche era descendente de pregadores e havia se tornado professor de filosofia na Basileia com a idade sem precedentes de 24 anos. Os dois filósofos compartilhavam o mesmo interesse pela moralidade e, no início da década de 1880, Nietzsche havia começado a desenvolver as ideias que o levariam a banir Deus e encarregar o homem de suplantar sua própria natureza contraditória: ele dizia que esperava instituir "um novo ideal e uma imagem do espírito livre". Foi nessa atmosfera inebriante, com toda a sua obra jubilosa e iconoclasta entrando em cena, que Nietzsche recebeu os elogios de Rée sobre "esse ser impetuoso e incrivelmente inteligente, dotado de qualidades femininas e até mesmo de uma inocência de criança". De Gênova, ele pediu a Rée que

> envie minhas saudações à garota russa, se isso faz algum sentido. Sinto muita falta de pessoas dessa espécie. Na verdade, em vista do que pretendo fazer nos próximos dez anos, eu preciso delas! O casamento é outra coisa completamente diferente. Eu poderia consentir com no máximo dois anos de casamento e, mesmo assim, apenas em vista do que eu pretendo fazer nos próximos dez anos.

Os Overbeck, amigos de Nietzsche, disseram que ele encontrou Salomé em Roma e, depois de subir o Monte Santo com ela, voltou "ardendo de desejo por um novo estilo de vida". Ela era, Nietzsche disse, "surpreendentemente bem preparada para exatamente *meu* modo de pensar e minhas ideias".

Socialmente respeitoso, apesar de sua filosofia iconoclasta, Nietzsche encontrou a mãe de Salomé antes de deixar Roma acompanhado de Salomé e Rée para passar uma semana nos lagos da Itália em maio de 1882. Quando eles partiram, as cartas de Salomé já consideravam os três uma "Trindade" com um "plano para o inverno" de os três viverem e estudarem juntos no inverno de 1882-1883. Esse plano não era apenas de Salomé: já desde 1879, quando Nietzsche deixou a universidade da Basileia por problemas de saúde, ele vinha falando em morar com Rée no que ele chamava de "jardim de Epicuro". A amiga de Nietzsche, Ida Overbeck, escreveria mais tarde que

> uma relação não matrimonial e mentalmente apaixonada sempre foi seu ideal. Paixão havia ali, mas também o desejo dele de não se deixar levar por

ela. Era certo para ele que Rée seria o terceiro naquela parceria e esperava muito da natureza servil e abnegada dele.

Salomé e Nietzsche voltariam a se encontrar em Tautenberg naquele verão e depois em Leipzig no outono, mas a comunicação deles jamais seria direta. Já quando se conheceram em Roma, Nietzsche havia temido que podia ter declarado suas intenções a ela quando escrevera que "devia me considerar compelido a oferecer minha mão para protegê-la do que as pessoas podem dizer", se eles realmente fossem viver e estudar juntos. Salomé havia de fato entendido a declaração dele como uma proposta de casamento e preparou-se para decliná-la até que eles esclarecessem as coisas na conversa definitiva em que se colocariam de acordo quanto à Trindade com Rée.

Esse plano preocupou realmente suas amigas: Meysenbug advertiu Salomé que

> da mesma maneira que estou firmemente convencida de *sua* neutralidade, também sei por toda a minha experiência de vida que a coisa não vai funcionar sem um sofrimento atroz no sentido mais nobre e, no pior sentido, a amizade será destruída... A natureza não se deixará enganar e, quando você perceber, os grilhões já estarão ali... Eu quero apenas protegê-la do sofrimento inevitável pelo qual você já passou uma vez [supostamente com Gillot].

Os Overbeck ofereceram seu apoio, mas enquanto a mãe de Rée cedeu aos intelectuais sua casa como base em Stibbe, a família de Nietzsche, que se orgulhava de sua linhagem clerical devota, não podia saber. Conforme Nietzsche escreveu para Salomé: "Nem a Sra. Rée em Warmbrunn nem a Srta. Von Meysenbug na Baviera nem tampouco a minha família precisam partir seus corações e cabeças por coisas que cabe a *nós*, *nós* e apenas a *nós* assumir, enquanto eles atacam os outros como fantasias perigosas". A mãe dela reclamou com Gillot, mas Salomé se defendeu contra a sua reprimenda: "Eu não posso viver de acordo com nenhum modelo [...] mas pretendo dar eu mesma a forma de minha vida... Veremos se as assim chamadas 'barreiras intransponíveis' no caminho da maioria das pessoas não acabam se revelando demarcações inofensivas!".

Por fim, o *ménage à trois* se deteriorou mais a partir de dentro do que de fora, pois, já no começo, Rée escreveu para Salomé: "*Você é a única pessoa no mundo que eu amo*", e depois da estadia nos lagos [da Itália], ele confessou que não sou tão inteiramente franco e honesto em minha relação com Nietzsche, especialmente desde que certa menina vinda do exterior entrou em cena... Eu sou e continuarei sendo inteiramente apenas *seu* amigo; não tenho nenhum escrúpulo quanto a me comportar de maneira um pouco desonesta, um pouco falsa, um pouco mentirosa e enganosa com qualquer outro, exceto você.

A pessoa que Rée mais desapontou foi a própria Salomé: ele disse a ela que Nietzsche a queria, na realidade, como secretária e concubina e, com isso, destruiu a visão que ela tinha do caráter de Nietzsche. As invenções de Rée provocaram um grande rebuliço quando Salomé conheceu a muito respeitável irmã de Nietzsche naquele verão em Jena. Conforme Elizabeth descreveu numa carta a um amigo:

> Lou despejou uma torrente de injúrias contra meu irmão: "ele é um louco que não sabe o que quer, é um tremendo egoísta que queria apenas explorar seus dotes mentais... Além disso, se eles fossem realizar juntos quaisquer propósitos, não se passariam duas semanas para eles estarem dormindo juntos, que os homens só queriam isso, que a tal de amizade intelectual era uma grande bobagem para eles e que ela sabia muito bem do que estava falando, pois já havia passado duas vezes por esse tipo de experiência". Como eu, então já fora de mim, disse que isso podia valer para os russos, e que ela não conhecia a pureza de intenções de meu irmão, ela respondeu cheia de escárnio (palavra por palavra): "quem primeiro enlameou o nosso plano de estudos com seus baixos intentos, que veio com essa de amizade intelectual quando não conseguiu outra coisa de mim, quem primeiro pensou em concubinato — seu irmão!"... [Eu estava] completamente fora de mim: nunca em minha vida eu tinha ouvido uma conversa tão indecente [...] quando ainda por cima havia sido ela mesma quem propusera que *eles vivessem juntos*! O que se pode pensar de uma garota como essa?... Quando estávamos em Tautenberg [...] ela voltou a ter uma explosão de fúria contra Fritz [...] "não fique pensando que eu dou a mínima para o seu irmão ou que estou apaixonada por ele. Eu poderia dormir no mesmo quarto que ele sem nenhum problema". Você acreditaria que isso fosse possível?! Eu também fiquei completamente fora de mim e comecei a gritar repetidamente: "pare com essa conversa indecente!". "Besteira", ela disse, "com Rée eu tenho conversas muito mais indecentes."

Por fim, Nietzsche esclareceu as coisas para Salomé:

> Eu *jamais* achei que você devesse "ler em voz alta e escrever" para mim, mas desejei muito ser seu *professor*. Para dizer a plena verdade: eu estou agora em busca de pessoas que possam ser meus seguidores; eu guardo comigo algo que não será absolutamente lido em meus livros — e estou em busca do mais elaborado e fértil solo para isso.

Enquanto Nietzsche e Salomé esclareciam sua relação, as cartas de Rée perdiam-se numa conversa infantil que o biógrafo Rudolph Binion parafraseia da seguinte maneira: Rée se perguntava se "Snailie [Salomé] era a locatária ou a proprietária de sua casinha [de Rée] e como, uma vez no mundo lá fora, ela voltaria para sua casinha se pudesse". O próprio Nietzsche demorou a perceber a duplicidade de Rée e foi apenas mais tarde que ele reclamou do amigo: "A partir do momento que Lou chegou a Stibbe, você não me escreveu mais nenhuma carta".

A oposição de Rée a Nietzsche foi ao encontro dos esforços de Elizabeth para proteger seu irmão de Salomé. "Não posso negar", Elizabeth escreveu, "[que ela] é a *personificação* da filosofia do meu irmão: aquele egoísmo feroz que derruba tudo que encontra pelo caminho e aquela absoluta necessidade de moralidade." Repetindo a cena com Salomé, Elizabeth envenenou Nietzsche contra ela e, assim, ela cancelou o plano que eles tinham para o inverno, mas voltaram a se reconciliar durante uma visita de cinco semanas a Leipzig em agosto de 1882. A visita não foi o bastante: o veneno de Elizabeth juntamente com a altivez de Salomé — alimentada, por sua vez, pelos rumores de Rée — provocaram o rompimento final no outono, quando Nietzsche juntou tudo e viu a parte de cada um em todo o cenário, de Rée, de Elizabeth e de Salomé: ele rompeu com todos. E mais, ele voltaria a se reconciliar apenas com a irmã.

Ao perceber enfim claramente o comportamento de Rée e Salomé, Nietzsche escreveu para sua amiga Ida Overbeck que Salomé

> é e continuará sendo para mim um ser de primeira grandeza, o que é para sempre uma pena. Dadas a sua força de vontade e a originalidade de sua mente, ela se encaminhava para algo grandioso; dada a sua moralidade prática, no entanto, ela pode muito bem ir parar numa penitenciária ou em um hospício. Eu *sinto falta* dela, apesar de todas as suas más qualidades: nós éramos diferentes o bastante para sempre resultar algo útil de nossas conversas. Eu não conheci nenhuma outra pessoa tão livre de preconceitos, tão inteligente e tão bem preparada para os problemas colocados por mim.

Em novembro, ele a descreveu como "Capaz de se entusiasmar por pessoas sem amá-las, mas por amor a Deus: necessidade de demonstrar sentimentos; perspicaz e totalmente autocontrolada com respeito à sensualidade dos homens; insensível e incapaz de ser afetuosa; emocionalmente sempre suscetível e próxima da loucura". Por fim ele escreveria a Meysenbug dizendo que "Esse tipo de pessoa que carece de respeito tem de ser evitado".

Durante dez dias, em janeiro de 1883, Nietzsche escreveu *Assim Falou Zaratustra*, que, em certas passagens, faz preleção a Salomé sobre a necessidade de autocriação e autossuperação — de viver de boa-fé com sua constituição dividida. Em sua *Genealogia da Moral*, publicada em 1887, ele disse: "Não, de uma proposição a outra, de uma conclusão a outra", às teorias de Rée sobre a consciência, e Nietzsche apresentou uma moralidade que se origina não na natureza, mas nos dois tipos de poder: o do mestre e o dos escravos. Depois de 1883, Nietzsche escreveu incessantemente durante os cinco anos seguintes — lendo as produções literárias de Salomé e Rée sem escrever para nenhum deles —, mas por fim suas dores de cabeça se tornaram tão violentas a ponto de cegá-lo e depois paralisá-lo, impedindo-o de escrever depois de 1889.

IV.

Depois de se separarem de Nietzsche, Salomé e Rée se mudaram para Berlim no final de 1882: ali eles criaram um espaço próprio, recebendo intelectuais e estudantes numa sala de recepção ladeada por dois quartos de dormir. Salomé descreveria mais tarde o tempo que passou com Rée como "uma relação que poderá nunca voltar a existir em tal intimidade e discrição", apesar de notar que Rée "é conhecido [...] como minha dama de honra". Citando um dos aforismos de Nietzsche da época, Salomé propôs que "Uma mulher pode muito bem estabelecer uma relação de amizade com um homem, mas, para mantê-la, ela precisa da ajuda de uma pequena antipatia física [...] ou de uma grande simpatia mental". Ainda desejando Salomé, Rée a advertia contra cada um dos intelectuais que ela trazia para o espaço deles, e muitos dos acadêmicos e escritores que se reuniam ali se viam impedidos pela falta de interesse dela. Com Ferdinand Tönnies, sociólogo e seguidor de Nietzsche, eles formaram outro Trio de vida curta, enquanto Tönnies viajou com eles mas ele acabou se decepcionando por nunca conseguir estar a sós com Salomé.

Salomé não estava em contato com Nietzsche, mas Elizabeth e outros começaram a agir para que ela retornasse à Rússia — à força, se fosse necessário. Achando que ficaria menos vulnerável à deportação se tivesse uma profissão que a sustentasse, Salomé escreveu uma novela autobiográfica, *Im Kampf um Gott* [Em Busca de Deus], que foi publicada em 1884. O personagem principal é filho de um pregador — claramente Nietzsche, cujo nome foi apenas disfarçado na forma de um anagrama — e a própria Salomé é apresentada nas três diferentes mulheres que o personagem de Nietzsche amava. O livro dramatiza suas lutas, tanto no personagem de Nietzsche como por intermédio dele, com fé e amor, e descreve o risco de transformar uma pessoa em substituto da fé perdida, preferindo a independência e as "relações mentalmente apaixonadas fora do casamento" a casos consumados. Publicado sob o pseudônimo de Henri Lou, *Im Kampf um Gott* provocou uma torrente de cartas de fãs a Salomé. Sua ficção não é mais lida em geral, mas um crítico descreveu o livro como tendo "o efeito de hinos no ressoar trovejante de um órgão. Ele reverbera com força e excitação e se desvanece em suaves timbres celestiais".

Salomé e Rée viveram e viajaram juntos do final de 1882 ao final de 1885, mas acabaram se separando por motivos que ela jamais deixou registrado: no começo de 1886, Salomé escreveu apenas que eles estavam vivendo "em extremidades opostas" de Berlim "como crianças furiosas uma com a outra". Em meados de 1886, Rée se mudou para Munique para estudar medicina, enquanto Salomé, então com 31 anos, permaneceu em Berlim, entretendo pretendentes antes de acabar aceitando um pedido de casamento.

Salomé conheceu seu marido na pensão em que foi morar depois de se separar de Rée. Quinze anos mais velho do que ela, Fred Charles Andreas dava na época aulas de alemão a oficiais turcos. Filho de mãe malásio-germânica e de pai de família principesca da Armênia, Andreas havia crescido e sido educado na Alemanha e depois na Suíça e, tendo obtido doutorado em filologia oriental, viajou para a Pérsia em 1876 para estudar o Zaratustra histórico. Andreas permaneceu na Pérsia por cinco anos depois de a expedição ter sido chamada de volta, mas, quando retornou a Wiesbaden em 1882 para tratar de sua visão, ele falava fluentemente por volta de duas dezenas de línguas e dialetos e começou a dar aulas particulares e depois a ensinar em um colégio militar. Quando conheceu Lou von Salomé, Andreas levava uma vida não convencional em Berlim — usando trajes orientais, andando descalço e preparando seu próprio chá forte — e devia começar a ensinar persa a diplomatas e homens de negócios do Seminário de Línguas Orientais em 1887.

Não se sabe ao certo o que atraiu Salomé para esse homem culto, porém meditabundo e de temperamento facilmente irritável — ela deixou apenas referências muito vagas a seus 43 anos juntos —, mas o biógrafo Rudolph Binion observa semelhanças claras com Nietzsche, desde o nome (Salomé germanizou Fred Charles para Friedrich Carl) e a sua idade (ele era dois anos mais novo que Nietzsche) até seus problemas de visão e seu interesse por Zaratustra. Porém, assim como Nietzsche, Salomé escreveu que sua reação à natureza apaixonada de Andreas "não era a de uma *mulher*: eu permaneci tão *neutra* diante dele como fui para com o meu companheiro de juventude [Rée]". Em suas memórias, ela escreveu que

> meu amor por meu marido começou [...] com uma demanda interna. Isso resultou numa atitude tão crítica dele a ponto de ser dolorosa... Há uma diferença entre desejar um vínculo de amizade e buscar uma *união matrimonial*. Neste último caso, estão incluídos não apenas um afeto diferente e mais profundo, mas também o desejo e a capacidade de renunciar ao próprio eu individual... Não se trata de assumir um compromisso, mas de mantê-lo... O amor em si [...] não é puramente ideal...
>
> O homem que eu amei, mas não critiquei, foi Gillot, apesar de amá-lo verdadeiramente — de forma ideal, da maneira que o defino... Nos últimos estágios da juventude, o que quer que se busque em termos ideais se incorpora diretamente na pessoa... Mais tarde, quando as pessoas e as ideias são mais claramente diferenciadas, a pessoa não busca um mortal divino; em seu lugar, há uma unidade numa devoção interna mútua ao que ambos respeitam e prezam. Uma pessoa não se ajoelha mais diante da outra, mas as duas se ajoelham juntas.

A "demanda interna" era na realidade, em parte, uma ameaça: Andreas tinha um temperamento irascível e ameaçou se suicidar se Salomé se recusasse a casar com ele — ele foi de fato tão longe a ponto de enfiar uma faca no próprio peito, por pouco não atingindo o coração. Depois de recuperado, eles se casaram em junho de 1887 — oficiado por Hendrik Gillot por insistência de Salomé. Posteriormente em sua vida, ela escreveu que havia tentado fazer com que Rée "aceitasse o nosso vínculo [...] uma condição do casamento" — condição que seu marido aceitou —, mas Rée rompeu definitivamente com Salomé quando soube do noivado. Ao concluir seu curso de medicina, Rée trabalhou em Tütz, no norte da Polônia, e acabou morrendo acidentado numa caminhada em 1901.

Salomé — agora Andreas-Salomé — descreveu seu casamento como algo que continuava à espera do futuro: não era "algo que *temos*, mas algo que *fazemos*". Ao manter sua relação com Rée e Nietzsche, ela o fazia por antipatia física: se Salomé se recusou a ser responsável pelo suicídio de Andreas, ela também se recusou a ter qualquer coisa a ver com a vida sexual dele, e, de acordo com todas as versões, o casamento nunca foi consumado. Numa ocasião, Andreas-Salomé lembrou, ela acordou com o ruído de Andreas ofegando enquanto ela o estrangulava, defendendo-se em seu sono. No entanto eles assumiram os papéis de Velhinho (*Alterchen*) e Filhinha (*Töchterchen*) e Andreas buscava intimidade em outros lugares: em 1904, ele teve uma filha, Mariechen, com a empregada da casa, Marie Apel. Por respeito à esposa, Andreas nunca reconheceu Mariechen, mas Andreas-Salomé respeitava a família dele e até permitia que o marido levasse sua família ilegítima com ele em suas viagens.

Da casa onde o casal morava em Schmargendorf, nos subúrbios de Berlim, Andreas-Salomé ia passar grande parte do tempo na cidade, enquanto o marido dava aulas. Ela ingressou em círculos de escritores e dramaturgos e escreveu um estudo, *Henrik Ibsens Frauengestalten* [*As Personagens Femininas de Henrik Ibsen*], que foi publicado em 1891. Em seguida ao esgotamento nervoso de Nietzsche em 1889, ela passou os anos de 1893 e 1894 escrevendo *Friedrich Nietzsche in seinen Werken* [*Friedrich Nietzsche e suas Obras*], que caracteriza o pensador titânico como frágil demais para suportar a sua própria filosofia. Presumivelmente, ela própria, por sobreviver a ele, conservou um resíduo interno que equivalia aos "obstáculos intransponíveis" que ela enfrentaria enquanto traçava a própria vida.

Em 1892, cinco anos depois de casada, ela finalmente consumou uma relação com o editor de um jornal socialista, Georg Ledebour, com quem teve um amor recíproco. Quando Ledebour lhe disse, no entanto, que não estava a fim de ter um caso — ele a queria só para si —, ela escreveu em seu diário que pretendia não dar a ele nenhum sinal por um ano enquanto trataria de abandonar Andreas: o abandono de Andreas seria seu "último presente a ele, a prova última de amor". Andreas, no entanto, se recusou a dar-lhe o divórcio, e assim que soube, ela disse: "só com facas e lágrimas", mas acabou renunciando a Ledebour. No jantar, ela escreveu em seu diário:

> Eu não conseguia parar de pensar nas *facas ao lado dos pratos*. Mas [...] nem os horrores que poderiam advir do que era nosso lar se Fred perdesse totalmente o controle, nem mesmo o fato de já estarmos tão assustadoramente comprometidos eram o pior de tudo. O pior de tudo *para mim* era o conceito irremediavelmente alterado que Ledebour teria de nosso casamento — a impossibilidade de eu jamais poder fazê-lo enxergar com os *meus* olhos, pensar com o *meu* julgamento.

Não obstante as ameaças de violência, Ledebour a deixou, e Andreas-Salomé partiu em viagem para São Petersburgo, Paris, Suíça e Viena. Não dispomos de nenhum documento informando como Andreas se entendeu com a independência dela, pois ela tinha ligações com artistas e amantes durante suas viagens, enquanto ele permanecia em casa com seus alunos. Mais de quarenta anos depois, ela descreveria seu casamento como "a liberdade total que ambos tínhamos para sermos nós mesmos", e que era "algo que ambos sentíamos interiormente como algo *compartilhado*". O próprio casamento tem, na verdade, sido uma fonte de mistério e especulação para os biógrafos.

Georg Ledebour foi o último amante mais velho de Andreas-Salomé: depois dele, todos os seus amantes foram mais jovens, com uma diferença que ia de oito a dezoito anos. Depois de Ledebour, ela viajou com diversos acompanhantes, mas suas constantes viagens a impediram de se estabelecer com qualquer um deles e, na verdade, ela passaria o resto de sua vida viajando, em um circuito amplamente variado, de acordo com o que lhe dava na veneta — comumente retornando a Berlim, Munique e Viena, Peterhof, na Finlândia, e São Petersburgo, na Rússia. Ela ficava em um lugar por seis semanas ou alguns meses de cada vez, mas jamais se acomodou numa rotina e, onde quer que fosse, entrava nos círculos de intelectuais e escritores e escrevia sobre a obra deles em seus livros, resenhas e artigos, sobre teatro, arte e psicologia. Andreas-Salomé não escreveu sobre nenhum desses acompanhantes — apenas Rilke e depois Freud, ambos os quais lustrariam sua imagem de musa dos gênios. Aos outros, como Rée e Andreas, ela dedicava algumas anotações em seu diário ou em papéis secundários em seus romances.

Em 1895, em Viena, o dramaturgo Arthur Schnitzler evocou-a como "tendo se tornado um pouco feminina" e por exibir "a necessidade de ser desejada" pelo poeta Richard Beer-Hofmann, que rompeu com ela em termos hostis no início de dezembro de 1895. Esse flerte abriu caminho para o relacionamento com Friedrich Pineles — Zemek —, estudante de medicina oito anos mais novo, que ela conheceu no Natal de 1895. Após uma semana de caminhada ao sul de Salzburgo, há uma ausência de quatro meses em seus papéis, período no qual os biógrafos sugerem que ela tenha feito um aborto.

Andreas-Salomé impediu também Zemek de entrar nos registros de sua vida, mas, depois de passar o verão de 1896 com ele, ela começou a manter amantes por períodos regulares. Considerando os relacionamentos que teve mais tarde em sua vida, ela diria que "certamente 'havia abusado' de Z. e dos outros", mas que "sempre passava adiante, quase de forma rítmica [em seus relacionamentos], porque a minha forte subjetividade sempre impunha a liberdade da solidão, da 'paz fecunda'". Geralmente, Andreas-Salomé voltava para sua solidão e seu casamento depois de nove meses com um amante — os biógrafos observam a semelhança com o tempo de gestação —, e ela de fato rompeu com Zemek depois de nove meses, mas voltou a procurá-lo em 1897 e eles retomaram suas viagens juntos.

Ligada a um marido determinado a manter o casamento, Andreas-Salomé articulou uma teoria segundo a qual a "vida amorosa natural [...] se baseia no princípio da infidelidade", mas ele não lhe dava o direito de manter vários amantes ao mesmo tempo na mesma proporção que lhe dava o direito de quebrar a relação de confiança com seus amantes. Porém ela estava determinada a criar sua confiança por si mesma. Numa tentativa de reconciliar sua noção permanente de um deus-avô com sua decepção com as pessoas humanas, Andreas-Salomé escreveu um ensaio intitulado *Jesus der Jude* [Jesus, o Judeu], retratando Jesus como um ser humano extremamente desiludido quando Deus se recusa a resgatá-lo da cruz. Morrendo de sofrimento humano, ele se resigna a uma vida sem contato com a divindade e cria uma religião de sua própria plenitude: seu desejo de acreditar cria um deus, mesmo a despeito da falta de evidência de uma divindade.

V.

Em meados da década de 1890, os romances *Em Busca de Deus* e *Ruth*, como também os livros sobre as heroínas de Nietzsche e Ibsen, haviam tornado Andreas-Salomé famosa como escritora, além de notória por sua amizade com o então insano, mas ainda controverso, Nietzsche. Rilke tinha apenas 21 anos quando a conheceu em um banquete na casa do poeta Jakob Wassermann em Munique, mas já havia cultivado contatos literários em Praga e agora em Munique, e publicava poemas em jornais e revistas de toda a Alemanha desde que terminara a escola aos 17 anos. Ele estava ansioso por evitar o "deprimente futuro num escritório de contabilidade" que sua família previa para ele, de maneira que tinha todos os motivos para querer cultivar um relacionamento com Andreas-Salomé. No entanto ele não tornou sua admiração conhecida pessoalmente: não era um homem bonito — quase todas as fotografias que dispomos dele mostram uma cara de sonhador, com olhos lacrimejantes e um queixo indistinto, com barba cujos pelos parecem hesitar em torno de seus lábios — e, como ainda não havia se firmado em nada, não tinha nada a oferecer a uma mulher — ele escreveu no dia seguinte uma carta bajulando-a:

Ontem não foi a primeira hora do crepúsculo que passei com você. [Lendo seu ensaio "Jesus, o Judeu"] um sentimento de seguidor devoto andou à minha frente por esse caminho solene — e então, finalmente, foi um grande regozijo para mim encontrar expresso em palavras tão maravilhosamente claras, com a tremenda força de uma convicção religiosa, o que minhas *Visões* apresentam como em um sonho épico. Essa foi a misteriosa hora do crepúsculo de ontem de que eu não poderia deixar de lembrar.

Você vê, dama graciosa, por sua pródiga severidade, pela força inflexível de suas palavras, eu senti que a minha própria obra estava recebendo uma bênção, uma sanção [...] pois seu ensaio foi para os meus poemas como a realidade é para um sonho e como a realização é para um desejo.

Nascido de uma decepção e um anseio semelhantes, o Cristo desamparado das *Visões de Cristo* de Rilke era condenado a morrer e voltar muitas vezes a ser ressuscitado, até que o cristianismo se dissolvesse sob o peso de sua falsa devoção.

O interesse de Rilke por Cristo como mártir humano resultou de sua experiência como estudante fraco e enfermiço da escola militar. Ele passaria o resto de sua vida contando a todas as suas namoradas e benfeitoras quanto essa experiência lhe havia sido traumática, mas jamais mencionaria que fora ele mesmo quem a escolhera, com a esperança de, por meio do serviço militar, poder alcançar a nobreza austríaca que seu pai não havia conseguido. Josef Rilke havia se distinguido uma vez em combate, mas deixou a carreira militar aos 27 anos para se tornar funcionário das estradas de ferro. Sendo uma criança frágil e sensível, Rilke sofreu muito por ter seguido os passos do pai rumo a um colégio militar — de maneira que seguiu, em seu lugar, a religiosidade e o sentimentalismo da mãe e transformou sua experiência numa poesia que trata o próprio sofrimento como uma força.

O fato de Josef Rilke não ter conseguido ser promovido era uma fonte de amargura e decepção para sua esposa, Sophia (Phia) Entz. O pai dela, Carl Entz, era um próspero comerciante de Praga que possuía um negócio de corantes e produtos químicos e atuava como diretor da Caixa Econômica da Boêmia; a promoção de Josef teria também elevado o *status* da próspera família. Seu irmão Jaroslav havia sido promovido recentemente e Josef continuava aguardando sua promoção quando conheceu Phia: Praga era uma proeminente cidade do Império Austro-Húngaro, mas os que falavam a língua alemã haviam acabado de se tornar uma minoria de classe alta para os tchecos e a descendência nobre era uma possibilidade tentadora. Juntos, os irmãos se debruçaram sobre os documentos familiares, tentando encontrar alguma ligação com os Cavaleiros de Rulko do século XIII, mas Josef não era mais militar: vivendo em Praga, ele trabalhava para a estrada de ferro Turnau-Kralup-Praga e seu pedido de promoção foi por fim rejeitado devido a uma doença na garganta.

Josef e Phia se casaram em 1873, mas quando o pedido de promoção dele foi definitivamente rejeitado, a decepção se tornou uma divergência entre o casal. De acordo com a opinião geral, Phia carregou consigo um ar de insatisfação e superioridade pelo resto da vida: quando ela descobriu que seu marido não era um militar garboso, mas um funcionário conservador da estrada de ferro, ela se vestiu de preto, assumiu um ar de afetação e passou a desempenhar seus rituais católicos ostensivamente. René Maria Rilke, o único filho do casal, nasceu em 1875 — posteriormente em sua vida, ele descreveria sua família a um patrocinador:

> Meu pai iniciou a carreira de oficial (seguindo a tradição da família), mas depois passou para a de servidor público. Ele é funcionário da estrada de ferro, tem um cargo bastante elevado numa ferrovia privada, que conquistou com muita dedicação. Ele mora em Praga. Foi *lá* que eu nasci... Sobre a família de minha mãe, eu não sei nada. O pai dela era um próspero comerciante cujas riquezas foram desperdiçadas por um filho pródigo. A casa de minha infância era um pequeno apartamento alugado em Praga; era muito deplorável. O casamento de meus pais já havia definhado na época em que eu nasci. Quando eu tinha 9 anos, a discórdia irrompeu abertamente, e minha mãe deixou meu pai. Ela era uma mulher morena, elegante e muito nervosa, que buscava alguma coisa indefinida em sua vida. E assim ela permaneceu. Na realidade, aquelas duas pessoas deviam ter se entendido melhor, uma vez que ambos davam muito valor às aparências; a nossa pequena moradia, que, na realidade, era de classe média, devia aparentar luxo, nossas roupas deviam dar essa impressão às pessoas, e certas mentiras eram tidas como coisas naturais.

Em 1884, Phia se mudou para sua própria casa, levando Rilke consigo, e ele mais tarde se queixaria de que ela o confiava "pela maior parte do dia [...] a uma jovem criada, imoral e com poucos escrúpulos", enquanto ela, "a mulher que devia ser a primeira a cuidar de mim", saía ou para ir a Viena ou para se encontrar com um amante.

Quando se tornou inconveniente para René continuar morando com Phia, o tio Jaroslav de Rilke, cujos filhos haviam adoecido e morrido, arranjou uma bolsa para ele estudar no colégio militar. Inflamado por visões de sabres e dragonas, o menino René de 11 anos estava ansioso por conquistar a promoção que seu pai não havia conseguido e, durante os primeiros quatro anos, suas notas foram gradativamente de "muito bom" a "excelente", acompanhadas de observações de que era "calmo e de bom gênio" e "esforçado". No último ano, no entanto, ele caiu do oitavo lugar numa turma de 48 para o 18º de uma turma de 51 alunos e, em seguida, deixou a escola, alegando motivos de saúde — embora ele próprio tenha dito posteriormente que havia estado "com problemas mais espirituais do que físicos". Rilke reprisaria frequentemente a experiência traumática com sua primeira namorada, que, segundo ele, havia conquistado juntamente com uma colega de escola

> um verdadeiro afeto fraternal baseado numa simpatia recíproca, e com um beijo e um aperto de mão nós selamos um laço por toda a vida. Como costumam fazer as crianças. Nós nos entendíamos perfeitamente bem e eu me regozijava em saber que os raros e pouco variados eventos de minha alma tocavam e ressoavam nos mesmos tons que na alma de minha amiga [...] (mas) depois eu descobri que outros colegas haviam arrastado o nosso vínculo imaculado para a lama... Depois disso, meu coração jamais voltou a se prender a alguém.

No entanto parece que Rilke esperava retornar à escola; ele escreveu para a mãe: "Eu deixei de usar o uniforme do Imperador apenas para voltar em pouco tempo a vesti-lo de novo — e para sempre: e estou seguro de que vou honrá-lo".

Rilke jamais retornou à escola militar, mas então sua família esperava que ele iniciasse uma carreira, de maneira que Jaroslav se prontificou a pagar sua formação na Academia de Comércio em Linz, ao sul de Praga, onde ele se prepararia para trabalhar em seu escritório de advocacia. Não tendo conquistado nenhuma aclamação na sucessão paterna, Rilke, no entanto, concluiu que o escritório de advocacia de seu tio não lhe trazia nenhum consolo. Na Academia de Comércio, ele manteve sua conduta e origem militares — mas usou-as para cultivar a aparência engrandecida do poeta de sua classe. Ele começou a publicar poemas em 1892 e acabou em segundo lugar numa classe de mais de cinquenta. Nessa mesma época, ele começou a tomar o futuro em suas próprias mãos: por quatro dias em maio de 1892, ele esteve fugido com Olga Blumauer, uma cuidadora de crianças. Eles se registraram juntos em um hotel de Viena — mas Rilke havia escolhido o lugar com mais do que romance em mente: enquanto eles estiveram na cidade, ele deixou um livro de poemas com o editor que o havia publicado e incentivado. O diretor da academia conseguiu por fim levá-lo de volta a Linz, onde ele pediu desculpas pela evasão, que chamou então de "flerte estúpido", mas já havia começado a proclamar que "não existe ninguém como eu, nunca existiu", e sua preferência obstinada pela poesia em vez do Direito mostra que ele estava determinado a encontrar as palavras que dariam às suas afirmações um sentido definitivo.

Jaroslav Rilke morreu antes de René concluir seu curso na academia de Linz, mas em seu testamento deixou determinado que René deveria receber uma bolsa de estudos — que seria administrada por suas duas filhas, primas de Rilke — enquanto estivesse estudando. Aprovado nos exames finais de 1894, Rilke passou o inverno de 1894-1895 estudando não Direito, mas História da Arte na Universidade Carl-Ferdinand em Praga, e, com o dinheiro de seu tio, pagou a impressão e a distribuição de seus livros de poesias: ele deu alguns volumes aos pobres e tentou vender outros tantos, mas jamais obteve lucros com sua poesia. Porém ele continuava sendo um motivo de preocupação para seus pais e, mesmo ao se afirmar, continuou lamentando que

> tudo que eu faço custa cada vez mais dinheiro e, mesmo tendo um doutorado, se não quiser passar fome como professor-assistente, mais dinheiro será necessário para conquistar um cargo de professor — prospecto esse que, de qualquer maneira, não me é nada atraente.
>
> A cada dia que passa, eu vejo mais claramente quanto eu estive certo ao resistir desde o começo, com todas as minhas forças, ao *slogan* preferido de meus familiares: que a arte é algo apenas para as horas de lazer depois de voltar para casa do escritório ou o que quer que seja. Eu acho esse *slogan* assustador. Para mim, ela é uma profissão de fé, pois aquele que não se dedica à arte com todos os seus desejos e tudo o mais nele jamais alcançará a meta suprema... [A arte] exige a entrega total do homem! Não apenas algumas horas livres depois de estar exausto.

Salvo por sua bolsa de estudos de ter que trabalhar, Rilke cultivou um círculo de amigos artistas e escritores e também tratou de encontrar uma nova família por intermédio de uma namorada. Valery von David-Rhônfeld era uma jovem artista de origem aristocrática cuja família adotou-o — assim que ele recebeu seu diploma, eles ficaram noivos. Foi para Vally que Rilke descreveu seus sofrimentos na escola militar — mas agora ele a descrevia como sua salvação:

> [só quando] encontrei você, minha querida e adorada Vally, eu tive alguém que me deu forças, me curou, me consolou e me deu vida, esperança e futu-

ro... Toda a minha vida anterior parece-me um caminho até você, como uma longa jornada escura no fim da qual minha recompensa é lutar por você e saber que você será *inteiramente* minha em um futuro próximo.

Vally arranjou dinheiro para publicar o livro de Rilke, *Vida e Canções*, em 1894, mas, depois de dois anos de noivado, Rilke passou as férias de verão no Báltico e lá escreveu poemas de amor para a filha de um médico antes de retornar a Praga e desfazer o noivado.

Fazendo da poesia sua carreira, Rilke fundou uma revista, *Wegwarten* (Chicória Silvestre), com alguns amigos, e, por volta de 1897, ele já havia lançado poemas numa série de publicações obscuras. Ele cultivou um círculo de amigos e contatos literários primeiro em Praga e depois em Munique, onde havia começado a frequentar cursos de História na universidade em setembro de 1896. No entanto ele continuava imprimindo seus poemas à própria custa e, apesar de suas peças [teatrais] serem encenadas, nenhuma delas era elogiada pela crítica e os únicos recursos de Rilke continuaram sendo sua promessa enquanto poeta e sua determinação para escrever e fazer os contatos apropriados a fim de realizar o que prometia. Foi nessa atmosfera que ele foi ao banquete em que conheceu Lou Andreas-Salomé.

VI.

No dia seguinte ao do banquete oferecido por Jakob Wassermann, Lou Andreas-Salomé respondeu favoravelmente à carta de Rilke falando sobre a hora do crepúsculo e os dois escritores se encontraram para tomar chá e ir ao teatro nos dias seguintes. Já iniciado no papel do poeta perdido de amor, Rilke passava horas caminhando pelas ruas de Munique com flores para ela, esperando vê-la antes da hora em que haviam combinado de se encontrarem. Já nos primeiros dias de relacionamento com Lou, Rilke escreveu a ela: "Enfim eu tenho um *lar*". E quando viajaram juntos, duas semanas depois, para Wolfratshausen, cerca de vinte quilômetros ao sul de Munique, eles se tornaram amantes.

Andreas-Salomé foi para Wolfratshausen em busca de um refúgio para passar o verão fora de Munique — e ela e Rilke passaram grande parte daquele verão lá juntos —, mas o idílio apaixonado que eles possam ter tido lá era constantemente interrompido por hordas de amigos e visitantes. O primeiro a visitá-los foi um amigo russo admirador de Andreas-Salomé, seguido de Andreas e outros, e depois Andreas-Salomé viajou sozinha para encontrar Zemek, que deu a ela conselhos sobre como lidar com seu novo jovem amante. Tendo ela própria convencido

René a adotar o nome alemão mais forte "Rainer" — não como pseudônimo, mas como nome mesmo —, foi ela, no entanto, quem diagnosticou sua personalidade como "dividida em dois seres": de um lado, ele era o poeta e, de outro, um histérico dominado por seus medos.

No final do verão em Wolfratshausen, Rilke abandonou a *Wegwarten* e todos os esforços que vinha fazendo para cultivar um círculo literário em Munique e foi com Andreas-Salomé e seu marido para Berlim, onde alugou um quarto mobiliado próximo do local onde eles estavam e se tornou um frequentador assíduo da casa deles. Durante aquele primeiro outono, Andreas-Salomé escreveu um conto intitulado "Morte", no qual o talento de um poeta só é reconhecido após sua morte — como se o talento poético não pudesse ser reconhecido enquanto o poeta vivesse — ou numa relação — mas o processo de reconhecimento poético de Rilke foi demorado: foi só depois de Andreas-Salomé tê-lo levado a ouvir Stefan George recitar poesia que ele viu pela primeira vez um poeta que escrevia para ele mesmo e não para leitores ou críticos. Rilke havia sempre bajulado os editores para que publicassem seus versos, mas agora ele desqualificou os versos convencionais que havia publicado, como também a personalidade característica do poeta sentimental. Ele próprio teria que julgar o valor de sua poesia, e agora, seguindo Andreas-Salomé (que, por sua vez, seguia Nietzsche), ele teria que se elevar ao padrão mais alto: sua própria vida teria de ser poética para poder criar poesia. Andreas-Salomé escreveria em suas memórias que "todo o destino trágico [de Rilke] se faz dessa tensão entre a graça exclusiva de uma criatividade que ele considerava sagrada e a irresistível compulsão a imitar tal estado de graça, a "macaqueá-la", para projetá-la mesmo quando ausente".

Dedicado agora inteiramente à arte, mas dolorosamente consciente das falhas de sua educação centrada no comércio, Rilke passou o inverno de 1897-1898 estudando arte renascentista e na primavera seguinte viajou para Florença para vê-la com os próprios olhos. Por recomendações de Andreas-Salomé, ele escreveu um diário de sua viagem, em forma de uma extensa carta a ela, mas ela hesitou ao receber suas palavras tão intensamente fervorosas de tal maneira que o "Você" a quem ele as dirigia era evidentemente Deus: "minha alegria estará longe de ser exultante", ele escreveu "enquanto Você [...] não partilhar dela". Ao definir agora a relação perfeita, esta pareceu o ideal de um sábio generoso e controlador: "os artistas devem evitar uns aos outros", ele escreveu, provando-se a si mesmos no afastamento para dedicarem-se à arte.

Quando Rilke retornou a Schmargendorf em julho e entregou seu diário a Andreas-Salomé, ele ficou profundamente desapontado com a reação desinteressada dela. Ela confessaria a ele em suas memórias que "não pôde fazer nenhuma apreciação de sua poesia inicial, apesar de sua musicalidade" — mas ele escreveu uma longa queixa, na qual dizia que a odiava como "algo grandioso *demais*":

> *Eu* queria desta vez ser o rico, o doador, o anfitrião, o mestre; e Você devia chegar e ser guiada pelos meus cuidados e por meu amor e gozar da minha hospitalidade. E então em Sua presença eu seria de novo apenas o mais insignificante dos mendigos e o limiar mais distante de Seu ser... Cada encontro com Você me deixava envergonhado... Uma vez eu me aproximei de Você em tal estado de pobreza... Quase como uma criança, eu me aproximei da mulher rica. E Você tomou minha alma em Seus braços e a embalou [...] (mas) eu não queria ser tomado em Seus braços. Eu queria que Você se apoiasse em mim quando estivesse cansada [...] por mais longe que eu possa ir... *Você estará sempre à minha frente.*

Rilke podia vê-los unidos apenas no futuro, pela arte e pela devoção: "esteja sempre assim à minha frente", ele disse,

> Você querida, insuperável e sagrada. Vamos subir juntos, você e eu — para a grande estrela, um se apoiando no outro, um repousando no outro...
> A cada esforço que cada um faz para elevar-se, é criado espaço para novas forças...
> Quanto a nós mesmos: somos os ancestrais de um deus e com nossas mais profundas solidões atravessamos os séculos até algum novo começo. Eu sinto isso com todo o meu coração!

Esse deus seria o único filho que Andreas-Salomé e Rilke teriam juntos, pois quando ela ficou grávida de um filho de Rilke, no final de 1897, ela o abortou no início de 1898. Anos depois, numa carta que expressava simpatia com a necessidade de independência de Rilke para criar, ela escreveria: "Eu poderia dizer de mim mesma que (embora nenhum artista) tenha me negado a maternidade em atenção às exigências de ambas [a arte da vida e a vida da arte]".

Em busca dos deuses que seriam seus filhos, Andreas-Salomé e Rilke se voltaram para a Rússia, a terra natal dela, onde os costumes religiosos de seu povo ainda não haviam desaparecido totalmente no mundo moderno. Durante todo o inverno de 1898-1899, Rilke usou o dinheiro deixado por seu tio para estudar russo na Universidade de Berlim. Na Páscoa de 1899, ele e Andreas-Salomé viajaram para a Rússia — com Andreas — para presenciar o que Andreas-Salomé chamava de "vida espiritual [dos russos], [que] continua tão inocente quanto uma criança em sua simplicidade quando comparada com a de países mais 'desenvolvidos', que está centrada no amor individual de um tipo mais 'egoísta'". Eles visitaram Tolstoi, que "nos advertiu veementemente de que não deveríamos participar dos costumes supersticiosos dos camponeses", Andreas-Salomé escreveu, apesar de eles terem mesmo assim mergulhado nas celebrações da Páscoa. Rilke foi relegado ao papel de companheiro de viagem durante toda aquela jornada e se hospedou separadamente enquanto o casal Andreas ficou com a família de Salomé. Ele se ocupou de flertar a amiga russa Elena Voronin, que havia conhecido na Itália, mas a abandonava toda vez que Andreas-Salomé acenava para ele.

Essa primeira viagem marcou, no entanto, uma mudança de tom nas cartas de Rilke, que passam a tratar Andreas-Salomé como "uma cidade distante [...] uma palavra sua para mim será uma ilha [...] mas se você pedir, me verá hesitar: eu não sei ao certo se o bosque por onde andamos não é apenas um reflexo de meus próprios sentimentos". Em seu diário, ele também retornou ao tema da solidão e escreveu então que Deus "só pode vir até alguém, ou a um casal, entre [cujos membros] Ele não pode mais se distinguir". Mas no final daquela viagem Deus teria sido capaz de se distinguir entre eles: o escritor Boris Pasternak, que tinha dez anos quando Andreas-Salomé e Rilke visitaram seu pai, se lembra do poeta viajando com uma mulher — "talvez sua mãe ou uma irmã mais velha".

Contudo Rilke passou um segundo inverno em Berlim, ainda como frequentador assíduo da casa dos Andreas. O outono de 1899 foi altamente produtivo para ambos: Rilke escreveu *A Canção de Amor e de Morte do Porta-Estandarte Cristóvão Rilke* — narrativa romântica em versos que preenchia os sonhos militares de Rilke na história da morte do cornetista em combate depois de uma noite de amor: essa se tornaria a obra mais popular de Rilke quando ele a publicou em 1907. Ele também escreveu *Histórias de Deus e Outras Coisas*, obra mais leve, e a primeira parte de *O Livro das Horas* — no qual um monge cria Deus essencialmente por meio de seu anseio e sua devoção. Muitos desses poemas-preces podem ser lidos simultaneamente como poemas de amor, especialmente porque o deus ao qual Rilke se dirigia era ele próprio uma criatura humana. De sua parte, Andreas-Salomé escreveu o romance *Ma. Ein Porträt* [Mãe] — sobre uma mãe que mantém seus filhos perto de si em vez de deixá-los buscar o próprio futuro — e um ensaio, "Reflexões sobre o Problema do Amor", em que concluiu que "dois só formam uma unidade quando permanecem sendo dois".

Naquele inverno, Rilke começou a traduzir poesias russas e a buscar oportunidades de uma carreira ao publicar suas traduções em alemão. De maio a agosto de 1900, ele e Andreas-Salomé fizeram outra viagem à Rússia — dessa vez sem Andreas: eles andavam descalços pelos campos ao amanhecer, comiam mingau de aveia e viviam como camponeses entre os camponeses, e passavam o resto do tempo em museus ou estudando em arquivos. Eles fizeram de novo uma visita breve a Tolstoi e também visitaram Spiridon Drozhzhin, o poeta camponês cujos versos Rilke estava traduzindo. Eles fizeram longas viagens — de São Petersburgo a Kiev ao sul, e depois desceram o [rio] Dnieper até a Ucrânia e, dali, seguiram por terra até o Volga, de onde foram de barco até tão longe ao norte como Nizhniy Novgorod, antes de ver Moscou e retornar a São Petersburgo. Eles se lembrariam para sempre daquela viagem como o momento de sua maior intimidade.

Essa lembrança luminosa brilhou sobre a "ansiedade, quase estados de terror", que paralisou Rilke por toda a viagem. Quando Andreas-Salomé deixou Rilke sozinho no final da viagem — enquanto ela passou três semanas visitando parentes na Finlândia —, Rilke entrou em pânico por não ter notícias dela. Ele enviou uma carta histérica, na qual se mostrava, nas palavras de Andreas-Salomé, "quase depravado por causa da presunção e arrogância de suas Preces". Transbordando de coisas russas, ele estava devastado pela urgência de criar algo que lhe desse o mesmo sentido de realidade duradoura. "Tudo que é verdadeiramente visto *tem que* se tornar um poema", ele escreveu, mas, quando não conseguiu escrever um poema de cada coisa, ele lamentou que "estar desperto e estar vivo são conquistas, não estados. E eu não os conquistei!"

VII.

As tensões entre Andreas-Salomé e Rilke foram profundas o bastante para que ela retornasse sozinha a Schmargendorf, enquanto Rilke prosseguiu viajando para uma colônia de artistas em Worpswede, no norte da Alemanha. Lá Heinrich Vogeler, o pintor que ele havia encontrado em Florença e conhecido em Berlim, estava trabalhando em xilogravuras para ilustrar o [livro] *Histórias de Deus e Outras Coisas*. Entre os artistas de sua própria idade, Rilke encontrou então uma espécie de pertencimento. Em longas caminhadas na natureza, ele contava histórias da Rússia e à noite lia seus poemas. "Se é possível aprender com as pessoas", ele escreveu,

> então, com certeza, é com essas pessoas que se parecem tanto com a própria paisagem que a proximidade delas não me assusta... Como elas responderam a mim como um conselheiro e ajudante. Quão necessário eu era para elas.

E quão mais forte eu me tornei sob o abrigo da confiança delas de ser tudo de que elas necessitavam, de ser o mais feliz e o mais cheio de vida entre elas.

Rilke foi atraído para duas mulheres em particular, a pintora Paula Becker e a escultora Clara Westhoff. Becker era também filha de um funcionário da estrada de ferro e, como Rilke, havia escolhido a arte a despeito da insistência de seu pai para que sustentasse a si mesma. No início, o diário dele celebrou a "pintora branca" — ele chamou a escultora por seu nome completo "Clara Westhoff" por um mês inteiro antes de ela se tornar simplesmente "Clara". Em setembro de 1900, ele descreveu Becker e Westhoff a Andreas-Salomé:

Quanto eu aprendo observando essas duas garotas, especialmente a pintora loira, que tem olhos castanhos extremamente observadores... Quão misteriosas são essas figuras esguias quando à noite ou quando, reclinadas sobre cadeiras de veludo, elas ouvem com todos os seus sentidos. Como elas são extremamente receptivas, eu posso dar o máximo de mim. Minha vida toda é repleta de imagens sobre as quais eu posso falar com elas; todas as experiências que tive se tornam uma expressão do que jaz por trás delas.

Rilke foi atraído primeiro para Becker, mas ela estava apaixonada por um dos outros artistas de Worpswede, Otto Modersohn, cuja esposa havia morrido recentemente, e foi logo depois de Modersohn e Becker terem anunciado seu noivado, em outubro de 1900, que Rilke e Clara Westhoff se descobriram. Assim como ocorreu na época com Vally, Rilke foi atraído pela família de Clara tanto quanto por ela mesma: o pai dela era um próspero comerciante, que financiou seus estudos em Munique e Dachau antes de mandá-la a Paris para estudar com Rodin. Depois de visitar a casa de sua família perto de Oberneuland, Rilke disse a Clara que

sua casa foi para mim, desde o primeiro momento, mais do que simplesmente um acolhedor lugar alheio. Mas simplesmente um lar, *o primeiro no qual eu vi pessoas vivendo... Isso me impressionou.* No início eu quis ser um irmão ao lado de todos vocês, pois sua família é suficientemente generosa para amar também a mim e para me sustentar e você é tão bondosa para me introduzir nela como um verdadeiro membro da família e me admitir com confiança na abundância de seus dias de trabalho e feriados.

Farejando algo diferente em Rilke, Andreas-Salomé chamou-o de volta a Berlim e, no dia 5 de outubro de 1900, ele deixou subitamente Worpswede para retomar seus estudos e as traduções do russo. Apenas para Andreas-Salomé, ele conseguia descrever a parte dele que não podia ser tocada ou contentada na sociedade. Como ele explicaria mais tarde:

> Existe sempre apenas *uma coisa* em mim e eu tenho que permanecer trancado (quer seja calado ou falante) ou então me abrir e tornar visível a única coisa que habita em mim... Essa minha disposição interna [...] me exclui de toda interação legítima, uma vez que leva apenas a separações e desentendimentos e me conduz a relacionamentos indesejados, que me causam sofrimento e podem fazer ocorrer muitas reversões arriscadas... Eu adquiri todos os meus "amigos" por tais meios ilícitos e, por esse motivo, são relações perversas e inescrupulosas. Apenas dessa maneira é possível [...] que eu tenha adquirido toda uma multidão de amigos que não podem me dar nada em troca de meus contínuos esforços e que, em nenhuma medida, nenhum deles *pode* me retribuir, uma vez que eu dou de maneira inescrupulosa e cruel, sem consideração pelos outros.

Mesmo depois de retornar para Andreas-Salomé em Berlim, no entanto, Rilke continuou fazendo promessas a Westhoff, assegurando-lhe que "Antes de você me possuir, / eu não existia. Mas continuo sendo agora / quando você não mais me vê", e transformando seus sentimentos em poesia cada vez mais intensa: o seu diário de Worpswede expõe os primeiros sinais da voz que o conduziria pelo resto da vida.

Se Andreas-Salomé havia querido manter Rilke próximo, não foi muito antes de ela se irritar com as explorações supersensíveis de si mesma. No dia de Ano-Novo de 1900, ela escreveu em seu diário: "Tudo que eu quero do ano que se inicia, tudo que eu preciso é de calma — estar mais sozinha, como até quatro anos atrás" — antes de ela ter conhecido Rilke. Na anotação em seu diário referente ao dia 10 de janeiro de 1901 consta que "Com certeza, eu tenho sido horrível às vezes em casa. Depois eu sempre me sinto terrivelmente mal por isso. Eu gostaria de ter oceanos de amor para poder apagar tudo. Sou um monstro. (Fui cruel também com Rainer, mas isso nunca me incomoda.)". No dia 20 de janeiro, ela foi ainda mais severa: "para fazer Rainer ir embora, *se afastar totalmente*, eu seria capaz de uma crueldade. (*Ele tem que ir embora!*)". A relação estava claramente acabada: Andreas-Salomé escreveu para a amiga Frieda von Bülow dizendo que

Rilke "*tem que* a qualquer preço encontrar apoio, e uma devoção exclusiva, se não comigo, com alguma outra pessoa: melhor para ele se apoiar até mesmo no objeto mais inapropriado do que não ter nenhum. E assim ele encontrará em breve o que necessita".

Rilke de fato encontrou muito rapidamente o que precisava e, retornando a Worpswede no início de 1901, ele se tornou noivo de Clara Westhoff. Ele saudou-a como "Propiciadora de minhas alegrias! A primeira! A eterna!", e em abril de 1901 — possivelmente com um bebê já a caminho (a filha deles nasceria oito meses depois, em dezembro) — Rilke e Clara se casaram na casa dos pais dela, sem a presença de ninguém da família de Rilke. Rilke havia ido tão longe a ponto de abandonar a Igreja Católica — repudiando a fé de sua mãe — para entrar na família protestante de Clara.

Andreas-Salomé reconheceria mais tarde que, "por maior que fosse o fervor de nossa relação, eu permaneci desligada, fora do vínculo que une realmente um homem e uma mulher", mas quando soube que Rilke estava planejando se casar, ela enviou a ele uma carta com a rubrica "Último Apelo" em lugar da saudação. Citando o parecer profissional de Zemek, ela descreveu Rilke como propenso à loucura e correndo o risco de suicídio se abandonasse a poesia por meio da qual ele havia "mantido sua sanidade" e descreveu seu próprio progresso, por meio da relação deles, de voltar "*à minha juventude!* [sic]". Ela convidou-o a "percorrer o mesmo caminho na direção de seu deus obscuro!" e rejeitou-o, apesar de reiterar o que lhe havia dito quando ele partiu de Schmargendorf para Worpswede: que "se algum dia muito mais tarde você se sentir em apuros, esta casa estará sempre aqui conosco para os piores momentos".

Andreas-Salomé diria posteriormente sobre seus casos em geral que tinha a "consciência absolutamente tranquila com respeito ao rompimento brutal das relações etc.", porque se sentia "compelida a servi-las da maneira mais difícil e dolorosa (assim como, digamos, Deus compele o homem)" — ela admitiu que "Esse pensamento aliviava o egoísmo obscuro de minha alma" —, mas, embora já tivesse efetivamente abandonado Rilke, ela ainda não estava preparada para ser substituída por outra mulher. Podemos apenas supor, no entanto, o que ela devia estar sentindo quando escreveu esse último apelo, uma vez que ela rasgou as páginas de seu diário escritas do final de janeiro até a metade de março e sugeriu que Rilke e ela queimassem toda a sua correspondência. Quando Rilke aquiesceu (ela não), ela efetivamente o relegou às relações de menor importância, sobre as quais não escreveria, assim como havia riscado Rée, seu marido, Ledebour e outros de sua vida. Em maio, ela voltou para Zemek — sobre quem ela tampouco mal mencionou em seu diário — e retomou suas viagens, a Nuremberg e Wiesbaden, à Rússia e Suécia. Coerente com sua imagem do final de o "Último Apelo", ela escreveu um ensaio intitulado "Velhice e Eternidade", apresentando o envelhecimento como o processo de retorno a uma infância bem-aventurada. Nos cinco contos que ela escreveu na época, apenas uma de suas jovens protagonistas se enfureceu ao descobrir a infidelidade de um amigo — as outras flanaram inocentes e alegremente até a maturidade.

VIII.

Separado de Andreas-Salomé, Rilke se descreveu como "dilacerado" e "tragado" por um abismo — mas quando sua filha nasceu, em dezembro de 1901, ele deu a ela o nome Ruth, que era o nome da protagonista do romance autobiográfico escrito por Andreas-Salomé em 1895. Naquele inverno, isolado em Worpswede com sua mulher e sua filha recém-nascida, Rilke teve uma experiência semelhante à consumação que ele vinha esperando: ele disse a um amigo que se sentia tão espiritual como os camponeses russos que, "conectados de alguma maneira a Deus, quer dizer, com as necessidades mais elevadas e o desenrolar de sua existência [...] os artistas talvez fossem conduzidos por algum impulso secreto a uma seleção inteligente de realidades e, assim, manteriam suas próprias vidas livres das confusões do mundo". Entretanto não demorou muito para ele citar Andreas-Salomé, escrevendo a um amigo que "é impossível que duas pessoas estejam *realmente juntas* e, se parecem estar, é uma limitação, um acordo mútuo pelo qual um ou ambos são privados de sua liberdade e do desenvolvimento pessoal". Na mesma época, Paula Becker criticou Clara por ter "perdido muito de seu antigo eu e o estendido como um manto para seu rei pisar".

Rilke recusou trabalho remunerado de maneira a proteger sua própria solidão para escrever, mas ele e Clara eram pobres e, mesmo com a ajuda dos pais dela, a falta de dinheiro era um problema constante — embora eles ainda não tivessem despedido a empregada. Quando Rilke descobriu, no entanto, que suas primas iam suspender no verão de 1902 a bolsa de estudos deixada por seu tio, ele entrou em pânico. Começou a procurar trabalho — como revisor, correspondente, crítico, professor e tradutor, qualquer coisa para substituir a bolsa de estudos —, mas seu primeiro impulso foi cortar gastos pela "dissolução de nosso pequeno lar". "Eu sou meu próprio círculo", ele escreveu a um amigo, quando se livrou de Clara e descreveu um casamento em que cada um poderá viver sua vida de acordo com seu próprio trabalho e suas necessidades... Isso tornará as coisas muito mais simples e propiciará o desenvolvimento de ambos, enquanto essa vida exaustiva e inquietante juntos é uma paralisia perigosa e desesperadora. Eu acredito de todo o coração que Clara Westhoff poderá chegar aos picos mais elevados como artista e foi com essa convicção que me uni a ela, não para transtorná-la e transformá-la numa "dona de casa", mas, pelo contrário, para ajudá-la a seguir, calma e firmemente, o caminho que ela havia tomado sozinha com tanta coragem.

Um ano e meio depois de casados — e oito meses após o nascimento de sua filha —, Rilke partiu de Worpswede para Paris, onde havia arranjado uma espécie de bolsa para escrever uma monografia sobre o antigo professor de Westhoff, Auguste Rodin. Ao abandonar Clara Westhoff — "de cuja arte", ele disse, "eu espero as melhores coisas!" —, ele não podia mais satisfazer o casamento deles, uma vez que ele havia sido feito, segundo Rilke, "para que um pudesse ajudar melhor o outro tanto em seu trabalho como pessoalmente... Mas Clara Westhoff [...] tem que pensar em Ruth como também em si mesma e em seu desenvolvimento". Clara acabou deixando Ruth com os pais e, em outubro, seguiu para Paris atrás de Rilke.

Em Rodin, Rilke encontrou alguém diante do qual ele podia se prostrar e, então, a idade avançada e a autoridade de Rodin o inspiraram a fazer da solidão diligente uma devoção religiosa. Com 62 anos em 1902, Rodin estava assentado com sua companheira de longa data, Rose Beuret — já fazia muito tempo que ele havia terminado seu caso apaixonado e desastroso com Camille Claudel —, e Rilke foi profundamente motivado pelo estilo de vida criativo de Rodin. Ele escreveu para Clara dizendo que Rodin havia lhe dito que,

> com incrível seriedade... *Il faut travailler, rien que travailler. Et il faut avoir patience...* A casa não edificante de Tolstoi, o desconforto dos aposentos de Rodin: tudo aponta para a mesma coisa, ou seja, que a pessoa tem de escolher ou isto ou aquilo. Ou a felicidade ou a arte. *On doit trouver le bonheur dans son art.*

Com essa filosofia de trabalho, Rilke se manteve separado de Clara e, quando ela em outubro partiu para ficar com ele em Paris, eles moraram em lugares separados: eles seriam unidos apenas pelo trabalho, "como jamais trabalhamos antes", para criar a arte que algum dia talvez pudesse sustentá-los.

Paris tanto juntou como dividiu Rilke. Ele havia encontrado em Rodin seu mentor, mas, comparadas com as esculturas de Rodin — e as condições físicas de Paris, que Rilke sentia como extremamente imundas —, as palavras de Rilke pareciam não ter a mesma realidade duradoura, e o poeta desarraigado, que havia abandonado a esposa e a filha por sua obra, sentia a cidade como uma "enorme prisão assustadora". Abatido pelo isolamento e pela solidão — inseguro quanto a se conseguiria fazer poesia vivendo dominado pelo pânico e pelo medo, ele fugiu de Paris para a costa da Itália e, de lá, em junho de 1903, ele quebrou o silêncio de dois anos com Andreas-Salomé: ele pediu a ela "apenas um único dia" no qual ele pudesse "se refugiar" com ela — e Andreas.

Enquanto Rilke estivera vivendo em Paris e escrevendo sua monografia sobre Rodin — e depois outra sobre os artistas de Worpswede —, Andreas-Salomé estivera escrevendo e viajando com Zemek e, no verão de 1901, pelo visto, ela interrompeu outra gravidez. Ela continuou viajando com Zemek depois de ela e seu marido terem se mudado para Göttingen, no centro-norte da Alemanha, em junho de 1903. Andreas havia assumido um cargo de professor que lhe daria uma renda estável, alto *status* e liberdade para dar aulas em sua própria casa, com lanches preparados por ele mesmo, como era de seu costume. Ele criou uma comunidade de estudantes estreitamente unidos e se tornou famoso por seus seminários à meia-noite, quando regalava seus alunos devotos com relatos de viagens pela Ásia. Porém nunca concluiu definitivamente a obra sobre filologia persa que estava preparando — ele não conseguia dar por encerradas as pesquisas para produzir o texto final e suas anotações só foram publicadas por seus alunos após sua morte. Andreas-Salomé tampouco havia sido produtiva no período entre 1901 e 1903: ela viajou mais do que escreveu e não publicou nada entre 1901 e 1904.

Em resposta ao pedido de Rilke para que se encontrassem em 1903, ela disse que ele podia "ficar conosco a qualquer momento, tanto nas horas difíceis como nas aprazíveis". Mas ela continuava se encontrando com Zemek e propôs a Rilke que "primeiro nos reconciliemos por escrito. Para dois velhos escrevinhadores como nós não haveria nada de anormal nesse procedimento". Rilke escreveu de volta, falando de seus medos — das pessoas comuns, que haviam despertado seu fascínio e horror e, também, de seus outros medos, dos terrores da infância. "Eu não tenho ninguém, a não ser você, com quem me aconselhar", ele escreveu. "Apenas você sabe quem eu sou. Só você pode me ajudar... Você pode me ajudar a entender o que me deixa aturdido e me dizer o que preciso fazer; você sabe do que eu *deveria* e não deveria ter medo — se é que eu *deveria* temer?"

De sua nova casa em Göttingen, Andreas-Salomé observou que, em vez de medo, Rilke deveria se sentir feliz, porque as pessoas comuns "têm agora você como seu poeta". Ela disse a Rilke que a longa e detalhada descrição de seus horrores era por si mesma uma evidência de que estava "onde mesmo nos melhores momentos subsequentes esteve apenas ocasionalmente: não dividido". Tomando a histeria dele como um sintoma de saúde, ela lhe disse que "o poeta em você criou poesia dos medos humanos... Você nunca esteve mais perto da saúde do que deseja estar agora!". Quando sentisse medo, ela disse, ele deveria "escrever o que está sentindo e o que o está atormentando — escreva como se estivesse escrevendo com seu corpo; isso por si só poderá gerar alguma força curativa".

Já com seus medos acalmados, e ele mesmo exaltado, Rilke descreveu seu casamento fracassado:

> Eu costumava achar que tudo ficaria melhor se eu conseguisse algum dia ter uma casa, uma esposa e um filho, coisas que eram reais e incontestáveis. Eu achava que me tornaria mais visível, mais palpável e mais real. Mas eis que Westerwede [perto de Worpswede] era real. Eu realmente construí minha própria casa e tudo que havia lá. Porém era uma realidade externa e eu não vivi nem me expandi nela. E agora que não tenho aquela casinha com seus aposentos maravilhosamente tranquilos, eu sei que uma pessoa ainda está lá. E, em algum lugar, uma criança de cuja vida nada é mais próximo do que ela e eu. Isso me dá certa segurança e a experiência de muitas coisas simples e profundas, mas não o sentido de realidade, aquele sentimento de valor real, do qual eu tão dolorosamente necessito: ser uma pessoa real entre coisas reais.

Ao mesmo tempo que Rilke reclamava que "ninguém pode depender de mim: minha filhinha tem que viver com estranhos, minha jovem esposa, que também tem seu trabalho, precisa de outros para prover seu desenvolvimento profissional e eu mesmo não sirvo para nada e não conquisto nada", ele também, em suas decisões, afirmava efetivamente sua devoção a Andreas-Salomé, que havia previsto que ele deveria se manter fiel à arte e "tomar o mesmo caminho" que ela havia tomado "para ir ao encontro de seu deus obscuro".

Agora que eles haviam retomado o contato, Rilke pediu a Andreas-Salomé "que leia (as monografias) [...] como lê estas cartas: pois há nelas muito do que escrevi para você e com plena consciência de sua existência". A resposta dela aos livros foi a consumação de todas as suas esperanças — agora lhe foi possível ver o efeito extremamente real de seus escritos na resposta dela:

Quando o seu *Rodin* chegou e, aos poucos, fui percebendo o que estava nele, eu senti: vai levar muito tempo para eu conseguir escrever a você! Eu queria me recolher a um de meus longos períodos ininterruptos de calma para aproveitar ao máximo este livrinho, que tem a grandeza de muitos milhares de páginas. Ele tem uma importância incrível para mim, talvez — sem nenhuma dúvida —, o mais valioso de todos os livros que você já publicou.

Ao analisá-lo agora, ela descreveu a poesia dele como distinta e até antagônica à sua saúde física, e descreveu os próprios impulsos criativos dele como amantes demoníacos que "tinham que voltar suas energias contra seu próprio eu, como um vampiro, para manter *seu próprio corpo* em transe". Ela celebrou o sofrimento dele:

Você passou por abalos tão sérios e ainda assim foi apenas por isso que algo completamente novo surgiu de você. Por isso você sofre e eu me regozijo: pois como não me regozijar quando você revela, até mesmo na expressão de seu sofrimento, quem você realmente se tornou? Essa felicidade que suas cartas deixam antever ainda não se filtrou até você: mas ela é de fato sua e em sua sombra você vai ainda encontrar refúgio de tudo que possa lhe causar dano.

Agora que ele estava sofrendo pelo desígnio superior da arte — agora que a sua poesia havia encontrado seu próprio objeto em seu outro eu, não nela —, a carta seguinte de Andreas-Salomé teve o efeito de um casamento entre eles:

Você se deu ao seu contrário, seu complemento, a um modelo tão ansiado, deu-se à maneira que uma pessoa se dá no casamento. Não sei como expressar isso de outra maneira, para mim há neste livro algo que tem a ver com um contrato de casamento, de um diálogo sagrado, de ser aceito naquilo que apenas agora, em um mistério, tornou-se [...] eu acredito que em tais experiências a pessoa toca os próprios limites da possibilidade humana, a pessoa prova a si mesma *quem ela é...* Eu de minha parte estou agora certa do que você é: e essa é para mim a coisa mais pessoal deste livro, que acredito sermos aliados nos difíceis mistérios da vida e da morte, duas pessoas unidas naquele sentido de eternidade que une os seres humanos. A partir deste momento, você pode contar comigo.

IX.

Andreas-Salomé e Rilke começaram então a trocar longas cartas encorajadoras e proféticas — as quais ela nunca mais pediu para ele rasgar —, discorrendo de forma extravagante sobre a vida que era uma arte e sobre a arte que era uma vida. Enquanto em suas cartas para amigos e patrocinadores ele descrevia seus problemas com trabalho e dinheiro, ou os problemas práticos que envolviam suas constantes mudanças, em suas cartas para Andreas-Salomé ele simplesmente fazia confissões e tratava de seus tormentos fisiológicos: ele descrevia seus males físicos e psicológicos para ela e, em seguida, pedia seus conselhos. A saúde de Rilke na verdade nunca foi muito boa, mas suas longas queixas também serviam como preparação para seus períodos criativos, quando ele acabava de colocar em dia a sua correspondência e se acomodava para trabalhar. Mais tarde em sua vida, ele chegaria a escrever oitenta cartas em um mês antes de sentar para escrever poesias, mas nenhuma outra pessoa recebia dele cartas contendo uma autoanálise tão detalhada.

Agora que Rilke já havia presenciado o estilo de vida criativo de Rodin, ele começou a procurar ter tempo ininterrupto e calma para escrever poesia — mas, quando isso se mostrava difícil, ele escrevia cartas como uma forma substitutiva de arte. Quando o jovem Franz Kappus escreveu a ele pedindo conselhos poéticos, as respostas de Rilke — que seriam publicadas postumamente como *Cartas a um Jovem Poeta* — reproduziam as ideias de Andreas-Salomé ao recomendar a separação como uma prova de devoção:

Amar é [...] bom, porque o amor é difícil. Para um ser humano, amar outro ser humano é talvez a tarefa mais árdua de todas, o epítome, a prova máxima...

O amor não tem, para começar, a ver com excitação, entrega e união com outro ser — pois que união se poderia construir com base na incerteza, na imaturidade e na falta de coerência? O amor é um induzimento elevado para o indivíduo amadurecer, esforçar-se para amadurecer o eu interior, manifestar maturidade no mundo exterior, tornar-se essa manifestação por amor ao outro. Essa é uma tarefa grandiosa e exigente; ela exige que a pessoa expanda enormemente seus horizontes... É o propósito último, talvez aquele que os seres humanos ainda têm mais dificuldade para alcançar...

A responsabilidade que a difícil tarefa de amar exige de nosso desenvolvimento nos excede; ela é maior do que a vida. Nós, iniciantes, ainda não estamos à altura dela...

> Apenas agora estamos chegando ao ponto em que podemos observar objetivamente e sem julgamento a relação de um indivíduo com outro. Nossas tentativas de viver tal relacionamento não dispõem de nenhum modelo para seguir. No entanto já existe em nosso tempo algumas coisas que podem nos auxiliar em nossos passos tímidos de iniciante.

Rilke assumiu essa mesma visão de seu casamento, pois escreveu para seu cunhado já no início de 1904 que

> Clara e eu [...] chegamos a um acordo quanto ao fato de que todo relacionamento pode apenas se fundar no fortalecimento de duas solidões próximas, uma vez que tudo que um quer geralmente dar a si mesmo é por natureza prejudicial ao outro: pois quando uma pessoa abandona a si mesma, ela não é mais nada, e quando duas pessoas desistem de si mesmas para se aproximar uma da outra, não há mais nenhuma base sobre a qual elas podem se manter, e prosseguir juntas se torna uma contínua decadência.
>
> Aquele que ama precisará, portanto, tentar agir como se estivesse diante de uma tarefa grandiosa: ele precisa ficar muito a sós e voltar-se para dentro de si mesmo, recobrar-se e agarrar-se a si mesmo; ele tem que trabalhar; tem que se tornar algo!

Enfim, Rilke começou, ele mesmo, esse trabalho — não retornando a Andreas-Salomé nem a Clara, mas dando expressão a seus medos e, em Roma, em 1903, e depois, na Suécia, em 1904, ele deu voz a suas ansiedades em o *Diário de Meu Outro Eu* — que se tornaria *Die Aufzeichnungen des Malte Laurids Brigge* [*Os Cadernos de Malte Laurids Brigge*]. Ele descreveu os terrores que havia vivido em Paris, e a liberdade para entregar seus medos mais profundos foi tanto um alívio como um meio de dar concretude à sua própria existência.

As coisas que existiam por si mesmas ainda o aterrorizavam, no entanto — até mesmo sua própria filha: quando ele voltou de Roma e foi a Oberneuland passar o Natal na casa dos sogros, em 1903, ele escreveu que Ruth, então com dois anos, "já parece [ter] uma personalidadezinha complicada própria, e eu terei que percorrer um longo caminho, com muita atenção, para encontrá-la". Insuficiente até mesmo para a sua filhinha, a única coisa que Rilke queria era voltar para Andreas-Salomé. De Roma, ele por fim pediu permissão para ir viver perto de Göttingen. "Por milhas ao redor, eu não vejo", ele escreveu, "nenhum outro pensamento, nenhuma fonte confiável capaz de poder realmente me ajudar." Andreas-Salomé não o incentivou — ela continuava envolvida com Zemek —, mas uma das amigas feministas dela prontificou-se a, pelo menos, responder à pergunta dele quanto para onde deveria ir.

Andreas-Salomé conhecia Ellen Key desde 1897, quando resenhou os escritos feministas de Key: Key era dez anos mais velha do que Andreas-Salomé e profundamente maternal — ela adorava "pessoas excêntricas", ela disse, e se tornou a primeira a patrocinar e apoiar Rilke. Ela compilou seus escritos e entregava a ele o dinheiro que recebia em pagamento pelas palestras que fazia sobre sua obra. Ela providenciou então um convite para uma casa de campo desocupada na Suécia, onde Rilke passou seis meses de 1904 escrevendo *Malte Laurids*. Andreas-Salomé ainda não havia lhe dado permissão para visitá-la e não foi vê-lo quando passou por Copenhague em viagem para a Rússia com sua família, acompanhada de Zemek, mas Rilke continuou insistindo em encontrá-la até janeiro de 1905 — "um encontro com você é a única ponte para o meu futuro — você sabe disso, Lou", ele escreveu — até ela finalmente concordar com sua visita.

Antes de ele encontrar Andreas-Salomé em Göttingen naquele verão, no entanto, Rilke usou parte do dinheiro que havia conseguido ganhar por intermédio de Ellen Key para levar Clara a um tratamento no sanatório Weisser Hirsch perto de Dresden. Era uma maneira suntuosa de gastar o dinheiro, mas no final se revelou uma atitude sábia, porque com sua combinação única de talento e diligência, seu estilo e refinamento — somados à sua saúde frágil, ao seu desamparo e à sua pobreza — ele era um excelente candidato a receber patrocínio dos aristocratas que lá conheceu. Ele já contava com o endosso de Ellen Key e, quando então conheceu a condessa Luise von Schwerin e o escritor Rudolf Kassner, Rilke foi adotado como uma causa e, nos anos seguintes, eles o apresentariam a patrocinadores que o sustentariam com dinheiro e bens para escrever pelo resto de sua vida.

Quando Rilke chegou a Göttingen no verão de 1905, ele levava consigo *O Livro das Horas* concluído, o livro de poemas de amor a Deus de um monge, já ampliado de maneira a conter três partes de poemas sensíveis de amor devoto. Depois de sua visita, que consistiu de caminhadas que fizeram descalços no bosque e de longas conversas, Andreas-Salomé escreveu a Rilke em suas memórias que, depois de *O Livro das Horas*,

> pela primeira vez a própria "obra" — o que viria por meio de você e o que exigiria de você — me pareceu ser seu senhor e mestre legítimos. O que mais ela exigiria de você?... Desde aquela semana de Pentecostes eu li sua obra

sozinha e não apenas quando estava com você. Eu me abri para ela, dei a ela boas-vindas como uma expressão de seu destino, que não era para ser negado. E, ao fazer isso, eu me tornei sua mais uma vez, de outra maneira — *como uma segunda virgindade.*

Ao iniciar sua segunda inocência com Rilke, Andreas-Salomé não chegava a ser uma ameaça ao casamento de Rilke; ela era antes um recurso que ele queria dividir com Clara e escreveu a ela de Göttingen desejando que "essa pessoa, que exerce um papel tão importante em minha história subjetiva, [poderia] ser [...] indispensável e essencial também para você". Westhoff e Andreas-Salomé acabaram se encontrando, e uma amizade se desenvolveu entre elas, mas quando Rilke soube, um ano depois, que Andreas-Salomé havia visitado Clara — e que Andreas-Salomé o havia criticado por abandoná-la —, ele escreveu a Clara para colocar o casamento deles em seus próprios termos. De Capri, em 1906, ele perguntou a Clara:

Como pode a circunstância refutar-me que temos de continuar adiando a nossa vida juntos, que praticamente também é uma de apoio mútuo, uma vez que apenas vocês duas fizeram meu mundo crescer ao inominável... Se estamos vivendo assim separados um do outro por dias de viagem e tentando fazer o que nossos corações requerem de nós dia e noite (não estaremos nos desviando do difícil pelo difícil em si?...), diga-me uma coisa: não há afinal uma casa ao nosso redor, uma casa de verdade, da qual só falta o sinal visível para que os outros não a vejam?

Rilke e Clara morariam próximos um do outro de tempos em tempos em suas viagens, mas jamais voltaram a morar numa mesma casa. Depois da visita ao sanatório Weisser Hirsch em 1905 — e depois do encontro com Andreas--Salomé —, ele começou a se aproximar de outras mulheres, que espalhariam seus egos como mantos (para usar a metáfora de Paula Becker), apenas para descobrir que estava colocando a admiração delas entre ele próprio e o chão. Rilke não se tornou mais capaz de manter relacionamentos com mulheres com o passar do tempo. Em dois casos que teve em Paris, ele deixou que mulheres ricas se aproximassem dele para logo voltar a se retrair para seu trabalho e sua solidão. Quando uma delas teve um colapso nervoso um ano depois, ele disse ao irmão dela que não podia fazer nada: "você me superestimou [...] eu não sirvo de apoio [...] sou apenas uma voz". "*Eu imploro* àqueles que me amam", ele escreveu à filha de um patrocinador, "que amem a minha solidão."

Fazendo do lugar de trabalho sua moradia, Rilke retornou a Paris em setembro de 1905 para trabalhar como secretário de Rodin, mas agora, quando Rodin o demitia por algum desentendimento, ele tinha seus patrocinadores que continuavam sustentando-o. Ele morou em quartos em Paris, deu os retoques finais ao *Porta-Estandarte* e escreveu novos poemas, *O Livro das Imagens*. Em 1907, ele fez uma turnê de recitação e escreveu outro livro, *Neue Gedichte* [*Novos Poemas*], que é um olhar das coisas pelos olhos do escultor, em que se despoja do eu do poeta para apresentar a pantera, a gazela, um torso esculpido de Apolo, como devem ser para si mesmos. No ano seguinte, Anton Kippenberg, seu editor, adquiriu os direitos por sua obra inicial e começou a lhe fazer pagamentos trimestrais, de maneira que, no verão de 1909, Rilke contava com uma renda segura e pôde oferecer a Clara um lugar para ela trabalhar em Paris — embora Ruth ainda continuasse morando com os avós em Oberneuland.

A remuneração recebida por Rilke era na verdade um adiantamento das parcelas, de maneira que ele teria que produzir a obra mais vasta que havia prometido: ele retornou a *Os Cadernos de Malte Laurids Brigge*, a narrativa de um jovem dinamarquês que sentia todas as sensibilidades e ansiedades que Rilke havia sentido em Paris. *Malte* fez dos anseios e desapontamentos sensíveis de Rilke as bases para uma concentrada devoção espiritual, pois o livro transformou a sensibilidade e um afeto não correspondido a coisas como riqueza e poder: "ser amado significa ser consumido", Rilke escreveu. "Amar significa irradiar uma luz inextinguível. Ser amado é morrer. Amar é persistir."

Ao terminar *Malte Laurids* em maio de 1910, Rilke caiu em depressão: externar seus medos o havia deixado não apenas exposto, mas também criativamente vazio, e ele passou então a buscar um bálsamo na companhia de mulheres. Depois de um encontro com uma amante em Janowitz, ele partiu para o Norte da África com uma patrocinadora, embora tenha se retirado da viagem quando não conseguiu manter o tom exaltado do caso. Como Andreas-Salomé, ele não faria nenhum registro de seus casos — apenas aqueles que induziriam suas cartas mais poéticas — e suas amantes são simplesmente tão indistintas em suas biografias como o marido e os amantes nas de Andreas-Salomé: tudo que não era poesia ficou fora.

Mas havia, no entanto, detalhes a serem arranjados. Para manter seus patronos aristocráticos, Rilke afetava uma aparência melindrosa e, apesar de sempre esgotar seus fundos e pedir dinheiro a seu editor, o seu desamparo continuou a favorecer o apoio de Kippenberg e outros. Ele continuaria por toda a vida a dar presentes sofisticados e atenciosos a seus mecenas e amigos e estava sempre comprando para em seguida abandonar livros e móveis quando se mudava, mas a *persona* do poeta — dedicado à sua arte acima de tudo — era uma boa publicidade para a venda de seus livros e, em 1911, Rilke finalmente alcançou uma verdadeira estabilidade financeira, quando Kippenberg, Kassner e Harry Graf Kessler colaboraram para dar a ele uma renda que cobriria suas necessidades — pelo menos durante os três anos seguintes. No entanto ele sempre gastaria demais e pediria adiantamentos a Kippenberg — que quase sempre eram concedidos, apesar de as vendas de seus livros nunca chegarem a cobri-los.

Ao retornar a Paris em 1911, sem dinheiro e emocionalmente esgotado da viagem ao Norte da África, Rilke estava à procura de uma pessoa solteira que pudesse acolhê-lo. A mulher que ele encontrou não foi uma amante, mas a prostituta de 18 anos Marthe Hennebert, que ele resgatou de um bordel. Assumindo a responsabilidade por ampará-la — provendo a assistência de que ela necessitava —, ele convocou seus mecenas aristocratas a colaborar e levou-a para morar com artistas que acharam que ela também era artista. Eles nunca foram amantes, mas Marie Taxis disse posteriormente que ele teve "mais proximidade com essa jovem do que com qualquer outra mulher".

Mas enquanto Rilke tomava providências para acomodar Marthe Hennebert, Clara estava finalmente se libertando do casamento com ele: ela havia se mudado para Munique com Ruth e fazia terapia desde a primavera de 1911. Quando chegou o verão, ela não tinha mais como manter a ilusão de estar casada e pediu o divórcio. Rilke era a favor do divórcio — ele disse a Andreas-Salomé que "não há nenhuma má vontade entre nós, mas se ela, como minha mulher, por assim dizer, anda por aí falsamente rotulada, isso não me diz respeito, no entanto ela ainda não está totalmente desvinculada de mim" —, mas, em consequência das frequentes mudanças de ambos para diversos lugares do mundo, além de problemas com a documentação original, o divórcio foi obstado por problemas burocráticos. Rilke e Clara despenderam um bocado de tempo e dinheiro com advogados, mas continuaram casados até a morte de Rilke em 1926.

Em meados de 1911, em meio ao vazio criativo após a conclusão de *Malte*, e em seguida de sua volta do Norte da África, e agora também em meio aos trâmites pela obtenção do divórcio, Rilke começou a se desesperar. Andreas-Salomé conhecia o terapeuta de Clara, Victor Emil von Gebsattel, desde 1906 e agora, no final de 1911, Rilke achou que uma terapia poderia ajudá-lo, então pediu a Andreas-Salomé o endereço de Gebsattel.

X.

Quando Andreas-Salomé recebeu o pedido de Rilke para lhe dar o endereço de Gebsattel — e depois suas cartas descrevendo seus males e medos —, ela própria estava apenas começando a se recuperar. Ela havia se separado de Zemek em 1908 — cujos motivos não constam em seus registros — e o período entre 1906 e 1909 foi mais social do que literário para ela: ela havia viajado com Zemek, havia estado doente muitas vezes e havia participado da vida social em Berlim. No entanto os registros de suas viagens são esparsos e os biógrafos não têm nada a dizer sobre o que ela fez em 1907 e 1908. Os registros foram retomados no verão de 1908, de uma viagem pelos Bálcãs com Zemek, antes de eles romperem. Quando uma amiga próxima dela morreu no início de 1909, Andreas-Salomé perguntou a Ellen Key se sabia de algum veneno que pudesse matá-la sem causar dor nem deixar nenhum vestígio — mas não levou o propósito adiante. Então ela conheceu e se tornou amiga de Ellen Delp, uma jovem que havia admirado seu romance *Ruth* e passou a viajar com ela no lugar de Zemek. Logo Andreas-Salomé passou a se referir a Ellen como sua filha e, com o passar dos anos, levaria outras "filhas" como companheiras de suas viagens.

No mês de maio de 1909, ela, Rilke e Clara tiveram um encontro em Paris com Rodin, e quando Rilke enviou a ela seu novo *O Livro das Imagens*, ela o elogiou:

[...] quão excepcionalmente a vida lhe favoreceu com essa posse, Rainer. E, você sabe, esta é certamente mais uma razão para a perfeita honestidade humana em questões artísticas ser ainda mais importante do que nas relações com outros seres humanos: sem ela, a pessoa perderia esse refúgio dentro de si mesma. O único no qual se pode confiar.

Eu tenho estado com você tão intensamente durante todo esse tempo que acho estranho ter de escrever.

Então, quando Rilke escreveu para lhe pedir o endereço de Gebsattel, a resposta de Andreas-Salomé foi veementemente contrária à terapia. Ela argumentou, como já havia feito antes, que ele próprio era capaz como sempre tanto de adoecer como de se curar — embora os biógrafos observem que ela devia estar querendo impedir Gebsattel de ajudar Rilke a intrometer-se em sua própria psique. Porém o próprio Rilke estava apenas flertando com a análise: ele jamais seguiu em frente com Gebsattel porque temia que a psicanálise se tornasse "uma ajuda demasiadamente fundamental, varrendo as coisas de uma vez por todas, e eu me ver de um dia para o outro limpo pode ser ainda mais desesperador do que esta bagunça".

Aparentemente a combinação de autoajuda e apoio dos aristocratas — além das longas cartas de autoexploração que ele escrevia a Andreas-Salomé — criou exatamente as condições de que ele necessitava, pois, logo após seu flerte com a psicanálise, ele se retirou para a costa do Adriático, onde a princesa Marie Taxis lhe oferecera o Castelo de Duíno, no alto de um penhasco sobre o mar. Naquele castelo isolado, onde ele não tinha nenhum compromisso com ninguém — em um dia em que provavelmente chegaram cartas tanto de Gebsattel como do advogado que tratava de seu divórcio —, Rilke escreveu três poemas e fragmentos adicionais de um conjunto de dez poemas que se tornaria sua obra-prima. "Quem, se eu gritasse, me ouviria dentre as hierarquias dos anjos?", ele escreveu, anotando os versos como se fossem ditados pela voz que ele sempre havia esperado ouvir. Quando ele enviou os poemas para Andreas-Salomé, ela respondeu que eram "o grito de júbilo do artista consumado. A questão não é mais a sua existência... A unidade é alcançada na própria obra: os anjos estão *criados*". Como *Malte Laurids*, a Primeira Elegia idealiza o desejo irrealizado: "quando você sente desejo/... Cante / as mulheres abandonadas e desoladas (você quase as inveja) / que podem amar tão mais puramente do que as realizadas". Rilke levaria dez anos para concluir a coletânea de poemas — mas agora sua fé se confirmava: ele podia apontar para algo no papel e mostrar o que sua devoção e sua aspiração haviam criado. Agora havia algo concreto, não apenas uma expectativa infinita.

Depois de ter desaconselhado Rilke a fazer psicanálise no início de 1911, Andreas-Salomé compareceu ao Congresso de Psicanálise no outono daquele ano. Um novo jovem amante, Poul Bjerre — primo distante de Ellen Key, quinze anos mais novo que Andreas-Salomé, que havia acabado de completar 50 anos em fevereiro —, levou-a a Viena e apresentou-a a Freud. Ela não havia publicado nada desde 1909, mas havia passado da ficção para a psicologia, com um ensaio sobre Deus e "o efeito erótico", no qual celebrava a abnegação da mulher que dá ao mundo os seus amantes, seus filhos e suas criações. Ela não entrou inteiramente no mundo psicanalítico naquela visita, mas passou o inverno seguinte estudando psicanálise e, quando retornou a Viena em 1912, obteve a permissão de Freud para participar de seus encontros de quarta-feira e assistir ao curso que ele dava na universidade.

Andreas-Salomé não se dedicou a Freud sem que também cultivasse um relacionamento com Alfred Adler, desertor recente do círculo de Freud. Freud pediu a ela que criasse para ele "uma divisão artificial da psique" "sem jamais mencionar numa sua forma de existência na outra e vice-versa", e Andreas-Salomé logo abandonou Adler, que queria que ela explorasse seu papel como mulher. Ela, no entanto, não começou a praticar nem a teorizar a psicanálise: ela procurou ser amiga de Freud e, em dois encontros com ele, analisou o ódio que tinha pela mãe em contraposição ao amor que sempre tivera pelo pai, atribuindo a criatividade ao erotismo anal — no qual, segundo Freud, "nos apossamos do trabalho que é nosso, algo almejado, como nós mesmos" — e o amor para o narcisismo infantil, que é retratado como a primeira realidade psíquica.

Andreas-Salomé teve amantes dentre os círculos psicanalíticos, mas ela havia absorvido tanto da independência solitária que se autoprescrevera que esses amantes foram meros companheiros que a seguiram em sua viagem de volta à juventude, e a maior parte desses relacionamentos se deu em cartas enquanto ela viajava. Em geral, esses homens mais jovens a viam como uma mulher dotada de otimismo ilimitado, e mesmo genial, mas ela sempre os empurrou para longe — e pedia que queimassem suas cartas — antes que a relação passasse a exigir demais dela.

Sem nenhuma educação formal na área, Andreas-Salomé admitiu pacientes para fazer psicanálise em Berlim a partir de outubro de 1913 e, quando em 1917 ela finalmente disse a Freud que estava atendendo, ele começou a lhe enviar dinheiro para suplementar sua renda: ela estava atendendo por menos da metade do que cobravam os profissionais. Andreas-Salomé idolatrava Freud como outra figura paterna, apesar de ele ver com certa cautela a imperturbável felicidade dela: "mesmo depois de termos falado sobre as coisas mais terríveis", ele disse, "você parece viver como se o Natal estivesse próximo". Diferentemente do que ela escrevia em seus diários durante seus outros relacionamentos, as anotações de Andreas-Salomé de 1912 a 1913 foram publicadas como um diário sobre Freud, e ela publicou uma carta aberta, *Mein Dank an Freud* [*Meus Agradecimentos a Freud*], como seu comentário pessoal sobre psicanálise — embora não fosse o artigo acadêmico que Freud e seu círculo esperavam dela.

Com exceção de algumas análises improvisadas de sonhos, Andreas-Salomé não analisou Rilke — ela se ateve a sua antiga fórmula de autoajuda por meio da arte e como resposta aos problemas psicossomáticos —, e quando Rilke voltou a cair no desespero depois de escrever a primeira das *Elegias de Duíno* — ele nunca sabia quando encontraria a paz e a tranquilidade para concluir a série —, ela o aconselhou a acreditar na mesma relação ficcional em que ele havia aconselhado Clara a acreditar. De Viena, em janeiro de 1913, ela disse que "deveria ser possível para nós estarmos em paz juntos e sem absolutamente nenhum esforço em direção a caminhos invisíveis" em vez de nos vermos pessoalmente. Ela proclamava a ideia de que ele "*tem que* sofrer e que sempre será assim", apesar de afirmar que "mil ternuras maternais estão prontas dentro de mim para você e apenas para você", e profetizou que "por mais que demore a acontecer, nós nos *regozijaremos* por estarmos juntos de novo e também em todos os perigos que a vida, para cada um de nós individualmente, nos reserva".

Depois de ter conhecido Freud no congresso de psicanálise de 1912 em Munique, Rilke havia reconhecido "ser mais uma vez meu próprio médico mais austero: solitário e calmo", mas sua solidão ainda carregava a marca de seus primeiros meses com Andreas-Salomé: "longas caminhadas no bosque, andando descalço e deixando a barba crescer dia e noite, um lampião à noite, um quarto acolhedor". Se Rilke continuou fiel, por toda a sua vida, à união abstrata que ele e Andreas-Salomé sempre haviam profetizado — e se ele aceitou que o sofrimento estava inextricavelmente ligado à escrita —, ele, contudo, continuava ansiando por alguém que o acompanhasse em seus tormentos e anseios: ele descreveu a si mesmo numa carta a Andreas-Salomé como "sempre diante de um telescópio, atribuindo a cada mulher que se aproxima uma felicidade que certamente jamais será encontrada com nenhuma delas: minha felicidade, a felicidade, há muito tempo, de minhas horas mais solitárias". Dois anos depois, agora com 40 anos, itinerante, semidivorciado e com uma carreira poética ainda apenas semicomeçada, ele confessa sua insuficiência no amor para a princesa Marie Taxis:

Eu não tenho nem a experiência que poderia ajudar num caminho independente nem o amor que pode encontrar inspiração no coração. Jamais poderei ser o amante, isso me toca apenas externamente, talvez porque ninguém jamais tenha realmente me arrebatado, talvez porque eu não ame minha mãe... Porque todo amor é um esforço, uma tarefa, *surmenage* [trabalho extra], apenas a Deus eu consigo amar com certa facilidade.

XI.

Durante quatro meses, no começo de 1914, Rilke se permitiu acreditar que suas esperanças e expectativas estavam se realizando, depois de receber uma carta de Magda von Hattingberg, pianista que fazia concertos em Viena, oito anos mais jovem do que ele. Como sempre, Rilke pediu a ela que amasse sua solidão, mas, depois de um mês de cartas enlevadas, ele abandonou Paris e o plano de trabalhar no inverno para se mudar para Berlim e dali viajar com ela. No entanto eles não conseguiram sustentar a intensidade das primeiras cartas, e quando a correspondência ia ser publicada como testamento do afeto entre os dois, eles se separaram em maio. Rilke descreveu o caso para Andreas-Salomé em junho:

> O que afinal, para minha desgraça, acabou de forma tão absoluta começou com muitas e muitas cartas, belas e leves, que quando chegavam aceleravam meu coração: eu mal consigo me lembrar de ter antes escrito tais cartas... Se for possível para alguém confuso e turvo internamente tornar-se claro, foi o que aconteceu comigo naquelas cartas. O cotidiano e minha relação com ele tornaram-se para mim, de alguma maneira, indescritíveis, sagrados e comunicáveis [...] de maneira que pela primeira vez parecia que eu me tornava o dono de minha vida.

Não obstante a intensidade poética, esse rompimento foi embaraçoso para Rilke, uma vez que ele havia falado com muito entusiasmo de Hattingberg para a princesa Marie Taxis e podia agora ver seu entusiasmo diminuído através dos olhos dela; mas, se ele foi tomando cada vez mais consciência de si a cada relação que tinha, o curso de seus relacionamentos nunca chegou a mudar significativamente. Passados alguns meses de paixão, surge o "terror, a fuga, o recuo de volta à solidão segura", e quando ele refletia sobre sua carreira de amante, ele podia se consolar com a qualidade dos primeiros momentos: "o que eu no máximo consigo ter em comum com outras pessoas são apenas momentos fugazes: encontros — mas quem pode reclamar, quando teve o privilégio de tais encontros, que o verdadeiro contato lhe foi negado?".

Andreas-Salomé e Rilke estavam ambos na Alemanha quando a Primeira Guerra Mundial foi deflagrada em agosto de 1914 — Andreas-Salomé em Göttingen e Rilke em Munique — e ambos permaneceram na Alemanha por todo o tempo de duração da guerra. Rilke passou a maior parte dele em Munique — centro das atividades contra a guerra — encontrando uma amante entre uma viagem e outra a Berlim e outros lugares. Tendo suas viagens restritas durante a guerra, Andreas-Salomé atendia pacientes para sessões de psicanálise em sua casa — e alguns por correspondência — e escrevia sobre narcisismo e sexualidade infantil, elaborando suas teorias psicanalíticas em ensaios que esboçam a noção infantil de unidade com o mundo por meio do desenvolvimento artístico e psicossexual.

Em 1919, com 58 anos, Andreas-Salomé vinha trabalhando como terapeuta em Göttingen havia quase cinco anos — mas havia voltado de novo a escrever ficção, e escreveu que, "nesses três últimos anos", suas histórias haviam se tornado "tão importantes para mim quanto em minha juventude". Ela esteve de visita a

Rilke e sua amante em Munique por dois meses de leituras e conversas, depois da qual ela voltou a pedir a Rilke que acreditasse no relacionamento abstrato entre eles:

> Eu tenho que lembrar sempre a mim mesma que a imagem de nossa ligação secreta continua comigo e que ela persistiria mesmo que nenhum de nós tivesse consciência dela. Mas eu não disse a você nem mesmo uma única vez o que significa, para mim, sentir tal ligação fazer parte de minha vida à luz do dia, como uma realidade de saber que, hora após hora, você está a apenas algumas ruas de distância. Quando fomos ao recital de dança naquela manhã, eu estive muito perto de conseguir dizer isso, mas mesmo naquela ocasião eu acabei *não conseguindo*.

Depois dessa visita, Rilke deixou a Alemanha e foi viver no ambiente política e economicamente mais estável da Suíça. Ele jamais voltaria à Alemanha, e Andreas-Salomé, já perto dos 60 anos, não viajava mais tão livremente como antes. Eles jamais voltariam a se ver, mas continuariam obviamente a se corresponder.

XII.

Por mais que tentasse encontrar um lugar onde pudesse escrever as elegias que faltavam, em paz e longe dos amores que desviavam sua atenção, Rilke não resistiu a se envolver em outro caso com Elisabeth (Baladine) Klossowska, uma jovem pintora separada de seu marido que vivia com dois filhos pequenos. Rilke e Klossowska se conheceram na Suíça em 1919 e se corresponderam até se tornarem amantes em agosto de 1920. Diferentemente de todas as outras amantes de Rilke, ela não chegou até ele por meio de sua poesia — o ponto de encontro comum entre eles foi o fato de ambos terem vindo de um exílio em Paris —, e o relacionamento se baseou em termos diferentes de todos os seus outros casos. Acostumado a sempre usar a forma de tratamento familiar *tu* ou *du* "tu" em francês e alemão, respectivamente] com as mulheres, dessa vez ele usou o tratamento formal *vous* ou *Sie* ["você" em francês e alemão, respectivamente], e, como sua correspondência com Klossowska ocorreu em francês, ele voltou a assinar seu nome como René, abandonando o "Rainer" de Andreas-Salomé. Mas Rilke sabotou sua relação com Klossowska, mesmo quando deu a ela mais espaço em sua vida do que jamais dera a muitas de suas amantes: numa carta à sua patrocinadora de longa data, Marie Taxis — que havia dado a Rilke o título de "Doutor Seráfico" —, ele escreveu que

Klossowska considerava sua escrita como "obra" de um "autor" quando o que ele estava tentando era "criar o universo".

A intimidade com Klossowska não impediu Rilke de aceitar o convite de outro mecenas para passar o inverno sozinho em um castelo perto de Zurique, deixando Klossowska em Genebra com seus meninos. "Mas nós somos seres humanos, René", ela objetou quando ele comunicou a ela que havia partido. Ele passou o inverno de 1920-1921 sozinho em Berg, tentando concluir *As Elegias de Duíno*, mas quando Klossowska e seus filhos tiveram que voltar para Berlim, para recuperar os bens abandonados durante a guerra, ele dedicou uma grande parte de sua solidão arduamente conquistada para ajudá-la de longe a providenciar os arranjos. A perda de sua solidão voltou a deixá-lo profundamente deprimido e, nessa situação, ele finalmente se voltou contra o amor:

> Para um espírito que encontra sua realização em [subordinação ao trabalho], a condição de *ser amado* talvez sempre acabe em infortúnio... Assim a experiência amorosa parece uma forma subsidiária, retardada e imprópria da experiência criativa, quase sua degradação — e continua incapaz de realização, não dominada e, de acordo com a ordem superior de criatividade bem-sucedida, não permissível.

Por seu isolamento, no entanto, Berg se tornou outro Duíno, simbolizando a experiência literária fundamentalmente solitária, e ele começou a procurar "outra Berg" para o inverno seguinte. Klossowska participou com ele da procura e, naquele verão, em viagem por Sierre, na Suíça, eles encontraram Muzot — o *t* final é pronunciado, ele diria —, um solar de pedra do século XIII. As acomodações da casa eram primitivas, mas seria um lugar só dele, e Rilke convenceu seu mecenas Werner Reinhart a comprar, reformar e decorar a casa, com base no acordo de que ele viveria ali quando não estivesse viajando.

Rilke viveu em Muzot com Klassowska durante seis meses — ele ocupando o andar de cima e ela, o de baixo —, e a presença dela desencadeou um período extremamente produtivo para ele. Depois de mais de um mês escrevendo cartas e, em seguida, traduzindo, ele concluiu as sete últimas *Elegias de Duíno* e escreveu todos os 57 *Sonetos a Orfeu* numa explosão criativa de duas semanas em fevereiro de 1922. Depois de concluir as elegias, foi com Andreas-Salomé que ele primeiro celebrou: "agora eu volto a conhecer a mim mesmo. Era uma mutilação constante de meu coração que as *Elegias* não chegassem — aqui. Agora elas existem. Existem". Pronta para vivenciar o triunfo do amor que eles haviam compartilhado por meio da criação dele, ela escreveu dizendo que "fiquei sentada, lendo e chorando de alegria, e não apenas de alegria, mas de algo muito mais forte, como se uma cortina estivesse se abrindo, desvendando, e tudo estivesse ficando calmo, ganhando certeza, presente e bom". Três semanas depois, ela escreveu: "*Eu jamais vou poder lhe dizer* quanto isso significa para mim e quanto eu esperei inconscientemente receber o que é *Seu* como também é *Meu*, como verdadeira consumação da vida. Eu serei grata a você por isso até o fim, até o novo começo primordial, meu caríssimo Rainer". Rilke, por sua vez, respondeu com gratidão: "Que você esteja aí, caríssima Lou, para selá-lo tão jubilosamente no fundo de meu coração com sua resposta!". Andreas-Salomé foi além de simplesmente elogiar sua obra: ela passou a *usar* seus poemas e, em 1923, o felicitou descrevendo como esses poemas haviam trazido seus pacientes de volta à vida, ao perceberem quanto as coisas podiam ser intensas.

Rilke estava finalmente separado de Klossowska — que retornou a Zurique enquanto ele ficou sozinho escrevendo —, de acordo com uma correspondência epistolar que manteve com Marina Tsvetaeva, poeta russa que vivia exilada em Paris, mas em 1923 seus problemas de saúde estavam finalmente restringindo seus movimentos — a leucemia que o levaria à morte estava começando a se manifestar — e eles jamais se encontraram pessoalmente. Ele fez uma viagem a Paris, em 1925, onde se encontrou com amantes e mecenas num redemoinho de palestras e visitas, mas acabou se retirando para Muzot e, dali, para a Clínica de Valmont, onde sua doença estava sendo tratada.

A medicina ainda não dispunha de muito conhecimento sobre a leucemia na década de 1920, de maneira que, quando Rilke apresentou feridas dentro da boca, além de dores e perda de peso, Andreas-Salomé — a única correspondente a quem ele descreveu o estado de sua saúde — atribuiu seus sintomas, como sempre, a causas psicológicas. Numa carta a ela, ele descreveu sua doença como efeito adverso da prática masturbatória que ele havia retomado na época de sua recaída.

> Durante dois anos inteiros, eu tenho vivido mais e mais em meio a sobressaltos, cuja causa mais palpável (a autoestimulação) eu invariavelmente, com uma obsessão demoníaca, exacerbo justamente quando acho que venci a tentação de ceder a ela. É um círculo medonho, uma roda de magia perversa que me envolve como que numa pintura do Inferno de Breughel.

Sem nenhum conhecimento de medicina, Andreas-Salomé atribuiu à criatividade de Rilke os males que ele estava sofrendo.

A queda no domínio dos atormentados, dos desamparados, à mercê do próprio corpo, não é algo que você sente apenas como reação ao acúmulo de tensões do trabalho criativo; pelo contrário, ela é desde o começo *intrínseca* a esse trabalho: o reverso da própria coisa; e o demônio é simplesmente um *deus inversus*.

Rilke tomou cuidado para que ninguém que se importava com ele percebesse quanto ele estava doente — ele confidenciava seus sentimentos apenas a Andreas-Salomé. Era prática comum na época manter o paciente desinformado, de maneira que ele nunca soube de seu diagnóstico, mas descreveu sua doença como "um mistério inevitável, que não é para ser analisado de muito perto". Mas queria que Andreas-Salomé soubesse tudo a seu respeito, e sua amiga e mecenas Nanny Wunderly comunicou a ela que ele havia dito: "Lou precisa saber de tudo — talvez ela conheça algum consolo".

A última carta disponível de Andreas-Salomé para Rilke foi escrita um ano antes da morte dele, apesar de ela ter recebido cartas das cuidadoras dele até Rilke morrer. Já no período terminal, uma enfermeira escreveu que quando havia "perguntado a ele se devia lhe escrever de novo, ele disse que *não*, com um aceno de mão". A última carta dele para ela começava e terminava em russo, recordando o período em que haviam sido mais íntimos: "adeus, meu amor", ele escreveu, e morreu nos braços de seu médico duas semanas depois, no dia 29 de dezembro de 1926. Nem Andreas-Salomé nem tampouco Klossowska e Clara Westhoff compareceram ao funeral, apenas alguns dias depois; somente uma de suas ex-amantes acompanhou seus mecenas e amigos a seu enterro na Suíça. Clara Westhoff, que tentara visitá-lo em seu declínio, havia sido mandada embora.

XIII.

Um ano após a morte de Rilke, Andreas-Salomé publicou suas memórias sobre ele, *Só Você É Real para Mim*, que repetia a descrição realista que havia feito de Nietzsche ao descrever um gênio criativo cujo corpo era insuficiente para as exigências de sua arte. Andreas-Salomé sobreviveria a Rilke por pouco mais de dez anos — ela morreu uma semana antes de completar 76 anos em fevereiro de 1937 —, exercendo a psicanálise e escrevendo suas memórias até o agravamento de sua saúde impedi-la de trabalhar. Em 1929, ela fora hospitalizada com diabete e, em 1930, três anos após a morte de Rilke, ela enviuvara quando Andreas morreu de câncer. Ela começou a escrever suas memórias em 1931, em que conta que "mantive distância [dos colegas do seu marido], antagonizei-os, ofendi-os contra todas as regras de civilidade, ao longo de 27 anos, para de repente me ver entre todo o carinho e o afeto deles".

Freud não havia lhe concedido a mesma intimidade que ela havia tido com Nietzsche e Rilke, no entanto ela fez amizade com a filha dele, trocando visitas e longas cartas. Na última carta que escreveu a Freud, em 1935, ela disse que desejava "poder olhar em sua face nem que fosse apenas por dez minutos — da face do pai de minha vida" —, mas Freud resistia à tendência de ela o chamar de pai, preferindo se ver como um irmão, como os outros analistas. Em 1933, com 72 anos, ela se tornou mãe quando adotou formalmente o filho de seu irmão Sacha — o seu testamenteiro literário havia deixado a Alemanha e ela queria um herdeiro —, mas, quando as relações entre eles se tornaram hostis, ela quis desfazer a adoção e encontrou outro testamenteiro, que determinou seu espólio três anos antes de sua morte.

A filha de Andreas, Mariechen, foi sua principal cuidadora quando Andreas-Salomé ficou quase cega em consequência do diabete e, em 1935, foi submetida a uma mastectomia. Na época, ela havia acrescentado um epílogo confessional a suas memórias sobre Rilke.

> Mesmo naquela proximidade ardente e preocupada, eu me mantive fora do círculo daquilo que liga inteiramente um homem e uma mulher...
>
> Quantas vezes eu então apertei minha cabeça entre as mãos, me esforçando para que eu própria entendesse. E quão profundamente desconcertada eu me sentia, folheando um velho diário esfarrapado... Eu li a afirmação descaradamente honesta: "Eu serei para sempre verdadeira para com as minhas memórias, mas jamais serei verdadeira para com outras pessoas".

XIV.

Essa resoluta deslealdade fez com que o legado de Andreas-Salomé se tornasse controverso. Em geral, ela é lembrada, como claramente desejou ser, como a musa que inspirou Nietzsche, Rilke e Freud. Rilke parece ter compartilhado desse sentimento dela — ele também se manteve fiel apenas à sua poesia —, mas seus casamentos e suas relações menos significativas nos revelam igualmente seres humanos por trás de espíritos impiedosamente felizes ou impiedosamente elevados que despreocupadamente — ou em tormento, respectivamente — consideravam toda experiência como uma oportunidade para a arte e a devoção.

Contar a história desse homem e dessa mulher — contar a história detalhada dos momentos presentes em que eles viveram, amaram e escreveram — e descrever em detalhes as relações e emoções que eles ocultaram — de si mesmos e um do outro — é ir contra a natureza de seus escritos — e da relação que tiveram, na qual investiram um empenho coerente por um estilo de vida criativo que não fosse apenas artístico, mas arte propriamente. Enquanto eles conseguiram relegar seus relacionamentos fracassados ao silêncio, enquanto conseguiram transformar as ofensas que sofreram (ou infligiram) em sacrifícios que fizeram pela arte (descrevendo as separações como dádivas e os tormentos como incentivos), e enquanto conseguiram transformar sua solidão em amor e seus tormentos em devoção, eles puderam continuar vendo seus poemas, suas cartas e seus relacionamentos como obras de arte: tudo mais era relegado ao abismo, não criado.

Os artistas que seguiram seus passos — mantendo-se longe do casamento, agarrando-se a uma união transcendente acima dele, sustentando a crença nos atos de criação — sentiriam esses mesmos impulsos: a transformar a vida em arte, a decidir o que devia ou não ser incluído. O movimento no decorrer do século XX seria em direção a confissões cada vez mais detalhadas das dificuldades envolvidas em casamentos criativos, mas Andreas-Salomé e Rilke preservam sua relevância até hoje. Eles insistiram firmemente na experiência da arte na qual a vida humana é transformada em algo eterno, belo a ponto de ser aterrorizante — aterrorizante mesmo a ponto de reprimir os desejos e as insatisfações que impedem a arte e o casamento de serem obras puras e completas em si mesmas.

Capítulo Dois

Visões que se Apoiam Mutuamente
Alfred Stieglitz e Georgia O'Keeffe

Eu acho que foi o trabalho que me manteve com ele, embora eu o amasse como ser humano. Eu fui capaz de enxergar tanto os seus pontos fortes como os fracos. Eu suportei muitas contradições absurdas por tudo o que me parecia claro e brilhante e maravilhoso.
— Georgia O'Keeffe

A minha biografia será [feita de] um único caso. Se você for capaz de imaginar a fotografia na forma de uma mulher e perguntar a ela o que ela pensa de Stieglitz, ela dirá: "Ele sempre me tratou como um cavalheiro".
— Alfred Stieglitz

A relação foi sempre muito boa, porque estava baseada em algo mais que necessidades emocionais. Cada um se interessava realmente pelo que o outro estava fazendo. É claro que a gente sempre faz o melhor que pode para destruir o outro sem se dar conta.
— Georgia O'Keeffe

I.

No dia de Ano-Novo de 1916, a amiga de Georgia O'Keeffe da escola de artes Anita Pollitzer apareceu na galeria de Alfred Stieglitz levando embaixo do braço um rolo que continha os desenhos de O'Keeffe. O'Keeffe havia mandado para a amiga os desenhos de Columbia, Carolina do Sul, onde, com 29 anos, ela ensinava arte a meninas colegiais. O'Keeffe não havia sugerido que Pollitzer pedisse a opinião de Stieglitz sobre os desenhos. Ela apenas disse que queria se ver livre

deles: e disse que havia expressado neles algo tão pessoal que não conseguia mais nem olhar para eles.

Os desenhos abstratos a carvão de formas elementares em torvelinho marcaram o fim de um período de crise para O'Keeffe. Ela havia deixado para trás seus amigos e o mundo artístico de Nova York para assumir aquele cargo na Carolina do Sul, mas não via deslanchar sua carreira de professora. Ela só havia aceitado aquele emprego porque o salário seria o bastante para sobreviver e ainda lhe restar tempo para pintar, mas os outros professores logo perceberam que aquele não era o lugar dela. Durante todo o outono, ela havia ficado isolada, tomada de medo de jamais fazer algo que a distinguisse como artista.

O'Keeffe havia passado aquele semestre trabalhando arduamente em suas pinturas, mas também esperando que algum homem lhe desse o apoio e a aprovação necessários para que ela pudesse se sentir em casa no mundo, como mulher e como artista. Ela havia simpatizado com um professor de ciências políticas da Columbia University, Arthur Macmahon, no verão de 1915, mas, mesmo depois de passar os quatro dias do feriado de Ação de Graças nos braços dele, ela confessou a Pollitzer que não sabia para onde a relação estava andando — e também que ela estava se tornando precavida em relação ao amor.

> Eu não o amo — e nem pretendo amá-lo — às vezes, quando muito cansada, eu costumava querer estar com ele por ser muito tranquilo — provavelmente, vou voltar a querer estar com ele — embora [...] duvide.*
> Ele é ótimo para deixar que se vá — e ótimo para manter — de maneira que farei as duas coisas — porque ele não quer — ir embora. Nós seremos sempre amigos
> Eu quase quero dizer — não me venha falar de amar alguém
> É uma coisa curiosa — não deixe que ele a pegue Anita se dá valor à sua paz de espírito — ele vai comê-la e engolir inteira.

Enquanto estava "mais perto de me apaixonar [por Macmahon] do que queria", ela havia começado um flerte também com o sociólogo Marcus Lee Hansen, do Columbia College (Carolina do Sul), mas disse a Pollitzer que Hansen era outro "homem com quem não sei o que fazer. Se ele fosse menos delicado — eu o deixaria cair como um bolo quente — mas ele é delicado demais para deixar cair — e delicado demais para ficar — e ele não sabe quanto é delicado".

Quando Hansen não facilitou as escolhas para ela — ele apenas deu a ela outra opção, a de não escolher —, O'Keeffe colocou de lado as pinturas a óleo que estava fazendo e deixou totalmente de trabalhar com cores. Frustrada e desapontada, ela estendeu as folhas de papel para desenho diretamente no chão e fez uma série de desenhos a carvão que deu forma a sentimentos efervescentes a que nenhum de seus relacionamentos havia conseguido dar vazão. Musculosas e femininas, as formas em torvelinho sugerem o estado de desejo interno e expressam um espaço feminino em desenvolvimento, com chafarizes e figuras em formas fálicas que sugerem ou um vazio agitado ou as formas que poderiam preenchê-lo.

---

* Deixei propositadamente a pontuação informal própria de O'Keeffe.

Aqueles desenhos haviam em parte sido inspirados pela arte moderna que O'Keeffe havia visto na galeria de Alfred Stieglitz e em *Camera Work*, a revista que Stieglitz editava. Stieglitz adquiriu renome como fotógrafo na década de 1890, mas quando começou a expor o Modernismo Europeu em sua galeria situada no número 291 da Quinta Avenida, ele criara para si também renome como ardoroso promotor de arte moderna — de artistas ainda desconhecidos. Ele ficou conhecido por acolher artistas debaixo de suas asas, expondo-os em sua galeria e ajudando-os a atrair público e compradores para suas obras. O'Keeffe jamais havia pedido explicitamente a sua amiga que mostrasse seus desenhos a Stieglitz, mas havia escrito para Pollitzer, no outono de 1915, que ela

> preferiria que Stieglitz gostasse de alguma coisa que eu fiz — a qualquer outro que conheço — sempre achei isso — se eu fizer alguma que me satisfaça ainda que um pouco — vou mostrar a ele para saber se tem algum valor — Você nunca desejou fazer algo de que ele pudesse gostar?

Pollitzer encontrou Stieglitz na galeria e disse a ele que tinha alguns desenhos que talvez ele quisesse ver. Descrevendo a cena do dia de Ano-Novo para O'Keeffe, ela disse que Stieglitz "olhou [...] ele contemplou profundamente e captou-os — olhou de novo — o salão estava calmo. Uma pequena fonte de iluminação... Passou-se um longo tempo antes de seus lábios se abrirem. 'Finalmente, uma mulher no papel', ele declarou". O'Keeffe havia chegado: ela havia comunicado uma experiência única e genuína por meio de sua arte — e Stieglitz havia descoberto um novo talento e uma jovem mulher que poderia precisar de sua ajuda para iniciar sua carreira.

Alfred Stieglitz estava sempre à procura de novos artistas americanos — e uma artista mulher seria especialmente favorável a seu negócio —, mas Stieglitz estava também à procura de uma amante. Já havia bastante tempo que ele estava separado de sua mulher — ela nunca havia compartilhado de sua paixão por fotografia e arte —, e ele havia acabado de sair de um caso com outra jovem pintora, Katherine Rhoades, que tinha 26 anos, enquanto ele tinha 48, quando haviam começado a se encontrar em 1912. Rhoades rompeu com Stieglitz em 1915, depois de ele ter exposto as pinturas dela — a pintora destruiu os próprios quadros e deixou Nova York —, e agora, no dia de Ano-Novo de 1916, seu aniversário de 52 anos, Stieglitz estava atrás de outra amante que tivesse interesse em suas ideias artísticas e em seu estilo de vida.

Depois de saber por intermédio de Pollitzer como Stieglitz havia reagido a seus desenhos, O'Keeffe escreveu para lhe perguntar quais haviam sido suas impressões, e, com isso, eles iniciaram uma correspondência por meio da qual O'Keeffe tentava descrever sua obra e Stieglitz a encorajava a continuar trabalhando. Enquanto continuaram se correspondendo pelos próximos meses, Stieglitz foi ficando cada vez mais impressionado, tanto com a sua personalidade como com a pintura de O'Keeffe: na primavera de 1918, Stieglitz escreveu que ela era o próprio "espírito da 291 — Não eu".

O'Keeffe havia praticamente se dado a tal ideia abstrata. Desde que sua família começara a cair na pobreza em 1899, ela havia perdido anos de criatividade para cuidar de doentes e ganhar dinheiro, mas jamais havia assumido compromissos que a deixassem atada, fosse a algum emprego ou amante. Ela havia apostado todas as suas esperanças na arte, e quando, em 1918, finalmente aceitou a oferta feita por Stieglitz de um estúdio em Nova York, ela preferiu escolher Stieglitz a um fotógrafo mais jovem, Paul Strand, com quem ela tinha uma ligação física e mesmo artística mais forte; ao preferir Stieglitz como amante, ela estava assegurando um lugar para sua obra de arte. Stieglitz foi motivado igualmente por sua própria arte e foi morar com O'Keeffe dois meses depois de ela ter se mudado para Nova York: não apenas era ela a nova artista promissora para a sua galeria, mas agora também sua modelo e colaboradora.

Stieglitz já havia passado anos promovendo a ideia de que a arte é uma experiência transcendental que eleva as pessoas acima de sua vida particular. Mas se ele e O'Keeffe tinham simpatia pela arte um do outro, havia quase 24 anos de idade separando-os, além de proverem de origens profundamente diferentes e terem temperamentos distintos. Eles tinham ideias muito divergentes sobre como passar seus dias, e a linguagem abstrata da visão artística nem sempre servia para conciliar — ou até ocultar — seus casos e suas personalidades profundamente diversas. Mas, apesar das diferenças, e das crises que elas provocavam, a arte os manteve juntos até a morte de Stieglitz em 1946.

II.

Para Alfred Stieglitz, a arte que dava uma expressão única a intensos sentimentos pessoais era tanto consequência como refúgio de sua infância como filho de pai rico e dominador. Edward Stieglitz provinha de origens humildes na Alemanha, mas fez fortuna primeiro manufaturando instrumentos de medição e depois artigos de lã durante a Guerra Civil. Ele tinha 29 anos em 1862, quando se casou com Hedwig Werner, de 18 anos, que levou uma herança familiar invejável de erudição talmúdica para seu marido rico. Quando eles celebraram o nascimento de Alfred no Ano-Novo de 1864, e depois o de seus irmãos gêmeos em 1867, ela e Edward continuavam vivendo próximos a sua comunidade judia-alemã em Hoboken, Nova Jersey, mas em 1871, quando Alfred estava com 7 anos, Edward abandonou suas raízes e se mudou para um endereço mais em voga na East Sixtieth Street, em Nova York, onde podia conviver com outras famílias ricas da cidade, livre das convenções mais restritivas de sua comunidade imigrante.

Edward Stieglitz completou sua ascensão social patrocinando pintores e músicos e, também, fazendo arte como diletante. Como alguém que havia vencido por esforço próprio e que estava criando a sua própria sociedade, Edward queria que seus filhos tivessem tudo que havia de melhor, mas sem deixar de esperar que eles fizessem fortuna por conta própria, como ele havia feito. No entanto, fora de qualquer comunidade tradicional, os caprichos de Edward eram leis invioláveis para a família, e Alfred cresceu dividido entre as vastas riquezas de seu pai e seu ressentimento sempre que era levado a sentir como se ele próprio estivesse desfrutando uma liberdade que não havia conquistado.

Criado na discordância entre as promessas abstratas da arte e as realidades do comércio, Stieglitz se tornou sensível às contradições de sua situação e às expectativas de seus pais. Posteriormente, sua amante Dorothy Norman citaria como afirmação dele

> porque o que me era prometido me incitava, mas aí não o encontrava em nenhum lugar, eu decidi que teria que criar meu próprio mundo, no qual as pregações feitas em minha infância pudessem ser colocadas em prática. Eu passei a vida tentando descobrir o que as pessoas queriam realmente dizer quando falavam; quando diziam acreditar numa coisa, mas faziam outra; quando declaravam um conjunto de valores em público e outro na vida privada; tomavam decisões pomposas, mas não as cumpriam.

Percebendo os dois lados das pessoas e das palavras, Stieglitz estava sempre à procura de alguém que pudesse confirmar o que ele via, e, segundo as especulações de um biógrafo, ele passou a necessitar ainda mais das pessoas depois que sua mãe deu à luz seus irmãos gêmeos, quando ele tinha 3 anos: sem ter ele próprio um irmão gêmeo, ele estaria sempre sozinho em suas experiências, ansioso por encontrar um igual com quem compartilhá-las.

Por mais intensas que fossem as experiências de Stieglitz, seus pais sempre acabavam tomando as decisões por ele. Não percebendo nenhuma forte inclinação em seu filho, Edward matriculou-o numa escola secundária alemã e depois em um curso de engenharia mecânica no *Polytechnikum* em Berlim* em 1886. Stieglitz obedeceu a seus pais e se matriculou, mas abandonou os estudos de engenharia assim que descobriu a câmera fotográfica. Ele não era apaixonado pela fotografia quando começou a estudar no *Polytechnikum* e não há nenhuma evidência de que ele algum dia tenha pegado um pincel da casa *quase artística* de seu pai, mas a fotografia era um novo meio de comunicação e Stieglitz viu nela uma oportunidade. Pelo domínio dos detalhes técnicos da fotografia, ele pôde se expressar nesse novo meio de comunicação de uma maneira completamente diferente das realizações comerciais de seu pai. Com uma arte que envolvia também um processo altamente técnico, Stieglitz passou a poder escolher dentre tudo que caía no raio do visor até o domínio da exposição à luz e depois a revelação das chapas. Então, como pioneiro nesse campo, ele próprio podia ser o único juiz do resultado que aparecia numa imagem fotográfica.

Stieglitz encontrou um mentor em um professor de química que havia desenvolvido novos processos fotográficos e que permitiu que ele faltasse às suas aulas porque já estava passando grande parte do tempo no laboratório e no quarto escuro. Stieglitz recusou-se a aceitar as limitações impostas pelos materiais e pelas técnicas existentes na época e passou a fazer experiências com papéis e filmes, métodos de exposição e revelação, e acabou descobrindo novas maneiras de capturar fortes contrastes e as sutilezas de superfícies texturizadas. Na década de 1890, a fotografia continuava sendo uma forma vitoriana de arte do retratista e, em geral, se esperava do fotógrafo que ele aprimorasse seus retratos, aperfeiçoando-os no quarto escuro, mas Stieglitz foi além, proclamando que suas fotografias eram "naturais, não manipuladas e desprovidas de qualquer truque, uma imagem impressa que não se parecia com nada senão com uma fotografia, ganhando vida por suas próprias qualidades inerentes e revelando seu próprio espírito".

Enquanto dominava as técnicas de exposição e revelação, Stieglitz adquiriu um vocabulário com o qual podia descrever uma filosofia e uma poética, bem como uma teoria da percepção, numa época em que os críticos estavam apenas começando a reconhecer as possibilidades artísticas da câmera fotográfica. Um crítico contemporâneo observou que "em Stieglitz, não há nenhuma revolta: sempre uma aceitação espontânea — sem questionar — do que há ali", mas essa aceitação não era apenas a aplicação de novas técnicas. Era também uma forma

---

* Vale a pena notar que Stieglitz foi atraído para universidades alemãs pela reputação que tinham, fomentada por mulheres russas liberadas como Lou von Salomé, por sua licenciosidade sexual e artística.

de revolta contra os preconceitos de classe de seus pais, que viam as coisas como símbolos de *status* e riqueza. Era também uma forma de revolta contra a "automatização" desumana da cultura industrial que, segundo Stieglitz, estava transformando os homens em funções e a natureza em máquina. Focando as realidades que passavam despercebidas, Stieglitz usava sua câmera como um ato de devoção às qualidades humanas que sua cultura negligenciava.

"Quando faço uma fotografia", ele diria mais tarde, "estou fazendo amor." O sexo e a arte estariam sempre interligados para Stieglitz, pois, ao mesmo tempo que descobria a fotografia, ele também descobria a liberdade erótica do solteirão endinheirado no exterior e, da mesma maneira que insistia em que sua fotografia era arte, ele também insistia em descrever seus relacionamentos em seus próprios termos. Em seus relacionamentos em Berlim, no entanto, Stieglitz continuou seguindo os passos do pai, pois seu pai era famoso por ser mulherengo — na verdade, tão notório que sua reputação como tal acabou impedindo o irmão mais novo de Alfred, Lee, de fazer residência no Hospital Mount Sinai. Stieglitz havia condenado o pai por seus casos com empregadas e outras, mas, agora que ele próprio podia dar-se ao luxo de manter uma amante, ele montou uma casa para uma prostituta chamada Paula em 1886. Entretanto Stieglitz não escondeu a relação, como seu pai havia escondido seus casos: ele rebelou-se contra a moralidade convencional, vivendo abertamente com Paula, e respondia a todas as objeções, dizendo que ela era "tão pura como sua mãe". Posteriormente em sua vida, ele diria que aquele fora o seu período "mais feliz e mais livre", porque em sua relação com Paula ele tivera toda a liberdade de um amante e a estabilidade de um homem casado. Ele se recusou, no entanto, a assumir a responsabilidade de pai e terminou a relação quando Paula engravidou. Ela não foi a única mulher que ficou grávida dele — há evidências de que ele deixou mais de um filho para trás na Europa —, mas quando retornou aos Estados Unidos, em 1890, ele continuou enviando 150 dólares* a ela por ano para as despesas do filho.

Em seu retorno de Berlim para Nova York, a liberdade de Stieglitz passou a ser inspecionada e controlada pela família e, posteriormente, mais de uma vez, ele se lembrou de ter chorado antes de dormir todas as noites "por sentir uma solidão opressiva. O vazio espiritual de minha vida era espantoso". Determinado a fazer do filho um homem bem-sucedido nos negócios, Edward nomeou-o um dos diretores da Photochrome Engraving Company. Durante cinco anos, Stieglitz dirigiu a empresa com Joe Obermeyer e Louis Schubart, amigos seus que Edward havia convencido a se tornarem sócios de sua empresa. Stieglitz não

---

* Aproximadamente 3.500 dólares em 2011.

estava, no entanto, interessado nesse tipo de sucesso e negligenciou a empresa para se dedicar à fotografia, por meio da qual o seu trabalho amadorístico havia começado a lograr-lhe a reputação de inovador diligente, e, em 1892, ele passou a publicar artigos que defendiam os benefícios pessoais, culturais e até nacionais da "fotografia pura ou natural" — diferente dos subterfúgios ordinários usados pelos retocadores sentimentais.

Stieglitz pode ter tentado fugir às responsabilidades por seu negócio, mas não conseguiu escapar às pressões de seus pais e de seu sócio, Joe Obermeyer, para fortalecer os vínculos empresariais, casando-se com a irmã de Obermeyer. Emmeline Obermeyer tinha 20 anos quando eles se casaram em 1893 — Stieglitz tinha 29 — e havia sido sempre protegida pela fortuna considerável de sua família, dona de uma fábrica de cerveja, de maneira que eles foram incompatíveis desde o começo. Stieglitz já havia vivido com uma prostituta e Emmy não fora escolhida por ele para ser sua esposa. Eles não haviam se conhecido em contexto artístico e ela se recusou a posar nua para ele: de acordo com as diferentes versões, eles levaram entre um a quatro anos para consumar o casamento.

Logo após o casamento, Stieglitz começou a dar suas escapadas da Photochrome Engraving Company. Ele já havia se recusado a se enquadrar no esquema rotineiro de trabalho e passou então a também repudiar a posição privilegiada de dono. Mais tarde, ele declararia que "durante todo o período de cinco anos, eu não tirei um centavo, nem como salário, dividendo ou lucro do dinheiro que meu pai investiu por mim". Em 1895, Stieglitz doou sua parte na empresa para os trabalhadores, retirou-se da sociedade e continuou a viver da mesada de sua família e da de Emmy.

Ao retirar-se da empresa, Stieglitz também começou a se afastar de sua mulher. Deixava muitas vezes Emmy sozinha no apartamento de doze quartos que ocupavam na cidade de Nova York quando saía para fotografar ou para realizar tarefas editoriais para o Camera Club de Nova York, evitando ficar em casa sempre que possível. Como fotógrafo, cujo trabalho artístico já estava contribuindo para discussões em todo o país sobre individualidade e sociedade, fotografia e arte — como fotógrafo que ainda estava fazendo experimentos com problemas de exposição e revelação —, como praticante de uma arte que ainda não era reconhecida como tal, Stieglitz não suportava a presença de uma mulher que lhe indispunha com perguntas do tipo "Por que você sempre fala dessa maneira meio abstrata?".

O nascimento da filha, Kitty, em 1898, não melhorou a relação entre eles, e as perguntas de Emmy se tornaram ainda mais incômodas: "Você não imagina quanto é odioso para mim e que pensamentos horríveis me ocorrem. Você nunca pensou que traz tão pouca alegria para a minha vida? [...] Ou você fica totalmente ocupado com seu trabalho e com as pessoas interessadas nele ou em profundo estado de melancolia". Três dias depois, ela escreveu para ele: "De que serve o progresso da arte ou de qualquer outra coisa a uma mulher que se sente privada de uma vida em família e de tudo que tem a ver com ela?". Mais tarde, Kitty também repetiria esse mesmo sentimento. Dorothy Norman registrou o que ela disse: "Eu gostaria que meu pai falasse de coisas sobre as quais as pessoas têm algum conhecimento. Ele está sempre falando sobre arte e vida".

Sentindo-se infeliz como empresário e distante em um casamento sem amor, Stieglitz encontrou sua vocação como conhecedor e promotor das artes e, de 1895 a 1915 — dos 30 aos 50 anos de idade —, ele trabalhou pouquíssimo com a câmera, mas dedicou seus anos mais produtivos ao negócio de criar um círculo íntimo de artistas que compartilhavam de seus valores. Stieglitz unificou os clubes de fotografia de Nova York e, em 1902, organizou a "Photo-Secession" como uma congregação informal de fotógrafos de vanguarda para os quais o *status quo* era ainda sentimental demais. A fotografia estava finalmente — e lentamente — obtendo reconhecimento como uma forma de arte, mas em 1907, quando outros fotógrafos já haviam seguido sua vocação a uma fotografia pura, que pudesse ser ensinada e aprendida, ele de novo deu um salto à frente e começou a defender a experiência mística da arte, que descreveu como um traço inerente que podia ser visto apenas pelos conhecedores. Distanciando-se dos *Photo-Secessionists* — que a essa altura estavam tirando proveito do título que ele lhes dera —, ele começou a expor obras de arte da vanguarda europeia. O seu sócio da galeria 291, Edward Steichen, havia viajado a Paris, onde entrara em contato com a arte moderna europeia como visitante assíduo da galeria de Gertrude Stein. Quando ele enviou quadros a Stieglitz, a 291 se tornou a primeira galeria dos Estados Unidos a expor as aquarelas eróticas de Rodin em 1908 e depois, em 1911, obras de Matisse e Cézanne.

Stieglitz parece não ter entendido as obras de Matisse, Cézanne e Rodin, no entanto as promoveu justamente *por* não tê-las entendido: havia ali certo algo que podia servir de base para discussões provocativas. Como paladino da ideia de arte revolucionária, ele assumiu o papel de conhecedor especializado que tinha a generosidade para convidar pessoas a visitarem suas galerias, a autoridade para educar ou condenar seus gostos e os princípios elevados para impedir-se de vender as obras de arte que expunha. Stieglitz usava a nova arte moderna para estimular as conversas e testar as ideias de seus frequentadores. De acordo com a opinião unânime, ele podia ser polêmico e condescendente para com seus visitantes, mas ficou também conhecido por doar uma obra de arte se o visitante se mostrasse suficientemente tocado por ela.

Sherwood Anderson pinta um quadro complacente de Stieglitz "numa sala com quadros na parede e diante de pessoas estúpidas meio irritadas. Você explicando pacientemente, muitas e muitas vezes, tentando fazer os pobres-diabos verem a beleza que você vê". Os frequentadores que se mostravam receptivos à arte exposta na 291 eram bem-vindos a um círculo de elite. Para aqueles poucos escolhidos, a 291 era um lugar revolucionário de encontro e uma família substituta, onde Stieglitz se dedicava a proteger jovens artistas esforçados da ignorância e apatia do público. Para aqueles que podiam lhe mostrar a lealdade e o reconhecimento que ele exigia, ele chegava ao ponto de protegê-los dele mesmo. Como ele disse a um visitante: "Não se deixe influenciar por nada que eu tenha dito, a não ser que faça parte de você mesmo e que possa usá-lo".

Três anos antes de Anita Pollitzer aparecer com os desenhos a carvão de Georgia O'Keeffe, Stieglitz já havia se desviado da arte europeia — que estava começando a vender — e se voltava para o talento nacional que seria mais puro e não marcado pelo espírito comercial. Desde a época da Armory Show [como ficou conhecida a Exposição Internacional de Arte Moderna] de 1913, o Modernismo Europeu havia se tornado um grande negócio, mas Stieglitz se recusava a dirigir a 291 em prol de lucros — e se recusava também a "chamar estas salas de galeria. Elas são mais como um laboratório no qual estamos testando o gosto do público". Apoiado na autoridade da 291 e de suas primeiras inovações fotográficas, ele abriu o *Forum Exhibition of Modern American Painting* em março de 1916 e usou o espaço dessa galeria para promover um pequeno grupo de pintores e fotógrafos americanos, a começar pelo pintor de aquarelas John Marin. Stieglitz venderia as pinturas de Marin nas exposições anuais dos próximos vinte anos, além de apoiar Marsden Hartley, levantando mais de 5 mil dólares em um leilão de sua obra em um momento em que Hartley estava quebrado. Juntamente com o pintor Arthur Dove, o fotógrafo Paul Strand e outros, Marin e Hartley formavam o núcleo de seguidores leais a Stieglitz, que, por sua vez, garantia a eles todo o seu apoio, apenas raramente trazendo novos membros para a "família", como passaram a ser chamados.

As discussões na 291 se centravam na qualidade elusiva da "beleza", que implicava "completude" e "refinamento", assim como "acabamento". Depois da declaração de Stieglitz — "Finalmente uma mulher no papel" —, seu assistente, Abraham Walkowitz, havia olhado para os desenhos de O'Keeffe e dito simplesmente "Muito bons". Em sua essência, a "beleza" compreendia uma excelência técnica na qual uma experiência intensa e a disposição formal se complementavam mutuamente: era tanto atração sexual como era uma insistência antiautoritária nos aspectos indizíveis da experiência humana. Sobre uma de suas galerias posteriores, Stieglitz escreveu:

> Entre um homem e uma mulher existe esse movimento em direção ao centro um do outro. Mas no êxtase desse toque está o desejo de tocar o centro mais além. É isso que é o Salão. O Salão é a procura por isso. Existe um desejo comum por algo que parece vir a ocorrer quando duas forças em potencial se encontram. Não é o Salão o encontro dessas forças, mas o esforço extra para alcançar o ponto além.

De acordo com as opiniões de contemporâneos, as discussões nas galerias de Stieglitz eram muitas vezes entremeadas de risadas irônicas, uma vez que a predominante presença masculina reconhecia sua familiaridade com os segredos íntimos da vida, da arte e das mulheres. O próprio Stieglitz continuava casado e tinha uma filha, mas usava as galerias para atrair pessoas para o mundo sexual além da superfície da arte e estava sempre aberto para a possibilidade de um caso amoroso. Ele não precisava mais viver com uma prostituta para violar as convenções. Com Katherine Rhoades e agora com Georgia O'Keeffe, ele usava sua posição como promotor das artes para ter intimidade com mulheres que vinham até ele em busca de aprovação, exposição ou orientação.

III.

No início da década de 1910, enquanto Stieglitz tratava de firmar sua reputação como fotógrafo e promotor de arte, Georgia O'Keeffe estava apenas descobrindo sua vocação artística. Ela vinha se empenhando rumo a uma carreira artística desde que era bem pequena, e a insistência obstinada em ganhar seu próprio sustento com sua arte ela havia herdado do orgulho cultural da família de sua mãe.

Com um casamento abaixo de seu nível cultural, Ida Totto queria dar a seus filhos o refinamento cultural com o qual ela própria havia sido criada em Madison, Wisconsin. Os pais de Totto eram provenientes da Hungria — eles diziam ter acompanhado um príncipe húngaro para o exílio — e tinham orgulho de seu passado aristocrático: na época em que Ida era pequena, sua família estava numa situação suficientemente boa para arrendar sua fazenda no campo e viver na cidade. Mas quando eles arranjaram o casamento dela com Francis O'Keeffe, o propósito era unir a fazenda dos Totto com a fazenda vizinha dos O'Keeffe, porque Francis O'Keeffe e sua família de imigrantes irlandeses já vinham trabalhando, além de em sua própria fazenda, também na dos Totto. Francis era dez anos mais velho do que a mulher, porém mal sabia ler e escrever, e Georgia e seus irmãos cresceram na diferença entre a cultura urbana de sua mãe e a familiaridade iletrada do pai com a terra.

Georgia O'Keeffe nasceu no dia 15 de novembro de 1887, como segundo filho e primeira filha de uma família que teria sete filhos. Ela andava perdida entre sua numerosa família, mas em seu isolamento se consolava com o fato de ter certo poder. Como ela não era tão bonita como algumas de suas irmãs, não foi talhada para o casamento, mas incumbida de cuidar de seus irmãos menores, o que deu a ela autoridade e responsabilidade. Independente por natureza, ela desenvolveu uma rica vida interior, e sua mãe deu-lhe as ferramentas para expressá-la quando pagou custos adicionais para matriculá-la em cursos de arte na Sacred Heart Academy de Madison.

A situação financeira da família O'Keeffe começou a se agravar com a crise financeira de 1893. Logo depois, o pai de Francis e dois de seus irmãos morreram de tuberculose, e o irmão de Francis que sobrevivera, Bernard, também passou a expelir sangue com catarro. Quando ele foi morar com Francis e Ida, em 1897, a família teve que abandonar a atividade leiteira, pois a tuberculose podia ser disseminada pelo leite contaminado, e Francis vendeu a fazenda em 1899 após a morte de Bernard. Quando enfim partiram às pressas de Sun Prairie, no Wisconsin, em 1902, os O'Keeffe deixaram para trás dívidas, de maneira a disporem de algum dinheiro para começar nova vida em Williamsburg, Virgínia.

Tendo perdido quase toda a sua família, Francis sofreu prejuízos com um negócio após o outro — uma mercearia, comércio de bens imóveis, um estabelecimento de laticínios e uma fábrica. Em seu último investimento desastroso, em 1908, ele e alguns sócios se comprometeram a construir casas com tijolos de material feito de conchas marinhas. Quando os investimentos fracassaram, os O'Keeffe deixaram sua casa e se mudaram para um lugar úmido e em ruínas. Por fim, Francis pôs o pé na estrada em busca de emprego e não voltou, deixando a esposa — que a essa altura também estava com tuberculose — sozinha para sustentar a si mesma e as filhas que continuavam em casa com ela.

Ida O'Keeffe, que um dia fora orgulhosa, passou a aceitar pensionistas para fazer durar os minguados fundos que restavam da fazenda do Wisconsin, mas ainda assim continuou determinada a dar alguma educação a Georgia e, em 1905, pagou para ela estudar no Art Institute of Chicago — talvez de maneira tão impulsiva quanto seu marido havia feito seus próprios investimentos. Quando O'Keeffe terminou o curso no Art Institute, ela passou a viver unicamente de seus desenhos e suas pinturas. Ela se dividia entre o trabalho e os estudos, desenhando rendas para uma agência de publicidade em Chicago e frequentando cursos na Art Students League, em Nova York, em 1907 e 1908, e depois dando aulas em Amarillo, no Texas, e Charlottesville, na Virgínia, antes de retornar a Nova York em 1914 para estudar no Teachers College, onde conheceu Anita Pollitzer. O'Keeffe havia avançado rapidamente por todo o tempo de seus estudos, mas também havia mudado tantas vezes de escola que teve que recomeçar muitas vezes, e sua arte havia se desenvolvido por esse constante retorno ao básico. Quando entrou no Teachers College, em 1914, ela estava com 27 anos, mas tinha aulas com novatos.

Apesar de ter descoberto a riqueza da experiência a ser encontrada na arte, O'Keeffe continuava pobre e defendia sua liberdade com unhas e dentes. Ela mal conseguia sobreviver de sua própria arte, e o luxo de tomar decisões com base artística não era algo a que ela podia se dar, deixando-se intimidar por algum homem, de maneira que o amor não era sua prioridade máxima, embora, na verdade, ela não tenha deixado diários nem cartas que nos revelem pistas de seus sentimentos. Isso também pode explicar por que os relatos contemporâneos sobre ela frequentemente ressaltam a contraditória justaposição de paixão e reserva em seu temperamento e até descrevem um traço de androginia nela. Os colegas de O'Keeffe no Teachers College a chamavam de "Patsy", apelido que recebera tanto por seu humor irlandês como por sua masculinidade, pois ela usava ternos masculinos "a rigor" e se expressava com a franqueza masculina do Meio-Oeste.

Até se mudar para Nova York, em 1918, O'Keeffe havia trabalhado como professora em cidades culturalmente remotas onde vivia cercada de estudantes e trabalhadores que não sabiam apreciar a arte que a tocava. Se ela se consolava com sua correspondência com amigas como Anita Pollitzer em Nova York e suas irmãs em Chicago e na Virgínia, ela, no entanto, continuava esperando viver como artista. Conforme escreveu para Pollitzer:

Eu estou desgostosa comigo mesma —
 Fui feita para dar duro — e não estou dando nem a metade do que seria duro o bastante — Ninguém aqui tem a energia que eu tenho — Ninguém consegue se manter
 Eu odeio isso
 Mas ainda assim — é maravilhoso e eu gosto também disso
 De qualquer maneira — como você disse no outono — é uma experiência ["conhecer pessoas dóceis por um tempo", Anita havia escrito].

Depois de 1914, O'Keeffe encontrou simpatia, compreensão e incentivo em sua correspondência, sobretudo com Pollitzer. Depois de terminar seu curso na Art Students League, Pollitzer havia passado a trabalhar em defesa dos direitos das mulheres e, em sua correspondência, fazia o papel da apoiadora que se identificava totalmente com o heroico isolamento artístico de O'Keeffe. Juntas elas se entusiasmaram com a arte que encontravam na [revista] *Camera Work* — trocavam desenhos e se encorajavam mutuamente em sua "atividade artística". O entendimento mútuo era essencial para ambas: O'Keeffe ansiava por expressar a dor provocada pela beleza física e, mesmo que o verdadeiro sentimento não pudesse ser realmente compartilhado, ela precisava saber que não estava sozinha em sua dor — em todas as suas cartas, Pollitzer estava sempre lhe assegurando que sabia como a amiga se sentia. Quando O'Keeffe foi a Charlottesville para esvaziar a casa após a morte de sua mãe em 1916, as edições de *Camera Work* que Pollitzer lhe enviou "me excitaram a ponto de eu me sentir um ser humano por algumas horas". Da Carolina do Sul, O'Keeffe escreveu: "Eu ainda não conheci ninguém que goste de viver como nós vivemos".

A arte era uma linguagem pessoal tão importante entre O'Keeffe e Pollitzer que esta assumiu o risco de mostrar os desenhos a carvão da amiga para Stieglitz: O'Keeffe enviou os desenhos para Pollitzer numa correspondência pessoal e, mesmo se sentindo frustrada com seu isolamento, ela pode ter sentido que Pollitzer a traíra ao mostrá-los publicamente. Quando Pollitzer escreveu lhe falando sobre a reação de Stieglitz, ela não sabia como descrever a admiração dele sem deixar de assegurar a O'Keeffe que seus desenhos eram mais importantes como forma de comunicação entre amigas: "eles impressionaram também a mim, do contrário, eu não teria lhe dado a mínima importância".

IV.

Depois de Pollitzer lhe escrever contando a reação de Stieglitz, foi a própria O'Keeffe quem escreveu a ele para saber "o que os desenhos lhe disseram". Numa mistura de flerte, bajulação e elogio, ele respondeu dizendo que só poderia expressar suas opiniões a ela pessoalmente e a sós: "É impossível eu colocar em palavras o que vi e senti em seus desenhos... Eu poderei lhe dar o que recebi deles se você e eu nos encontrarmos para conversar sobre a vida. Possivelmente então numa conversa desse tipo eu possa fazer você sentir o que os desenhos me proporcionaram". A carta emocionou profundamente O'Keeffe e, dentro de algumas semanas, ela escreveu a ele:

Acho que nunca antes eu havia recebido uma carta com tanta humanidade. Fiquei me perguntando o que há em cada um deles — o que há neles — como você colocou — ou será imaginação minha — no ver e sentir — para descobrir o que eu quero — parece que eles me proporcionam uma grande calma.

O'Keeffe não viajou a Nova York para verificar sua conquista diretamente em pessoa. Foi apenas em maio, quando ela não aguentou mais continuar ensinando e abruptamente largou seu emprego na Carolina do Sul, que ela foi para Nova York e, assim mesmo, para fazer o curso que lhe permitiria assumir o cargo de diretora da West Texas Normal School, em Canyon, no Texas. E, apesar de Stieglitz já tê-la impressionado com suas cartas, ela só o procurou quando soube que a [galeria] 291 havia exposto desenhos de "Virginia O'Keeffe". Era, obviamente, uma honra para ela ter seus desenhos expostos na 291, mas O'Keeffe ficou ressentida com a audácia de Stieglitz em expô-los sem a sua permissão. Os desenhos já haviam sido retirados quando ela chegou à galeria para reclamar, embora não tivesse nada a perder ao dizer a Stieglitz quanto estava furiosa. No entanto Stieglitz tratou de acalmar sua indignação e convenceu-a de que seus desenhos mereciam um público maior. Para demonstrar seu arrependimento, ele deu a ela fotografias de seus desenhos — fotografias que ela diria mais tarde valorizar mais do que os próprios desenhos.

Essa primeira exposição extraoficial não rendeu a O'Keeffe condições de viver de sua arte, de maneira que, tão logo concluiu o que faltava de seu curso em Nova York, ela voltou para o Texas no outono de 1916. Outras cartas de Stieglitz chegaram a ela e, depois de Stieglitz ter-lhe dedicado outra exposição solo em Nova York durante o inverno de 1916-1917, ela retornou a Nova York para uma visita de dez dias em maio de 1917. Stieglitz havia acabado de desmontar a exposição autorizada quando ela chegou, mas voltou a montá-la apenas para ela, e, embora não haja registro algum disso, os biógrafos concordam que eles se tornaram amantes durante essa visita.

Se O'Keeffe havia ido a Nova York para ver Stieglitz em 1917, foi a seu protegido, Paul Strand, que ela lastimou deixar quando tomou o trem de volta para o Texas. Strand era um fotógrafo talentoso, três anos mais jovem do que ela, e os dois se sentiram atraídos um pelo outro assim que Stieglitz os apresentou. O'Keeffe escreveu para Pollitzer dizendo que, assim como sua amiga Dorothy True, "ficamos ambas fascinadas por ele" e que "quase perdi a cabeça" por suas fotos. Os biógrafos de O'Keeffe especulam quanto ao encontro deles ter ocorrido alguns dias depois de ela e Stieglitz terem se tornando amantes e, assim, embora eles tenham começado a concordar com as visões artísticas um do outro, um certo embaraço permeia suas cartas. O'Keeffe estava se correspondendo também com Stieglitz — e ele tinha poder para levar a arte dela ao público mais vasto possível — de maneira que ela e Strand não estavam livres para se encontrarem sem que O'Keeffe arriscasse sua carreira.

De volta ao Texas, O'Keeffe não se comprometeu nem com Stieglitz nem com Strand. Em vez disso, ela começou a sair com Ted Reid, aluno com a mesma idade dela —, fato que ela confessou para Strand, mas não para Stieglitz. Não obstante a idade de Reid, as relações professor-aluno eram proibidas e um comitê de mulheres preocupadas da cidade advertiu Reid para que se mantivesse longe de O'Keeffe um pouco antes de ele embarcar para a França e servir como aviador na Primeira Guerra Mundial. Deixada livre para escolher entre Stieglitz e Strand, ainda assim O'Keeffe não tomou nenhuma decisão. Stieglitz estava em condições de sustentá-la por meio da 291, mas ele próprio tinha quase 24 anos mais do que ela. Ele era mais baixo do que ela e magro — não o homem robusto que ela esperava poder carregá-la com sua força física.

Ela não se rendeu a Stieglitz e tampouco se entregaria a Strand. Ela escreveu a Strand dizendo que "gostaria de envolvê-lo em meus braços e beijá-lo com ardor", mas, quando ele perguntou por que não o fazia, ela respondeu que "tantas pessoas me beijaram em tão pouco tempo" (de acordo com os biógrafos, foram apenas Stieglitz e Reid) e "gostei de todos e deixei-os todos — queria a todos — simplesmente fiquei parada atônita querendo beijar outro". Ela explicou para Strand:

> Parece que de alguma maneira eu sinto o que [os homens] sentem — não querendo nunca dar tudo [...] Como eu vejo — para uma mulher [compromisso] significa disposição a dar a vida — não apenas sua vida, mas outra vida, desistir da vida — ou dar a vida a outro — Ninguém que eu conheço significa isso para mim — por mais de um momento de cada vez. Não tenho culpa por saber disso — o momento não me ilude — parece que eu vejo muitos anos à frente — sempre vejo as pessoas com demasiada clareza —
>
> E sempre é solidão —
>
> Pergunto-me se me importa.

O isolamento e a incerteza haviam sido produtivos enquanto O'Keeffe se correspondia da Carolina do Sul com Pollitzer, mas agora que estava de volta ao Texas — agora que o reconhecimento profissional de Stieglitz não havia preenchido sua necessidade de um parceiro —, sua necessidade de expressão começou a sufocá-la. Enojada com o patriotismo de tempos de guerra dos texanos rurais, ela quase deixou de pintar e, no começo de 1918, contraiu influenza e estava a ponto de ficar tuberculosa. Durante o tempo em que esteve doente, O'Keeffe encontrou uma amiga solidária em Leah Harris, uma mulher independente do Panhandle com quem ela teve uma relação de intimidade, que alguns biógrafos especulam se teria sido de intimidade sexual. Harris era professora de economia doméstica em Canyon e convidou O'Keeffe para se recuperar na fazenda de sua família em Waring, no Texas, onde O'Keeffe finalmente se deu ao luxo de ser cuidada. Ela escreveu para Strand dizendo que ela e Harris se enroscavam uma na outra para ler à noite, mas também que ela e Leah eram ambas da mesma espécie: "duas mulheres com frio".

A doença de O'Keeffe inspirou uma avalanche de cartas de Stieglitz e Strand, ambos atormentados pela ideia de a jovem artista talentosa estar definhando na doença, na indecisão e na obscuridade do Texas. Enquanto ela convalescia na companhia de Harris, Stieglitz e Strand escreviam insistindo para que ela voltasse a Nova York, e, com isso, O'Keeffe começou a se sentir protegida pelo fato de Stieglitz compreendê-la. No inverno de 1918, ela reconheceu numa carta para Elizabeth Stieglitz, sobrinha de Alfred — que Stieglitz havia envolvido em sua campanha para atrair O'Keeffe para Nova York —, que "ele [Stieglitz] provavelmente é mais necessário para mim do que qualquer outro que conheço". Mas acrescentou que "eu não sinto necessidade de estar perto dele. Acho, na verdade, que provavelmente é melhor estarmos separados".

Dois anos antes, eles poderiam simplesmente ter continuado uma correspondência apaixonadamente encorajadora, mas o próprio Stieglitz havia caído em depressão desde que fechara a 291, depois do esfriamento do mercado de artes por causa da guerra em 1917. Em seu retraimento, Stieglitz transformou O'Keeffe em um símbolo do espírito que poderia rejuvenescê-lo. Ele escreveu para Strand:

Ela é o espírito da 291
— — Não — eu — —
Isso é algo que eu nunca antes disse a você. É por isso que lutei tão intensamente por ela...
A saúde dela — unicamente *Ela* — Essas são as principais considerações — Todo o resto tem de ser secundário.

Exasperado com a fragilidade, o desamparo e a indecisão dela, Stieglitz instou Strand a ir lá buscá-la e trazê-la para Nova York. Ao chegar ao Texas a encargo de

Stieglitz, Strand lhe escreveu: "Se eu tivesse dinheiro, talvez pudesse ajudá-la — eu sei que não teria medo, apesar de todas as dificuldades para viver com tal pessoa. Mas eu não tenho — e isso deixa muito claro que não sou eu quem pode ajudá-la. Além disso, está muito claro para mim que você significa mais para ela do que qualquer outra pessoa". Stieglitz podia significar mais para ela do que qualquer outra pessoa, mas Strand desenvolveu sua própria intimidade com O'Keeffe. Ele escreveu para Stieglitz:

> A melhor maneira de lhe dizer como as coisas estão no momento é que ela permite que eu a toque — pelo menos eu. De mim, ao menos, não de ambos — nenhuma paixão — a não ser de longe — de uma maneira muito distante. Eu nunca achei que ela o faria de novo — tampouco acho que ela o fez — foi tudo um pesadelo... Além do mais, acho que ela não estava bem.

Em outra carta, Strand escreveu:

> Tenho certeza de que ela decidiu vir para Nova York — tudo que preciso fazer no momento certo é dizer — vamos. É claro que se você escrever pedindo para ela ir, ela o fará imediatamente — Mas não é necessário, a não ser que você queira fazê-lo.
> Acho que antes de ela poder ir com você, terá de desistir de muitas coisas — muitas mesmo.
> Eu a amo muito. Você sabe quais são meus sentimentos por você.

Porém Stieglitz não estava disposto a assumir a responsabilidade pela decisão de O'Keeffe e respondeu à carta de Strand:

> Vir ou não vir está inteiramente nas mãos dela — sem qualquer sugestão ou interferência de um jeito ou de outro... Você colocou uma coisa muito importante e esta é Georgia tomar consciência de seus verdadeiros sentimentos por Lea[h]... Daqui, nada pode ser decidido.

Se Stieglitz se recusou a levar em consideração os próprios sentimentos e os de O'Keeffe como fatores da tomada de decisão, ele, no entanto, ofereceu a ela o apartamento de sua sobrinha e tomou providências para doar-lhe anonimamente o dinheiro do aluguel. Quando finalmente se deu conta de que a oferta era boa demais para ser recusada, O'Keeffe se deixou levar pelo homem que tinha mais poder para apoiar seu projeto artístico e lhe escreveu para dizer que aceitava.

Uma vez tomada a decisão, O'Keeffe, Leah e Strand desfrutaram um período idílico de criatividade, com Leah posando nua tanto para Strand como para O'Keeffe. Com exceção de algumas pinturas abstratas de mulheres usando xales e de um retrato extraordinário, os nus de Leah pintados por O'Keeffe em aquarelas foram as últimas representações que ela faria do corpo humano.

V.

Quando O'Keeffe chegou a Nova York em 1918, Stieglitz instalou-a no apartamento de sua sobrinha. O'Keeffe ainda estava fragilizada pela doença, mas o próprio Stieglitz assumiu a tarefa de cuidar dela. Ele escreveu para sua sobrinha: "Por que eu não consigo acreditar que ela existe [...] eu nunca achei que o que ela é pudesse realmente existir — Verdade absoluta — Clareza de Visão ao Grau Máximo e uma delicadeza que [é] estranhamente equilibrada". E para Arthur Dove ele escreveu: "Ela é muito mais extraordinária do que até mesmo eu jamais pude acreditar".

> Na verdade, eu não acredito que já tenha existido alguém como ela — mente e sentimentos muito claros — espontânea e incrivelmente linda — vivendo absolutamente cada batimento cardíaco...
>
> Loucura sensata — tão terrivelmente sensata que às vezes chega a me assustar. O'Keeffe é realmente magnífica. E nisso também é uma criança. Somos no mínimo 90% iguais — ela é uma forma mais pura de mim mesmo.
>
> O'Keeffe é para mim um motivo constante de espanto — como a própria Natureza.

Ao capturar essa força da natureza, provendo-a com moradia e sustento, Stieglitz ainda escreveu para a sobrinha: "Não consigo me acostumar à ideia de ter o privilégio de significar — ser — qualquer coisa para ela... É tudo tão intensamente lindo [...] por vezes a ponto de se tornar insuportável".

Stieglitz era o visitante mais frequente de O'Keeffe, e, durante o tempo em que esteve doente, ela dependia dos cuidados e da comida providos por ele, mas, quando sua saúde melhorou, ela e Stieglitz retomaram o caso amoroso que haviam iniciado durante a visita dela em 1917. Apesar de ter punido Stieglitz por ter exposto seus desenhos sem sua permissão, O'Keeffe não repreendeu seu novo amante por ser casado. Diferentemente de Emmy, ela permitiu que ele a fotografasse nua, oferecendo tanto seu próprio corpo como a intimidade deles para a arte de Stieglitz. Logo depois de O'Keeffe ter chegado a Nova York em maio, Stieglitz levou-a para a casa em que morava com Emmy para fotografá-la ali, mas quando Emmy os flagrou, ela obrigou-o a sair de casa. Ele foi morar com O'Keeffe, mas não admitiu que eles estavam tendo um caso. Ele escreveu para seu cunhado Joe Obermeyer dizendo que Emmy havia interpretado mal a relação entre fotógrafo e modelo. "[Emmy] difamou uma mulher — menina — inocente. Parece que você não consegue entender que possa haver uma relação decente entre um homem e uma mulher."

Os homens vinham fotografando mulheres nuas desde a invenção da câmera fotográfica, mas Stieglitz estava inovando ao fazer um ensaio fotográfico no qual a personalidade de O'Keeffe aparecia tão claramente como seu corpo. O seu elaborado ensaio fotográfico — que consistia de 310 montagens e inúmeros instantâneos — foi apresentado como um "trabalho colaborativo", e quando escreveu sobre o processo de ser fotografada, O'Keeffe disse que as instruções de Stieglitz eram muito precisas e exigentes. Cada lâmina fotográfica tinha de ser montada individualmente, e ela tinha de se manter totalmente imóvel durante todo o tempo de exposição, chegando a três ou quatro minutos de cada vez. Porém o trabalho era gratificante: Stieglitz escreveu para Strand dizendo que "toda vez que olha para as provas, ela se apaixona por si mesma. Ou melhor, pelas diferentes facetas de si mesma. Existem muitas". Além das facetas cansada, exultante, esquisita, cômica, preguiçosa ou intensa que Stieglitz retratava, havia a figura de seu corpo, que assumia formas rija e majestosa, dinâmica e inerte diante de sua câmera. Além de lisonjear O'Keeffe ao focar seu olho fotográfico nela, Stieglitz também a convidava a participar de seu trabalho artístico de uma intimidade sem precedentes.

Ao posar para Stieglitz, a própria O'Keeffe também desempenhava muitos papéis: ela era a amante, cuja intimidade sexual era assumida como condição de muitas das fotografias; ela era a companheira de artes, que sabia entender e suportar os "exageros" de seu amante em nome de sua própria beleza e da arte dele; ela era a mulher distante, que não tinha nada de pessoal a perder nas fotografias que, afinal, estavam apenas capturando sua imagem; ela era a mulher sequestrada, à disposição das conveniências de seu amante, para posar nos momentos em que a luz e a inspiração eram mais apropriadas. Vale notar que o ensaio fotográfico não mostra O'Keeffe nas rotinas diárias de um mundo reconhecível, no entanto as fotografias são ou de cenas em que O'Keeffe aparece vestida, na maioria das vezes com ternos masculinos em preto e branco, ou nua, em que seu rosto não aparece.

Quando Stieglitz expôs as fotografias em 1921, O'Keeffe mostrou também seu corpo aos visitantes da galeria, com alguns protestos por estar sendo exposta, mas sem nenhuma objeção ao valor artístico do que ele havia criado. Se alguns visitantes escarneciam ao ver exposta a intimidade deles, um deles foi visto em lágrimas dizendo "ele a ama tanto".

No entanto as fotografias de Stieglitz só mostrariam inteiramente a importância da intimidade deles depois de O'Keeffe demonstrar seu valor, expressando a sua própria visão artística — e assim Stieglitz passou a apoiar profundamente a arte dela, que mostraria em toda a sua extensão quanto ele, com seu amor, a compreendia e apoiava. Logo depois da chegada de O'Keeffe [a Nova York], ela escreveu que ele havia lhe perguntado: "Se havia alguma coisa que eu quisesse fazer por um ano, o que seria essa coisa". "Prontamente, eu respondi que queria ter um ano apenas para pintar [...] ele pensou por um momento e, em seguida, disse que achava que podia arranjar isso." O'Keeffe se demitiu de seu cargo de professora no Texas e Stieglitz deu a ela um adiantamento por conta da venda de suas obras no futuro, introduzindo-a na família de artistas que dependia do apoio de suas galerias e de sua promoção. Enquanto ela conseguisse suportar a pressão de continuar sendo a estrela ascendente de Stieglitz — enquanto suas pinturas continuassem tão originais, femininas e primorosas quanto os desenhos a carvão que Pollitzer havia levado à galeria 291 em 1916 —, O'Keeffe teria o apoio ardoroso do maior fotógrafo e promotor de artes dos Estados Unidos.

VI.

Depois de fechar a 291 em 1917, Stieglitz manteve a supervisão e a coordenação de exposições. Ele concentrou sua atenção em fotografar O'Keeffe e usou o apartamento/estúdio que dividia com ela como sua galeria. Agora que ele estava convidando patrocinadores e compradores para visitas particulares tanto às pinturas de O'Keeffe como às fotografias que ele próprio tirara dela, ele abandonou o papel de empresário e voltou a viver a vida do artista, embora ainda atuasse como dono de galeria e em particular como *expert* em arte, que vendia pinturas e fotografias inacessíveis ao homem comum.

Essa capacidade de volta e meia começar tudo de novo ajuda a explicar por que Stieglitz mantinha O'Keeffe como sua posse, pois, agora que estava vivendo com ela, ele já não era mais apenas um promotor de artes, mas, por seus ensaios fotográficos, primeiro de O'Keeffe e depois de outros, ele se tornou um artista por seus próprios méritos. Tendo passado tanto tempo promovendo a arte de outras pessoas, Stieglitz assimilou as qualidades técnicas que havia promovido e

O'Keeffe escreveu para Sherwood Anderson: "O trabalho dele sempre me surpreende... A gente acha que não há mais nada para ele fazer — e então lá vem ele de novo, correndo à frente exatamente como da última vez".

À medida que se recuperava, O'Keeffe começava a desfrutar a liberdade de pintar seguindo seu próprio ritmo, mas, agora que Stieglitz estava incluindo-a em suas fotografias, ela não se perguntava mais como seria contar com o apoio e a compreensão dele. Stieglitz a envolvia com uma devoção afetuosa e ela era sua amante e modelo, além de sua nova artista promissora: agora ela só precisava de liberdade para seguir a própria vida e realizar a própria arte. Se Stieglitz ia explorar o que quer que ela lhe mostrasse — fosse seu corpo ou suas pinturas —, e se ele lhe assegurasse que isso a ajudaria, ela teria que se proteger para não se deixar absorver pela personalidade e pelas necessidades artísticas dele.

O'Keeffe não gostava da atmosfera sobrecarregada das discussões polêmicas que Stieglitz promovia em suas galerias, em que fazia provocações e repreensões, chocava e testava seus visitantes. Mais tarde, ela escreveria para uma amiga contando que:

> A[lfred] assume uma atitude provocativa para encontrar [seus visitantes]. — Ele parece se tornar uma pessoa completamente diferente só de pensar que vai ter alguém com quem conversar — de maneira que não me sinto mais confortável ali [...] agora é hora de discutir — longamente, eu suponho — o que me deixa muito entediada. — Ninguém vai dizer outra coisa senão quanto o mundo é odioso — e eu já sei tudo o que eles vão dizer e não vejo nenhum sentido no que dizem — eu preferiria andar no bosque [...] ou simplesmente olhar para o céu.

Quando, a partir do verão de 1919, Stieglitz levou-a para conhecer sua família às margens do Lago George, tornou-se hábito da família discutir com seus hóspedes as pinturas de O'Keeffe, assim que elas eram concluídas. Pelo que parece, O'Keeffe "sofria enquanto seus quadros eram discutidos", apesar de parecer "tão desligada como se não tivesse nada a ver com os quadros". Naquele ambiente, O'Keeffe tornava-se ainda mais distante de seus quadros e, em público, ela não reconhecia seus efeitos sobre as pessoas, como se não tivessem relação com a vida interior que marcava sua experiência no momento. "Eu acho cada quadro muito bom assim que acabo de pintá-lo", ela escreveu. "Mas acaba se desgastando. Simplesmente passa a fazer parte de minha vida cotidiana." Quando a promoção de Stieglitz acabou atraindo a atenção da crítica para seu trabalho, ela começou a separá-lo dos comentários públicos sobre ele e a afirmar a sua independência.

> Eu termino meu trabalho e examino-o sozinha antes de mostrá-lo ao público. Eu o julgo por mim mesma — quanto é bom, ruim ou indiferente. Depois disso, os críticos podem escrever o que quiserem. Eu já determinei [seu valor] para mim mesma, de maneira que elogios e críticas descem igualmente pelo ralo e eu estou totalmente livre.

Sob a pressão das explicações críticas de Stieglitz, as pinturas de O'Keeffe passaram da representação para uma linguagem pictórica que codificava seus sentimentos pessoais. Com um dos outros artistas de Stieglitz, Charles Demuth, O'Keeffe aprendeu a considerar flores e conchas como "objetos para retratar" pessoas. Demuth havia usado o copo-de-leite para retratar a combinação das qualidades masculinas e femininas em seus sujeitos e O'Keeffe passou a usá-lo como uma marca de seus retratos. Em 1927, ela retrataria o próprio Stieglitz como o *Radiator Building* [arranha-céu de Nova York] iluminado, ocultando seus verdadeiros sentimentos e afetos por trás de uma linguagem simbólica que os proclamava e ao mesmo tempo ocultava.

O'Keeffe pode ter ocultado seus sentimentos da exploração de Stieglitz, mas suas figuras enigmáticas e simbólicas o ajudaram contudo a construir um mito em torno da personalidade dela. Na primeira exposição de seus quadros, em 1923, os artigos e *press releases* com os quais ele promoveu O'Keeffe a retratavam como a sacerdotisa da feminilidade, a Mulher Americana, um prodígio ingênuo inconsciente do significado por vezes sexual de suas próprias pinturas. Stieglitz havia passado anos sem mostrar o trabalho de O'Keeffe ao público desde que ela havia se mudado para Nova York: ele havia vendido seus quadros diretamente no ateliê. No entanto ele havia mostrado seu corpo nu em sua exposição de 1921, de maneira que ela já havia angariado certa má fama antes da primeira exposição importante de cem quadros seus em 1923. Agora suas flores abstratas e seus retratos de objetos, além de um escárnio sutil na promoção de Stieglitz, a transformaram numa personalidade enigmática no mundo da arte: suas pinturas podiam ou não revelar os detalhes mais íntimos da relação deles.

Desde 1918, Stieglitz e O'Keeffe vinham vivendo juntos numa rotina primorosa de pintura, fotografia, produção de cópias e encontros com artistas e compradores, mas depois de Stieglitz ter criado a imagem do gênio feminino inocente, o distanciamento passou a fazer parte da identidade pública dela. Os críticos eram amplamente receptivos à pintura de O'Keeffe, mas, quando os resenhistas começaram a escrever sobre sua personalidade e sua arte, ela se esquivou das suas especulações. "As coisas que eles escrevem", ela disse, "me soam muito estranhas e distantes do que acho de mim mesma. Eles me fazem parecer alguma espécie de estranha criatura sobrenatural flutuando no ar e vivendo de brisa. Quando na verdade eu adoro comer bife e gosto de comê-lo malpassado."

A publicidade de Stieglitz resultou eficiente — quase vinte dos cem quadros foram vendidos na exposição de 1923 —, e agora eles estavam vinculados um ao outro: O'Keeffe dependia de Stieglitz e da imagem pública que ele criara para ela, apesar de ela em sua vida privada resistir às tentativas dele de impor sua invenção ao trabalho dela. A publicidade de Stieglitz e as vendas que resultaram dela permitiram que O'Keeffe continuasse pintando, mas ela encarava até mesmo seu sucesso como um desafio a ser superado pelo trabalho de fazer arte. "Ter ou não ter sucesso é irrelevante", ela escreveria para Sherwood Anderson:

Isso não existe. Tornar seu desconhecido conhecido é o que importa — e manter o desconhecido sempre além de você. Apreender, materializar sua visão mais simples e clara da vida — apenas para vê-la perder a graça em comparação ao que você vagamente vê à sua frente — que você terá que continuar trabalhando para alcançar.

Já em 1920, no entanto, O'Keeffe havia começado a colocar um espaço físico entre ela e o que pudesse ser opressivo na companhia de Stieglitz e nas visitas de verão que faziam à família de Stieglitz no Lago George. Atemorizada diante da perspectiva de passar outro verão no Lago George, ela aceitou a proposta de ficar numa hospedaria de amigos de Stieglitz em York Beach, no Maine, onde pintou as pedras e as conchas marinhas. De volta do Maine e passando pelo Lago George no final do verão, ela quis construir um anexo, e quando Stieglitz disse que eles não tinham condições de arcar com aquela despesa, ela pediu o auxílio de amigos e visitantes, que a ajudaram a transformar a cabana em seu ateliê particular. As opiniões são unânimes em afirmar que O'Keeffe adorou assumir aquela tarefa e ter seu próprio espaço onde podia pintar nua, como havia feito em Nova York quando Stieglitz começara a fotografá-la.

VII.

Georgia O'Keeffe não foi a única artista a ter de escapar da poderosa influência de Stieglitz, apesar de nem todos os outros artistas serem tão bem-sucedidos quanto ela. Depois de ter levado seu portfólio inovador para Stieglitz ver em 1915, Paul Strand não apenas fora recompensado com uma exposição, como também recebera de Stieglitz passe livre na 291, de maneira que ele havia se tornado um assistente de confiança e um artista promissor por seu próprio mérito. Porém Strand não era financeiramente independente — estava sempre atrás de um trabalho comercial —, e Stieglitz encarregou-o de dar conta de incumbências e levantar fundos para a galeria. Quando o pai do pintor John Marin sugerira que Marin assumisse alguma tarefa comercial, Stieglitz havia respondido com indignação, "isso, meu senhor, é a mesma coisa que sugerir que sua filha seja virgem pela manhã e prostituta à tarde", mas, no começo da década de 1920, Strand havia assumido a função de assistente regular de Stieglitz.

Quando Paul Strand se casou com Rebecca "Beck" Salsbury em 1922, Stieglitz continuou mantendo-o ocupado e, juntamente com O'Keeffe, a levou para o Lago George naquele verão sem Paul. Com Strand preso na cidade por causa de compromissos comerciais, o próprio Stieglitz começou a fotografar Beck nua, impossibilitando que Strand achasse que ele estivesse explorando território fotográfico inexplorado em sua própria esposa. A própria Beck foi cúmplice da diminuição de seu marido, pois escreveu para Stieglitz: "Eu sabia muito bem que você passou muito de seu espírito para ele, e eu sou grata a você por isso, pois você vê, ele manifesta isso a mim". Quando Strand finalmente fotografou Beck nua, ele apenas instigou Stieglitz a inovar e, em 1923, Stieglitz começou a fotografar as nuvens sobre a casa do Lago George, descrevendo-as como "equivalentes" quase musicais a experiências subjetivas.

Beck Strand tinha suas próprias inclinações artísticas, mas vinha trabalhando como secretária de um médico para ajudar a cobrir as despesas domésticas e estava entediada com aquele trabalho. Ela admirava muito a diligência artística de Stieglitz e O'Keeffe e voltou do Lago George para a cidade no final do verão de 1922 revigorada pela proximidade com a criatividade deles e, ao mesmo tempo, deprimida por sua própria falta de talento. Quando voltou ao Lago George no verão seguinte, ela teve um breve caso amoroso com Stieglitz. Stieglitz não escondeu seu entusiasmo por Beck — apesar de não admitir que estava tendo um caso com ela —, de maneira que O'Keeffe foi de novo passar um mês no Maine no final do verão para evitar que a família visse as cenas desagradáveis que poderiam ocorrer caso ela ficasse. No verão de 1924, no entanto, O'Keeffe, Beck e a antiga amante de Stieglitz, Katherine Rhoades, estiveram todas as três juntas na casa ao mesmo tempo, e O'Keeffe expressou de forma mais explícita o seu desconforto. Stieglitz se distanciou de Beck, mas, apesar de ela continuar fazendo visitas anuais, depois de 1924, as cartas dele para Beck se tornaram cada vez mais nostálgicas.

O breve caso de Beck com Stieglitz não a impediu de atuar como assistente de O'Keeffe, vistoriando locais e levando maçãs, galhos, folhas, pedras e ossos para ela pintar. Por um tempo, isso criou uma relação extremamente harmoniosa entre as duas mulheres, mas, se a distância havia permitido que a correspondência entre O'Keeffe e Anita Pollitzer mantivesse a impressão de igualdade artística quando O'Keeffe era ainda desconhecida, agora O'Keeffe nem tentou fazer qualquer esforço para manter a ilusão de igualdade. Ela era a artista e embora Beck tivesse sonhos com respeito a seus próprios talentos artísticos, estava claro que ela era a assistente. O'Keeffe colocaria outros amigos com inclinações artísticas nessa função, alguns dos quais ela mencionava em público como seus "escravos".

VIII.

Stieglitz alimentava a dependência de O'Keeffe e de seus artistas em relação a ele de tal maneira que críticos e biógrafos, e até mesmo os próprios artistas, passam a descrevê-lo invariavelmente como um pai em relação a seus muitos filhos, mas quando O'Keeffe pressionou Stieglitz para que tivessem um filho, no início dos anos 1920, ele se recusou terminantemente a tê-lo. Ele estava com quase 60 anos e podia não querer ver O'Keeffe ser consumida pelos cuidados de uma criança. Ele resistiu à ideia, e sua resistência ganhou força quando sua filha Kitty foi hospitalizada com depressão pós-parto depois de ter dado à luz seu primeiro filho em 1923. O próprio Stieglitz havia elaborado um vocabulário pictórico para expressar seus estados depressivos e seu sentimento de alienação, porém não conseguia imaginar Kitty se esforçando para sair da depressão por ela mesma, mas apenas imaginar torná-la estéril. "Se eu pudesse", ele escreveu para seu irmão, "arrancaria pela raiz qualquer 'sentimento' que ela possa ter por mim, por sua mãe ou pelo tio Joe". A reação de Stieglitz à depressão de Kitty foi ampliada pelo fato de o restante da família responsabilizá-lo pelo surto depressivo e pela internação dela.

No entanto, quando O'Keeffe quis ter um filho, Stieglitz argumentou que ela na realidade não podia cuidar de uma criança, uma vez que precisava de muitas horas sem ser perturbada para se dedicar à sua criatividade. Uma poetisa, ela mesma diria mais tarde, poderia ser interrompida, mas uma pintora teria de ficar com o quadro até ele secar. Se os quadros permaneceriam sendo os únicos filhos de O'Keeffe, a discussão sobre ter filhos causou um certo desamparo infantil em

Stieglitz, que estava envelhecendo e começando a necessitar ele próprio de mais cuidados. Em vez de se referir a uma criança, foi a Stieglitz que O'Keeffe passou a tratar de "minha coisinha", que ainda teria que encontrar um lugar para si mesmo no mundo. Quando eles estavam se mudando da casa do irmão de Stieglitz, Lee, em 1924, ela escreveu para Sherwood Anderson:

> Parece que passamos o inverno inteiro nos mudando. Stieglitz precisa refazer as coisas em sua mente tantas vezes antes de colocá-las em prática que o processo se prolonga por muito tempo. — Na realidade não se trata da mudança em si. São muitas coisas dentro dele mesmo que ele foca com respeito à ideia de se mudar. — Ele precisa repassá-las muitas e muitas vezes — para tentar entender o que vai fazer e por quê — em relação com o mundo — e o que é o mundo e para onde vai e tudo que ele envolve — e a pobre coisinha fica procurando um lugar nele — e não encontra nenhum lugar onde ele acha que cabe.

Stieglitz pode ter se recusado a ter filhos, mas insistiu em se casar com O'Keeffe três meses depois de se divorciar de Emmy em 1924, ano em que ele completou 60 anos. Ele e O'Keeffe estavam vivendo juntos havia seis anos, mas O'Keeffe tinha apenas 37 em 1924, e se Stieglitz tinha receio da possibilidade de ser substituído por um homem mais jovem, o casamento lhe asseguraria a companhia de O'Keeffe até a morte. O'Keeffe já havia assumido a responsabilidade pela casa de campo no Lago George e, quando concordou em casar com ele, ela também assumiu efetivamente a tarefa de cuidar dele, mas seria recompensada pelo direito à herança de sua propriedade, que, na época, incluía uma vasta coleção de arte moderna e fotografia. O casamento foi oficiado por um juiz de paz em Nova Jersey, sem cerimônia, embora um pequeno acidente de carro depois do ato tenha sido um presságio um pouco agourento quando eles voltavam para Nova York e suas atividades.

IX.

Em 1925, Stieglitz e O'Keeffe se mudaram para uma suíte no Shelton Hotel, onde ficaram totalmente livres das responsabilidades por uma casa. Eles faziam suas refeições no refeitório do 18º andar e a altura por sobre a cidade instigou O'Keeffe a pintar paisagens urbanas pela primeira vez desde que fora morar em Nova York. Stieglitz ficou apreensivo ao vê-la pintar a cidade — ele queria que ela continuasse sendo o gênio feminino das flores e paisagens campestres —, mas

O'Keeffe persistiu em sua exploração da cidade como tema apesar da oposição dele. Ela continuou, no entanto, trabalhando ao lado de Stieglitz, e quando ele abriu outra galeria — a Intimate Gallery, onde retomaria a função de empresário artístico —, ela o ajudou na tarefa de montar exposições.

Agora que O'Keeffe já ocupava um lugar seguro dentro do círculo de Stieglitz, ela passou a ter a atenção dele voltada para sua pintura. Em 1926, ela escreveu para a jornalista Blanche Matthias dizendo que "desde as exposições na 291 eu não gozava de tanta atenção. Sendo seu espaço próprio, Stieglitz sente que as coisas estão nos devidos lugares". Agora que Stieglitz estava de novo ativamente envolvido em promover sua visão artística através de uma galeria, O'Keeffe voltou a sentir admiração por ele. Em sua carta para Matthias, ela continua:

> Stieglitz parece sempre mais notável — e ele extrai coisas extraordinárias das pessoas com as quais estabelece contato. Eu me sinto como uma plantinha que ele regou, da qual escavou a terra ao redor e extirpou as ervas daninhas — e ele mesmo parece ser capaz de crescer — sem que ninguém precise regar, escavar a terra ao redor e extirpar as ervas daninhas — eu não sei como ele consegue fazer isso.

Sendo ele mesmo um artista, Stieglitz sentia uma profunda reverência pelo impulso humano que o levava a criar uma arte que expressava verdades profundas, visíveis apenas pela combinação única de visão artística e talento técnico — mas, como dono de galeria, ele tinha de responder às exigências do mercado de quadros. A partir de 1924, Stieglitz começou a focar sua atenção generosa no trabalho de sete artistas: Os Sete Americanos, que eram Marin, O'Keeffe e ele próprio, além de Arthur Dove, Marsden Hartley e Paul Strand — e o último lugar era mantido em aberto para diferentes artistas a cada ano. Stieglitz tentou apresentar os sete artistas como um movimento de ano a ano, mas O'Keeffe não conseguia se ver como membro de um grupo estético com os outros. "Stieglitz gostava da ideia de grupo", ela diria. "Eu não." Stieglitz sempre avaliou as pinturas de O'Keeffe com um olho no mercado e na imagem que ele havia criado para ela e, assim, toda vez que inovava, ela tinha de resistir ao julgamento dele. Com sua enorme série de flores, com suas paisagens urbanas e depois com suas conchas e pedras e, de novo, uma série de ossos, ela teve de esquivar-se às opiniões de Stieglitz sobre suas pinturas, passando por cima dele para definir sua própria arte enigmática, codificada.

Durante toda a década de 1920, Stieglitz promoveu O'Keeffe como a sacerdotisa distante da arte americana e, quando ela afastou-se dessa representação, a imagem distante e enigmática que ele criou se tornou a realização de sua profecia. Stieglitz continuou promovendo e apoiando sua pintura, mas, quando eles estavam perto de completar dez anos juntos, as pinturas dela — particularmente a série de conchas de 1926 e depois os ossos que ela pintou no Novo México depois de 1929 — começaram a definir espaços fechados, internos, ou espaços e formas absolutos. O'Keeffe pode ter dependido de Stieglitz para promover seus quadros ou de seu apoio na vida cotidiana, mas, em suas pinturas, praticamente não existe nenhuma noção de reciprocidade, uma vez que as coisas são apresentadas unicamente como aparecem para ela, e a única relação que existe é entre o eu e o objeto. Tudo mais é codificado no ato de pintar, em que qualquer relação tem de ser um resquício do ato de escolher um tema, o ato de pintá-lo ou do ato de dispor a pintura — vendendo-a, dando-a a um amigo como prova de amizade ou simplesmente dando-a — ou até mesmo, ocasionalmente, destruindo-a.

Se O'Keeffe enchia enormes telas de pequenas flores e ossos como uma forma de resistência à visão de Stieglitz, ela também o diminuía por meio do humor, pois ele era tenaz em seus argumentos e uma oposição direta era impensável. Cada vez mais, ao longo do casamento deles, as cartas escritas por ela vão adquirindo um tom preocupado e um pouco condescendente com respeito a Stieglitz. Quando ele foi hospitalizado por um problema renal em 1926, ela escreveu a uma amiga dizendo que "tem sido muito doloroso para ele, e o pobrezinho está bastante esgotado".

Stieglitz encontrava meios de conseguir aquilo de que necessitava a despeito até mesmo das reservas de O'Keeffe: ele encontrava outras pessoas que podia manter por perto e começou uma relação com Dorothy Norman, que mantinha um casamento infeliz com Edward Norman, o herdeiro da loja de vendas por reembolso postal Sears & Roebuck. Dorothy tinha 21 anos quando visitou pela primeira vez a galeria de Stieglitz na primavera de 1927 e contou como ficou impressionada com o que o ouviu dizer. "Você vai descobrir", ele disse a outro visitante, explicando ironicamente a arte de Georgia O'Keeffe,

"que se o artista pudesse explicar com palavras o que ele fez, ele não teria que criá-lo"... Foi a única ocasião em que eu ouvira uma pessoa mais velha falar com outra mais jovem sobre arte sem usar uma linguagem professoral e pedante; sem deixar de levar em conta o potencial do outro para crescer e se desenvolver.

Dorothy Norman descreveu que foi atraída pelo "magnetismo" de Stieglitz, como ela colocou, "a maneira de ver dele, de dizer e falar abertamente de sua vida. Confrontando o mundo sem máscara". Quando retornou em novembro daquele mesmo ano, Dorothy recordou o seguinte encontro com Stieglitz:

Eu entro na Sala mais uma vez. Stieglitz está sozinho, olhando para o espaço ao longe. Ele pergunta se sou casada, se o casamento é emocionalmente satisfatório... "Sim, eu sou apaixonada pelo meu marido e nós temos um novo bebê." "A relação sexual de vocês é boa?" Falar sobre esses assuntos é de importância vital, apesar de minha incapacidade para ser totalmente honesta. Stieglitz pergunta: "Você tem leite suficiente para alimentar seu bebê?". Gentilmente e de forma impessoal, ele mal toca meus seios por cima do casaco com a ponta de um dedo e prontamente o retira. "Não." Nossos olhares não se encontram.

"Tão logo Stieglitz fala com você", ela escreveu numa outra ocasião, "você se sente livre de todos os fardos e segredos: a compreensão dele liberta a gente." Dorothy Norman era uma filantropa preocupada com os problemas sociais, que estava em boas condições de ajudar Stieglitz a subsidiar suas galerias — ela estava disposta a se deixar influenciar pelos gostos dele e apreciava como ele despendia suas energias aparentemente inesgotáveis com os outros, de maneira que começou a cobrir Stieglitz de admiração, e logo ela passaria a exercer as funções de secretária na administração da galeria.

Quando Dorothy Norman ajudou Stieglitz a levantar fundos para a galeria, no entanto, o próprio Stieglitz não admitiria nenhum compromisso, nem de Norman nem de ninguém. Como Dorothy o descreveu em sua biografia de Stieglitz: "Ou se trabalhava com Stieglitz em perfeita confiança ou absolutamente não se trabalhava... Não importa o que você quisesse fazer por Stieglitz, parecia sempre que ele fazia mais pelos outros do que alguém pudesse fazer por ele, sem pedir nada em troca". Stieglitz não permitia que Dorothy lhe dissesse quem estava financiando a galeria para que nenhum senso de dever comprometesse sua independência ou autoridade. Ele tampouco aceitava os presentes que lhe eram ofertados quando achava que eles pudessem implicar alguma obrigação. O'Keeffe tentou certa vez pagar uma dívida que tinha com ele dando-lhe um quadro, *Red and Brown Leaf*, que era um retrato do casal, mas Stieglitz colocou o quadro à venda pelo preço de 600 dólares. O'Keeffe protestou, mas ele respondeu que "nenhum quadro era dele, que todos eles haviam sido pintados para ele e para outras pessoas e que ele tinha que se impor a disciplina de dar às pessoas a oportunidade de serem arrebatadas até mesmo pelo retrato 'dele'".

Depois de 1927, Stieglitz passou a buscar intimidade em Dorothy Norman e não em O'Keeffe, porque a admiração dela acendia sua paixão sexual, mas O'Keeffe descreveu as atenções que ele dispensava a Dorothy como sendo mais patéticas do que ameaçadoras: ela escreveu que Dorothy Norman "era uma daquelas pessoas que adoravam Stieglitz e lamento muito dizer que ele estava muito iludido com ela" — mas não brigou com ele por causa daquela paixão. Para não dar nome a seu ciúme, O'Keeffe manifestou sua insatisfação em termos geográficos: "a cidade é muito dura", ela disse numa entrevista, antes de passar a maior parte do verão de 1928 viajando para Wisconsin em visitas a sua irmã e a outros familiares. Na temporada de exposição do inverno de 1928-1929, Stieglitz e Dorothy já eram amantes, e O'Keeffe escreveu para uma amiga contando que seu trabalho naquele inverno estava "praticamente morto para mim".

Nem Stieglitz nem O'Keeffe mencionaram o caso de Stieglitz com Dorothy Norman como um dos fatores que determinaram a partida de O'Keeffe — eles apenas mencionaram suas necessidades em termos geográficos. Em 1928, O'Keeffe estava começando a se cansar da rotina de viverem juntos a metade do ano em Nova York e a outra metade no Lago George. Tanto a saúde dela como o casamento deles estavam sendo afetados, mas Stieglitz só conseguia dizer que O'Keeffe não gostava da geografia daquela parte do estado de Nova York, a qual ela jamais havia pintado. Ele escreveu para um amigo dizendo que "Muitas vezes — a maior parte das vezes — eu me sinto um criminoso [...] por ser a causa de manter Georgia longe do lugar ao qual ela realmente sente que pertence naturalmente".

Depois de passar grande parte do verão de 1928 viajando, O'Keeffe desconsiderou a oposição de Stieglitz também no verão seguinte e viajou para Taos, no Novo México, para fazer uma visita de oito semanas a Mabel Dodge Luhan. O'Keeffe havia tomado conhecimento de Taos e sua comunidade de escritores e artistas por meio de Paul e Beck Strand, além de outros artistas que haviam passado pela fazenda de Mabel Dodge Luhan, e ela própria havia ficado impressionada com o que Mabel havia escrito sobre outro pintor em 1925. "Eu gostaria que você visse o meu trabalho", O'Keeffe escreveu a ela. "Acho que você poderia escrever alguma coisa a meu respeito que os homens não veem."

A viagem para o Novo México em 1929 rejuvenesceu-a e também resultou numa série de casos. Primeiro, O'Keeffe voltou a se apaixonar pela paisagem plana, seca e despovoada que ela havia amado no Texas: "Estou de novo no Oeste, e ele continua tão belo quanto em minhas recordações — talvez até mais belo.

Não há nada a dizer sobre ele a não ser que para mim é um lugar único". Juntas, tomando sol nuas, ela e Beck ou se tornaram de fato ou simplesmente se comportaram como se fossem amantes naquele verão (os biógrafos divergem), e, após um breve período de intimidade com Beck, O'Keeffe passava para o quarto de Mabel à noite e, depois, quando Mabel foi para o norte fazer uma histerectomia, para o de Tony, o marido dela.

Com liberdade para se aproximar de seus próprios amantes, O'Keeffe pôde perceber o que a incomodava no caso de Stieglitz com Dorothy Norman e aceitar o fato, mesmo que indiretamente. Ela escreveu para Mabel:

> Agora que acabo de sair renovada de seis dias dos quais passei a maior parte com o seu Tony — eu quero lhe dizer que depois do meu Stieglitz eu não encontrei nada melhor do que o seu Tony... Eu acho que você terá que deixá-lo viver e *ser* à sua própria maneira [...] por mais que isso a magoe [...] Eu acho que você não tem absolutamente mais direito de conservar Tony exclusivamente para você mesma do que eu para conservar Stieglitz — Mesmo que ele saia e durma com alguma outra pessoa, isso é uma coisinha insignificante. Tony ter por acaso contato físico com outras mulheres é a mesma coisa que sair para uma orgia espiritual.

Em Nova York, Stieglitz continuava saindo abertamente com Dorothy Norman, mas escreveu para sua sobrinha dizendo que estava "passando por uma crise" na ausência de O'Keeffe. Stieglitz podia estar enfrentando certo pânico pela possibilidade de ela o deixar, pois não podia depender de Dorothy para o mesmo tipo de apoio que tinha de O'Keeffe. Ele escrevia até quinze cartas por dia para O'Keeffe, lamentando a possibilidade de ela o ter esquecido. "A vagina não tem memória", ele se queixou para um amigo. Stieglitz havia completado 65 anos no dia 1º de janeiro de 1929 e no verão daquele mesmo ano sua crise se manifestou na forma de uma conflagração. Ele eliminou papéis, destruindo tanto recortes como cópias fotográficas antigas, que ele chamou de "fraldas de meus filhos" e "sonhos de juventude". "Isso é a morte voando alto no céu", ele diria com respeito às fotografias "*Equivalents*" daquele verão. "Todas essas coisas trazem a morte consigo [...] desde que entendi que O'Keeffe não podia ficar comigo."

No entanto Stieglitz também descreveu a si mesmo numa carta dizendo para sua sobrinha que estava "finalmente além de toda dor", e quando escreveu para Mabel, ele disse que a arte compensava o seu ciúme. Em suas cartas, ele transformava O'Keeffe na parceira ideal, porém abstrata: "minhas fotografias — as *Equivalents* — são aquele Eu — como as pinturas de Georgia são o que ela é". Em outra, escrevendo para sua sobrinha, ele insistiu na linguagem da unidade: "Eu recebi um telegrama maravilhoso de Georgia hoje de manhã — ela sente como eu — exatamente — ela sente uma intimidade maior e mais incrível — a primeira vez que estamos juntos em castidade em um plano muito mais elevado!".

No final daquele verão, o retorno de O'Keeffe para Nova York foi uma ocasião jubilosa. Para Mabel, ela escreveu que

> é maravilhoso estar aqui e na companhia do meu pequeno engraçadinho Stieglitz — Ele está sendo formidável — tão formidável que é pouco provável que eu veja [sua] família ou qualquer outra pessoa — parece que eu simplesmente acho — sei — que ele é a melhor coisa do mundo — e fico me perguntando como fui capaz de ficar longe dele por tanto tempo... Ele me parece ser a coisa mais linda que já conheci...
>
> O verão me proporcionou um estado de espírito no qual me senti grata tanto pelos maiores sofrimentos pelos quais passei como também pela minha maior felicidade — a despeito de toda a minha agitação, as muitas coisas que vinham se acumulando dentro de mim havia anos estavam se arranjando por si mesmas — e se rearranjando — A mesma coisa estava acontecendo com Stieglitz — e quando nos encontramos — é muito difícil dizer como — parece ser a coisa mais perfeita que já me aconteceu — Talvez você entenda isso mesmo sem entender — como acontece comigo.

O verão de apreensões provocadas por ciúmes não perturbou a relação pública funcional entre ela e Stieglitz, mas agora que ela já havia sentido o gosto da liberdade — e a chegada — de viajar ao Novo México, reconciliar a vida pessoais de ambos seria mais difícil. O'Keeffe continuou a viajar durante os verões e, em 1932, ela voltou a usar termos geográficos para expressar as tensões de seu casamento. Ela escreveu para Russell Vernon Hunter dizendo que a migração entre Nova York e o Novo México fazia com que ela se sentisse "dividida entre meu marido e uma vida com ele — e algo do mundo exterior [...] que está em meu sangue e do qual eu sei que jamais poderei me livrar — eu terei que seguir em frente da melhor maneira possível com o meu eu dividido".

X.

A oposição entre fortes tensões eróticas e geográficas culminou em 1932, quando, em sua retrospectiva de quarenta anos, Stieglitz expôs as primeiras fotografias de O'Keeffe nua — que estava então com 34 anos e não tinha filhos — ao lado de fotos mais recentes de Dorothy Norman também nua — com quem Stieglitz vinha tendo abertamente um caso desde 1931. Naquela estação [verão], Paul Strand também seguiu seu caminho separado de Stieglitz, e ele e Beck se divorciaram. Enfrentando suas próprias dificuldades com Stieglitz, O'Keeffe podia apenas consolar Beck, escrevendo que "Eu penso em você e, pensando em você, eu gostaria de poder pensar em alguma coisa para lhe dizer, mas não consigo. Parece simplesmente que o que está para nos atingir atingiu você primeiro".

O que atingiu Beck como divórcio atingiu O'Keeffe como colapso nervoso no ano seguinte. Já em 1930, quando a paixão de Stieglitz por Dorothy Norman entrava em seu terceiro ano, O'Keeffe havia começado a depender cada vez menos dele, primeiro emocionalmente e depois profissionalmente. Ela expandiu sua esfera de participação em galerias, museus e *marchands* e cultivou uma relação com o Museu de Arte Moderna, cujos curadores haviam sido sempre inimigos de Stieglitz. Quando ela aceitou, no entanto, a encomenda dos Rockefeller para decorar a sala de espera dos toaletes femininos do Radio City Music Hall, Stieglitz se sentiu tão ameaçado que imediatamente começou a sabotar o projeto. Ele afrontou o julgamento de O'Keeffe e convocou seus amigos para tentar convencê-la a desistir do projeto. A possibilidade de perder o apoio de Stieglitz — em um momento em que ela já havia perdido seu interesse erótico — aumentou a ansiedade de O'Keeffe a tal ponto que, quando encontrou pedaços de aniagem separando as paredes durante sua primeira inspeção da sala, ela desistiu da encomenda. Stieglitz escreveu para o Radio City para explicar sua desistência, citando o fato de as paredes não estarem prontas e também os problemas de saúde dela, ameaçando recorrer à justiça se eles não a liberassem do contrato. A crise era mais profunda do que a suscitada por esse projeto, no entanto, e em fevereiro de 1933, O'Keeffe foi hospitalizada com depressão, ansiedade e crises incontroláveis de choro.

A hospitalização de O'Keeffe arrancou Stieglitz de sua paixão por Dorothy Norman e o caso esfriou com a dedicação dele aos cuidados de O'Keeffe; em seguida, ele voltou a eliminar antigos papéis e fotografias. Em março de 1933, O'Keeffe deixou o hospital e foi se recuperar nas Bermudas em companhia de sua amiga Marjorie Content, mas só começou a recuperar realmente sua saúde no final de 1933, numa breve relação de intimidade com Jean Toomer, autor de *Cane*, poema em prosa publicado em 1923 sobre sua experiência como afro-americano.

Quando Toomer a visitou no Lago George, em dezembro, ele trabalhou na escrita de um romance enquanto O'Keeffe convalescia. No solstício de inverno, ele escreveu para Stieglitz:

> Nos dez primeiros dias, eu fiquei mais ou menos sozinho na casa [...] Agora ela está sendo habitada por outra pessoa, uma pessoa extraordinária a quem eu dificilmente ia além de espiar de fora (e como ela consegue manter as pessoas do lado de fora!), mas que agora eu estou começando a ver e sentir — se não entender! [...] Estou impressionado com sua capacidade de permanecer sendo sempre ela mesma.

Toomer deixou O'Keeffe no dia 30 de dezembro, mas ela continuou no Lago George e não compareceu ao aniversário de 70 anos de Stieglitz na cidade no dia de Ano-Novo de 1934. Dorothy Norman já havia reclamado o dia para si e havia organizado uma festa e a edição de uma revista comemorativa com ensaios de muitos artistas, mas nada de O'Keeffe.

Toomer pode ter rejuvenescido O'Keeffe, mas não resolveu sua necessidade de intimidade. "O que você me dá", ela escreveu para ele após sua partida, "me faz sentir mais capaz de me manter sozinha — e eu gostaria de me sentir capaz de me manter sozinha antes de colocar a mão em alguém." Ela havia sido tocada pela beleza física de Toomer, como também por seu refinamento e sua compreensão, mas disse a ele que se via movendo "cada vez mais rumo a uma espécie de solidão — não por desejá-la, mas por parecer não haver outro jeito". Depois que ele foi embora, ela lhe escreveu:

> O seu centro parece-me ser construído com sua mente — clara — bela — implacável — com uma profunda e calorosa humanidade que eu acho poder ver e entender, mas *não ter* — de maneira que talvez eu não veja nem entenda apesar de achar que sim — eu entendo o bastante para saber que não quero tocá-la se não puder aceitá-la completamente porque é tão humanamente bela e fora de meu alcance no momento. Eu temo tocá-la de alguma maneira que não seja pela total aceitação. Meu centro não provém de minha mente — ele parece em mim como um pedaço úmido e quente de terra bem cultivada com o sol quente sobre ele — nada com uma partícula de possibilidade de crescimento parece estar semeado nele no momento —

Parece que eu prefiro senti-lo completamente vazio a deixar que algo seja plantado sem que possa ser cultivado até a plenitude de seu crescimento, e o que isso significa eu não sei

Porém eu sei que as exigências de meu pedaço de terra são implacáveis para que algo cresça nele — merecedor de sua qualidade

Talvez a qualidade que nós temos em comum seja a implacabilidade — talvez a mesma coisa que me atrai para você me separe de você

Se o ano passado ou os dois ou três últimos me ensinaram alguma coisa, essa é que o meu pedaço de terra tem de ser cultivado com extremo cuidado. Em primeiro lugar por mim mesma — e se houver um segundo, por alguém que esteja comigo em absoluta confiança — que pense cuidadosamente e saiba o que faz. Parece que seria muito difícil viver para mim se ele fosse destroçado de novo justamente agora.

Assim como com sua relação com Mabel Dodge Luhan, no entanto, o tempo que passou com Toomer tornou possível para ela articular suas necessidades para Stieglitz e dar mais valor à consideração dele. Após seu reencontro com Stieglitz em Nova York no inverno de 1934, ela escreveu para Toomer dizendo que "houve conversas que pensei que fossem me matar — e coisas surpreendentemente fortes agradáveis belas pareciam vir delas".

Na primavera de 1934 — apesar do reencontro com Stieglitz e apesar da oposição renovada de Stieglitz — O'Keeffe foi de novo para o Oeste em busca de inspiração e recuperação. Ela não voltou para a fazenda de Mabel e Tony Luhan, mas em 1934, e depois de novo em 1935, ela passou seis meses no *resort* Ghost Ranch em Abiquiu, onde conheceu e fez amizade com Elizabeth Arden, que a contratou para decorar o SPA Elizabeth Arden — um projeto de 10 mil dólares que lhe proporcionou uma forma de compensação pela desistência do projeto do Radio City Music Hall.

Agora que Stieglitz já estava com mais de 70 anos, O'Keeffe se tornava cada vez mais independente dele, e entre a idade avançada de Stieglitz e o cuidado que ele havia tido com ela durante seu colapso nervoso, o desejo dele de se opor à independência dela perdeu muito de sua intensidade. A saúde e o vigor dele começaram a declinar e, em 1938, ele sofreu um ataque cardíaco, do qual passou seis meses se recuperando. Haveria mais outros seis ataques cardíacos antes de sua morte em 1946, mas, depois do primeiro em 1938, ele não teve mais forças para trabalhar com a câmera e parou de fotografar. Depois de 1929, O'Keeffe havia fixado residência por um tempo no Novo México, passando ali boa parte do tempo, mas em 1938 a sua ida para lá foi adiada em consequência do ataque cardíaco de Stieglitz e, em 1939, ela não foi nenhuma vez para o Oeste, mas permaneceu em Nova York para cuidar dele. Porém O'Keeffe nem sempre estava em Nova York quando Stieglitz tinha seus ataques de angina, e apesar de seguir seu instinto que a levava para o Novo México, ela tomava providências para que ele fosse cuidado por seu irmão médico, Lee, e por seus amigos, bem como por enfermeiras contratadas. Havia sido sempre Stieglitz quem arranjava moradia para os dois, mas agora havia sido O'Keeffe que, por meio de sua relação com a patrocinadora Elsie de Wolfe, garantira um amplo apartamento de cobertura para eles passarem os invernos na cidade.

Stieglitz vivia solitário sem O'Keeffe, mas a independência dela era resultado de seus próprios planos publicitários minuciosamente executados. Stieglitz havia manipulado o mercado de arte de tal maneira que as vendas dos quadros de O'Keeffe haviam começado a superar até mesmo os rendimentos produzidos por suas fotografias. Em 1930, o primeiro ano da Grande Depressão, ele havia publicado um *press release* dizendo que seis dos quadros de O'Keeffe haviam sido vendidos pela soma espantosa de 25 mil dólares.* Os quadros não tinham sido vendidos — na verdade, haviam sido entregues sob comissão —, mas, depois de circular o *press release* e da publicidade que dele resultou, o preço das pinturas de O'Keeffe vinha aumentando à medida que os colecionadores adquiriam segurança para investir em suas belas e valiosas telas. No final da década de 1930, não obstante a Grande Depressão, os quadros de O'Keeffe estavam sendo vendidos regularmente por grandes somas e O'Keeffe pôde começar a ajudar seus irmãos e sobrinhos, além de pagar pelo espaço e independência de que ela mesma necessitava.

Em 1940, O'Keeffe comprou uma casa de adobe sobre um terreno de oito acres junto ao *resort* Ghost Ranch, em cuja propriedade começou a passar mais tempo a cada ano. O lugar "dá uma sensação de pureza intocada", ela disse. "Nunca me canso de me surpreender por estar aqui — por ter uma casa na qual eu posso ficar." Ela chegou até a flertar com a ideia de ser mãe no primeiro verão que passou ali, quando a jovem que ela havia contratado para os serviços de cozinha e limpeza teve um bebê. Como a garota se recusava a dizer o nome do homem que a havia abandonado, O'Keeffe admitiu-a e juntas elas cuidaram do bebê até o final do verão, quando O'Keeffe finalmente conseguiu descobrir o nome do pai da criança. Ela escreveu para ele e levou a garota com seu bebê de carro até o Colorado, onde providenciou tudo para o casamento deles.

---

* Aproximadamente 325 mil dólares em 2011.

O'Keeffe também conheceu e iniciou uma amizade duradoura com Maria Chabot, outra mulher independente que passou a tomar conta da casa e administrar seus negócios. Chabot morou com O'Keeffe e trabalhou para ela durante dez anos, mas se intitulava "a segunda das escravas de O'Keeffe, sendo Beck Strand a primeira". Em 1945, O'Keeffe comprou outra propriedade em Abiquiu e encarregou Chabot de reformar as casas e cultivar a terra, enquanto ela mesma participava dos trabalhos de manutenção do jardim, preparava conservas e fazia pão nos intervalos entre as atividades de pintura.

Agora que O'Keeffe já havia assegurado uma renda com seus quadros, seu trabalho evoluiu para a pintura de paisagens, e de ossos e plantas que as representavam, todos os quais ela passou a usar como objetos de seus retratos e mesmo de seus autorretratos, abstraindo certos elementos mesmo quando ela queria representar o céu ou a paisagem ou os ossos em detalhes refinados. Se a sua experiência ainda a tocava profundamente, a sua forma de expressão continuava sendo muito particular, codificada em seus quadros. Numa carta ao crítico de arte Henry McBride, ela escreveu que suas visões desonravam a realidade:

> Se eu simplesmente pudesse pintar tudo que penso quando estou indisposta, esses copos-de-leite ficariam parecendo uma simples mancha — e minhas [representações de] Nova York virariam o mundo de ponta-cabeça — mas felizmente — ou infelizmente — muito do que eu penso se perde antes de poder fazer qualquer coisa — de maneira que normalmente são apenas vestígios que aparecem no final.

Mesmo a despeito de si mesma, O'Keeffe parecia estar realizando a profecia de Stieglitz — a mesma profecia a que ela havia resistido — de um ser tão puro e distante que sua própria experiência, da paisagem ou das próprias coisas, parecia tanto exigir como compensar sua solidão.

Agora que Stieglitz já havia conseguido cultivar um público para os quadros de O'Keeffe — agora que ele não a inspirava mais com suas próprias inovações —, a correspondência entre eles passou a inclinar-se para uma formalidade nostálgica. Em 1937, O'Keeffe escreveu do Novo México: "você parece um pouco solitário aí no alto do morro — Isso me leva a desejar poder estar ao seu lado por algum tempo — suponho que a parte minha que representa algo para você esteja aí — mesmo que eu esteja aqui". Em 1940, quando ela estava de partida para o Novo México, Stieglitz tornou a separação suportável, abstraindo suas diferenças, descrevendo uma unidade essencial:

Eu saúdo a sua chegada mais uma vez à região de suas próprias origens. Espero que seja muito boa para você. Você a fez por merecer. Um beijo. Estou com você onde quer que você esteja. E você está sempre comigo, eu sei.

Incrível Georgia — e como estão lindos os seus quadros no Modern [Museu de Arte Moderna] — estou feliz. Estou feliz por estarmos lá nesta manhã... Oh, Georgia, nós formamos um time — sim, um time. Não consigo acreditar que você tenha de partir e que estará lendo isto em sua própria terra.

Para mim é muito difícil entender que dentro de algumas horas você terá partido... Mas não há outra escolha. Você precisa daquilo que só "O Seu Lugar" pode lhe dar. Sim, você precisa muito disso. E eu estarei com você, com Capa e tudo. E você estará comigo aqui na 59 [East Fifty-Fourth Street].

Autossuficiente e independente na paisagem que ela amava, O'Keeffe continuou se correspondendo do Novo México com os amigos e enfermeiros que continuavam cuidando de Stieglitz desde 1940, e foram eles que organizaram uma retrospectiva juntos em 1941.

Stieglitz pode ter tentado usar seus motivos de saúde com muita frequência para levar O'Keeffe de volta para Nova York, porque ela receava fazer a longa viagem de trem e, mesmo quando o estado dele estava se tornando realmente grave, ela adiou, à espera de mais informações. Quando soube que ele havia sofrido um ataque cardíaco muito sério em 1946, não deu tempo de ela estar presente quando ele faleceu; ela chegou a Nova York horas depois. Ela, no entanto, permaneceu na cidade durante os três anos seguintes, para dispor dos bens de Stieglitz, distribuindo seus papéis e suas fotografias, bem como sua vasta coleção de obras de arte, entre museus e bibliotecas.

XI.

Depois de retornar ao Novo México em 1949, O'Keeffe mudou-se definitivamente para a casa de Abiquiu que havia acabado de ser reformada. Ela recebia visitas de suas irmãs e de outros artistas e também os visitava e fazia longas viagens — ao México para conhecer os trabalhos de Orozco e Rivera, depois à França e depois ao Peru, Japão e Marrocos, entre outros lugares. Muitas vezes, ela viajava com amigos ou se hospedava em suas casas, mas não teve nenhum envolvimento romântico por muito tempo. Ela manteve relações estreitas, quase de irmãs, com suas assistentes, mas, além de descreverem a profunda lealdade que elas lhe devotavam, os relatos contemporâneos dessas relações de trabalho as descrevem também como marcadas por brigas violentas e rupturas tempestuosas, que chegavam a durar anos antes de as relações serem retomadas.

Com John Marin, O'Keeffe tentou manter aberta a galeria de Stieglitz e lá expôs em 1950 alguns dos quadros que havia pintado no Novo México, mas acabou fechando-a depois da exposição. Ela encontrou um *marchand* que passaria a negociar seus quadros e, com isso, ela podia morar no Novo México e enviar seus quadros para o leste a fim de serem comercializados em Nova York. Em 1961, O'Keeffe rompeu relações com seu *marchand* e começou a ter suas obras expostas no depósito no qual elas eram guardadas, promovendo com isso o mito que Stieglitz havia criado da distante sacerdotisa das artes. O mito correspondia apenas parcialmente à realidade, no entanto, pois a sua casa de Abiquiu entrou numa disputa sobre direito ao uso de água — que a casa de Ghost Ranch não tinha — e o direito de irrigar as lavouras permitiu que ela contratasse gente do lugar para cultivar uma vasta horta e um jardim em volta da casa. Integrando-se à comunidade, O'Keeffe passou a contribuir para as escolas e a subsidiar os custos de um colégio para as crianças do local. Para os moradores dali, ela continuou, no entanto, sendo a pintora forasteira e enigmática, pois ela às vezes se recusava friamente a receber em sua casa os jovens artistas que peregrinavam até ali.

Em suas cartas, O'Keeffe refletia sobre seu distanciamento mesmo quando ela refugiava-se nele. Em 1955, ela escreveu para Anita Pollitzer:

Faz uma semana ou mais que eu não escrevo para você. Mas você precisa entender que a essa altura eu tenho idade suficiente para que as pessoas que eu considerava amigas já tenham morrido — embora meus cachorros continuem aqui...

Amigos — talvez os melhores — e mais maravilhosos também — Talvez o homem que me deu os cachorros seja meu amigo — Ele conhecia os pais e os avós deles — E sabia que eram muito bons

Eu tenho idade suficiente para que os filhos de meus amigos venham aqui com seus cônjuges — e depois com seus filhos.

Será que o homem que me traz o carregamento de madeira é meu amigo — Eu o pago para isso — e depois, por a madeira ser de boa qualidade, eu dou a ele um pão que eu mesma fiz, porque o pão é bom — eu sei que ele cozinha para si mesmo e saberá que o pão é bom e eu quero lhe dar algo porque a madeira é de boa qualidade — Soa engraçado, não é mesmo.

Será que algum dos vizinhos texanos do outro lado do Rio é meu amigo — Será que Jackie [Suazo — um homem jovem e pequeno criminoso com quem ela estava envolvida na época] é meu amigo? Eu o chamo de meu querido e explico a ele que em meu entendimento querido é alguém incômodo — ele tem sido o horror da comunidade...

Será o moldureiro meu amigo? Ele me tem sido de grande ajuda por muitos anos — Será o jovem que me manda um tubo de arenque salgado por gostar dele [...] meu amigo — [...]

Será a mulher que me convence a ir para a Europa [Betty Pilkington] minha amiga?

Eu considero meu médico e sua família meus amigos

Uma vez eu tive um gato que era meu amigo. As pessoas que eu visitava com frequência em Nova Jersey quando Nova York me deprimia eram certamente minhas amigas

Eu tenho uma nova mulher aqui para cuidar de mim e tomar conta das muitas coisas que precisam ser feitas — Ela está comigo há duas semanas e minha vida ficou tão mais fácil que talvez eu deva considerá-la uma amiga — não sei — talvez ela nem fique comigo — O termo "amigo" é uma palavra curiosa —

Nomes de interesse são aqueles que deveriam interessar à maioria das pessoas, eu suponho — É outro tipo de qualidade humana de proximidade e utilidade humana que constitui o que chamo de amigos

Boa noite, Anita

Estou com sono e com um pouco de frio

G

Pollitzer escreveu um texto breve sobre O'Keeffe em 1950 e depois transformou-o numa biografia completa. O'Keeffe e seu *marchand* a ajudaram tanto na escrita como nas pesquisas, mas O'Keeffe era exigente demais consigo mesma para permitir que Pollitzer publicasse o esboço que ela finalmente entregou em 1959. "Você escreveu a imagem fantasiosa que tem de mim", ela escreveu para Pollitzer. "É uma maneira muito sentimental que você gosta de imaginar a meu respeito — e eu não sou absolutamente isso. Nós somos pessoas de tipos tão diferentes que fica parecendo que falamos línguas diferentes e absolutamente não nos entendemos." O'Keeffe negou-se a dar seu consentimento ao projeto e o livro não foi publicado enquanto Pollitzer viveu.* Mesmo sem a contribuição de

---

* *A Woman on Paper: Georgia O'Keeffe* foi publicado em 1988.

Pollitzer, O'Keeffe viveu por tempo suficiente para testemunhar sua própria canonização, com graus honoríficos, eleição para a Academia Americana de Artes e Ciências e retrospectivas no MoMA e no Whitney [Museu de Arte Americana] de Nova York, além de museus de arte de Worcester, Massachusetts, de Fort Worth e Houston, no Texas.

XII.

Aos 85 anos de idade, O'Keeffe foi de novo revitalizada, dessa vez por Juan Hamilton, ceramista temporário de 27 anos que apareceu em sua fazenda logo depois de sua secretária tê-la deixado em 1973. Ele começou fazendo trabalhos diversos e, quando a visão dela começou a enfraquecer, tornou-se indispensável para ela. Como havia feito com Anita Pollitzer, Beck Strand e Maria Chabot, O'Keeffe atraiu Hamilton para a sua vida, incentivando o seu trabalho, mas logo passou a exigir tanto dele que se tornou impossível para ele realizar seu próprio trabalho artístico, e ela envolveu-o no trabalho de escrita — ditando para ele datilografar e depois fazendo-o ler e revisar — de sua autobiografia. Hamilton acabou se tornando o secretário particular de O'Keeffe, além de exercer a função de seu guardião do resto do mundo, com poderes para decidir quais cartas ler para ela e quais visitantes ela receberia. Surgiu uma atração entre eles, a despeito das bebedeiras e explosões de raiva dele e, à medida que a visão dela e também sua saúde foram se deteriorando, ela passou a dar prioridade à vida privada com ele em detrimento da vida pública com seus *marchands* e velhos amigos que não tinham condições como ele de cuidar de suas necessidades diárias. Forçada a escolher entre a lealdade de seus velhos amigos e seu atual cuidador, ela preferiu a influência de Hamilton ante os processos judiciais de seu *marchand* e ao abandono de amigos e assistentes.

Hamilton casou-se com uma mulher em 1980, mas não se sabe ao certo se ele também realizou uma cerimônia de casamento com O'Keeffe. Assim como ela não estava presente quando Stieglitz morreu, Hamilton estava no México quando O'Keeffe morreu em 1986 aos 98 anos de idade. Ele se tornou o herdeiro e testamenteiro dos bens de O'Keeffe, mas os parentes de O'Keeffe moveriam uma ação judicial acusando Hamilton de ter exercido influência indevida sobre ela. O acordo judicial deu a ele a propriedade e parte dos quadros, mas também decidiu que a maior parte de suas obras de arte fosse distribuída entre museus e bibliotecas a critério de uma comissão que o colocou em condições de igualdade com os parentes dela.

XIII.

Se a idade avançada permitiu que Georgia O'Keeffe exercesse o que suas irmãs consideravam fraca capacidade de discernimento na escolha de seus parceiros, a sua relação com Juan Hamilton esteve em perfeito acordo com o desejo que ela sempre tivera de contar com alguém suficientemente forte para suportá-la — fosse em sua condição de pobreza nos tempos de juventude ou fosse em sua condição de celebridade em sua idade avançada. O'Keeffe sempre percebeu com agudeza os seus próprios sentimentos, mas jamais encontrou um parceiro com quem pudesse compartilhá-los em profundidade. Se a promoção altamente eficiente de Stieglitz deu a ela possibilidade de levar uma vida cada vez com mais liberdade — e se suas pinturas alcançaram uma expressão cada vez mais refinada —, sua arte e seu casamento permaneceram igualmente consumações incompletas de sua intensa necessidade tanto de beleza como de viver. Esse ímpeto estava também no cerne da vida de Stieglitz, e também no cerne de sua definição de casamento, que ele descrevia como uma parceria na qual cada um preservava a necessidade de realização pessoal do outro. "Para ser verdadeiro", ele escreveu, "o casamento tem que estar baseado no desejo de que cada pessoa realize os seus potenciais, seja aquilo que foi feito para ser, assim como uma árvore produz seus frutos."

Em todo o tempo em que viveram juntos, Stieglitz e O'Keeffe promoveram a arte um do outro — Stieglitz através de suas galerias e O'Keeffe por dispor-se a posar para a câmera de Stieglitz —, mas, em suas vidas cotidianas, Stieglitz e O'Keeffe apreciavam coisas muito diferentes. O'Keeffe nunca achou que suas pinturas chegaram perto do que ela sentia, mas o ato de pintar e a tarefa diária de comandar a casa e cultivar a terra eram seus consolos e até sua própria forma de trabalho. Em seu amor por esse trabalho corriqueiro, no entanto, O'Keeffe descobriu que tinha o temperamento contrário ao de Stieglitz, que vibrava quando debatia seus argumentos e que precisava ver que efeitos suas ideias e visões tinham sobre as pessoas que o cercavam.

Se eles fizeram concessões — como O'Keeffe manter a casa para a família de Stieglitz passar as férias no Lago George a cada verão — ou se Stieglitz cedeu às viagens de O'Keeffe para o Maine ou o Novo México, o propósito que eles tinham em comum também lhes permitiu protelar qualquer decisão quanto às diferenças que mais os pressionavam. Os casos de Stieglitz podem nunca ter sido aventados, mas O'Keeffe tampouco permitiria que a oposição dele a impedisse de buscar o que ela necessitava para si mesma: ela simplesmente fez as malas e partiu quando ele se apaixonou primeiro por Beck Strand e depois por Dorothy Norman.

O'Keeffe e Stieglitz dificilmente abordaram as diferenças sérias que os colocavam um contra o outro e jamais as conciliaram, mas assim mesmo continuaram a viver e trabalhar juntos. Por toda a correspondência que mantiveram, eles expressaram sua crença no processo impessoal de criar arte e a confiança em que seu trabalho ou lhes trouxesse uma realização que porventura acabaria compensando suas dores ou contivesse, ou acomodasse, os sentimentos que eles não conseguiam conciliar. Enquanto continuassem fazendo arte, eles teriam um laço no qual podiam confiar e que lhes permitia suportar — e mesmo infligir — sofrimentos reais. "Não podemos deixar que as coisas que não temos como impedir nos destruam", O'Keeffe escreveu para uma amiga quando Stieglitz estava começando seu caso com Dorothy Norman. "Eu tenho muita certeza de que o trabalho é o mais importante na vida — Não podemos deixar que os problemas humanos nos matem [...] Temos que preservar a força e a energia para criar — não desperdiçá-las em problemas e situações contra os quais não se pode fazer nada."

Capítulo Três

Os Intelectuais e seus Amores
Jean-Paul Sartre e Simone de Beauvoir

O único tipo de pessoa a quem eu poderia desejar entregar a minha autonomia seria justamente aquele que fez tudo para não deixar tal coisa acontecer.

— SIMONE DE BEAUVOIR

Eu sou um gênio porque estou vivo... Oh, eu gostaria que outras pessoas pudessem ver minha vida como eu a vejo, repleta de exuberância e excitação... Se eu pudesse apenas expressá-la, arrancá-la de mim... Então eu me tornaria realmente o gênio que estou designado a ser. Apenas um homem está vivo para mim: eu mesmo [...] e não consigo acreditar que vou morrer.

— JEAN-PAUL SARTRE

Com Sartre também eu tenho uma relação física, mas em grau bem menor, e é mais como uma ternura e — não sei como dizer isso — eu não me sinto envolvida nela porque ele próprio não está envolvido nela.

— SIMONE DE BEAUVOIR

I.

Em julho de 1929, Simone de Beauvoir entrou para o grupo de estudos de Jean-Paul Sartre e René Maheu para participar das duas últimas semanas de preparação para o prestigiado concurso de *agrégation* em filosofia. Com 73 outros estudantes, eles competiriam por treze dos cargos mais elevados dos departamentos de filosofia das escolas públicas francesas. Se fossem aprovados, eles se tornariam funcionários públicos mais do que bem remunerados com disponibilidade de muito tempo livre para escrever: eles usariam o prestígio de seus cargos para se ajustarem aos papéis de novas autoridades no assunto de como viver numa cultura que girava aceleradamente em espiral descendente para o caos.

Beauvoir escreveu em suas memórias que ela e Sartre cresceram "num mundo sem Deus, mas no qual a nossa salvação ainda continuava em jogo". Entre os horrores da Primeira Grande Guerra e da Revolução Comunista na Rússia — entre o advento do evolucionismo darwiniano, da psicanálise freudiana e da moderna filosofia niilista, sem mencionar toda a desordem causada pela industrialização e modernização —, Sartre e Beauvoir, bem como todos os estudantes de seu círculo, achavam que as convenções sociais burguesas da geração de seus pais não tinham mais nenhum valor. Sartre e Beauvoir haviam chegado à filosofia por meio da literatura contemporânea da inquietação, da angústia existencial e do tédio — e eles e seus amigos usariam a filosofia para se rebelar contra a cultura herdada: eles queriam descrever a realidade, mesmo que ela fosse tumultuada, vulgar, contraditória ou dolorosa.

Quando Beauvoir entrou para o grupo de estudos de Maheu, ela era ainda relativamente inexperiente e, de acordo com o que escreveu em suas memórias, achava que Sartre, Maheu e o amigo deles Paul Nizan "haviam explorado muito mais profundamente do que eu as consequências da inexistência de Deus e fincado sua filosofia na Terra". Irreverentes e arrogantes, parecia que eles estavam estudando Descartes e Spinoza, Leibniz e Kant, Hegel, Schopenhauer e Nietzsche — o passado *in toto* — com o propósito único de definir suas próprias filosofias.

Estavam confiantes de que eles próprios chegariam um dia a explicar, com suas próprias palavras, como viver no caos violento do século XX — sem recorrer a Deus ou a qualquer outro absoluto. Eles acreditavam que "o homem teria de ser reformulado". Conforme Beauvoir escreveria mais tarde, depois de Sartre e Maheu a terem admitido em seu grupo, ela percebeu que "o processo seria em parte tarefa nossa". Em seus escritos e em suas experiências, eles testemunhariam contra a cultura artificial de seus pais e a favor da complexidade da vida real.

Sartre e seus amigos logo apelidaram Simone de Castor — tanto por ela ser muito diligente como pela semelhança da palavra *beaver*, "castor" em inglês, com seu sobrenome *Beauvoir* —, e quando saíram os resultados do exame de *agrégation*, Sartre apareceu em primeiro lugar, Beauvoir em segundo e Nizan em terceiro. Maheu, o preferido de Beauvoir, havia sido reprovado — ele e Nizan haviam deixado Paris logo após o exame, mas Sartre permaneceu em Paris e assumiu para si a tarefa de proteger Beauvoir. No início, Beauvoir não havia se impressionado. com Sartre, mas, como ela havia sido educada numa escola católica para meninas, era ele agora que teria o prazer de mostrar-lhe o mundo. Ele comprava livros para ela, levava-a para ver filmes de caubói e divertia-a inventando canções e poemas de improviso. Eles passariam horas conversando, ela escreveu,

> sobre todos os tipos de coisas, mas especialmente sobre o assunto que me interessava mais que todos os outros: eu mesma... Sartre sempre procurava me ver como parte de minha própria visão de mundo, me entender à luz de meu próprio sistema de valores e atitudes. Ele não apenas me encorajava, mas também pretendia me ajudar ativamente a realizar minhas ambições.

Livres das atmosferas sufocantes dos valores convencionais de suas famílias — fascinados pela independência que haviam acabado de conquistar —, eles extrapolavam os limites dos sistemas filosóficos rebeldes das palavras e dos gestos um do outro e profetizaram os livros que escreveriam, os sistemas filosóficos sobre os quais erigiriam suas carreiras. Tendo acabado de ser aprovada no exame que a libertaria da dependência de sua família e suas tradições, Beauvoir escreveu que "não tínhamos nenhum escrúpulo, nenhum sentimento de respeito ou lealdade que nos impedisse de fazer nossa cabeça à pura luz da razão — e de nossos próprios desejos. Ignorávamos qualquer obscuridade ou confusão em nossos processos mentais; acreditávamos que éramos feitos de razão pura e vontade pura".

Naquele verão, Sartre e Beauvoir se tornaram inseparáveis. Quando ela deixou Paris com a família para passar as férias na propriedade da família de seu pai, ele também viajou e foi se hospedar em um hotel das proximidades, e ali eles passavam horas juntos nos campos, zombando da sociedade e encorajando-se para que cada um levasse uma vida genuína de acordo com sua filosofia. O pai de Beauvoir pediu a Sartre que fosse embora — não por estar preocupado com a reputação da filha que, a essa altura, não tinha mais conserto, mas porque os vizinhos estavam comentando e ele temia que as fofocas acabassem com a reputação de uma prima de Beauvoir às vésperas de seu casamento —, mas Sartre se recusou a ir. Ele e Beauvoir simplesmente passaram a ir conversar em lugares mais distantes, onde Beauvoir continuou a vicejar com a atenção dele. No começo de setembro, Beauvoir escreveu em seu diário que aquela não era "uma paixão avassaladora [...] mas uma felicidade... Nunca eu gostei tanto de ler e pensar. Nunca estive tão viva e feliz, nem nunca imaginei um futuro tão magnífico".

De volta a Paris em outubro, Sartre assentou a relação filosófica entre eles numa memorável discussão de três horas no Jardim de Luxemburgo. Com uma disposição quase niilista a confiar em sua própria experiência caótica — e a rejeitar todos os absolutos e as autoridades externas —, ele "demoliu [...] a filosofia pluralista [...] cuidadosamente montada" por Beauvoir, o que, segundo ela, "autorizou-me a atribuir ao meu coração o papel de árbitro do bem e do mal". Até mesmo isso, Sartre disse, cheirava a sentimentalismo, e Beauvoir escreveu em suas memórias que sabia que havia sido derrotada: ela reconheceu a superioridade intelectual dele e teve que admitir que vivia no mundo contingente e caótico que ele descrevia, onde não havia nada estabelecido e tampouco seu coração tinha qualquer autoridade moral. Como Beauvoir escreveria mais tarde em suas memórias, ela constatou que "muitas de minhas opiniões estavam baseadas unicamente em preconceitos, desonestidade e conceitos formados precipitadamente, que meu raciocínio estava equivocado e minhas ideias eram uma tremenda confusão".

Essa demonstração de superioridade filosófica foi um ato de dominação que prendeu Sartre e Beauvoir um ao outro pelo resto de suas vidas. Beauvoir passaria dali em diante a confiar a Sartre a tarefa de mostrar-lhe o significado de seus sentimentos e as consequências de seus atos, e, em recompensa, Sartre teria uma ouvinte atenta que era tanto inteligente o bastante para apreciar a filosofia de vida dele como também individualista o suficiente para usar as teorias dele para formular a sua própria. Adestrados nas mesmas filosofias e rebelados contra a mesma cultura, eles perceberam que estavam desenvolvendo juntos uma única filosofia.

Quando se tornaram amantes em meados de outubro, eles começaram até mesmo a se descrever como uma só pessoa. Beauvoir havia finalmente saído da casa de seus pais e ido morar em um quarto da pensão de sua avó e, ali em seu quarto alugado, livre do controle dos pais, ela e Sartre consumaram suas discussões. Eles continuaram, no entanto, determinados a respeitar o caos da experiência e, como queriam contrariar seus pais, eles se recusaram a casar. De acordo com o relato sobre essa decisão que Beauvoir apresenta em suas memórias, Sartre havia dito que ele não era por natureza

> inclinado a ser monogâmico: ele gostava da companhia das mulheres por achá-las menos cômicas do que os homens. Ele não tinha nenhuma intenção, aos 23 anos, de renunciar à variedade tentadora delas.
>
> Ele me explicou a questão com sua terminologia preferida. "O que há entre *nós*", ele disse, "é um amor *essencial*; mas é uma boa ideia experimentarmos também os casos de amor *contingente*." Nós éramos da mesma espécie e a nossa relação duraria pelo tempo que durássemos: mas ela não poderia compensar a riqueza dos momentos fugazes dos encontros com diferentes pessoas. Como poderíamos deliberadamente antecipar toda a gama de emoções — perplexidade, remorso, prazer, nostalgia — que éramos tão capazes de sentir como qualquer outra pessoa? Nós refletíamos um bocado sobre esses problemas em nossas caminhadas juntos.

Sartre sugeriu que "firmássemos um contrato por dois anos" e que durante esse tempo eles vivessem juntos em Paris e depois viajassem separadamente para ensinar no exterior. Então eles voltariam um para o outro e, "por um período maior ou menor, viveríamos mais ou menos juntos. Nós jamais nos tornaríamos estranhos um para o outro e tampouco pediríamos em vão a ajuda um do outro; nada prevaleceria contra essa nossa aliança". Para garantir o amor essencial deles, eles propuseram um pacto adicional: "Não apenas jamais mentiríamos um para o outro", Beauvoir escreveu, "mas também nenhum de nós ocultaria qualquer coisa do outro". Com a visão aguçada pela filosofia, eles encarariam os seus desejos e os descreveriam em seus escritos — diferentemente do pai de Beauvoir e do avô de Sartre, que mentiam hipocritamente sobre seus casos amorosos.

Sartre e Beauvoir diziam brincando que estavam instituindo um "casamento morganático" — casamento no qual os parceiros provêm de classes sociais diferentes e pelo qual nenhum pode herdar os bens do outro —, juntos eles renunciaram a tudo que poderiam herdar de suas famílias. Beauvoir não conseguiu renunciar à proposta não convencional de Sartre; ela própria havia manifestado desdém pela moral dupla de acordo com a qual os homens tinham permissão para terem casos fortuitos, enquanto as mulheres tinham que seguir uma moral muito mais estrita, e agora ela estava determinada a ser tão livre quanto qualquer homem. A recusa de Sartre a assumir para si mesmo um compromisso de exclusividade — e sua recusa a permitir que ela se prendesse a ele — foi o que na realidade atestou sua autenticidade.

O contrato não convencional que eles assumiram prometia a ambos uma nova liberdade radical, ao mesmo tempo que confirmava sua rebeldia contra a sociedade burguesa. Pelo resto de suas vidas, eles se incentivariam mutuamente a ter outra relação quando quisessem ter uma experiência de intimidade com outra pessoa e editariam os romances um do outro e as obras filosóficas nas quais eles diriam a verdade sobre suas experiências de amores contingentes. Pela recusa a se acomodarem aos confortos burgueses, eles sofreram e fizeram sofrer as outras pessoas com quem se envolveram — por sua insistência nos casos contingentes —, mas não insistiram em conciliar seus atos com a moral convencional. Mesmo que tenham acabado inventando "códigos morais temporários" para justificar as mentiras e meias-verdades que contavam para seus amantes contingentes, eles se mantiveram leais um ao outro, de acordo com os padrões mais escrupulosos, em seus escritos criativos, políticos e filosóficos.

II.

Para Jean-Paul Sartre, a liberdade radical de seu relacionamento com Beauvoir era um antídoto contra a amenidade sufocante do ambiente de sua infância e a presença dominadora de seu avô grandemente culto, Charles Schweitzer, que era o chefe da família. A mãe de Sartre, Anne Marie Schweitzer, havia fugido daquela casa em 1904, com 21 anos, quando se casou com Jean-Baptiste Sartre, um oficial da Marinha que ela havia conhecido por intermédio de um irmão mais velho. Menos de três anos depois, no entanto, Jean-Baptiste morreu de enterite intestinal e ela voltou para casa com seu bebê de 18 meses. Em sua autobiografia, Sartre escreveu que, na casa de seus pais, "Anne Marie, cheia de gratidão [...] voltou a ser criança de novo, uma virgem imaculada" que se "dava instintivamente, cuidava da casa para os pais" e estava sempre "sob vigilância [...] obedecendo a todos". Quando mãe e filho foram acomodados no mesmo quarto — que era chamado de "quarto das crianças" —, ele achou que ela fosse sua irmã: "Minha mãe e eu tínhamos a mesma idade e estávamos sempre juntos. Ela me chamava de seu cavaleiro prestimoso, seu homenzinho. Eu contava tudo para ela".

Charles Schweitzer, o avô de Sartre, tinha 56 anos quando Anne Marie voltou para casa com seu bebê. Imigrante da Alsácia, ele havia fundado o Instituto de Línguas Modernas em Paris para ensinar francês a estrangeiros, e ele havia escrito uma série de compêndios escolares e, com os direitos autorais destes, ele mantinha uma vida confortável. Schweitzer retomou o papel de provedor da família e voltou a ensinar depois que Sartre e sua mãe retornaram para a casa dele, mas não pretendia exercer de novo o papel de pai — ele preferia ser entretido pelo neto. Assim que Sartre aprendeu a ler, Schweitzer proclamou que ele era um gênio, e Sartre, entrando no jogo do avô, começou a buscar motivos para angariar novos elogios, lendo os livros mais difíceis que conseguia encontrar. O pequeno Sartre encantava sua família com ditos precoces que ia catando de suas leituras e, com isso, ganhou a reputação de menino-prodígio. De acordo com a autobiografia de Sartre, essa imagem era constantemente reforçada por seu avô, que via nele a imagem que queria ver de si mesmo, do imigrante cuja progênie brilhante havia dominado a literatura clássica da cultura que havia adotado.

Quando Sartre chegou à idade escolar, o próprio Schweitzer o educou — a prática não era comum na época — e contratou professores particulares apenas ocasionalmente. Quando Schweitzer finalmente mandou Sartre para a escola, seus professores o repreenderam por sua ortografia, que não seguia as regras, e Schweitzer o tirou da escola após seu primeiro dia. Acostumado a um regime constante de aprovação por seu avô, Sartre escreveu mais tarde que "meu fracasso não havia me afetado: eu era um menino-prodígio que não era bom em ortografia, isso era tudo". Querido e mimado — sem nenhum critério de julgamento externo —, Sartre aprendeu apenas aos poucos a não confiar nos elogios de seus familiares e a perceber que era apenas um fantoche do jogo designado a satisfazer eles próprios. Como escreveu em suas memórias, "Quer os adultos ouçam minhas baboseiras ou *A Arte da Fuga*, eles dão o mesmo sorriso travesso de satisfação e cumplicidade. Isso mostra o que eu sou em essência: um bem cultural".

Procurando dar ao filho algo de uma infância normal, a mãe de Sartre comprou-lhe livros de aventura, deixando seu pai furioso por corromper os gostos literários do menino-prodígio, mas tais livros proveram a Sartre as imagens e as narrativas por meio das quais ele podia se desenvolver como herói ou como mártir, alguém que era importante por seus atos. Ele começou a inventar provações e aventuras para si mesmo e começou a escrevê-las em histórias baseadas — quando não diretamente copiadas — em seus livros de aventura — ou na enciclopédia, quando ele precisava de fatos da crua realidade. Ele era tanto o aventureiro como o autor, e suas aventuras eram sempre heroicas. "Já que ninguém me reivindicava *seriamente*", ele escreveu, "eu mesmo levantei a pretensão de ser indispensável ao Universo." Livre dos elogios ilusórios de seus avós a suas aventuras imaginárias, Sartre descobriu a liberdade aterrorizante do autor que pode imaginar o que lhe der na telha — mas cujas experiências pessoais não existem enquanto não forem escritas.

Quando Sartre finalmente foi matriculado numa escola em tempo integral aos 10 anos de idade, ele não saltou para o primeiro de sua classe, mas também não foi desestimulado: ele era "amado demais para ter dúvidas" sobre si mesmo. Ele só começou a ser constrangido seriamente aos 12 anos, quando sua mãe se casou com Joseph Mancy, um engenheiro que levou a família para morar em La Rochelle, no oeste da França. Ali Sartre perdeu para Mancy a atenção de sua mãe, como também a do avô para a distância, e entrou em guerra com o que ele mais tarde chamaria de "temperamento de físico, pessimismo, dissimulação e crueldade" de seu padrasto.

Sartre também teve de confrontar a realidade de que era fisicamente diferente das outras crianças — aos 4 anos, ele havia contraído leucoma em seu olho direito, o que prejudicou sua visão e o deixaria estrábico —, e quando adulto ele chegou apenas à altura de 1,55 m. Sartre, muitas vezes, foi surrado pelos meninos mais rudes do campo, mas ele já havia criado uma personalidade capaz de suportar aquelas brutalidades: ele seria um escritor famoso e aquelas eram simples ofensas que o famoso escritor teria de sofrer em sua juventude. Sartre não se achava feio até que ele e seus colegas de classe começaram a notar as meninas, mas quando aprendeu a se ver pelos olhos dos outros, ele já havia se voltado para a língua — e para a sua imaginação — para compensar. Entre os outros meninos, ele acreditava no que mais tarde ele consideraria ser "fora de tom e de papel [...] em meio a grupos de homens: um tipo patético de sujeito feio [...] com ideias um pouco repulsivas, mas que de qualquer maneira fazia rir, por mexer um pouco com as pessoas". Apesar da baixa estatura e da compleição frágil, Sartre adquiriu a reputação de uma brutalidade criativa e precisa em seus insultos e, com isso, mudou as regras do jogo da força bruta para outras nas quais ele venceria se tornando um escritor famoso.

Aos 16 anos, Sartre se matriculou no Liceu Henry IV, o colégio mais prestigiado de Paris, onde se tornou amigo de Paul Nizan, o filho janota de um engenheiro — que também era um pouco estrábico. Sartre e Nizan logo se tornariam amigos inseparáveis — a ponto de passarem a ser conhecidos como Nitre e Sarzan — e, num esboço autobiográfico de 1940, Sartre escreveu que

> o que havia mudado profundamente desde a minha chegada a Paris era o fato de eu ter encontrado colegas e um amigo. A amizade era o mais importante. É algo que surgiu em minha vida com meu 16º aniversário e Nizan, e que, de diferentes formas, nunca mais deixou de existir... O que a amizade trouxe para mim — muito além do afeto (qualquer que possa ter sido) — foi um mundo federativo, no qual meu amigo e eu juntaríamos todos os nossos

valores, todos os nossos pensamentos e todos os nossos gostos. E esse mundo era renovado por invenções constantes. Ao mesmo tempo, cada um de nós apoiava o outro, e o resultado disso era um *par* instituído de um considerável poder...

O que ocorreu foi que, desde os 17 anos, eu sempre vivi como parte de uma dupla... Eu estava levando uma existência radiante e um pouco tórrida — sem vida interior e sem segredos — na qual eu sentia a pressão total de outra presença sobre mim e na qual eu me endurecia para suportar essa presença.

A partir daquele período, uma clareza impiedosa passou a dominar a minha mente: era um espaço operacional, higienizado, sem sombras, sem recantos nem fendas, sem micróbios, sob uma luz fria... Até a guerra atual, eu *vivi publicamente*.

Compartilhando com Nizan uma profunda atração por desempenhar papéis e brincar com as palavras — e por qualquer coisa que evidenciasse sua originalidade —, Sartre podia se sentir completamente aceito e, ao mesmo tempo, percebia que suas amizades estreitas — com Nizan e depois com seu colega Pierre Guille e com Beauvoir — tornavam possível para ele fazer experimentos como dar expressão a um eu que ainda estava em formação. Vivendo de sua imaginação, ele alimentava tantas possibilidades que não podia se comprometer com nenhum dos papéis ou identidades. "Tornei-me traidor e continuei a sê-lo", ele escreveu em sua autobiografia.

Embora eu me ponha de corpo inteiro naquilo que empreendo, entrego-me sem qualquer reserva ao trabalho, à cólera e à amizade, num instante me renegarei, eu sei que o farei, eu quero e me traio já em plena paixão, pelo pressentimento jubiloso de minha traição futura. Em geral, eu cumpro meus compromissos como qualquer outra pessoa; sou constante em meus afetos e em minha conduta; mas sou infiel para com as minhas emoções.

Exultando de liberdade, Sartre estava sempre à procura de parceiros, camaradas e cúmplices de conspiração filosófica que fossem suficientemente livres em suas visões para enxergar a contingência caótica das sensações e impressões que jamais eram totalmente organizadas pelas convenções culturais.

Depois de alguns encontros casuais e visitas a bordéis o terem iniciado sexualmente, a primeira relação de Sartre foi com uma mulher que ele conheceu no funeral de um primo em 1925, quando tinha 20 anos. Mulher independente de 22 anos, Simone Jollivet era efetivamente uma cortesã que sabia usar sua beleza e sua personalidade excêntrica para obter dinheiro, presentes e devoção de seus cortejadores. Sartre passou cinco dias de paixão com ela antes de retornar a Paris e, apesar de não tê-la visto por seis meses, ele escreveu a ela longas cartas, professando o seu amor e descrevendo os livros que pretendia escrever. Jollivet estava, no entanto, mais interessada em ser cortejada do que a entregar-se a um relacionamento "federativo", e quando Sartre foi a Toulouse para vê-la, ela o fez dormir no parque até arranjar um jeito de introduzi-lo às escondidas em seu quarto e, mesmo depois de finalmente deixá-lo entrar, ela fez poses e joguinhos, se insinuando com explicações e protestos cheios de mistério.

Apesar de — ou talvez por causa de — suas simulações, Sartre viu algo além de uma cortesã em Jollivet. Ele tentou ganhar a confiança dela e, com isso, ter a oportunidade de mostrar sua ingenuidade e seu conhecimento, enquanto tentasse vencer sua resistência. Como ela continuava se esquivando, ele projetou nela a fé que tinha em si mesmo. Emprestou-lhe livros e envolveu-a numa conversa filosófica, tentando corrigir suas pequenas falhas enquanto a instava a transformar suas experiências em arte. Ele aconselhou-a — ele disse que mandou — a não escrever para ele dizendo que estava triste: "Você pode também comunicar isso à Liga das Nações... Fique ereta, pare de representar, ocupe-se, *escreva*: este é o melhor remédio para um temperamento literário como o seu". Ele concedeu sua inteligência a ela — "Por que você seria menos capaz de ver do que eu?", ele escreveu. Quando ela continuou resistindo, ele a castigou: "Quem fez você ser o que é? Quem está tentando impedir que você se torne uma burguesa, uma esteta, uma puta? Quem assumiu o encargo de sua inteligência? Somente eu".

O caso de Sartre com Jollivet esfriou em 1927, quando ela o deixou em troca de homens mais ricos, mas eles voltaram a se descobrir no início de 1929. Enquanto isso, Sartre havia assumido um noivado breve e informal com a filha de um merceeiro, mas o noivado foi rompido quando ele escreveu um ensaio ambicioso demais e foi reprovado no concurso de *agrégation* em sua primeira tentativa, em 1928. Em 1929, Jollivet já havia se estabelecido em Paris como amante de Charles Dullin, um diretor de teatro, e ela e Sartre retomaram a relação, mas apenas casualmente: Jollivet não pretendia deixar Dullin — eles acabariam se casando —, de maneira que Sartre estava descomprometido quando Beauvoir entrou em seu grupo de estudos.

III.

Anos antes de Simone de Beauvoir conhecer Sartre — anos antes de ela se descrever como sendo una com ele —, ela estava saindo de um ambiente familiar semelhante ao dele em muitos sentidos. Se Sartre estivera se preparando para redimir sua família da presunçosa cultura burguesa por meio de viver a vida de um grande escritor, Beauvoir também o fizera e, se ela enfim assumiu a liberdade de Sartre como sua, a família dela já a havia preparado para acreditar que a grandeza literária era também possível para ela.

Beauvoir foi educada numa combinação de bem-estar aristocrático e presunção burguesa. Seu pai, Georges de Beauvoir, era o filho mais novo de uma abastada família aristocrática. Em suas memórias, ela escreveu que ele "apreciava gestos elegantes, cumprimentos graciosos, decoro social, estilo, frivolidade e ironia, tudo que expressava a autoconfiança desembaraçada dos ricos e bem-nascidos". Ator por temperamento, mas não por ofício, ele cercou suas filhas de artes, mas Simone escreveu que ele "desprezava os sucessos que são alcançados à custa de trabalho e esforço árduos" e desdenhava "as virtudes mais sérias valorizadas pela burguesia".

Françoise Brasseur havia desabrochado quando casou com Georges de Beauvoir em 1906, e Simone, a primeira filha, nasceu no primeiro voo de liberdade de sua mãe de sua austera família burguesa. Beauvoir escreveu que as "primeiras lembranças dela são de uma jovem mulher risonha e cheia de vida", mas Françoise podia também ser severa em seus julgamentos, e Beauvoir aprendeu a temer sua condenação de que algo era "ridículo" ou que simplesmente "não se fazia" e, assim, aprendeu a se censurar para se adequar às regras da casa. Ela escreveu em suas memórias que "a capacidade de ignorar em silêncio eventos que eu percebia tão agudamente é uma das coisas que mais se sobressaem quando me lembro de minha infância". A nudez era proibida — "em nosso universo, a carne não tinha direito de existir" — e tempo e dinheiro eram medidos com rigor, para causar a impressão de um "mundo isento de anormalidades".

A combinação de liberdade aristocrática e formalidade burguesa permitiu a Beauvoir sentir, desde muito cedo, que era alguém da elite, dos corretos e privilegiados. Se ela e sua irmã Hélène eram "proibidas de brincar com meninas estranhas" no Jardim de Luxemburgo, era "obviamente porque nós éramos feitas de matéria mais refinada". Como irmã mais velha, Beauvoir devia ser feita da mais refinada de todas as matérias: ela ensinou Hélène a ler e contar e sua irmã se tornou seu "*alter ego*, meu outro eu; nós não conseguíamos viver uma sem a outra". Em todas as suas brincadeiras, ela escreveu, "mesmo quando eu estava apenas copiando ou enchendo um catálogo com borrões de aquarela, eu sentia necessidade de companhia".

Beauvoir sempre foi uma aluna excelente — ela tirava boas notas e era elogiada —, mas a aprovação de seus pais e professores nem sempre lhe bastou e, mesmo quando estava brincando com a irmã, ela escreveu que observava a si mesma como se fosse alguém de fora. Ela percebeu que não era igual às outras meninas e que ninguém mais a percebia com a mesma agudeza dela — e concluiu que, se ela própria não dissesse, ninguém jamais saberia que havia algo de especial nela. Para justificar sua singularidade, ela começou a escrever. "Se eu estava descrevendo em palavras um episódio de minha vida", ela disse em suas memórias, "eu sentia que o episódio estava sendo resgatado do esquecimento, que seria de interesse para outros e, portanto, seria salvo do aniquilamento."

Os privilégios aristocráticos de Beauvoir acabaram em 1917, quando ela tinha 9 anos e seu pai perdeu grande parte de sua fortuna porque a revolução soviética fez com que os investimentos que tinha na Rússia perdessem o valor. Ele passou então a fazer parte da diretoria da fábrica de calçados do pai, mas, quando a fábrica começou a entrar em declínio, ele foi trabalhar como vendedor de anúncios publicitários. Beauvoir escreveu que "o trabalho o deixava aborrecido e lhe rendia pouquíssimo dinheiro. Para compensar, ele foi sair muito mais à noite do que costumava, para jogar cartas com amigos ou frequentar bares". Por toda a década seguinte, a família foi impelida a mudar para apartamentos cada vez menores e, enquanto os pais de Beauvoir brigavam por causa da piora das condições em que viviam, o pai dela começou a buscar companhia feminina em bordéis e bares.

No entanto, nem os problemas financeiros do pai de Beauvoir nem tampouco suas aventuras extraconjugais a libertaram dos ditames estritos próprios da sociedade burguesa: ao contrário, eles a aprisionaram numa situação sem saída. Seu pai se sentia constrangido por sua incapacidade de oferecer dotes por suas filhas — e, portanto, de propiciar a elas casamentos vantajosos — e também se sentia humilhado pelo fato de que elas precisariam trabalhar para ganhar seu sustento. Ele começou a se ressentir com Beauvoir, que, como primogênita, parecia encarnar seu fracasso, e começou a criticá-la por não ser capaz de arranjar um casamento apropriado. Beauvoir se refugiou das críticas do pai em seus estudos, mas isso a tornava ainda menos apta a se casar, uma vez que as mulheres da sociedade não deviam ser letradas, e os livros apenas as levavam a questionar a serventia das convenções sociais. Em breve, ela estaria totalmente fora das condições de ser desposada. "Minha mãe me vestia mal", ela escreveu, e meu pai estava sempre me censurando por andar malvestida, de maneira que acabei me tornando uma mulher relapsa. Eles não procuravam me entender, e eu me refugiei no silêncio e comecei a me comportar de maneira estranha. Eu queria me tornar impenetrável ao entorno. Ao mesmo tempo, eu estava me protegendo do tédio. Meu temperamento não era propenso à resignação; levando a extremos a austeridade que era minha sina, ela se tornou uma vocação; privada de todos os prazeres, eu escolhi a vida de asceta; em vez de me arrastar de cansaço através da monotonia dos dias, eu me recolhi a um silêncio obstinado, numa resistência tenaz, voltada para uma meta invisível. Eu me exauria de trabalhar e o meu cansaço me dava a satisfação do dever cumprido.

A irmã mais nova de Beauvoir, Hélène, se mostrava solidária, mas continuou se entendendo com a mãe, e quando Beauvoir entrou no período conturbado da adolescência, o pai delas transferiu seu afeto de Simone para Hélène. Enquanto Beauvoir se isolava cada vez mais de sua família, ela também se voltava contra os valores católicos de sua mãe e deixava de acreditar em Deus. Quando ela viu sua mãe sofrendo por causa das aventuras extraconjugais de seu pai, ela identificou a dupla moral dos costumes sexuais burgueses e deixou de acreditar totalmente na autoridade dos pais. Ela não tinha, no entanto, como se sustentar de forma digna e, por isso, não foi embora de casa, mas permaneceu nela como excluída de sua própria família.

Beauvoir encontrou um aliado em seu primo um pouco mais velho, Jacques Laiguillon, cuja família também havia decaído socialmente. O pai de Jacques havia morrido e sua mãe havia casado de novo com um homem de classe inferior — mas Jacques ainda pretendia recuperar a fortuna da família. Em sua frustração com a demora de tal recuperação, Jacques havia descoberto os livros de Gide, Cocteau, Claudel e Montherlant — livros que Beauvoir chamava de "literatura da Inquietação" —, que coletivamente abordavam a absurdidade e a pretensão das convenções burguesas, instando seus leitores a "viver perigosamente. A não recusar nada". Se Beauvoir estava querendo em parte impressionar Laiguillon, devorando os livros que ele lhe emprestava em suas folgas do liceu secular, ela também estava obtendo as ferramentas com as quais poderia contrariar seus pais:

À parte [...] raras exceções [...] eu considerava as obras de literatura monumentos históricos que eu exploraria com mais ou menos interesse, que eu às vezes admirava, mas que pessoalmente não me diziam respeito. Mas agora, subitamente, homens de carne e osso estavam falando para mim com os lábios perto de meus ouvidos; tratava-se de algo entre mim e eles; eles estavam dando expressão às aspirações e rebeliões internas que eu jamais havia conseguido expressar em palavras, mas que podia reconhecer. Eu espremia a nata da biblioteca Sainte-Geneviève, com a testa febril, o cérebro pegando fogo e o coração batendo acelerado de tanta excitação; eu li Gide, Claude, Jammes e exauri os recursos da biblioteca particular de Jacques... Enquanto lia, eu sentia o mesmo alívio que um dia havia sentido ao rezar... Os livros que mais me agradaram tornaram-se a Bíblia da qual eu extraía conselhos e apoio [...] eles resgatavam do silêncio e do esquecimento todas aquelas aventuras secretas do espírito sobre as quais eu não conseguia falar com ninguém; eles estabeleciam uma espécie de comunhão entre mim e aquelas almas gêmeas que existiam em algum lugar fora do alcance; em lugar de viver minha vidinha privada, eu estava participando de uma grande epopeia espiritual. Durante meses, eu fiquei andando de um lado para o outro com aqueles livros: eles eram a única realidade que estava ao meu alcance.

Os livros de Laiguillon revelaram a Beauvoir as limitações da educação que ela estava recebendo no Cours Désir, seu colégio católico particular: suas professoras não eram mais "as majestosas sacerdotisas supremas do Conhecimento [...] velhas carolas cômicas de igreja" cujos "méritos eram virtudes cristãs em lugar de graus e diplomas". Com a descoberta de autores que "expuseram suas vidas", ela se tornou mais extrovertida e rebelde. Seus pais até que tentaram proibi-la de encontrar Laiguillon, mas isso não a impediu de fazer uma cruzada virtuosa contra a estupidez — nem de persistir em acreditar que faria melhor confiando em si mesma do que em seus pais. Ela continuou na escola, mas ancorada inicialmente na literatura e depois na filosofia — cujos princípios e abstrações dispunham suas experiências em termos universais que transcendiam a tacanha e hipócrita autoridade de seus pais.

Enquanto Laiguillon frequentava sua escola, que era afastada dali, Beauvoir compartilhava sua rebeldia com uma grande amiga do Cours Désir, Elizabeth Le Coin, que ficou conhecida como Zaza. Zaza provinha de uma numerosa família católica, mas, como terceiro filho e segunda filha, sua personalidade impulsiva havia escapado amplamente ao controle dos pais; e Beauvoir ficava impressionada porque, em "tudo que ela [Zaza] fazia, exibia um talento natural que me encantava". Juntas, Beauvoir e Zaza sonhavam com um casamento por amor, mas, quando se aproximaram da idade de casar, suas mães começaram a censurar sua correspondência e leitura, banindo os livros proibidos e afastando os amigos progressistas. Zaza foi a primeira pessoa por quem Beauvoir sentiu profundo afeto, mas Zaza não estava no mesmo nível de rebeldia contra seus próprios pais. Ela os amava e continuava respeitando a autoridade deles; e Beauvoir se sentia frustrada pelo fato de Zaza não poder entender a amplitude de sua solidão. Achava que ela própria "não correspondia inteiramente à pessoa por quem [Zaza] me tomava, mas eu não conseguia encontrar um jeito de [...] revelar minha verdadeira natureza a ela; esse mal-entendido me deixava desesperada".

Isolada na escola, solitária em sua família e desesperada por um verdadeiro afeto, Beauvoir tentou se imaginar casada com Laiguillon, mas ele via o casamento como "uma solução e não como um ponto de partida", e Beauvoir passou a acreditar que "não era possível conciliar amor e inquietação". Na véspera de sua partida para o serviço militar na Argélia, em 1928, ele levou-a para beber, introduzindo-a em seus bares preferidos e, depois disso, sempre que seus pais saíam à noite, Beauvoir ia àqueles bares "secretamente em busca de experiências extraordinárias". Ela aprendeu a ficar "à vontade com o calor da mão de um estranho em minha nuca, acariciando-me com uma ternura que parecia ser amor". Às vezes sozinha e outras vezes com sua irmã, ela percorria as ruas, aceitando carona de homens estranhos, mas recusando os beijos que eles achavam merecer. Totalmente ingênua no que se referia a sexo, ela mais tarde lembraria quanto se sentia confusa quando apalpada dentro de um cinema: "Eu não sabia o que fazer nem dizer: apenas deixava que [as mãos] prosseguissem".

Aprisionada, sem orientação entre seu senso burguês de ser dona do mundo e a situação financeira apertada de sua família — aprisionada entre o senso aristocrático de sua perfeição inata e suas tentativas atuais de devassidão —, Beauvoir entrou em crise. Seus pais, seus professores e a Igreja estavam conspirando para forçá-la a assumir o papel de esposa e mãe burguesa, desconsiderando sua própria realidade de mulher jovem, independente e infeliz. Com exceção de suas boas notas na escola e do sentimento de ser única, Beauvoir não tinha, no entanto, nada com que se opor a eles. Sua rebelião continuava sem foco, e ela se tornou tão independente e extrovertida que "começaram a falar em me mandar para o exterior", ela escreveu. "Todos os tipos de pessoa eram solicitados a dar conselhos, e havia um pânico generalizado."

Somente em suas leituras ela encontrava as "pessoas que, sem trapacear, traziam esse completo nada estampado na face". Quando ela concluiu o Cours Désir — e em seguida, em junho de 1926, o seu *baccalauréat* no Instituto Sainte-Marie em Neuilly —, ela comunicou a seus pais que pretendia fazer doutorado em filosofia na Sorbonne. Seus professores — que, segundo ela, "haviam dedicado a vida a combater as instituições seculares" — consideravam que a escola pública não era "nada melhor do que um bordel autorizado" e desaprovaram sua intenção. Seus pais também foram contra porque "estudar para ter uma profissão era sinal de fracasso" para sua estirpe aristocrática — mas, como eram tão poucas as mulheres que faziam doutorado em filosofia, Beauvoir obteria um notável grau de distinção ao ser aprovada no concurso de *agrégation*, o que poderia à sua maneira compensar a perda da fortuna da família. Os pais de Beauvoir acabaram permitindo que ela estudasse na Sorbonne e, em seu segundo ano, ela chegou a abandonar sua "vida de devassidão" quando uma colega de classe desaprovou o tempo que ela despendia buscando divertimento em bares.

Zaza havia brigado com seus pais pelo direito a também estudar filosofia, mas, apesar de ela ter seguido Beauvoir ao prestigiado Instituto Sainte-Marie para fazer o *baccalauréat*, os pais dela se recusaram a matriculá-la na Sorbonne. Sua família era tão conservadora que, quando Zaza conheceu um dos colegas de Beauvoir e se apaixonou por ele, seus pais contrataram um detetive para escavar esqueletos nos armários da família dele. Eles ainda esperavam arranjar um casamento para ela e, no outono de 1928, mandaram-na para Berlim por um ano para afastá-la de Beauvoir e da influência secular da Sorbonne. No entanto, em novembro de 1929 — apenas um mês depois de Sartre e Beauvoir se tornarem amantes —, Zaza morreu de meningite — ou encefalite, os médicos não conseguiram assegurar qual dessas doenças. Zaza ficara tão incomodada com a oposição de seus pais ao seu amor que suas dores de cabeça e outros problemas não foram considerados sintomas de doença.

Em suas memórias, Beauvoir disse que a morte de Zaza tornou impossível para ela comprometer sua própria liberdade. Ela e Zaza haviam se rebelado juntas contra o "destino revoltante que tínhamos pela frente" e agora que ela e Sartre haviam acabado de consumar seu relacionamento radical, Beauvoir estava ainda mais determinada a desafiar as crenças ultrapassadas de seus pais e professores. Acima de tudo, ela estava decidida a escrever os livros que "irão expor a realidade nua e crua sem deformá-la nem minimizá-la".

IV.

Em Sartre, Beauvoir havia encontrado um novo e poderoso aliado contra as convenções e as limitações. Beauvoir escreveu que "um único propósito nos inflamava, o ímpeto de abarcar todas as experiências e testemunhá-las... Quando estávamos juntos, nós submetíamos nossas vontades tão firmemente às exigências dessa missão comum" que se viram "ligados da maneira mais estreita possível". Mas até eles escreverem e publicarem seus livros, a própria relação — e a consciência que tinham de seu "acordo perfeito" — seria a única forma que tinham de reivindicar uma existência realmente genuína.

Se Sartre e Beauvoir estavam confiantes de que sua união livre era um passo ousado em direção a uma nova maneira de viver, o resultado com certeza não foi uma relação mais próxima com seus pais — nenhuma das duas famílias aprovou o relacionamento deles. Beauvoir contou em suas memórias que seu pai disse que ela "jamais passaria de uma vil prostituta" — e o padrasto de Sartre considerou Beauvoir uma mulher perdida e não permitiria que ela entrasse em sua casa. Por não terem se casado de acordo com as convenções, eles continuaram sendo tratados como se fossem crianças. Até 1939, dez anos após o início do relacionamento deles, Sartre escreveria que seus pais

> entristecem-me [...] eles me cercam com a imagem que têm de mim, e eu, é claro, tenho de assumir essa imagem, curvar-me de alguma maneira a ela, sob ameaça de conflitos. Eu me considero um sujeito decente (talvez até um "bom camarada"), um pouco doido, com uma pitada de maldade (não muito, apenas o suficiente [...]), mas que adora sua mãe. Um sujeito honesto também, que com suas ideias mexe com a vida de alguns — o que não é de admirar, pois ele ainda é jovem —, com visão clara demais para ser um comunista, mas um bom anarquistazinho cercado por seus livros, basicamente de intenções sérias, um jovem professor digno. Alguém que ainda tem muito a aprender com a vida, mas que está começando bem. E ele escreve em seu tempo livre. Ele inventa umas boas historinhas e escreve artigos mais sérios sobre questões filosóficas. Um bom talento amador. Eu juro a você, minha querida Castor, que isso chega a tirar meu desejo de escrever.

Porém Sartre e Beauvoir não haviam começado a escrever seus livros nos meses imediatamente após o concurso. Pelo primeiro ano após o concurso de *agrégation*, Beauvoir manteve seu sustento ensinando psicologia numa escola para meninas em Neuilly, desfrutando a liberdade de ir e vir a seu bel-prazer — ou de não sair absolutamente de seu quarto, se quisesse passar o dia inteiro lendo. Para equilibrar seu orçamento, ela vendeu seus livros e "todas as joias de menor importância que me haviam sido dadas quando era garota, o que chocou muito meus pais". Em novembro de 1929, Sartre iniciou seus dezoito meses de serviço militar obrigatório na unidade meteorológica que seu amigo Raymond Aron havia lhe recomendado. Ele detestava a conformidade da vida militar, mas Saint-Cyr não ficava longe de Paris e ele encontrava Beauvoir todas as vezes que suas licenças permitiam.

Beauvoir encontrava tanto prazer em sua liberdade que só começou a escrever quando Sartre criticou-a por parecer "aquelas heroínas de Meredith, que, depois de batalharem muito por sua independência, acabavam se satisfazendo com a função de auxiliar de algum homem". Ofendida por essa crítica, Beauvoir não quis começar por escrever contos, mas lançou-se diretamente à empreitada de um romance, em que fundia suas leituras filosóficas e literárias com a experiência de sofrer por amor. Ela escreveu em suas memórias que "os capítulos iniciais" dos melodramas metafísicos "até que estavam indo bem", mas que logo "eles descambaram para uma maçaroca informe", mas ela mesmo assim continuou dedicando seus dias a escrever.

Quando Beauvoir finalmente assumiu um cargo de professora em Marselha, na costa do Mediterrâneo, em outubro de 1931, ela achou que "havia passado um trote em alguém" quando recebeu o primeiro salário. Ensinar era uma impostura — dezesseis horas por semana de uma matéria que ela conhecia tão bem que nem precisava preparar as aulas. "Eu cumpria as obrigações de um professor de filosofia sem de fato sê-lo", ela escreveu. "Eu nem mesmo era a mulher adulta que meus colegas viam; eu estava vivendo uma aventura própria e pessoal para a qual nenhuma categoria tinha relevância permanente."

Sartre continuava sendo a única pessoa que entendia Beauvoir; e o afastamento deles começou a pesar no outono de 1931, quando ele foi designado para assumir um cargo de professor no Havre, no norte. Quando Beauvoir se mostrou incomodada por ter de partir para iniciar o ano letivo — ela continuava ensinando em Marselha —, Sartre propôs que eles se casassem, embora tal vínculo formal não tivesse nenhum significado especial: eles teriam apenas as "vantagens de serem nomeados para um mesmo lugar". Beauvoir escreveu que ela "nem por um instante [...] me senti tentada a aceitar a sugestão dele". Ela sentia uma forte aversão "aos hábitos e costumes de nossa sociedade" e "tinha uma falta de afinidades tal com meus próprios pais que antevia como estranhos quaisquer filhos ou filhas que eu pudesse vir a ter; deles eu esperava ou indiferença ou hostilidade — tão intensa havia sido a minha aversão por minha própria vida em família". Em vez de se acomodarem em algum lugar, Sartre e Beauvoir viveram suas vidas de escritores separados, investindo mais na correspondência um com o outro — e no progresso de suas escritas — do que na atividade diária de ensino ou nas comodidades de que poderiam desfrutar com seus salários.

Assim que Sartre terminou o serviço militar na primavera de 1931, ele começou a escrever seu primeiro romance, que só seria publicado em 1938 com o título

A Náusea. O livro descrevia a estranheza perturbadora de uma existência humana na qual o fluxo constante de sensações e pensamentos não podia se ancorar em nada absoluto. Em sua autobiografia, ele disse ter usado o personagem principal

> para mostrar, sem qualquer complacência, a textura da minha vida. *Eu* era, ao mesmo tempo, o eleito, o cronista do Inferno, um fotomicroscópio de vidro e aço observando a minha própria corrente protoplásmica. Mais tarde, eu demonstrei levianamente que o homem era impossível; eu mesmo era impossível e diferente dos outros apenas pela imposição de expressar tal impossibilidade, que era por meio disso transfigurada e tornada minha possibilidade mais pessoal; o objetivo de minha missão... Falso até a medula de meus ossos e iludido, eu escrevi levianamente sobre a nossa infeliz condição... Eu construía com uma mão o que destruía com a outra e considerava a ansiedade uma garantia de minha certeza.

Comprometidos com a ansiedade em vez de com o conforto, Sartre e Beauvoir nunca assumiram juntos a rotina de uma casa — e nem cada um deles chegou a ter seu próprio apartamento até 1948. Toda a década de 1930 eles passaram de um cargo de professor a outro, vivendo em hotéis, comendo em restaurantes, trabalhando em cafés. Quando Beauvoir foi transferida para Rouen no outono de 1932, ela morou a apenas uma pequena distância de Sartre em Le Havre, mas então Sartre foi para Berlim em 1933, antes de retornar a Le Havre no outono de 1934. Foi apenas em 1937, quando ele foi transferido para Neuilly, nos subúrbios de Paris, que eles foram morar no mesmo hotel, embora em andares diferentes, arranjo que segundo Beauvoir "tinha todas as vantagens de uma vida em comum sem suas inconveniências". Apesar da recusa a se acomodarem, Beauvoir escreveu que, em meados da década de 1930, sua "relação ilegítima era vista com quase tanto respeito como se fosse um casamento". O superintendente geral chegou mesmo a considerá-los juntos para atribuir suas obrigações de ensino.

Tendo recusado as comodidades de um relacionamento convencional, eles não hesitaram em assumir relacionamentos "contingentes". Quando Beauvoir fez uma viagem de carro pelo sul da França com o amigo de Sartre, Pierre Guille, no verão de 1931, Sartre sabia que eles haviam dormido juntos. Quando Sartre viajou no outono de 1933 para Berlim — onde Raymond Aron o havia ajudado a conseguir uma bolsa para estudar Husserl no Instituto Francês —, seu alemão não era suficientemente bom para ele se relacionar com as mulheres alemãs, mas ele teve um breve caso com uma francesa cujo marido estava estudando naquele mesmo instituto. Beauvoir escreveu em suas memórias que o caso de Sartre com Marie Ville

> nem me tomou de surpresa nem contrariou a ideia que eu havia formado com respeito à vida que teríamos juntos, uma vez que, desde o começo, Sartre havia me prevenido de sua propensão a se envolver em tais aventuras. Eu havia aceitado o princípio e não tive então nenhuma dificuldade para aceitar o fato. Conhecer o mundo e dar-lhe expressão, esse era o propósito que governava a existência de Sartre; e eu sabia quanto ele estava determinado a cumpri-lo. Além do mais, eu me sentia tão ligada a ele que nenhum episódio como aquele em sua vida seria capaz de me perturbar.

Beauvoir sabia que Sartre e Ville haviam "concordado que a relação não teria nenhum futuro" e disse que o caso não havia lhe causado nenhum ciúme, contudo ela colocou em risco seu cargo de professora, simulando uma doença para ir a Berlim encontrar pessoalmente Marie para reclamar seus direitos de relacionamento essencial.

Mais tarde em sua vida, Beauvoir publicaria uma entrevista na qual ela perguntava a Sartre o que ele encontrava de particularmente atraente nas mulheres com quem tinha casos. "Absolutamente nada", Sartre havia respondido.

> Em minha visão, você possuía as qualidades, as mais importantes qualidades que eu podia exigir das mulheres. Por isso, as outras mulheres ficavam livres — elas podiam ser simplesmente bonitas, por exemplo. O que acontecia era que, como você representava muito mais do que eu estava disposto a dar às mulheres, as outras tinham menos e, portanto, comprometiam menos de si mesmas.

Quando ela o pressionou a descrever a atração exercida por outras mulheres, ele respondeu:

> *Sartre*: Na maioria das vezes, a mulher tinha algum atributo emocional e, às vezes, sexual; e era esse atributo que me atraía, porque eu achava que, me ligando a uma mulher com tal atributo, eu estaria em certa medida me apossando de sua afetividade. Procurar fazê-la sentir essa afetividade por mim,

senti-la profundamente, significava possuir tal afetividade — era uma qualidade que eu estava dando a mim mesmo.

Beauvoir: Em outras palavras, você queria que as mulheres o amassem.

Sartre: Sim, elas tinham que me amar para que essa sensibilidade se tornasse algo que me pertencia. Quando uma mulher se entregava a mim, eu via essa sensibilidade em sua face, em sua expressão; e vê-la em sua face era o mesmo que me apossar dela.

Como desde a adolescência Sartre se considerava terrivelmente feio, ele havia aprendido a usar a linguagem e a filosofia para inspirar uma lealdade e um afeto incondicionais em Beauvoir — e agora seus relacionamentos condicionais ou "contingentes" reforçavam sua confiança, renovada por muitas e muitas vezes, em sua capacidade de atrair as pessoas, a despeito de sua aparência.

Se Sartre e Beauvoir estavam cada um por si ampliando suas experiências pessoais por meio de seus casos amorosos, eles estavam também ampliando o mundo um para o outro, pois, quando descreviam seus amantes em cartas, os casos serviam para aumentar a intimidade entre eles. Enquanto continuavam vivendo separados na década de 1930, Beauvoir escreveu que, em sua correspondência, "revirávamos [a vida] dos amantes e conhecidos pelo avesso [...] para criar nosso próprio retrato definitivo deles". Eles sempre estiveram determinados a expor as falácias ou fraudes, as hipocrisias ou falhas dos ideais e costumes convencionais, e usavam os amigos e amantes como materiais para desenvolverem suas teorias sobre a liberdade e a autenticidade, ou sobre a má-fé por meio da qual as pessoas distorcem suas vidas para si mesmas. Apesar de gostarem de seus amantes, eles descreviam seus casos com minúcias de detalhes, desconsiderando qualquer ameaça de traição ou ciúme por manterem em suas cartas uma profunda cumplicidade que reafirmava a superioridade de seu relacionamento sobre os casos de um e de outro.

V.

A poderosa combinação de seu relacionamento essencial e seus casos amorosos nem sempre conseguiu obscurecer a realidade de que Sartre e Beauvoir continuavam sendo professores de escolas provincianas. Eles continuavam escrevendo, mas, "como todo burguês", Beauvoir escreveu:

[...] nós tínhamos nossas necessidades garantidas; como todo funcionário público, nós tínhamos nossa segurança garantida. Além do mais, não tínhamos filhos, nem famílias, nem responsabilidades: éramos iguais aos elfos. Não havia nenhuma ligação entre o trabalho que realizávamos [...] e o dinheiro que ganhávamos com ele, que parecia desprovido de qualquer substância própria.

A essa altura, já fazia cinco anos que eles se incentivavam mutuamente a criar uma nova filosofia de vida, mas até ali nem seus livros nem seus relacionamentos contingentes haviam confirmado sua singularidade.

Em 1934, ainda ansiosa por experiências genuínas, Beauvoir começou uma relação que modificou fundamentalmente seu vínculo "essencial" com Sartre. Olga Kosakiewicz era uma aluna calada de Beauvoir — ela era muito sensível e inconsistente e nem sempre o trabalho que entregava era bom, isso quando o entregava. Porém quando ela entregou um ensaio excelente sobre Kant, Beauvoir viu nela sinais de inteligência e começou a conversar com ela. Quando Olga confessou que a admirava — e que a ideia de decepcioná-la a apavorava —, Beauvoir ficou comovida com a aflição de Olga. Ela começou a ter encontros em particular com Olga e ficou impressionada com aquilo que chamou de seu "apetite voraz e indiscriminado por coisas e pessoas" — como também com a "pureza de criança de seus entusiasmos" e ainda com "sua impetuosa natureza sem reservas", na qual Beauvoir viu seu próprio desejo de possuir o mundo.

Como Beauvoir, Olga havia crescido no vazio entre os ideais aristocráticos e o aperto financeiro. O pai dela havia sido um oficial de alta patente na Rússia e sua mãe era uma governanta francesa, e quando compraram um moinho na Normandia depois de fugirem para a França em 1917, eles tinham orgulho de serem estrangeiros e de seu *status* aristocrático. Beauvoir escreveu que os pais de Olga "haviam, primeiro, incutido nela ódio a todas as virtudes tradicionais francesas — virtudes convencionais, lemas religiosos e estupidez geral — e *depois* [...] [a abandonado] à disciplina ridícula, à rotina e às ideias ultrapassadas que prevaleciam em todos os "internatos" para meninas. Desconsiderando "o sonho de Olga de se tornar bailarina", eles a matricularam em cursos de medicina, mas Olga detestava seu trabalho — a escola e depois o mundo — por não conseguir realizar as promessas aristocráticas de seus pais. Tendo desdenhado o treinamento rigoroso durante sua infância, ela se sentiu incapaz de realizar tais sonhos por conta própria. Insegura demais para concluir seus trabalhos escolares, ela, no entanto, não hesitou, juntamente com Beauvoir, em condenar o artificialismo da sociedade como um todo.

Simpatizando com a rebeldia de Olga, Beauvoir escreveu que se sentia "em situação privilegiada para ajudá-la, por ser nove anos mais velha do que ela, dotada da autoridade de professora e do prestígio conferido pela cultura e pela experiência". Ela tomou Olga como sua protegida — aprovou sua visão e "prometi que ela abriria seu próprio caminho" para o futuro. Ao incentivá-la, Beauvoir descobriu que "o sentimento de solidariedade particular e tudo mais que, de má vontade no início, eu dei a ela era do que ela mais necessitava". Elas se tornaram conspiradoras e cúmplices, passando noites inteiras em bares duvidosos, onde "fantasias crônicas ganharam asas", e logo Beauvoir passou a dispensar a Olga a mesma atenção dedicada que Sartre havia dispensado a ela. No verão de 1934, ela escreveu para Olga:

> Eu quero que você saiba que não há nenhuma expressão facial sua, nenhum de seus sentimentos e nem nenhum incidente em sua vida que deixem de me importar. Quando você se senta para comer, pode estar certa de que existe alguém interessado em saber que tipo de sopa você está tomando. Naturalmente esse alguém adoraria receber cartas longas e detalhadas.

Profundamente semelhantes em suas rebeldias, Beauvoir e Olga podem ou não ter sido amantes (os biógrafos divergem em suas versões), mas, em março de 1935, Beauvoir apresentou Olga a Sartre, que se encontrava ele próprio extremamente necessitado de novas influências.

Sartre não estava ansioso por conhecer Olga imediatamente. Durante os últimos três anos ele havia se isolado para escrever, e quando mesmo assim não estava conseguindo avançar, Beauvoir escreveu que ele "evitou sobrecarregar uma estranha com a companhia desse deplorável neurótico (como ele próprio se via)". Em sua frustração com o progresso lento de sua escrita e em busca de novas experiências que lhe causassem náusea, Sartre havia permitido que um médico amigo seu lhe aplicasse experimentalmente em fevereiro uma injeção de mescalina. Mas, em vez de ter visões positivas, ele viu peixes e urubus agourentos e nas semanas seguintes se sentiu perseguido por crustáceos. Os médicos insistiram em afirmar que eram sua ansiedade e o excesso de trabalho, e não as doses de mescalina, as causas da alucinação prolongada e recomendaram convívio social.

As oscilações violentas de Olga entre sua insegurança paralisante, seu desdém aristocrático e sua observação atenta distraíram Sartre de seu terror. "Pela primeira vez em minha vida", ele escreveu, "alguém conseguiu fazer com que eu me sentisse humilde e desarmado. Eu queria aprender com ela." Ele também viu inteligência e até mesmo um método nas afirmações de Olga — como, por exemplo, que "a música me aborrece. Apenas os sons me aprazem". Ao mesmo tempo que tentou moldá-la a uma vida filosoficamente autêntica (exatamente como havia feito com Jollivet e Beauvoir), Sartre também deixou que ela o moldasse com seus amuos e caprichos e temores, que ele aceitou como críticas justas a seu estilo de vida extremamente acomodado. Beauvoir escreveu que "em vez de se concentrar na mancha negra que dançava em volta dos olhos, Sartre começou então a dedicar [...] uma atenção fanática a cada contração e piscada de Olga, inferindo de cada uma delas grandes volumes de significado".

Para garantir à insegura Olga que eles estavam verdadeiramente interessados em sua vida, Sartre e Beauvoir ampliaram seu pacto de abertura e honestidade de maneira a incluí-la e passaram então a definir sua relação como um "trio". Na atmosfera de admiração deles, que obrigava Olga a assumir o papel de inspiradora jovial de sua professora, Beauvoir escreveu que Olga "tornou-se Rimbaud, Antígona, todo *enfant terrible* que já existira, um anjo escuro que de seu céu reluzente nos julgava", condenando tanto Sartre como Beauvoir por terem traído seus valores artísticos ao se submeterem a uma escrita regular e às rotinas de professores. Quando Olga foi reprovada em seus exames de medicina — duas vezes, a primeira em julho de 1935 e a segunda em outubro —, Beauvoir e Sartre convenceram os pais dela a permitirem que eles a sustentassem. Ela se mudou para um quarto no mesmo hotel em que Beauvoir já morava em Rouen, onde ela lhe deu aulas de filosofia, e, de vez em quando, as duas iam juntas visitar Sartre em Le Havre.

No entanto, mesmo quando Beauvoir estava sozinha com Sartre, eles passavam horas conversando sobre como moldar Olga, como incentivá-la e como aprender com seus caprichos anárquicos. Essa preocupação obsessiva com Olga começou a manifestar um profundo ressentimento em Beauvoir, especialmente quando Sartre determinou que "ninguém deveria significar tanto quanto ele para Olga" e começou a procurar "levar [a relação com Olga] ao clímax". Beauvoir, no entanto, simpatizava com a disposição de Olga e havia se comprometido a aceitar as intromissões de Sartre na vida dela e, por isso, havia se proibido de "expressar qualquer reserva ou indiferença". Ela não podia objetar a nenhum capricho de Olga sem apelar para as convenções de boa conduta — o que havia sido proibido —, mas podia não ignorar sua frustração quando Olga, com seus caprichos, arruinava seus planos, e não pôde deixar de se sentir ameaçada quando Olga pareceu estar tomando o seu lugar na afeição de Sartre. Ela tentou deixar que os amuos de Olga expusessem as limitações de seus pontos de vista, mas ela estava agora sofrendo oscilações em seu próprio humor, que lhe eram ainda mais complicados por serem irracionais e não caberem em sua ideia do que significava abertura e honestidade racionais para o trio.

Se o trio estava atormentando Beauvoir, Olga também estava numa posição difícil. Ela estava tendo suas aulas diretamente com Beauvoir, mas, sem colegas com os quais trabalhar, ela ficava paralisada em seus amuos e devaneios e, portanto, sem fazer nenhum progresso. Intimidada pelo interesse aparentemente imerecido de Sartre e Beauvoir nela, Olga tentou manipulá-los: tentou conquistar a aprovação deles pela sedução ou então pela intimidação com suas rabugices. Ela resistia às tentativas de Sartre de seduzi-la e, quando Olga o enfurecia, Beauvoir em geral tomava seu partido, com isso aumentando ainda mais o abismo entre ela própria e Sartre. Essas disputas minaram a crença de Beauvoir em sua unidade fundamental com Sartre, e ela escreveu em suas memórias que "quando eu disse 'Nós somos uma só pessoa', eu estava trapaceando o problema. A harmonia entre dois indivíduos jamais é *dada*; ela tem de ser trabalhada continuamente". Mas se Beauvoir sofria quando começou a se perguntar "se toda a minha felicidade não estava fundada sobre uma gigantesca mentira", ela tampouco ainda não tinha nenhum fundamento para acabar com o trio. Quando foi transferida para Paris em 1936, ela propôs levar Olga consigo, meio que esperando que os pais de Olga não concordassem, mas eles concordaram. Afinal, Sartre e Beauvoir a estavam sustentando — e assim Olga se mudou com ela para o hotel Royal Bretagne.

No entanto, os acontecimentos conspiraram em favor do término do trio. No início de 1937, os sentimentos de medo e iminência de uma crise de Beauvoir provavelmente contribuíram para que sua pneumonia ameaçasse sua vida. Ela só procurou atendimento médico quando um de seus pulmões parou de funcionar e, quando os padioleiros chegaram para levá-la ao hospital, ela viu uma multidão se formar ao seu redor e percebeu que ela mesma havia se tornado "uma entre outras pessoas" para as quais as coisas aconteciam. Toda a vida centrada em si mesma de até então — que desde 1929 havia incluído Sartre em seu interior — estava suspensa, e ela pôde admitir que ela e Sartre eram pessoas separadas, com diferentes temperamentos e sentimentos: eles podiam ter diferentes sentimentos sem que ela fosse cindida em seu interior. A doença de Beauvoir teve um efeito sombrio sobre Sartre, uma vez que sua solicitude por ela moderou sua obsessão por Olga, com quem ele aliás já vinha perdendo a paciência.

Entretanto a pneumonia de Beauvoir foi apenas um dos muitos fatores que contribuíram para a dissolução do trio. Ela também teve a ver com o fato de Olga não ter feito nenhum progresso em filosofia. Sartre e Beauvoir a haviam incentivado a ter aulas com Charles Dullin e Simone Jollivet, que estavam naquele momento dirigindo juntos uma companhia de teatro em Paris. Jollivet, ex-amante de Sartre, reivindicou Olga como sua "filha perante Lúcifer" quando a conheceu, e Olga alcançou um moderado sucesso no teatro; Sartre e Beauvoir acharam que haviam finalmente conseguido lançá-la no mundo. Olga continuou precisando de grandes quantidades de incentivo, mas estava começando a fazer sua própria vida e até mesmo a retribuir a Sartre e Beauvoir, levando-os ao Café Flore e apresentando-os a atores e diretores — novos personagens a serem virados pelo avesso.

O trio havia sido tão fechado que foram necessárias duas outras influências para separá-lo. Uma delas foi de um aluno de Sartre no Havre, Jacques-Laurent Bost, que era filho do capelão da escola e irmão mais novo de Pierre Bost, autor bastante conhecido. O Pequeno Bost, como ele passou a ser chamado, não tinha, nas palavras de Beauvoir, "nenhuma ambição, mas, em seu lugar, uma série de pequenos desejos obstinados... Sua mente não tinha nada de original... Por outro lado, ele era tanto perspicaz como brincalhão". Como Olga — e mais ou menos da mesma idade dela —, ele "personificava a juventude para nós", nas palavras de Beauvoir. A outra pessoa — também amigo de Sartre — foi Marco Zuorro, um cantor de ópera que Sartre conhecia da universidade. Zuorro era encrenqueiro e fofoqueiro e, segundo Beauvoir, possuía um "senso de humor satânico" e, ao perceber o interesse de Sartre em Olga, tratou de deixar Sartre louco de ciúme com suas investidas nela. Zuorro começou a demonstrar um genuíno interesse amoroso por Bost e, quando esse e Olga começaram a se esconder juntos — de Zuorro e de Sartre respectivamente —, um verdadeiro sentimento de afeto surgiu entre eles, e Zuorro não demoraria a fofocar que havia visto pelo buraco da fechadura Bost e Olga se amassando e se beijando.

Depois de dois anos de existência do trio, Sartre e Beauvoir se livraram de Olga em março de 1937. Eles voltaram um para o outro e, no outono daquele mesmo ano, Sartre finalmente se juntou a Beauvoir em Paris, onde ambos retomaram suas escritas. A terceira tentativa de Beauvoir de escrever um romance, *Quando o Espiritual Domina*, havia sido recusada com uma carta de encorajamento e, então, quando Sartre sugeriu que ela escrevesse um livro a partir de sua própria experiência, ela usou o trio com Olga para explorar o problema filosófico de viver no mundo com outras pessoas. Começando com uma epígrafe de Hegel — "Toda consciência visa à morte de outra" —, *A Convidada* dramatiza o trio formado por Françoise, uma escritora; Pierre, diretor de teatro, seu amante; e Xavière, a estudante adotada por eles. Na realidade, Beauvoir continuou próxima de Olga por toda a sua vida, mas o livro termina com Françoise abrindo o registro do gás no quarto de Xavière, matando-a enquanto ela cultiva seu mau humor, mas fazendo com que pareça suicídio. Beauvoir reconheceu em suas memórias que matá-la foi um ato exagerado, mas, "ao matar Olga no papel", ela escreveu:

Eu expurguei toda pontada de irritação e ressentimento que havia antes sentido por ela e purifiquei a nossa relação de todas as lembranças desagradáveis que se imiscuíam entre as de natureza mais feliz... O paradoxo é que para fazer isso não foi necessário nenhum ato imperdoável de minha parte, mas a mera descrição dele num livro.

O livro foi além de espelhar a vida, pois, da mesma maneira que Françoise tinha um caso com Gerbert — assistente de Pierre, que havia se tornado amante de Xavière —, Beauvoir iniciaria de fato um caso com Bost, aluno de Sartre, mesmo depois de ele já ter começado a sair com Olga.

VI.

Em 1938, Sartre finalmente ganhou notoriedade como escritor: ele havia publicado breves ensaios filosóficos e, em 1936, um livro com cinco contos, mas agora era seu romance *A Náusea* que recebia o favoritismo do prestigiado Prix Goncourt da França, e ele começava a ser visto como a estrela ascendente da literatura. Ele podia finalmente ser julgado não apenas por sua carreira de professor, mas também por suas ideias sobre a condição humana, que já estavam começando a definir a sua trajetória. Como ele explicou a seu editor:

Eu pretendia escrever um breve prefácio para explicar que não "estava para brincadeira" etc. e que as histórias representavam um momento preciso de um plano geral. *A Náusea* define a existência. As cinco histórias descrevem as várias possíveis fugas dela ("O Muro": morte — "Erostrato": o ato gratuito, crime — "O Quarto": mundos imaginários, loucura — "A Infância de um Chefe": privilégio social) mostrando o fracasso de todas, com "O Muro" para demarcar seus limites. Nenhuma saída possível. Em seguida, veremos o vislumbre da possibilidade de uma vida moral no âmago da existência e sem nenhuma saída, a vida que eu pretendo definir em meu próximo romance. Eu estou farto de ser considerado deliquescente e mórbido, quando sou precisamente o oposto.

Redobrando seus esforços literários, Sartre e Beauvoir também continuaram fazendo experiências com relações contingentes. Enquanto Beauvoir estava fora de Paris no verão de 1938, em caminhadas com Bost, Sartre lhe escreveu contando seu caso com a jovem atriz Colette Gibert:

> Eu passei duas belas e trágicas noites com ela que me tocaram profundamente e me deixaram com a sensação um pouco amarga de não haver absolutamente nenhum lugar para ela em minha vida. O lamentável é que ela começou a me amar apaixonadamente [...] e queria me entregar sua virgindade... Você dirá que a coisa toda foi uma imprudência. Pelo contrário. Tudo foi esclarecido; ela saiu satisfeita e sem a mínima esperança.

"Foi muito amável de sua parte me contar toda a história em detalhes, meu amor", Beauvoir respondeu a Sartre, cinco dias depois de receber a carta dele. Ela prosseguiu escrevendo:

> Eu dormi com o Pequeno Bost três dias atrás. Fui eu quem propus a ele, é claro. Ambos vínhamos desejando isso... Ele ficou tremendamente espantado quando eu lhe disse que sempre tivera um fraco por ele — e ele acabou me confessando ontem à noite que me amava havia séculos. Eu gosto muito dele. Nós passamos dias idílicos e noites de paixão. Mas não tenha nenhum receio de me encontrar taciturna, desorientada ou pouco à vontade no sábado; é algo que me é muito precioso, muito intenso, mas também leve, tranquilo e em seu devido lugar na minha vida, simplesmente um feliz desabrochar das relações que eu sempre achei muito agradáveis.

Bost continuava se encontrando com Olga, mas, se Beauvoir estava querendo se vingar de Olga pelo trio, ela também se ligou realmente a Bost, porque, depois de nove anos com Sartre, sua sensualidade e paixão haviam extrapolado a "relação essencial" deles, e Beauvoir escreveu a Bost dizendo que "eu tenho apenas *uma* vida sensual, e essa é com você, e para mim ela é infinitamente preciosa e séria, e importante e apaixonada".

Beauvoir não foi a única razão para Sartre manter Gibert afastada. Ele tinha espaço em sua vida para uma amante, mas esse lugar já estava ocupado pela irmã mais nova de Olga, Wanda. Quando Sartre finalmente desistiu de tentar seduzir Olga, ele voltou suas atenções para Wanda, que tinha 20 anos — enquanto Sartre tinha 33 —, quando foi visitar Olga em Paris em 1938. Wanda, Sartre escreveria, "tem uma sensibilidade mais aguçada e mais plena do que sua irmã, mas basicamente percebe sua situação no mundo de forma muito intensa, embora confusa". Ela também era dada a caprichos, amuos e venetas e, quando resistia às suas investidas, Sartre vibrava e colocava ainda mais ímpeto na caçada. Como ele escreveu para Beauvoir, "eu preciso da violência das disputas ou do aspecto patético das reconciliações para me sentir vivo". Mesmo que com isso ele estivesse recobrando sua vitalidade, os chiliques de Wanda degradavam a relação aos olhos de Sartre e, assim, quando ele escreveu para Beauvoir, ele pôde reafirmar a primazia dela. "Eu sinto sua falta", ele escreveu. "Prefiro muitíssimo a vida intelectual às obsessões pessoais" — que não eram exatamente desagradáveis, ele disse, mas "o lado insípido". Cada vez mais consumido pela escrita, Sartre não tinha tempo para dedicar [a Wanda] a mesma atenção intensa que havia dedicado a Olga. Ele tampouco era tão aberto com Wanda como havia sido com Olga. Sartre jamais revelou a ela a verdadeira natureza de seu relacionamento com Beauvoir, mas ele escreveu para Beauvoir dizendo que Wanda havia "se incumbido de aos poucos destruir a 'amizade' que eu tenho com você. Chega a ser bastante divertido".

No outono de 1938, ao mesmo tempo que Sartre estava seduzindo Wanda, Beauvoir conheceu outra estudante promissora, Bianca Bienenfeld, cujos pais haviam emigrado da Polônia. Bienenfeld tinha 17 anos e escreveu em suas memórias que havia ficado impressionada com a "beleza evidente" de Beauvoir e com sua "inteligência brilhante, ousada e penetrante". Ela escreveu também que "o poder e a rapidez de sua compreensão eram surpreendentes e sua fome de leitura, insaciável". Beauvoir também se sentiu atraída por Bienenfeld e elas se tornaram amantes, embora Beauvoir tenha escrito a Bost que "Eu acho que definitivamente não sou homossexual, porque sensualmente não senti quase nada, mas foi agradável e eu adoro ficar na cama à tarde quando há muita luz do sol lá fora".

Beauvoir acabou apresentando Bienenfeld a Sartre, que não disse para Wanda — a quem continuava cortejando — que os três haviam começado um segundo trio. Sartre começou a seduzir Bienenfeld — e logo também dormiu com ela — e em suas cartas afetuosas tentava moldar as ideias da garota. Ele escreveu para ela que ele e Beauvoir "estamos de acordo quanto a dissuadir você de seu racionalismo porque você tem a tendência otimista a acreditar que é possível confrontar questões irracionais com uma conduta racional". Sartre e Beauvoir foram, no entanto, mais reservados com respeito ao tempo que dedicaram a esse segundo trio, pois, entre suas atividades de ensinar e escrever, além de outras, o tempo deles estava se tornando cada vez mais precioso.

VII.

Mesmo quando estavam se aproximando mais de Bienenfeld, Sartre e Beauvoir também despendiam mais e mais tempo em seu empenho para conciliar suas relações pessoais com os eventos políticos que estavam conduzindo a Europa para a Segunda Guerra Mundial. O pessoal da reserva das Forças Armadas da França foi convocado no dia 1º de setembro de 1939, quando a Alemanha invadiu a Polônia, e Sartre foi enviado para uma unidade meteorológica na Alsácia, atrás das fortificações da Linha Maginot. Esse afastamento fez com que Sartre retornasse para Beauvoir, pois apenas ela, entre todas as suas mulheres, podia manter a volumosa correspondência diária que era de seu interesse — assim como apenas ele podia servir de testemunho aos pensamentos, às decisões e atitudes dela. Nenhum deles rompeu seus relacionamentos — com Wanda, Bienenfeld ou Bost —, mas, entre a Mobilização Geral de setembro e a invasão da França na primavera de 1940 — período que eles chamaram de Guerra de Mentira —, as cartas deles voltaram com muita ternura a enfatizar a ideia de que eram uma só pessoa. Duas semanas depois de iniciado o mês de setembro, Sartre escreveu:

> Eu nunca senti com tanta intensidade que você sou eu. Esse sentimento tem me tocado profundamente nestes dois últimos dias. Eu amo tanto você, minha querida Castor. Ademais, quando duas pessoas vivem juntas durante dez anos e pensam uma com a outra e uma para a outra, sem nada de sério que se interponha entre elas, tem de ser mais que amor.

"Escreva-me tudo em detalhes", ele a instava. "O mais mínimo detalhe de sua vida é extremamente precioso para mim." Em resposta às longas e detalhadas cartas de Beauvoir sobre o que estava acontecendo em Paris, Sartre fazia extensas descrições de seu trabalho e das estações meteorológicas na Alsácia. (Quando, no entanto, Wanda pediu que ele lhe escrevesse uma carta, ele se queixou: "É uma tremenda chateação, mas vou ter de lhe escrever uma carta repleta de detalhes. Como tornar isso algo pitoresco? Uma mesa, uma máquina de escrever, alguns papéis, tudo cercado de calhordas: isso é tudo que há".) Ninguém escrevia para Sartre cartas melhores do que as de Beauvoir, e ele concedeu a ela o lugar de honra, escrevendo para ela antes do que para todos os outros com quem se correspondia. Em outubro de 1939 foi o aniversário de dez anos de seu casamento morganático e Sartre escreveu-lhe para "renovar imediatamente o contrato por mais dez anos".

Sartre e Beauvoir também tiveram sua união fortalecida pelo fato de a Guerra de Mentira propiciar a Sartre um período extremamente produtivo. Para Beauvoir, em Paris, ele foi menos produtivo, porque levou um tempo para ela se acostumar com a ausência de Sartre, enquanto as tarefas oficiais dele podiam ser realizadas em algumas poucas horas e lhe sobrava muito tempo para ficar escrevendo no alojamento. Entre seu segundo romance, *A Idade da Razão*, que fez uso do trio com Beauvoir e Olga como aspecto de um drama sobre envolvimento político e liberdade — e as anotações que se tornariam *O Ser e o Nada*, texto básico da filosofia existencialista —, em suas cartas e nas de Beauvoir abundam reações e comentários sobre as ideias que ele estava desenvolvendo, as quais às vezes, chegavam a consumir toda uma carga de caneta em apenas um dia e meio.

Não obstante, a guerra estava provocando uma mudança em Beauvoir. Ela sentia que estava "menos em minha própria vida e mais nas coisas" — e, em lugar de se considerar privilegiada, ela passou a ser "um ser sem raízes, sem lar e sem expectativas, inserido numa trágica história coletiva". Quando escreveu a Sartre que "levo uma vida ocupada, mas terrivelmente estéril, com abruptas fissuras de dor", ela não omitiu que era "mais por Bost do que por você, realmente" — porque Bost havia sido enviado para a infantaria, perto do *front*, de onde era mais fácil imaginar que pudesse voltar ferido — ou nem mesmo voltar —, enquanto Sartre parecia estar "perto, de maneira alguma perdido".

Isolado em companhia unicamente masculina e filosoficamente hostil, Sartre dependia do correio para manter contato com todas as suas relações. Ele sofria quando Wanda passava dias a fio sem lhe escrever e também sofria quando ela escrevia para lhe dizer que vinha se encontrando com um cara chamado Roger Blin. Cego de ciúme, Sartre estava longe demais para fazer alguma coisa, a não ser se consolar escrevendo que "a vida dela sou eu — menos talvez pela ternura que eu inspiro nela do que pela necessidade material e intelectual que tem de mim". (Se isso o consolava ou não, ele muitas vezes pediu a Beauvoir para retomar de Wanda as partes de seu romance que ele havia enviado para ela.)

Enquanto Sartre descobria seu lado ciumento, os casos de Beauvoir também estavam ficando mais complicados. Ela ficou furiosa ao descobrir que Bienenfeld "considerava [...] [o trio] como uma exata divisão em três partes" e achava, portanto, que ela merecia tempo igual com Sartre quando ele ia a Paris em licença. Mais tarde, ela reconheceu que Bienenfeld "podia ter nos censurado [...] por não deixar as coisas claras", mas continuou a se "fundir" com ela. Ela também descobriu um "sinal de perversidade" em si mesma, quando teve "a vaga ideia torpe [...] de que eu devia ao menos 'tirar vantagem' do seu corpo... Era a consciência de obter prazer sexual sem afeto — coisa que basicamente nunca me havia ocorrido".

Mas Beauvoir tinha também consciência do fato de estar sentindo falta de seu amor essencial. "Meu amor, que alimento estéril", ela escreveu para Sartre, "todas essas pessoas que não são você!."

Além de Bienenfeld, Beauvoir havia começado a flertar com Nathalie Sorokine — outra estudante filha de pais russos exilados. Sorokine, ela escreveu a Sartre, "me dá o que costumava ser precioso com [Olga] Kos — de uma maneira mais fácil dessa vez, mas também mais prazerosa. Ou seja, uma nova percepção do mundo, um mundo repensado de uma maneira absolutamente inesperada por uma pequena consciência original". Também como Olga, Sorokine era uma *enfant terrible*, que ficava de emboscada do lado de fora da sala de aula ou no hotel de Beauvoir, com presentes ou com histórias interessantes, mas também ficava amuada ou se recusava a ir embora quando Beauvoir pedia, e, muitas vezes, Beauvoir tinha que empurrá-la à força para fora de seu quarto de hotel, apesar de mesmo assim encontrá-la pela manhã dormindo enroscada nas escadas.

Para estudantes como Bienenfeld e Sorokine, serem aceitas por Beauvoir era uma honra especial. Ela era uma das poucas mulheres que detinham o mais alto título da França, acreditava profundamente que sua filosofia beneficiava sua vida, era inflexível no cultivo de sua própria liberdade e de sua relação aberta com Sartre, que já era um autor renomado (haviam tornado ambos infames). Quando focava sua atenção nos alunos, ela estava efetivamente convidando-os a participar do círculo exclusivo de escritores e filósofos. Bienenfeld escreveu posteriormente que Beauvoir "tinha consideração pelos alunos brilhantes, a elite capaz de se interessar por discussões filosóficas. Pelos outros, ela nutria um desprezo sarcástico". A confiança e a aprovação de Beauvoir deram a Bienenfeld e Sorokine liberdade para se rebelar contra seus pais burgueses, muito à maneira pela qual Beauvoir havia se rebelado contra os seus. Mas não era apenas encorajamento que Beauvoir oferecia a elas: seu salário permitia que ela lhes desse também alguma ajuda material. Na ausência de Sartre, ela recebia e sacava os cheques de seu salário e, pelos dois, ela pagava estadias em hotéis, refeições e estudos para sua irmã, para Olga, Wanda, Bienenfeld e Sorokine — todas juntas essas mulheres passaram a ser chamadas coletivamente de "a Família".

Mesmo sendo a mais velha e a professora em quase todas as suas relações, Beauvoir nem sempre estava inteiramente no controle. Quando Sorokine exigia ser abraçada e beijada diante de suas classes de filosofia, Beauvoir se deixava com relutância levar por seu charme. "Eu me sinto um pouco como um sedutor desajeitado", ela escreveu para Sartre, "diante de uma jovem virgem, tão misteriosa como são todas as virgens. Só que o sedutor tem ao menos uma missão clara [...] desvendar o mistério. Enquanto, no meu caso, eu sou ao mesmo tempo a presa".

Em meados de dezembro, ela escreveu: "Vou ter que dormir com ela, não há como evitá-lo. Estou bastante desconcertada — e muito apaixonada — por essa pequena personagem". E quando elas dormiram juntas, em janeiro de 1940, ela relatou que "o interesse de Sorokine era mais na experiência do que no prazer que ela lhe proporcionaria, pois ficou paralisada pela timidez [...] Não tinha nada a ver com paixão louca — ela ficou feliz, sobretudo, por parecer 'muita íntima', e ela queria que fosse uma total intimidade". Logo depois, Beauvoir escreveu a Sartre para dizer que havia desenvolvido "uma sensibilidade muito aguçada ao corpo dela, e acho esses momentos extremamente prazerosos — especialmente as expressões dela, que são sempre tão tocantes — e sua ternura, que a mostram muito confiante, mas sem se entregar".

No final de muitos de seus casos com garotas — que Sartre chamava seu "harém de mulheres" —, Beauvoir se queixava por seus relacionamentos não lhe proporcionarem o tipo de liberdade confiante e igualitária que ela tinha com Sartre. Desprovidas de qualquer formação filosófica rigorosa e também de qualquer compromisso com suas próprias filosofias, Olga, Wanda, Bienenfeld e Sorokine igualmente não tinham limites nas exigências que impunham a Sartre e Beauvoir. "Ou ela [Sorokine] *exige* promessas e então acha que eu não as cumpro", Beauvoir escreveu, "ou não exige nada, mas então se consome de medo." Embora Beauvoir convidasse suas amantes a entrar em sua vida intelectual, ela se decepcionava quando elas não tinham coragem — ou autoridade — para pressioná-la com respeito a sua vida. Ela se queixou com Sartre que Bienenfeld

> jamais me fez qualquer pergunta com respeito a, por exemplo, quais são meus verdadeiros sentimentos por Kos, ou minhas relações com Sorokine, ou como me sinto com respeito a sua ausência. Ela jamais, nem por um único instante, se esforçou para me conhecer, mas me toma por certo — como um postulado matemático — e erige *sua* vida em cima disso.

Em fevereiro de 1940, ela escreveu em seu diário, referindo-se a Sartre, que "sua consciência é algo tão absoluto para mim que nesta manhã o mundo me parece extremamente vazio, e pensar nas substitutas — Olga, Bianca — me deixa doente".

Em novembro de 1939, Beauvoir demonstrou seu compromisso com Sartre — e sua ousadia, assim como sua superioridade com relação às outras amantes de Sartre — indo visitá-lo em sua guarnição, desafiando a proibição de ele receber visitas conjugais. Nenhuma das amantes de Sartre ousaria fazer isso: como filhas de imigrantes, todas elas tinham dificuldades para conseguir os documentos de identidade que lhes dariam condições de viajar. Também para não se manter afastada de Bost, Beauvoir planejou dez "dias conjugais" com ele em março de 1940, mas eles foram descobertos pela polícia militar quase imediatamente após a chegada dela e, assim, não tiveram muito tempo juntos antes de ela ser mandada de volta a Paris. Beauvoir e Bost não eram os únicos a ter casos extras: Olga teve um caso e fez um aborto enquanto Bost estava prestando serviço militar.

Esperando em Paris que a guerra começasse de verdade, Beauvoir tinha que brigar para proteger sua solidão de suas amantes. Ela convenceu Bienenfeld "a aceitar até onde for possível viver sem nós [...] a transformar sua solidão em força e buscar uma independência emocional". Ela sugeriu à garota que "teorize *sua própria vida* em lugar de nós". Em fevereiro de 1940 — provavelmente pelo menos em parte devido às queixas de Bienenfeld feitas por Beauvoir — o próprio Sartre rompeu com ela, mas quando Beauvoir viu que ela estava se sentindo magoada e traída, ela escreveu que "Bienenfeld nos condenou — na verdade tanto a mim como a você — pelo passado, pelo futuro e pelo absoluto: pela maneira de tratarmos as pessoas. Eu achei inaceitável nós termos conseguido fazê-la sofrer tanto".

Não obstante os sentimentos feridos, Sartre e Beauvoir estavam usando seus casos e as histórias de seus amantes nos livros que escreviam. Beauvoir estava escrevendo seu romance sobre o trio com Olga e entre uma e outra de suas medições do tempo, Sartre estava usando coisas que Olga havia lhe contado sobre sua infância na Rússia no desenvolvimento dos personagens de seu novo romance. Estava usando também a vida e as histórias de Bienenfeld — que a levou a reclamar em suas memórias que o nome de uma das personagens, "Birnenschatz, é curiosamente parecido com Bienenfeld; o nome de minha irmã é Ela; o pai de Ella [no romance] é um comerciante de diamantes, enquanto meu pai vendia pérolas naturais". Tanto Sartre como Beauvoir falavam com seus amantes sobre o que estavam escrevendo, mas se reservavam o direito de fazer alterações editoriais: quando Sartre terminou *A Idade da Razão* na primavera de 1940, ele deu a Beauvoir "carta branca para cortar, apagar ou riscar o que você quiser".

VIII.

Em março de 1940, apenas alguns meses antes de a guerra começar para valer, a paz de Sartre foi perturbada por uma crise puramente pessoal. Wanda havia sabido por intermédio de um amigo de sua relação com Colette Gibert e enviou a ele uma carta enfurecida. O caso de Sartre com Gibert não havia na realidade se sobreposto a seu namoro com Wanda, mas ele escreveu uma carta aberta a Gibert, deixando claro a ela — e a Wanda, que iria ler a carta antes de ele postá-la para Gibert — que:

> Eu nunca amei você, achava você fisicamente atraente, mas vulgar... Em sua cabeça romântica, você engendrou toda uma bela ficção de amor recíproco, o que era por deus proibido devido a um compromisso anterior, e eu deixei que você seguisse em frente porque isso tornaria o rompimento menos doloroso para você. Mas a realidade era muito mais simples. Em setembro eu já estava um pouco chateado com você... Minhas cartas, que eram exercícios de literatura apaixonada [...] proporcionaram boas risadas a mim e a Castor.

O riso de Sartre não durou muito. Já no dia seguinte, ele escreveu que estava "profundamente desgostoso comigo mesmo". Será que não estava simplesmente querendo, ele perguntou a Beauvoir,

> dar uma de Don Juan? E se você me desculpa pela sensualidade, digamos apenas, em primeiro lugar, que eu não tenho nenhuma e que qualquer desejo superficial insignificante não é uma desculpa aceitável e, em segundo, que a minha relação sexual com ela foi vergonhosa... Parece-me que até agora eu me comportei como um garoto mimado em minhas relações com as pessoas. São poucas as mulheres que eu não frustrei por conta disso... Quanto a você, minha pequena Castor, por quem eu nunca tive nada senão respeito, eu muitas vezes a deixei embaraçada, particularmente no começo, quando você me achava um bocado obsceno. Não um devasso, certamente. Isso eu estou bastante certo de não ser. Mas simplesmente obsceno... A atmosfera de conduta sadista [...] retorna a mim agora e isso me desgosta.

O que o desgostava ainda mais era o fato de que, quando Wanda o havia acusado de "mistificar" Beauvoir, ele havia ido tão longe a ponto de denegrir Beauvoir para ela. Sartre escreveu para Beauvoir:

> Hoje eu escrevi: "você bem sabe que eu passaria por cima de qualquer um (até mesmo da Castor) apesar do meu 'misticismo' para ter uma relação com você". O fim justifica os meios, mas eu não sinto nenhum orgulho por ter escrito isso. Tanto por você como por ela.
> Conclusão: eu nunca soube conduzir apropriadamente nem minha vida sexual nem minha vida emocional; no mais fundo de mim e mais sinceramente, eu me sinto um degenerado imundo. Nesse caso, na realidade, um degenerado em pequena escala, um Don Juan do tipo universitário sadista e funcionário

público — repulsivo. Isso terá que mudar. Tenho que jurar (1) nunca mais entrar em casinhos vulgares: Lucile, [Gibert] etc. — (2) levar com leveza os casos importantes. Manter o caso [Wanda] se as coisas forem tiradas a limpo, porque eu gosto dela. Caso contrário, acabou, minha carreira de velho depravado chega ao fim e ponto final. Diga-me o que você pensa disso tudo...

Subjacente a isso tudo estava o fato de eu achar que nada pudesse me macular, mas agora percebo que isso não é verdadeiro.

Apesar de estar desgostoso consigo mesmo, Sartre esclareceu em sua carta seguinte que não romperia com Wanda:

Meus sentimentos por ela [Wanda] não contêm nada de muito elevado, mas eles *existem*, eu fico devastado quando ela me repreende. Eu me preocupo com ela, me comovo quando ela é carinhosa etc. E na verdade é profundamente lamentável que eu mantenha as coisas em condições tais que, para expressar um momento de intensa afeição, eu seja obrigado a dizer "Eu te amo apaixonadamente". E é péssimo que tenha que mentir a ela a respeito de você etc. Mas, apesar de cheio de todas essas evasivas e pequenas mentiras, o caso com ela é legítimo, porque eu gosto [dela]. A guerra me [...] ensinou que eu não posso ser negligente ou descuidado com você, que por ser o nosso vínculo amoroso tão forte, é o que, no mínimo, impõem as regras de boa educação. Mas também me mostrou, por mais inadequados que sejam, que eu tenho fortes sentimentos por ela [Wanda], e é tão raro eu ter sentimentos profundos que eles se tornaram preciosos para mim.

Mesmo que tenha decidido honrar seus sentimentos tanto por Wanda como por Beauvoir, Sartre renunciou "àquela espécie de generosidade volúvel que me faz passar horas e horas com pessoas que não valem nada para mim, sob o pretexto de que 'magoá-las seria demasiadamente ignominioso'". Essa decisão não resolveu o problema, mas uma "carta áspera" de Beauvoir o colocou de volta em seu devido lugar.

Eu nunca estive tão pouco à vontade comigo mesmo... Temo parecer um pouco desleal a você com todas essas mentiras em que estou enredado... Receio que você possa de repente se perguntar [...] será que ele está mentindo para mim ou dizendo meias verdades? Minha pequena, minha querida Castor, eu juro que com você eu sou totalmente honesto. Se não o fosse, não haveria nada no mundo diante do qual ser sincero e meu eu estaria perdido. Meu amor, você não é apenas a minha vida, mas também a única honestidade de minha vida... O que me tocou particularmente foi você dizer que eu me concedo uma vantagem sobre as outras pessoas e que acho que o que é mentira para mim é uma verdade suficientemente boa para elas. Isso é *absolutamente verdadeiro*.

Vendo que ele estava arrependido, em termos gerais, Beauvoir o perdoou, mas a ampla introspecção de Sartre apenas acomodou o problema por um momento, pois, quando Wanda estava sendo submetida a um exame de raio X por causa de uma lesão sofrida em maio de 1940, Sartre achou "*extremamente* desagradável saber que ela estava em pânico". Ele escreveu para Beauvoir:

É estranho que ela esteja se tornando cada vez mais "minha criança", como ela [Olga] foi um dia para você... Eu acabei de escrever a ela que, se ela quiser, e se não demorar muito, eu estava disposto a me casar com ela para obter três dias de licença. Eu não imagino que isso venha a ser muito agradável para você; mas é puramente simbólico, aos meus ouvidos isso não soa compromisso. Em primeiro lugar porque isso absolutamente não me agrada, mas nem tanto por isso e mais por minha família, da qual eu tenho que manter o caso escondido e que com certeza algum dia vai ficar sabendo. Mas eu disse a você e estou decidido: eu quero fazer tudo que puder [por Wanda] a partir de agora. Em troca, eu ainda terei um diazinho para ver você.

Pela carta daquela noite, no entanto, Sartre ficaria novamente assustado e escreveu a Beauvoir para dizer que "assumiria se casar". Ele encarregou Beauvoir de procurar descobrir os detalhes sobre a doença de Wanda, mas, depois de saber que Wanda não estava muito doente — apenas com medo e sentindo-se sozinha —, Sartre jamais voltou a tocar na ideia de casamento. Mas não rejeitou Wanda, e, se Beauvoir se sentiu traída, ela não tentou afastar Wanda. As cartas que Beauvoir recebeu de Sartre eram tão detalhadas e cheias de material literário e filosófico que ela pôde tolerar sua obsessão insípida com a certeza de que era ela quem recebia a atenção mais séria dele.

IX.

Logo depois dessa troca exaltada de cartas, a Alemanha ocupou a França em maio de 1940 e os casos de Sartre e Beauvoir foram mantidos em suspenso, pois suas vidas passaram a ser vistas pelas lentes da guerra. Suas rotinas familiares foram interrompidas: Beauvoir deixou Paris com Bienenfeld e a família dela e, quando a França se rendeu alguns dias depois da entrada de Hitler em Paris, no dia 14 de junho, Sartre foi tomado como prisioneiro. Beauvoir retornou a Paris que foi ocupada quase imediatamente, com a esperança de obter notícias do paradeiro e da situação de Sartre, mas, ao não consegui-las — passaram-se semanas até ela receber um postal dele —, ela logo se entregou à escrita, apesar de estar desesperada. Podia não ter sentido escrever durante a guerra, ela disse a si mesma, mas, se sobrevivesse, ela pelo menos teria tirado bom proveito daquele período.

Enquanto Beauvoir ensinava e escrevia na Paris ocupada, seus casos esfriaram. Bost voltou inválido a Paris — ferido por um estilhaço de metralhadora no primeiro combate —, e ele e Beauvoir retomaram a relação, mas, em outubro de 1940, Beauvoir finalmente rompeu com Bienenfeld, que começou a sair com um de seus colegas de classe, Bernard Lamblin, com quem ela acabaria se casando — mas só depois que seus pais decidiram não mais casá-la com um americano para que ela pudesse deixar a França. Como judia na França de Vichy, Bienenfeld estava profundamente apreensiva com sua segurança, mas quando Beauvoir a viu, quando a guerra já ia avançada, "sofrendo de um intenso e terrível ataque de neurastenia", ela escreveu a Sartre que "a culpa é nossa, eu acho. É o choque indireto, porém profundo, em consequência do caso entre ela e nós. Ela é a única pessoa a quem nós realmente causamos dano, mas o fato é que a prejudicamos". Beauvoir também continuou a ver Sorokine, mas ela também havia arranjado um namorado e agora Beauvoir se encontrava mais livre dos estudantes que ela havia chamado de sua "fauna encantadora".

Sartre retornou a Paris em março de 1941, depois de ter forjado os documentos que lhe permitiram escapar do campo de detenção na Alemanha. Ele podia ter retornado antes, mas a situação do campo prisional e sua condição de ser um prisioneiro entre outros o havia inspirado a fazer algo que expressasse a solidariedade entre eles e, assim, no Natal, ele havia escrito uma peça natalina em que usava a ocupação romana de Jerusalém como metáfora da ocupação da França pela Alemanha. Depois de escrever, produzir e atuar em sua própria peça, Sartre retornou a Paris decidido a não colaborar — nem tampouco se comprometer — com as forças da ocupação. Se sua condição de filho livre-pensador de pais burgueses o havia levado a viver uma vida autêntica contrária às convenções, e se suas relações — com Nizan e Guile, e agora também com Beauvoir — sempre o haviam levado a se envolver em pares —, agora, como cidadão francês numa cidade ocupada, ele sentia uma profunda solidariedade com seus semelhantes e queria que sua escrita e suas visões libertárias inspirassem uma resistência contra a opressão nazista. Beauvoir não entendeu imediatamente a mudança de Sartre do individualismo para o engajamento, mas logo passou a compartilhar de suas visões e, juntamente com Bost e mais algumas pessoas, eles fundaram um grupo de resistência chamado "Socialismo e Liberdade". Sartre e Beauvoir chegaram a fazer uma viagem juntos para a Zona Livre, no sul da França, para conversarem com André Malraux e André Gide, dois veteranos da Guerra Civil Espanhola. Sartre queria saber como poderia formar uma resistência armada, mas Malraux e Gide acreditavam mais nos tanques americanos do que em escritores armados e não lhes forneceram nenhum contato.

De volta a Paris, Sartre e Beauvoir usaram sua escrita e suas ideias sobre rebelião e liberdade para incentivar seus concidadãos parisienses. Sartre dramatizou o assassinato de Orestes por Clitemnestra e Egisto em *As Moscas* como meio de incentivar os parisienses a se erguerem contra seus opressores. Beauvoir abordou a ocupação num texto intitulado *As Bocas Inúteis*, no qual os soldados numa cidade sitiada planejam matar todos os incapazes de lutar e os não combatentes então se oferecem para morrer lutando, em vez de permitir que a cidade seja moralmente arruinada pelo assassinato deles. Essas peças — além de outra de Sartre, *Sem Saída*, de 1944 — firmaram as credenciais de Sartre e Beauvoir como intelectuais comprometidos com a resistência, cuja arte era inseparável da situação política que estavam vivendo.

Apesar de suas atividades em grupos literários de resistência, foi apenas por seus casos amorosos que Sartre e Beauvoir tiveram problemas com o regime de Vichy. Quando a mãe de Sorokine ouviu certos comentários sobre Sartre e Beauvoir em 1943, ela apresentou uma queixa ao Ministério da Educação acusando Beauvoir de ter seduzido sua filha e de aliciar outras meninas, e, além dela, Sartre e Bost — que também haviam dormido com sua filha. A polícia submeteu todos os envolvidos a interrogatório, mas eles tinham combinado e ensaiado os depoimentos que prestariam e, com isso, o caso foi dado por encerrado. No entanto, Beauvoir não foi renomeada para lecionar no outono e Sartre arranjou para ela um trabalho como produtora de um programa de rádio sobre a cultura tradicional da França. Beauvoir não se sentiu muito incomodada pela perda do cargo de professora — não apenas porque ela e Sartre sempre tiveram suas finanças em comum, mas também porque o livro *A Convidada* havia sido publicado em 1943 e ela estava começando a ser reconhecida por seus próprios méritos como uma talentosa nova escritora.

O final da guerra significou um momento decisivo para Sartre e Beauvoir. Sartre estava com 40 anos e Simone com 37 e, no momento, estavam livres de outros vínculos, pois Sartre havia rompido com Wanda depois que ela teve um caso com Albert Camus em 1944. Sartre e Beauvoir haviam atuado em pequenos círculos durante sua vida adulta, mas, agora que eles eram autores famosos na França do pós-guerra, o resto de suas obras estaria sob a atenção política e intelectual do mundo. Eles foram lançados aos holofotes culturais tanto por um governo francês que tinha apenas bens culturais para exportar — seus recursos materiais haviam sido dilapidados — como por um público ávido por suas ideias humanistas, que descreviam como viver sem Deus numa terra devastada pela guerra.

Em seus romances e em suas peças de teatro, e agora também em suas conferências, seus editoriais e artigos, Sartre e Beauvoir estavam desposando a filosofia que haviam começado a desenvolver quando estudantes irreverentes, mas, em vez de rebelar-se contra as tradições burguesas e manter-se quase furiosamente aberto para as contingências que sempre se agitavam por baixo das convenções, Sartre estava agora propondo — mais publicamente do que Beauvoir — que o mundo fosse reconstruído com base numa filosofia que fizesse uso da singularidade de cada indivíduo como referência para o compromisso e a solidariedade entre as pessoas. Sua filosofia estava centrada na ideia de que, na ausência de Deus ou de absolutos, apenas os homens criavam sua realidade e, na atmosfera do pós-guerra, sua filosofia existencialista tornou-se uma ideologia política por meio da qual os europeus esperavam se salvar dos excessos tanto do capitalismo como do comunismo. Apesar de a visão de solidariedade de Sartre acabar descambando no militarismo da Guerra Fria na metade da década de 1950, essa filosofia foi altamente requisitada por toda a década de 1940. Quando, em 1945, Sartre pronunciou uma conferência intitulada "O Existencialismo é um Humanismo", alguns dos membros da plateia em pé haviam forjado ingressos para conseguir entrar.

Como parceira de Sartre — e autora reconhecida por si mesma, que apenas recentemente havia publicado um pequeno relato disfarçado de seu *ménage à trois* —, Beauvoir também se tornou uma celebridade, e ela e Sartre começaram a ser perseguidos por fotógrafos e pessoas querendo autógrafo. Os livros que eles haviam escrito durante a guerra eram amplamente lidos — *A Convidada* e *O Sangue dos Outros*, de Beauvoir, e *A Idade da Razão* e *O Ser e o Nada*, de Sartre. As peças de teatro — *As Moscas* e *Sem Saída*, de Sartre, e *Bocas Inúteis* de Beauvoir — eram encenadas em Paris e Nova York e, em breve, Sartre escreveria novas peças,

A Prostituta Respeitosa e *As Mãos Sujas*, pelas quais Wanda alcançou um sucesso considerável nos papéis principais.

Tendo passado a vida toda se rebelando contra as instituições, Sartre e Beauvoir — juntamente com Albert Camus e Arthur Koestler, entre outros — usaram seu capital cultural recém-adquirido para fundar uma instituição própria na forma de revista literária. *Les Temps Modernes* serviu de plataforma para o projeto existencialista de encontrar sentidos filosóficos nos detalhes da vida moderna. Sartre também fundou a Assembleia Democrática Revolucionária num esforço para impedir que a Europa se tornasse campo de batalha da guerra que parecia iminente entre os Estados Unidos e a Rússia.

X.

Depois da guerra, Sartre e Beauvoir passaram a ser consumidos por suas responsabilidades políticas e editoriais e, consequentemente, tinham menos tempo para flertes e seduções. A fama não os impediu de entrarem em relacionamentos contingentes, mas, após a guerra, haveria muito menos tempo para a sedução e seus consequentes fogos de artifício intelectuais e epistolares. Eles se limitaram então a ter os amantes que mais os procuravam ou que simplesmente cruzavam seus caminhos — e adequariam essas ligações à agenda apertada de seus compromissos.

Quando Sartre viajou para Nova York em 1946, como parte de uma delegação cultural — Beauvoir partiria em breve para dar conferências na Tunísia e na Algéria —, ele conheceu Dolores Vanetti, jornalista americana que falava francês, e começou a ter um caso com ela; Dolores o levou a conhecer a cidade que ele sempre havia idealizado como a terra natal do jazz e das inovações modernas. Pela primeira vez, o envolvimento profundo de Sartre com uma mulher deixou Beauvoir tremendamente balançada. Conforme ela escreveu em suas memórias:

> Pelo que ele disse, ela tinha as mesmas reações, emoções, irritações e os mesmos desejos que ele. Quando eles saíam juntos, ela sempre queria parar e voltar a andar exatamente no mesmo instante em que ele queria. Talvez isso indicasse uma harmonia profunda entre eles — na própria base da vida, na nascente em que o ritmo é criado — que não havia entre Sartre e eu e, talvez, essa harmonia fosse mais importante para ele do que o entendimento que havia entre nós.

Na época, o casamento de Dolores estava se dissolvendo, e ela estava determinada a conquistar um lugar na vida de Sartre, mas, embora ele tenha permitido que ela mais de uma vez estendesse os períodos de sua permanência em Paris — e embora ele em determinado momento tenha chegado a lhe propor casamento —, a relação continuou impossível. Sartre escreveu para Beauvoir dizendo que o amor que "Dolores sente por mim me assusta. Em outros sentidos, ela é extremamente encantadora e nós nunca nos irritamos um com o outro. Mas o futuro da coisa toda é totalmente impossível".

Se o futuro da relação deles era impossível, isso se devia ao fato de Sartre não conseguir se imaginar continuar amando-a. Ele não via nenhum problema, no entanto, em sustentá-la, como havia feito com outras mulheres. Desde que ele e Beauvoir haviam começado a receber seus salários de professores no início da década de 1930, ele vinha sendo generoso com seu dinheiro e havia sustentado mais de uma de suas ex-amantes. Mesmo depois de ter rompido com Wanda, ele escrevera várias peças de teatro e sempre insistira para que ela desempenhasse os papéis principais, mesmo quando diretores e críticos a consideravam inapropriada para tais papéis. Ele sustentaria Wanda pelo resto de sua vida e, quando voltou dos Estados Unidos na primavera de 1946 — embora estivesse antecipando a visita de Dolores —, ele começou um caso com Michelle Vian, a jovem e bela esposa do romancista Boris Vian — e, embora o caso romântico entre eles chegasse ao fim alguns meses depois, Sartre também continuou sustentando-a enquanto ela viveu. Sartre poderia ter também sustentado Dolores, mas ela considerou essa proposta dele ofensiva e, quando eles romperam em 1950, depois de ela finalmente ter conseguido se divorciar, ela seguiu seu próprio caminho sem ele.

Em 1947, depois de ter dado palestras no norte da África, Beauvoir seguiu o exemplo de Sartre e viajou para Nova York em outra turnê de conferências. Ela conheceu pessoalmente Dolores e escreveu para Sartre dizendo que "achei-a exatamente como havia imaginado. Gostei muito dela e fiquei muito feliz porque entendi seus sentimentos por ela — pude entendê-los e respeitar você por tê-los — e ao mesmo tempo não me senti nem um pouco constrangida". De Nova York, ela viajou pelo país e passou dois meses dando palestras e conhecendo diferentes lugares, até que, na véspera de seu retorno, Sartre passou-lhe um telegrama pedindo para ela adiar sua volta a Paris porque Dolores havia ido encontrá-lo e, como havia adiado a sua partida, ela continuava em Paris.

Carente de atenção masculina, Beauvoir voltou para um escritor que ela havia conhecido em Chicago no começo de suas viagens. Nelson Algren havia feito sua carreira escrevendo contos sobre o submundo de Chicago e levou-a para conhecer boates de *striptease* e bares noturnos. Ele não falava francês, mas Beauvoir arranhava seu inglês, e, quando ele a beijou sem dar a mínima para os presentes, foi com uma paixão que Beauvoir jamais havia sentido. Como ela escreveu no romance *Os Mandarins*, no qual transformou aquela relação em ficção:

> O desejo dele me transfigurou; eu que havia tanto tempo não tinha gosto nem forma, passei a ter de novo seios, ventre, sexo; carne. Eu era tão nutritiva como o pão, eu cheirava à terra. Foi tão miraculoso que eu esqueci o passar do tempo e onde estava. Eu sei apenas que, quando finalmente comecei a voltar a mim, dava para se ouvir os sons débeis do amanhecer.

Apesar dessa nova experiência de realização — Algren quase imediatamente pediu-a em casamento —, Beauvoir se recusou desde o começo a deixar Sartre e Paris. Algren se sentia ainda intensamente ligado ao submundo de Chicago e se recusou a mudar para a França, de maneira que, apesar de Beauvoir descrever Algren como "o único amor verdadeiramente apaixonado de minha vida", pelos cinco anos seguintes, o futuro da relação continuou tão impossível como qualquer outro de seus casos e de Sartre haviam sido. Por fim, Beauvoir insistiu em inglês para que Algren tivesse outras amantes:

> Eu amo você demais, física e sexualmente, para não ter nenhum ciúme. Eu acho que precisaria ter muito sangue-frio para poder imaginar você beijando outra mulher, dormindo com ela, sem sentir nenhum aperto no coração. Mas esse tipo de instinto animal não importa muito [...] da próxima vez que você se sentir atraído por uma mulher, faça simplesmente o que lhe aprouver, leve-a a uma casa da avenida Wabansia se quiser. É o que eu realmente acho. Você não precisa ter nenhum receio de me magoar com isso. Eu só espero que ela esteja fora quando eu chegar e que nunca se instale fundo demais em seu coração. Nesse sentido, a questão mais importante é antes: cuide para que a mulher não fique infeliz se depois você a deixar.

Beauvoir fez muitas viagens, entre 1947 e 1951, para viver uma "vida conjugal" com Algren, em geral nos mesmos períodos em que Vanetti viajava a Paris para estar com Sartre. Mesmo assim ela escreveu a Sartre: "Não posso lamentar o fim deste caso, pois ele sempre esteve implícito na vida que escolhi — que você me proporciona". O mesmo valeu para Sartre e Dolores e, em 1947, Beauvoir começou a incentivá-lo dizendo "saia você mesmo da melhor maneira possível de suas próprias encrencas".

A relação de Beauvoir com Algren começou a se deteriorar já em 1948, quando ela interrompeu sua visita para voltar depressa a Paris para ajudar Sartre com um roteiro que ele estava fazendo — e para ajudá-lo a se livrar de Dolores, que estava insistindo em ter sua própria vida conjugal. Algren percebeu que Beauvoir não seria a companheira por tempo integral de que ele necessitava e, quando ele encontrou sua ex-mulher em Hollywood antes da viagem seguinte de Beauvoir a Chicago em 1949, ele começou a cortejá-la de novo: eles voltaram a se casar em 1953, depois de ele se separar de Beauvoir em 1951. Eles voltariam a se divorciar pouco tempo depois e Algren redescobriria Beauvoir por um breve período em 1960, mas nenhum deles estaria disposto a mudar para ficar com o outro e a relação continuou tão impossível como sempre fora.

Entretanto, no tempo que permaneceram e viajaram juntos, Algren havia aberto os olhos de Beauvoir para o que ela tinha em comum com as outras mulheres. Beauvoir havia sempre se visto como uma entidade própria — nunca explicitamente como uma mulher —, mas sua única renda depois da guerra era a que ela recebia de Sartre, por meio da [revista] *Les Temps Modernes*, e então ela começou a escrever um ensaio sobre a condição feminina para ganhar algum dinheiro e, ao mesmo tempo, explorar sua própria condição de mulher. O que começou como um breve ensaio acabou se tornando *O Segundo Sexo*, obra em dois volumes que seria o marco do feminismo moderno, que compilava exemplos históricos e mitológicos de ampla projeção num catálogo de motivos que explicavam por que as mulheres se subordinavam aos homens. Acreditando na possibilidade de cada mulher individualmente ser capaz de encontrar a realização existencial de sua própria situação, Beauvoir concluiu que seu "aprendizado em entrega e transcendência, isto é, de liberdade", estava apenas começando e que "a mulher livre" — a mulher que consegue encontrar liberdade em sua existência como mulher, e que consegue expressar essa liberdade em seu ofício e em sua arte — "está nascendo". Ela própria, é claro, com sua liberdade intelectual e erótica, estava servindo como desbravadora de caminho e exemplo.

Por todo o período entre o final dos anos 1940 e o início dos 1950, Sartre também esteve aplicando sua filosofia à vida real. Ele passava grande parte do tempo escrevendo editoriais ou fazendo pronunciamentos em comícios e julgamentos, ou viajando com Beauvoir para a Rússia, Cuba ou China para participar de encontros do Partido Comunista. Na disputa entre capitalismo e comunismo, ele havia acabado endossando o regime comunista da Rússia e o apoiaria até a invasão da Hungria pelas forças soviéticas em 1956. Mas também dedicava suas atenções a *Saint Genet*, uma biografia do escritor e presidiário Jean Genet, que foi publicada em 1952. Em 1955, ele começou a trabalhar em *O Idiota da Família*, em que pretendia escrever um relato completo da vida de Gustave Flaubert. Sartre concluiu apenas três dos quatro volumes planejados, mas com o "projeto Flaubert" ele passou os últimos vinte anos de sua vida tentando expressar o tumulto e a contingência da experiência vivida — e a obra cuja intenção era organizá-la.

Porém, no final dos anos 1950, Sartre e Beauvoir estavam começando a transformar suas próprias vidas em literatura existencial. Quando o livro *Memórias de uma Moça Bem-Comportada* de Beauvoir foi publicado em 1958 — seguido de *A Força da Idade* em 1960, *A Força das Coisas* em 1963 e de *As Palavras*, de Sartre, em 1964 —, alguns de seus amantes ficaram enfurecidos ao descobrir que sua identidade não havia sido inteiramente ocultada pelo pseudônimo que lhes foi atribuído. Beauvoir e Algren haviam continuado próximos depois da dissolução de seu relacionamento, mas ele rompeu definitivamente com ela quando viu o que ela havia feito dele em palavras impressas. Ele escreveu para Beauvoir reclamando que "a melhor coisa do amor sexual é ele permitir que você se torne ela e ela se torne você, mas quando você divulga a relação para quem puder pagar pelo livro, você a diminui". Beauvoir estava determinada a continuar negligenciando os sentimentalismos e idealismos e a testemunhar a realidade e, assim, se publicou a sua intimidade com Algren, não deixou de incluir o desespero que ela própria sentiu com o rompimento:

> A dor e o prazer de escrever não bastariam para ordenar as lembranças de meus últimos dias nos Estados Unidos [...] não seria melhor desistir de tudo? Eu fazia a mim mesma essa pergunta com uma ansiedade que beirava a alienação mental. Para me acalmar, eu comecei a tomar ortedrine. Por um momento, ela me permitia recuperar o equilíbrio; mas imagino que esse expediente não estava inteiramente desvinculado dos ataques de ansiedade que me afligiram na época. Como eles tinham fundamento na realidade, meus ataques de ansiedade puderam pelo menos ser discretos em suas manifestações; mas a ansiedade vinha na realidade acompanhada de um pânico físico que meus maiores ataques de desespero, mesmo quando intensificados pelo álcool, jamais haviam produzido [...] de repente, eu estava me tornando uma pedra, que o aço estava rachando: é um inferno.

Beauvoir não foi a única a buscar alívio no uso de drogas e álcool. No período seguinte ao fim da guerra, quando havia tal premência para injetar humanismo existencial no debate entre capitalismo e comunismo, Sartre havia começado a tomar estimulantes para produzir o máximo de escrita possível e, logo, ele estaria tomando diariamente um frasco inteiro de corydrane que, segundo ele, triplicava a velocidade de sua escrita, de maneira que estava produzindo cerca de vinte páginas por dia. Ele continuaria tomando estimulantes por grande parte do resto de sua vida — com doses cada vez maiores de álcool à noite para desacelerar — e só parou quando seus médicos o advertiram de que sua tentativa de aumentar a produtividade estava ameaçando reduzi-la, matando-o.

Escrever continuou sendo uma ocupação central tanto para Sartre como para Beauvoir. Desde o final da década de 1940, seus únicos meios de sustento eram seus livros, artigos e suas conferências e, durante os anos 1950, seus amantes e os amantes tornados amigos tinham seus horários subordinados aos da escrita. Além de suas tardes com Beauvoir — quando eles se encontravam para ouvir um do outro as opiniões sobre seus trabalhos literários e para consultas políticas —, Sartre tinha agendadas algumas noites por semana para Wanda e para Michelle Vian, além de, incidentalmente, outras mulheres. Em 1952, depois de se separar de Nelson Algren, Beauvoir começou um caso com um jornalista da *Les Temps Modernes*, Claude Lanzmann, que tinha dezessete anos menos que ela. Lanzmann se mudou para o pequeno apartamento de Beauvoir, mas foi informado de que jamais haveria "a menor possibilidade de rivalidade com Sartre". Depois de trabalhar a manhã inteira com Lanzmann, Beauvoir dedicava a tarde a encontros com Sartre para consultas e trabalho de edição. Em geral, Sartre e Beauvoir aceitavam os amantes um do outro como membros da Família — e alguns deles de fato o eram: pois não apenas Sartre e Beauvoir haviam assumido Wanda e Olga como amantes, mas, nos cinco anos em que Beauvoir foi amante de Lanzmann, Sartre também teve um caso com a irmã de Lanzmann, Evelyne Ray, que havia desempenhado o papel de Estelle na peça *Sem Saída*, escrita por ele.

A despeito de todas essas outras relações, era sempre Beauvoir quem acompanhava Sartre em suas aparições públicas. Num determinado período, várias mulheres dependiam de Sartre — Wanda e Michelle, Evelyne Ray e sua intérprete russa Lena Zonina, entre outras — e, embora ele tivesse urdido a ideia de um "código moral provisório" para explicar as meias verdades e mentiras às quais recorria quando tinha de resolver um conflito entre suas mulheres, ele procurou ser escrupulosamente moral em sua escrita, e ele e Beauvoir continuaram editando os trabalhos um do outro e atuando juntos para expressar suas ideias sobre solidariedade política e autenticidade existencial. Mesmo quando Sartre estava escrevendo sua *Crítica da Razão Dialética* — que Beauvoir disse "ter dificuldade para entender" —, ela continuou dando sugestões para o manuscrito.

Nenhuma das mulheres a quem Sartre havia proposto casamento desafiou tanto sua relação com Beauvoir como Arlette Elkaïm, uma estudante de filosofia judia algeriana que tinha 19 anos quando ele teve um breve caso com ela em 1956. Quando em 1958 Sartre descobriu que Michelle Vian estava traindo-o com outro homem, ele começou a passar mais tempo com Elkaïm, e quando ela foi reprovada em seus exames, ele comprou um apartamento e uma casa de campo para ela e passou a sustentá-la inteiramente. Assim como havia proposto casamento a Beauvoir e Wanda, entre outras, quando seria conveniente em termos burocráticos, Sartre adotou Elkaïm em 1965, quando ela foi ameaçada de ser mandada de volta para a Argélia, embora a adoção servisse também a muitos outros propósitos: Elkaïm serviria como sua herdeira, para impedir que seus direitos autorais revertessem para a propriedade de seu padrasto quando ele morresse, e, ao adotar sua ex-amante, Sartre também demonstrou que estava tão disposto a violar a moral burguesa em sua maturidade quanto havia estado quando ele e Beauvoir haviam se recusado a casar. Sartre sempre se preocupara com a preservação de sua juventude — ele tinha 63 anos por ocasião dos protestos e tumultos de 1968 e abandonou então o hábito de usar colarinho e gravata do intelectual tradicional e adotou a linguagem e a vestimenta casuais dos estudantes insurgentes.

Com tais atitudes, Sartre estava simplesmente reafirmando sua rebeldia, mas a adoção de Elkaïm ameaçava o lugar de Beauvoir em sua vida, pois dava a uma mulher muito mais jovem uma autoridade legal que Beauvoir não tinha. Beauvoir e Elkaïm mantiveram-se em circunstanciais boas relações — Elkaïm era, de acordo com a opinião de todos, uma mulher passiva e complacente, que coordenava a agenda semanal de Sartre com suas mulheres —, mas, nos anos 1970, Sartre estava escapando ao controle de Beauvoir. Sua saúde estava em declínio — ele havia sido hospitalizado por problemas cardíacos em 1958 e tivera um derrame em 1971 e, em 1973, outro derrame deixou-o cego — e Beauvoir tinha cada vez menos acesso a ele. Ela ia ler para ele de manhã e depois o deixava aos cuidados de Elkaïm, de Michelle ou de Wanda durante o resto do dia, mas ela continuava tão confiante na presença de Sartre como parte da realidade do mundo que precisava mantê-lo saudável e, quando tentou impor as prescrições de seus médicos com respeito a trabalhar, fumar e beber, ela apenas conseguiu aumentar a distância entre eles, pois as outras mulheres de Sartre e seus visitantes cediam a seus caprichos, levando-lhe garrafas escondidas, mesmo quando ele estava ficando mais fraco.

Beauvoir só podia cuidar de Sartre quando ele permitia, cerca de três noites por semana: ela não tinha como impedir que ele se submetesse à influência de outras pessoas. Ela tentou impedir que uma revista publicasse uma entrevista que ele dera a seu secretário, um judeu egípcio chamado Benny Lévy. Beauvoir achou que a entrevista distorcia a obra de Sartre, mas ele insistiu para que ela fosse publicada, mesmo contra as objeções dela. Depois desse incidente, Elkaïm escreveu uma carta aberta denegrindo Beauvoir, e quando Sartre morreu, em 1980 — seis anos antes de Beauvoir —, Elkaïm e Lévy impediram que Beauvoir entrasse no apartamento de Sartre, e eles se apossaram de todos os seus escritos. Em resposta, Beauvoir erigiu um monumento à relação de toda a sua vida com Sartre, publicando seus *Diários de Guerra* e dois volumes de suas cartas a ela, *Lettres au Castor* [*Testemunho de Minha Vida*] e *Diário de uma Guerra Estranha*, além de suas *Cartas a Sartre*. Nelson Algren já tinha visto seu caso com Beauvoir publicado, mas então Bianca Bienenfeld e outras perceberam que Sartre e Beauvoir haviam tido um pacto entre si durante todo o tempo de seus casos.

Depois da morte de Sartre, Beauvoir também adotou uma pessoa para ser sua própria herdeira. Quando Lanzmann se apaixonou por outra mulher e terminou sua relação com Beauvoir em 1958, ela parece não ter entrado em outros casos, mas em 1960 ela fez amizade com Sylvie Le Bon, uma jovem estudante de filosofia que havia lhe escrito enquanto se preparava para o concurso de *agrégation*. Beauvoir encontrou em Le Bon uma companheira atenta e sensível, que obteve aprovação no concurso em 1965 e tornou-se professora de filosofia, recusando as ofertas de Beauvoir de total sustento financeiro. Por toda a década de 1960, Le Bon se tornou uma amiga cada vez mais próxima, acompanhando Beauvoir em suas viagens. Beauvoir escreveu em *Balanço Final* — o último volume de suas memórias, que foi publicado em 1972 — que Le Bon

> faz tanto parte de minha vida quanto eu faço da dela. Apresentei-a a meus amigos. Lemos os mesmos livros, vamos juntas aos espetáculos, fazemos longos passeios de carro. Existe tamanha reciprocidade entre nós que chego a perder a noção de minha idade: ela me introduz em seu futuro e, por momentos, o presente recupera uma dimensão que havia perdido.

Le Bon disse numa entrevista que "Castor me disse muitas vezes que havia sido muito cautelosa comigo. Ela achava que tinha cometido erros no passado" — apesar de isso não tê-la impedido de incentivar Le Bon a ter um caso com Bost em 1968.

Enquanto a saúde de Sartre se deteriorava ao longo dos anos 1970, Beauvoir havia começado a descrever sua relação com Le Bon nos mesmos termos que um dia havia usado para descrever sua relação com Sartre: "É uma relação absoluta, porque desde o começo estávamos ambas preparadas para viver dessa maneira, viver inteiramente uma para a outra". Depois da morte de Sartre, ela adotou Le Bon oficialmente, permitindo que ela herdasse suas obras, e Le Bon editou as cartas de Beauvoir para Sartre, Algren e Bost para publicação.

XI.

Na publicação de suas cartas um ao outro, as vidas de Sartre e Beauvoir presumem a intimidade que eles sempre procuraram ter. Eles haviam se tornado celebridades na cultura europeia do pós-guerra e sua relação era tida como modelo por estudantes e feministas: suas cartas revelaram uma teia complexa de fidelidades e infidelidades e seu casamento morganático, com sua abertura existencialista e sua honestidade, deu aos amantes da Europa e da América uma justificativa filosófica e um vocabulário com os quais se rebelarem contra suas próprias tradições.

Nos casos que eles usaram como matéria-prima de suas teorias sobre a existência humana, Sartre e Beauvoir redefiniram a parceria como uma forma de cumplicidade ao testemunharem e sofrerem as infidelidades que provavam a natureza caótica do mundo e a natureza desleal — e até desonesta — do coração humano. No entanto, se eles passaram desde então a ser vistos como manipuladores e mentirosos por seus "códigos de moral provisórios", a cultura ocidental ainda não descobriu cronistas mais sinceros da interseção da liberdade erótica e do compromisso intelectual e criativo.

Capítulo Quatro

Os Monstros Sagrados
Diego Rivera e Frida Kahlo

Eu não sou apenas um "artista", mas também um homem desempenhando sua função biológica, que é produzir quadros, exatamente como uma árvore produz flores e frutos.
— Diego Rivera

Não vou me referir a Diego como "meu marido", porque seria ridículo. Diego nunca foi nem nunca será "marido" de alguém.
— Frida Kahlo

Os momentos mais felizes de minha vida foram aqueles em que passei pintando: os outros, em sua maioria, foram tristes ou aborrecidos. Porque mesmo com as mulheres, a não ser que fosse alguma suficientemente interessada em meu trabalho para estar comigo enquanto eu pintava, eu sabia que certamente perderia o seu amor por não ser capaz de desviar da pintura o tempo que elas exigem. Se eu tivesse que interromper meu trabalho para passar dias cortejando uma mulher, eu ficaria muito infeliz por ter desperdiçado um tempo que jamais recuperaria. Por isso, as melhores mulheres para mim foram aquelas que também gostavam de pintar.
— Diego Rivera

Sempre que você sentir desejo de acariciá-la, mesmo que seja apenas na lembrança, acaricie a mim e faça de conta que sou ela, que tal?
— De Frida Kahlo para Alejandro Gómez Arias

I.

Quando Diego Rivera se mudou para Paris em 1909, ele era ainda um desconhecido estudante de pintura. Ele tinha 22 anos, era alto, bastante gordo e raramente tomava banho, mas era precoce e talentoso, um prodígio. Ele pintava desde que tinha 10 anos, quando seu pai o matriculara por tempo integral na Academia San Carlos, na Cidade do México, e havia dois, desde 1907, que ele estudava na Es-

panha com bolsa do governo mexicano. Rivera foi muito bem-sucedido como estudante de pintura — sua bolsa de estudos foi continuamente renovada de 1907 a 1914 —, mas seus mantenedores não queriam que ele desenvolvesse um estilo pessoal próprio: eles queriam que ele glorificasse a nação mexicana, trazendo as habilidades dos mestres europeus para a pintura de seu país.

Em 1909, faltavam ainda alguns anos para Rivera adquirir as técnicas que marcariam seu estilo maduro e ele tampouco havia tido alguma experiência significativa com as mulheres, mas, logo depois de se mudar para Paris, ele começou a viajar pelo norte da Europa com amigos pintores e, numa pensão em Bruges, ele conheceu uma pintora russa e se apaixonou por ela. Angelina Beloff era uma jovem esguia e linda em todos os sentidos, e ela também tinha vivido e pintado em Paris antes de iniciar uma turnê pelo norte da Europa com seus amigos pintores. Beloff completou 30 anos naquele verão — sete anos a mais que Rivera —, mas seus grupos formaram um só e Rivera e Beloff visitaram museus e fizeram esboços juntos, comunicando-se numa mistura de espanhol, francês e russo. Quando chegaram a Londres, já havia uma intimidade entre eles e Rivera declarou seu afeto e começou a cortejar Beloff — "com tanto fervor", ela disse em suas memórias, "que eu me sentia sob uma forte pressão... Decidi, portanto, voltar a Paris, para refletir em paz". Quando Rivera retornou a Paris, cheio de esperanças de levar uma vida junto com Beloff, escreveu que ela "achava que estava preparada para ser sua noiva" e "achava que seria capaz de amá-lo". Embora os biógrafos não tenham conseguido nenhum registro de casamento, em 1911, eles já estavam vivendo juntos — e referindo-se um ao outro — como marido e mulher.

Amar foi uma experiência nova para Rivera, que mudou a sua maneira de ver sua pintura. Ele havia recebido prêmios por seu domínio das técnicas de desenho, mas agora ele estabelecia uma ligação emocional com as pinturas, as quais havia sempre estudado e copiado tecnicamente. Em 1910, ele escreveu da Espanha, descrevendo seus novos sentimentos por Beloff, que continuava em Paris:

Eu estava me sentindo mais ou menos arrasado por minhas reações a Velásquez, mas olhava para a frente com meus olhos e para dentro com meu espírito e, aos poucos, comecei a enxergar à minha frente... E também minha mulher, pois naquele momento eu percebi que minha alma estava sentindo algo novo. Eu percebi que, na verdade, eu estivera passando diante daquelas pinturas como um admirador sem compreendê-las, que eu não havia entendido a alma daqueles quadros.

El Greco, o mais sublime dos pintores, o maior em espírito, me havia sido até então desconhecido... Tudo que alguém pode sentir ou desejar sentir estava ali nos quadros de El Greco, cujas cores, apesar de conhecê-las inteiramente, na realidade não as conhecia absolutamente. E então, menina, o *Pentecostes*, a Descida do Espírito Santo! Eu senti um espírito descer sobre *mim* e me preencher com um fogo de suprema beleza, dos sentimentos mais sublimes, do além. E eu percebi que estava entendendo o *Pentecostes* de El Greco, porque o seu espírito elevado havia descido sobre a minha alma. Foi a emoção mais forte que jamais havia sentido antes diante de uma obra de arte, a não ser aquela vez em que estive ao seu lado diante de Rembrandt, diante de Turner, diante de Botticelli, Paolo Uccello e Piero della Francesca, mas o sentimento foi ainda mais intenso dessa vez, porque você não estava apenas ao meu lado, mas dentro de mim.

Mesmo com o espírito de Beloff dentro dele, levou ainda algum tempo para que Rivera começasse a fazer pinturas expressando a individualidade que era só dele. Ele expôs paisagens tradicionais no Salon des Indépendants em 1911, mas só alcançaria seu próprio estilo em 1913, quando dois amigos pintores — o holandês Piet Mondrian e o conterrâneo mexicano Angel Zárraga — o introduziram no Cubismo, que vinha angariando popularidade. O Cubismo era um estilo geométrico e hiperteórico para o qual a formação de Rivera o havia preparado bem e, agora, quando ele começava a fazer telas cubistas, ele se distinguia dos outros pintores que não tiveram sua formação acadêmica. Em 1913, ele já vivia das vendas de seus quadros, e quando a bolsa que recebia do governo terminou, em 1914, ele tinha 28 anos e vivia inteiramente de seu pincel.

O sucesso trouxe uma grande mudança na vida de Rivera. Em 1913, ele já havia vivido mais três anos com Beloff, mas agora que ele estava vendendo quadros de vanguarda, era uma notoriedade nos círculos boêmios parisienses. Seu *status* lhe permitiu criar uma nova identidade na qual sua obesidade, sua feiura e seu mexicanismo não eram mais motivos de insegurança. Na atmosfera carnavalesca de Montparnasse pré-guerra — onde a arte havia se tornado ultrajante, abstrata e incompreensível e os artistas eram reconhecidos tanto por suas excentricidades pessoais como por suas pinturas —, as peculiaridades de Rivera tornaram-se pontos a seu favor. Rivera já era um pintor diligente, com a confiança que provinha do fato de ter tido o apoio financeiro do governo de seu país, mas agora era também amigo de Picasso, colega que também falava espanhol e cujas pinturas vinham fascinando e desconcertando a burguesia. Rivera e Picasso competiam em pregar peças e contar histórias fabulosas — e intercambiavam imagens e temas em seus quadros — e logo Rivera começou a suplantar sua infância burguesa contando histórias incríveis — de ter sido amamentado por uma cabra, de aos 6 anos ter arengado com a congregação católica de sua tia por causa de uma tirada ateísta ou de ter tido sua primeira experiência sexual — adúltera — aos 9 anos de idade. Tirando proveito do caráter exótico de seu mexicanismo, ele se vangloriava de ter praticado o canibalismo quando estudante — a carne das mulheres jovens é a melhor, ele dizia; é suculenta como a do leitão assado.

Nessa atmosfera boêmia, em que todas as normas burguesas eram escarnecidas abertamente, o sexo era uma forma de rebeldia e, também, de expandir as redes de contatos. Ter um caso breve com uma pintora, modelo ou *marchand* era uma maneira de estabelecer contatos com outros artistas, e agora o talento de Rivera o havia tornado atraente — apesar de sua aparência — a uma pintora russa e modelo de Picasso. Quando Rivera a conheceu em 1915, Marievna Vorobiev tinha 23 anos, seis menos que Rivera, que tinha 29 e continuava vivendo com Beloff, que estava então com 36. O crítico de arte Ilya Ehrenburg descreveu Vorobiev como uma "tigresa mal treinada"; e Rivera a descreveria em sua autobiografia como uma "'diaba', não apenas por sua beleza selvagem, mas também por seus ataques de fúria". No entanto, a essa altura, Rivera havia conquistado tal poder de influência que Beloff lembra que "ele estava interessado em lançá-la como pintora", e Vorobiev chegou mesmo a viver com o casal por um tempo. Mas quando Beloff ficou grávida em 1915, a própria Vorobiev escreveu que "estava envolvida num jogo perigoso e que, em vez de evitar Rivera por causa da gravidez de sua mulher, eu me deixei aproximar cada vez mais do homem que me assustava e me fascinava".

Fazer charadas sexuais pode ter sido um prato comum entre os artistas e modelos de Montparnasse, mas, em suas memórias, Beloff confessa que ficou magoada com o caso de Rivera. Vorobiev, ela escreveu, "era uma jovem que se dizia amiga e que eu acolhi em minha casa", e então Beloff deixou a casa sentindo-se duplamente traída. Depois de dar à luz, ela ficou com seu bebê na casa de uma amiga por seis meses aproximadamente, enquanto a paixão de Rivera por Vorobiev esfriava. Quando finalmente Rivera retornou, ela o aceitou de volta, mas nunca foi capaz de forçá-lo a romper com Vorobiev. Ela não estava em condições de dar-lhe um ultimato: estava com 37 anos e era responsável pelo bebê, ainda amava Rivera, e ela e o bebê precisavam de sua ajuda financeira. Depois de colocar Beloff contra a parede, Rivera ficou indo e vindo entre as duas mulheres e, ao permitir isso, Beloff deu basicamente a ele a liberdade para manter os dois relacionamentos simultaneamente. Todos os seus relacionamentos futuros colocariam as mulheres em um ou outro desses dois papéis: a esposa dependente ou a namorada sedutora que ameaçava tomar o lugar da primeira.

No final de 1928, quando conheceu Diego Rivera, Frida Kahlo estava voltando para a sociedade depois de ter passado quase três anos se recuperando de um acidente de ônibus que a havia deixado aleijada, mas também estava sozinha pela primeira vez desde 1923: ela finalmente havia parado de escrever cartas suplicantes ao seu primeiro amor, Alejandro Gómez Arias, que havia acabado de se casar com uma amiga dela naquele mês de junho.

Kahlo e Arias haviam se conhecido na Cidade do México, na Escola Preparatória, como membros de "os Cachuchas", um pequeno grupo de amigos conhecido por seus bonés vistosos e por suas travessuras. Kahlo havia gozado uma reputação de atitudes ultrajantes e ousadas desde os 6 anos de idade, quando um surto de poliomielite a havia deixado com a perna esquerda mais curta e atrofiada; para compensar sua deficiência ela havia expandido sua personalidade. A doença também a havia aproximado de seu pai, um livre-pensador alemão que era epiléptico desde um acidente que também ele havia sofrido na infância. A doença também permitiu a ela dar uma espreitada por trás das convenções burguesas e desenvolver uma afinidade com as crianças de rua e os pobres: ela aprendeu a blasfemar brilhantemente e, com sua ironia, manter a sociedade culta a certa distância, se não desprezá-la abertamente. Quando seus pais a matricularam na prestigiada Escola Preparatória em 1922, as reformas recentes do sistema educacional mexicano estavam sendo criticadas tanto por estudantes quanto por políticos, e Kahlo participou de protestos e manifestações contra a obsolescência do corpo docente e a irrelevância do currículo ensinado. Ela e os Cachuchas perturbavam o que consideravam uma rotina acadêmica pedante com travessuras que envolviam fogos de artifício, bombas ou até, como fizeram uma vez, levar um burro para dentro da escola.

Por coincidência, Rivera estava pintando um mural na mesma Escola Preparatória que Kahlo frequentava e, embora tivessem se passado seis anos sem que eles tivessem voltado a se ver, a obesidade de Rivera e sua reputação de mulherengo fizeram dele o principal alvo das travessuras dos Cachuchas. A própria Kahlo ficou conhecida por ter colocado sabão na escada em que Rivera estava pintando — embora tenha sido o reitor da escola, não Rivera, quem acabou escorregando — e por dar alarmes falsos de que a esposa de Rivera estava chegando, para dar a impressão de um encontro ilícito entre o pintor e sua modelo. Como estudante,

Kahlo não tinha nenhum interesse em Rivera, a não ser como alvo de travessuras. Ela se apaixonou por Alejandro Gómez Arias e a relação deles envolvia certo grau de ousadia: a própria Kahlo havia ajudado sua irmã mais velha, Matilde, a evadir-se e sabia que seus pais se atinham a uma moral rígida, portanto, tinha que inventar histórias e álibis para estar com Arias.

Kahlo era uma entre apenas duas meninas participantes de uma turma de nove e, apesar de projetar uma imagem agressiva na escola, sozinha diante de Arias ela se prostrava. Em suas cartas, ela se mostra praticamente suplicando o afeto dele, ao mesmo tempo que recorre a um humor que tira sarro de si mesma para não parecer emocionalmente carente. "De minha parte", ela escreveu a ele, "eu gostaria de passar muito tempo com você, mas quem sabe se falar com essa sua *novia* que o ama tanto, mas que é um pouco tola, não o aborrece." Porém, mesmo assim, Kahlo estava disposta a ocupar um pequeno espaço na vida dele e, no Natal de 1924 — nove meses depois de sofrer o acidente no ônibus —, ela escreveu a ele:

> Às vezes eu tenho muito medo à noite e gostaria que você estivesse comigo e não me deixasse ser tão medrosa, dizendo-me que me ama como antes, como em dezembro passado, apesar de eu ser uma "tolinha", não é mesmo, Alex? Você terá que começar a gostar de coisas tolas... Eu gostaria de ser uma coisinha ainda mais insignificante para que você pudesse sempre carregá-la em seu bolso... Alex, escreva-me com frequência e, mesmo que não seja verdade, diga-me que me ama muito e que não pode viver sem mim.
> Sua menina, *escuíncla** (ou mulher ou o que quer que prefira).
> Frieda

Apesar de parecer ser dependente de Arias, a própria Kahlo não era uma namorada fiel. Quando ela se candidatou a um emprego na biblioteca do Ministério da Educação no verão de 1925, ela foi seduzida por uma mulher que trabalhava ali e seus pais fizeram um escândalo quando descobriram. Quando ela começou a trabalhar como aprendiz remunerada de um professor de gravura no final daquele verão, ele ensinou-a a desenhar e ela o aceitou por um breve período também como namorado — dessa vez, em segredo. Não se sabe ao certo quanto de fidelidade Kahlo e Arias esperavam um do outro, pois, quando Arias confessou sua atração por uma garota que Kahlo conhecia, Kahlo aceitou o fato e se ofereceu

---

* Cachorro mexicano sem pelo.

para ser não uma alternativa, mas substituta da outra. No dia de Ano-Novo de 1925, ela havia escrito a ele:

> Com respeito ao que você diz sobre Anita Reyna, eu naturalmente não sinto a mais mínima raiva, em primeiro lugar porque você está me dizendo apenas a verdade, que ela é e sempre será muito bonita e muito amável; e, em segundo, porque eu amo toda pessoa que você ama ou amou(!) [*sic*] pela simples razão de você amá-la. No entanto eu não gostei muito da parte relativa às carícias, porque, apesar de saber que ela é muito amável, eu sinto algo como [...] bem, como dizer isso? Como ciúme, você sabe? Mas isso é apenas natural. Sempre que você sentir desejo de acariciá-la, mesmo que seja apenas na lembrança, acaricie a mim e faça de conta que é ela que você está acariciando.

Em setembro de 1925, um ou dois meses depois de seu namoro com o professor de gravura, Kahlo e Arias estavam voltando da escola juntos quando o ônibus em que viajavam bateu num bonde. Arias sofreu ferimentos relativamente leves, mas Kahlo teve fraturas graves. Ela teve um ombro, a coluna, pernas e pés fraturados em diversos lugares e sua pélvis foi trespassada por um corrimão.* Kahlo tinha então 18 anos, mas agora, em vez de se dedicar aos estudos, ela de repente tinha que aprender a suportar dores constantes — não apenas a dor física causada pelas fraturas, mas também a desolação de saber que provavelmente ficaria aleijada para sempre. Para aliviar o tédio de continuar confinada à cama mesmo depois de sair do hospital — e para dar vazão a algumas de suas emoções —, seu pai lhe deu tintas e sua mãe um cavalete especialmente feito para ela. Pintando na cama, ela começou a fazer retratos de si mesma e dos membros de sua família para passar o tempo.

Kahlo começou a andar depois de três meses e, apesar de ainda sentir dores, seu sofrimento aumentou ainda mais, porque Arias parecia ter descoberto seu flerte com Fernando Fernández, o professor de gravura. Ele se queixou da conduta indigna dela e eles brigaram. Em suas cartas, ela se queixou de ter "tão má reputação" e, apesar de se defender das críticas de Arias, ela admitiu ter dito "eu te amo a muitos e beijado ou dado bola a outros tantos, mas no fundo de meu coração eu sempre amei apenas você".

---

* Kahlo diria que o corrimão saiu de seu corpo através da vagina, mas Arias e outros afirmaram que essa era uma invenção dela com o propósito de tornar o fato mais dramático e, principalmente, para explicar a perda de sua virgindade para os pais.

Eles se reconciliaram quando ela deu a Arias seu primeiro autorretrato maduro, mas suas dores voltaram e eles jamais puderam retomar a relação no mesmo pé. Os ossos de Kahlo não haviam sido soldados corretamente — os médicos não sabiam que sua perna direita já era mais curta quando soldaram suas fraturas e, pelo fato de sua família não dispor de dinheiro, não foram feitos os raios X que teriam revelado a total extensão de suas lesões. Quando lhe colocaram um colete ortopédico de gesso e ela ficou confinada dentro de casa, Arias ia vê-la apenas raramente. Desesperada e entediada, confinada ao subúrbio, Kahlo não conseguia mais usar suas cartas tímidas e autodepreciativas para ocultar o fato de que ela estava pedindo a Arias mais do que ele podia lhe dar. Pela briga que haviam tido e pelo fato de a casa de seus pais ficar a uma hora de ônibus da cidade, eles pararam definitivamente de se ver, e então a família de Arias, que já antes desaprovava o namoro com Kahlo, o mandou estudar na Europa. Arias partiu sem se despedir — ele disse que quisera evitar criar uma cena — e a viagem que era para ser de três meses depois foi estendida para oito meses. Kahlo escreveu a ele longas cartas por todo o tempo em que ele esteve viajando, mas quando ele voltou, em novembro de 1927, a relação estava acabada, embora Kahlo ainda não tivesse desistido dele. Mesmo depois de ele ter se casado com uma amiga dela, Esperanza Ordóñez, em junho de 1928, Kahlo ainda suplicou a ele: "Em seu coração, você me entende; você sabe por que fiz as coisas que fiz! E o mais importante, você sabe que eu te adoro! Que você não apenas é algo meu, mas também meu próprio eu! […] Insubstituível!".

Se Kahlo ainda sentia falta de Arias, essa havia sido acalmada por seu sofrimento e suas perdas e, na ausência de Arias, seus novos amigos a haviam arrastado para um círculo de artistas e estudantes. Tina Modotti, modelo e artista com seus próprios méritos, mantinha um salão que havia se tornado o centro de um círculo boêmio muito semelhante ao que Rivera tivera em Montparnasse, apesar de os assassinatos políticos e o terrorismo nacional — acompanhados de ameaças e promessas ao estilo do comunismo russo — criarem uma atmosfera de perigo político no ambiente de radicalismo artístico. Kahlo participou da Liga de Jovens Comunistas e depois do Partido Comunista Mexicano e, nesse novo meio, seu talento para a irreverência, sua tolerância para com os analgésicos e a bebida — "como uma verdadeira *mariachi*", nas palavras da ex-mulher de Rivera — tornaram-na uma pessoa extrovertida e vivaz, alguém capaz de atrair um pintor rebelde com o dobro de sua idade.

Depois de retornar ao México em 1921, Rivera se casou com a modelo Guadalupe Marín, mas eles se divorciaram em 1927, após Rivera ter tido um caso com

Tina Modotti. Rivera e Kahlo frequentavam ambos o salão de Modotti, e pode ter sido ali que eles se conheceram, e ele pediu a ela que servisse de modelo para o painel *Insurreição*, de um mural que representava a história do México. Mas Rivera e Kahlo tornaram-se conhecidos íntimos quando, no começo de 1929, ela pediu que ele descesse de seu andaime para dar sua opinião sobre os quadros dela. Desde que sofrera o acidente três anos antes, ela vinha pintando e queria saber dele se seria possível para ela tentar viver de sua pintura.

Em sua autobiografia fantasiosa com respeito a outros eventos, Rivera assume um tom menos fantasioso quando descreve a conversa que teve então com Kahlo. Ele recorda que ela fora muito direta, até mesmo defensiva, ao ousar pedir a opinião de um dos mais famosos muralistas de seu país — ela já havia pedido as opiniões de Orozco e de outros pintores — e lembra que respondeu à pergunta dela com respeito às pinturas, mas, por causa de sua má reputação, não conseguira expressar o calor de sua reação.

Por que, eu perguntei a ela, ela não confiava em meu julgamento? Afinal, ela não estava ali para fazer essa pergunta?

"O problema é", ela respondeu, "que alguns de seus melhores amigos me aconselharam a não dar muita importância ao que você diz. Eles disseram que quando é uma garota que pede a sua opinião e ela não é um horror total, você se deixa levar totalmente pelo arroubo. Bem, eu só quero que você me diga uma coisa. Você acha mesmo que eu devo continuar a pintar ou que eu deveria procurar outro tipo de trabalho?"

Quando ele disse a ela que "não importa quanto lhe seja difícil, você tem que continuar a pintar", ela o convidou para ver outros de seus quadros, mas então, em suas próprias palavras, ele receou que "se demonstrasse meu entusiasmo, ela poderia nem deixar que eu fosse vê-los". Ela se mostrou, no entanto, receptiva às atenções dele e alguns dias depois, quando ele foi à casa dela ver outros quadros, eles se beijaram. Mesmo que eles tenham realmente sentido atração um pelo outro, a receptividade de Kahlo podia ter um pouco a ver com os gastos médicos, que vinham exaurindo as finanças da família e, também, com a reputação de Rivera ser um artista famoso e rico. Kahlo pode ter sido extrovertida, exótica, dramática e irreverente em suas atitudes, mas não se pode dizer que era independente, e com suas mutilações e despesas médicas, ela era na realidade tão dependente que Rivera deve ter achado que Kahlo seria tão tolerante a seus casos como Beloff havia sido.

Nem Rivera nem Kahlo escreveram qualquer coisa com respeito à decisão de se casarem — tampouco proclamaram, como Sartre e Beauvoir, ou Miller e Nin, que a relação deles era uma nova e ousada forma de amor — e não sabemos, portanto, se Kahlo acreditava que fosse manter Rivera nos trilhos ou se havia se resignado a aceitar seus casos e já pretendesse também ela ter seus próprios casos extraconjugais. Podemos apenas deduzir, de seus atos e das cartas em que se referem a seu casamento e os casos de cada um, que não parece que eles estivessem perdidamente apaixonados — mas parece que acreditavam que estavam fazendo uma boa e radical aposta.

No entanto, eles se casaram poucos meses depois de se beijarem pela primeira vez e, assim que se casaram, Rivera quitou as dívidas dos pais dela. Também pagou as despesas médicas, mas nunca deixou de ter amantes e, apesar de Kahlo ter se esforçado durante todo o casamento para se tornar independente, ela jamais romperia com ele por causa de seus casos. Ela estava resignada a ficar com ele e, quando Lupe Marín, a segunda mulher de Rivera, percebeu que Kahlo não tomaria o lugar dela como musa, ela se ofereceu para ajudá-la. Com a ajuda de Marín, Kahlo aprendeu a cuidar de Rivera. Ela afastaria sempre que possível as amantes que representassem alguma ameaça e quando alguma mulher o tirava dela, ela aprendeu a se comportar como se fosse apenas um tempero para apimentar o casamento.

II.

Depois de ter se tornado famoso no início da década de 1910, Rivera jogou fora os documentos referentes à sua infância, de maneira que restou pouquíssima informação sobre a situação em que ele havia sido criado. Em sua autobiografia, Rivera descreve a si mesmo como um "monstro sagrado" — ateu, insurgente e canibal desde pequeno —, mas depoimentos que sobreviveram o descrevem como um artista precoce — até mesmo como um prodígio — que teve dos pais e professores todo o apoio de que precisava para desenvolver a arte da pintura.

Não se sabe muito a respeito de Don Anastasio de Rivera, o avô paterno do pintor, além do fato de ele ter emigrado para o México, provavelmente vindo da Espanha — e que ele investiu numa mina de prata que prosperou até ser inundada e desabar. Don Diego, o pai do pintor, era o primeiro dos nove filhos de Don Anastasio, e cresceu em circunstâncias favoráveis em Guanajuato. Ele havia estudado química e, em seguida, feito ensaios para descobrir jazidas de minérios, antes de escrever um manual de ensino de gramática espanhola e ser professor de uma escola normal que havia sido fundada pela viúva Doña Nemesia Rodriguez de Valpuesta. Don Diego tinha 33 anos — quinze anos mais velho do que sua noiva — quando desposou a filha mais velha de Doña Nemesia, María Del Pilar Barrientos, em 1882. Logo depois, ele se tornou membro do conselho municipal de Guanajuato e fundou sua própria escola normal. Por toda a década de 1880, ele fez carreira na administração escolar e conseguiu finalmente ser nomeado inspetor de escolas, o que permitiu a ele instituir família com segurança e conforto. Em 1886, depois de perder vários bebês em gestação, María deu à luz Diego — e a um gêmeo, Carlos, que morreu ainda bebê. Depois de Diego, veio-lhe uma irmã, María, em 1890.

O casamento não resolveu as diferenças significativas de cultura entre Don Diego e María, pois ele era um franco-maçom culto e ateu, enquanto ela era católica fervorosa. Ela prevaleceu, no início, na educação do pequeno Diego — ele foi educado por padres em escolas católicas — e também prevaleceu na decisão quanto a onde morar. Em 1902, quando Diego tinha 6 anos e seu marido estava em viagem a trabalho de inspeção, ela arrumou as coisas e despediu a empregada — sem o conhecimento do marido — e se mudou com as crianças para a Cidade do México. Os investimentos de Don Diego em minas de prata e suas viagens para inspecionar escolas não estavam mais trazendo benefícios para a família, e ela decidiu, portanto, deixar um bilhete para ele dizendo que, ao voltar, ele vendesse a casa e fosse se juntar à família. María pode ter ido para a Cidade do México por lá haver mais chances de ela encontrar trabalho como parteira — profissão em que ela havia se iniciado depois da morte de Carlos —, mas, de acordo com as especulações de um biógrafo, ela podia também estar fugindo dos credores. María parece ter sentido que fizera esforços enormes pelo bem de seu filho, pois, em 1917, quando o primeiro filho de Diego completou 1 ano, ela escreveu uma carta ao neto, em que se referia ao pintor como seu "filho muito amado, mas extremamente ingrato [...] que jamais será capaz de recompensar com amor filial os imensos sacrifícios e as humilhações conjugais que sua pobre mãe sofreu para salvar seus filhos de todos e quaisquer dissabores".

Quando Rivera completou 10 anos em 1896, Don Diego instituiu seu próprio decreto unilateral e decidiu que o menino seria matriculado no Colégio Militar, para se preparar para fazer carreira na burocracia do governo. No entanto, Diego não demonstrou nenhum interesse em seguir carreira militar ou no serviço público, então seu pai o matriculou na Academia San Carlos de Artes, onde Diego desenvolveu seu talento para desenhar, seguindo diligentemente os mestres europeus e, com isso, adquirindo habilidades técnicas e uma profissão. Kahlo escreveria, por ocasião de sua retrospectiva de 1949, que "imagens e ideias atravessam seu cérebro num ritmo diferente do usual e, assim, a intensidade de sua fixação e seu desejo de sempre fazer mais são incontroláveis" — e embora Rivera fosse de fato um prodígio que aprendia rapidamente, não existe nenhum registro indicando que ele era um estudante encrenqueiro ou pensador independente. Ele sempre foi muito elogiado por seus professores e, em 1906, com 20 anos, ele recebeu uma bolsa para estudar pintura na Espanha. Em sua autobiografia, Rivera omite qualquer menção a suas obrigações para com o Estado, mas na Espanha ele investiu pesado na carreira artística que os contatos de seu pai o haviam ajudado a lançar e, apesar das vantagens que ele conta, ele era, de acordo com a opinião de todos, um jovem pintor tímido, calado, sério e talentoso — um prodígio obeso e inseguro que ainda não havia expressado sua personalidade em sua própria obra.

Mesmo depois de alguns anos vivendo em Paris — depois de ter sido notado e aceito por Beloff —, ele ainda não havia sido reconhecido pela comunidade artística internacional: seus patrocinadores eram os únicos que viam valor em sua arte. Quando Rivera retornou ao México por ocasião das comemorações do centenário de sua independência da Espanha em 1910, ele foi festejado como herói por seus patrocinadores no governo do presidente Díaz, e a esposa de Díaz comprou um de seus quadros. Ofereceram a Rivera comissões por seus retratos, compradores para suas paisagens e um emprego para não fazer nada na administração pública, mas, em 1911, ele trocou todas essas regalias pela chance de voltar — ainda com patrocínio — para Beloff, que o via como um ser humano, e para Montparnasse, onde os pintores levavam suas vidas fora das convenções enquanto experimentavam novas formas e teorias de representação.

Beloff era ela própria uma expatriada — ela também definia a si mesma mais por sua pintura do que por qualquer ligação familiar —, mas ela era mais velha que Rivera e cuidou dele enquanto ele era levado para o Cubismo. Quando começou a pintar no estilo que, mais tarde, descreveria como uma forma burguesa superintelectualizada de pintura estruturada, ele passou a ficar mais e mais amplamente conhecido — por seu talento e agora também por sua personalidade — e em 1913 ele começou a conquistar certo renome. O crítico e escritor Guillaume Apollinaire anunciou que Rivera não era "de maneira alguma desprezível" e o *marchand* Léonce Rosenberg incluiu-o num grupo de pintores do qual já faziam parte Picasso e outros cubistas proeminentes: agora Rivera pintava sob encomenda para um *marchand* em lugar de mandar suas telas para seus patrocinadores no México. Rosenberg lembra que Rivera "sempre foi um de meus pintores mais prolíficos [...] [ele] produz cerca de cinco grandes telas por mês para mim, sem contar os esboços, os pastéis, as aquarelas etc." — e quando sua bolsa de estudos terminou, em 1914, ele era suficientemente respeitado para se manter com a venda de seus quadros.

Agora que ele havia conquistado ingresso nos círculos mais badalados do mundo artístico de Paris — agora que era amigo de Picasso, o mestre criador do Renascimento Moderno — Rivera passou a usar suas origens exóticas e as lendas mitológicas que ele contava a respeito de si mesmo para atrair as pessoas para seu ateliê e, quando já ali, chocá-las ou entretê-las. Ele se distanciou do México e de sua família e começou a se referir a seus pais burgueses com um desprezo que foi se tornando cada vez mais fantasioso e desdenhoso com o passar do tempo. Suas cartas de Paris falam das visitas-surpresa de sua mãe com uma mistura de desdém e hilaridade, e ele e Beloff diziam brincando que tinham de se esfalfar para conseguir uma passagem de navio e mandá-la de volta para casa. Quando sua mãe o visitou na Espanha em 1915 — ela achava que vivendo ali podia fugir de seu casamento e do México e trabalhar como parteira na Europa —, ele providenciou para que o governo espanhol a repatriasse contra a vontade.

Rivera estava redefinindo a si mesmo, mas continuava vivendo num casamento convencional com Beloff, de maneira que, quando ela engravidou em 1915, ele suplementou suas credenciais de artista, iniciando um caso com Marievna Vorobiev. Beloff se mudou com o bebê, quando ele nasceu, mas aceitou Rivera de volta quando seu interesse por Vorobiev diminuiu e não rompeu o relacionamento quando ele continuou por um tempo se encontrando com a mulher mais jovem. Mas mesmo quando ele finalmente parou de se encontrar com Vorobiev, foi apenas para começar um novo caso com Maria Smvelowna-Zetlin, uma russa conhecida por colecionar artistas assim como colecionava seus quadros. Quando Rivera começou a ter amantes com uma extravagância atrevida, ele estava também afirmando sua independência em outros sentidos, chegando às vezes a uma insensibilidade que beirava a crueldade. Em 1918, enquanto seu filho Dieguito estava morrendo de pneumonia no apartamento gelado onde ele e Beloff moravam, ele ficava até tarde em cafés com amigos, deixando Beloff sozinha com a criança moribunda. Quando a própria Vorobiev deu à luz uma menina, Marika, em 1919, ele se recusou a reconhecer a filha, embora tenha continuado ocasionalmente a lhe enviar dinheiro pelo resto da vida.

Quando Rivera foi finalmente condenado por sua infidelidade, foi por sua arte e não por seus relacionamentos, pois, após a Primeira Guerra Mundial, o próprio Cubismo passou por uma crise de identidade e, enquanto Paris se polarizava entre os campos cubista e anticubista, Rivera foi acusado de usar técnicas cubistas criadas por outros pintores — para obter lucros e em favor de seu próprio desenvolvimento artístico. Os artigos que eram publicados e os confrontos acalorados e, até mesmo, uma briga a socos só serviram para aumentar a fama de Rivera, mas ele finalmente abandonou a controvérsia. Em suas memórias, Beloff lembra que, certo dia, quando Rivera viu um monte de pêssegos maduros, ele exclamou com asco: "Olhe para essas maravilhas, e nós brigando por tais *bagatelas* e absurdos".

Se Rivera fora uma vítima das críticas que estavam separando o verdadeiro Cubismo dos imitadores cubistas, ele agora estava de volta a seu velho ponto de partida: apesar de talentoso, ele não tinha nenhum estilo para chamar de seu. Mas ele teve sorte na escolha de seu tempo, pois, em 1919, o México estava saindo da guerra civil e Álvaro Obregón, o novo presidente, iniciou uma cruzada para afastar as influências europeias e retornar aos valores e costumes tradicionais. A Primeira Guerra Mundial na Europa e a Revolução Comunista na Rússia pareciam pressagiar o colapso do capitalismo industrial e do modernismo europeu, enquanto as artes e a cultura indígenas do México prometiam tirar proveito da cultura industrial sem sucumbir às perversões do capitalismo europeu e americano. Esse movimento mexicanista foi influenciado por Gerald Murillo — que havia mudado seu nome para Dr. Atl, pintor que havia precedido Rivera por dez anos em seus estudos na Academia San Carlos e depois também na Europa. O Dr. Atl havia retornado ao México em 1914 para estudar e depois promover os murais dos antigos índios mexicanos, e agora que a revolução havia acabado, como diretor do Instituto de Belas-Artes, ele advogava em favor dos projetos de murais nas novas escolas e nos prédios públicos que estavam sendo construídos por todo o país. Ao mesmo tempo que Rivera estava sendo criticado como um intruso no Cubismo europeu, ele foi cortejado por Obregón, Atl e outros como um recurso artístico mexicano. Ele dera as costas para o México em 1907 e, de novo, em 1910, mas agora o movimento mexicanista era mais do que uma oportunidade para encomendas: era também a oportunidade de tratar sua ampla formação acadêmica — como também sua experiência altamente profissional enquanto cubista — como uma mera preparação para pintar os murais que ele chamaria de sua verdadeira arte.

Em 1920, pintores, escritores, fotógrafos e intelectuais estavam acorrendo aos bandos para o México, onde o governo estava financiando os projetos públicos de arte que seriam úteis na cultura que fazia uso do maquinário moderno e dos coletivos de trabalhadores para mantê-los ligados à terra e dar-lhes uma liberdade sem precedente, além da integridade e da beleza nativas. Nessa nova sociedade, a pintura de cavalete seria relegada à história do passado burguês enquanto a arte passaria a fazer parte da vida cotidiana dos trabalhadores. Muitos críticos de arte, inclusive o amigo e mentor de Rivera, Élie Faure, estavam fazendo previsões revolucionárias quanto ao futuro da arquitetura e das artes arquitetônicas como os murais. Quando Rivera descreveu sua visão da pintura de murais em sua autobiografia, ele fez ressoar as previsões de Faure:

> Eu antevia uma nova sociedade na qual a burguesia desapareceria e seus gostos, nutridos pelas sutilezas do cubismo, futurismo, dadaísmo, construtivismo, surrealismo e outros ismos, deixariam de monopolizar as funções da arte.
> A sociedade do futuro seria uma sociedade de massas. E esse fato apresentaria problemas totalmente novos. O proletariado não tinha gosto, ou melhor, seu gosto havia sido nutrido pelo pior alimento estético, os próprios restos e migalhas que haviam caído das mesas da burguesia.
> Um novo tipo de arte se faria, portanto, necessário, um que apelasse não diretamente aos sentidos de forma e cor dos espectadores, mas que se destacasse por seus temas interessantes. A nova arte tampouco seria uma arte de museu ou galeria, mas uma arte à qual o povo teria acesso, em lugares frequentados por ele em sua vida cotidiana — agências de correio, escolas, cinemas, estações ferroviárias, prédios públicos.

Tão logo Atl, Faure e outros conseguiram convencer Rivera de que os murais seriam a arte do futuro, ele viajou para a Itália, onde permaneceu de dezembro de 1920 a abril de 1921, estudando afrescos, e, então, retornou ao México, onde passou a trabalhar para José Vasconcelos, o ministro a cargo dos projetos de murais. Seu primeiro mural era mais universal do que mexicano em seus temas e cores, mas durante a viagem de 1921 à Península de Yucatán, ele testemunhou uma celebração de escravos libertos, que deu a ele tanto temas indígenas como comunistas para a sua obra e, numa parede da Escola Preparatória, ele começou a pintar uma visão diferente da cultura mexicana, celebrando o mexicanismo num sistema de cores e formas que era exclusivamente seu.

Pintar murais no México deu a Rivera novas oportunidades técnicas: paredes curvas e imensos espaços que eram enormemente mais complexos do que a pintura de cavalete na qual ele sempre havia se sobressaído. Também deu a ele outro novo papel a cumprir, pois, como pintor de afrescos, ele precisava de uma equipe de assistentes para preparar a parede, misturar o gesso, misturar as cores e aplicar as camadas de gesso preparatórias durante a noite, bem como equipes de modelos e visitantes que ficariam à sua volta enquanto ele dedicava o dia inteiro à pintura. A natureza coletiva e participativa da pintura de murais permitiu que Rivera proclamasse que estava trabalhando para as massas como um trabalhador entre outros trabalhadores, mas, ao mesmo tempo, ele tinha total responsabilidade e controle sobre o desenho e a execução do mural. Muitas vezes Rivera se mostrava ambíguo, pois, enquanto proclamava que os murais pertenciam ao povo, ele também repetidamente desdenhava tanto a opinião pública como seus patrocinadores ao incluir temas, retratos e figuras controversas.

Como havia se tornado o pintor das massas mexicanas, Rivera entrou para o Partido Comunista Mexicano em 1922 e começou a usar o jargão da luta de classes ao descrever seu propósito como artista, embora ele mesmo ainda não se submetesse ao partido político e continuasse a se declarar independente. Com os muralistas Fernando Leal, David Alfaro Siqueiros e Xavier Guerrero, ele fundou o Sindicato dos Trabalhadores Técnicos, Pintores e Escultores, uma agremiação independente dentro do partido. Apesar de afirmar seu compromisso para com o corporativismo, Rivera muitas vezes assumia seus projetos, pintando com tanta eficiência e rapidez que ocupava as paredes que haviam sido designadas a outros muralistas e, com isso, chegou a ganhar fama de afastar assistentes ambiciosos, a quem ele havia prometido paredes para eles próprios pintarem. Rivera podia pintar seus murais a preços de pintura de paredes, mas ele suplementava sua renda com lucrativas pinturas de cavalete e continuava sendo uma celebridade, cujos projetos eram acompanhados de perto pela imprensa. Entretanto os projetos de murais nem sempre eram populares, e quando os trabalhos de Rivera e outros muralistas começaram a ser alvo de atos de vandalismo e protesto, Rivera começou a andar armado. Ele dizia que precisava se proteger de tentativas de assassinato, mas seu revólver, seu cinturão de cartucheira e seu chapéu Stetson de abas largas davam uma ênfase dramática aos pronunciamentos políticos radicais e às histórias fabulosas que ele contava de cima dos andaimes.

Desde que se tornara amigo de Picasso em Paris, Rivera vinha afrontando ou encantando as pessoas com suas histórias, mas, quando se tornou um dos mais proeminentes muralistas do México, ele passou a contar histórias ainda mais extravagantes sobre as aventuras que havia vivido a uma audiência composta de assistentes, modelos e espectadores. Suas histórias eram na maioria das vezes deliberadamente inventadas e qualquer pessoa que tivera alguma familiaridade com sua infância sabia disso, mas nem por esse motivo ele deixava de contá-las, atribuindo a si mesmo o papel de heroico capitão do mar, de revolucionário comunista ou de profeta rebelde. A mulher de um de seus assistentes diria mais tarde: "Havia algo de hipnotizante nele. Mesmo quando sabia que ele estava inventando, você continuava ouvindo-o". Mais tarde, Kahlo descreveria para uma retrospectiva de Rivera: "As suas supostas mentiras", ela escreveu, estão em relação direta com a sua imaginação extremamente fértil, ou seja, ele mente tanto como os poetas ou as crianças que ainda não foram idiotizadas pela escola ou por suas mães. Eu o ouvi contar todo tipo de mentira, desde as mais inocentes até as tramas mais complicadas envolvendo personagens que sua imaginação combina em situações e atitudes fantásticas, sempre com muito senso de humor e um maravilhoso senso crítico, mas nunca ouvi dele uma mentira que fosse estúpida ou banal.

Se Rivera reinventava a sua infância em suas histórias, foi por carta que ele terminou com Angelina Beloff assim que retornou ao México. Em Paris, ele havia dito a ela que iria para o México antes e depois mandaria buscá-la, mas, quando telegrafou para dizer que ela fosse, esqueceu-se de mandar-lhe dinheiro, e ela não tinha como viajar. Nenhuma das cartas que restaram de Rivera sugere qualquer escrúpulo de sua parte para abandonar Beloff, mas, traumatizada, ela suplicou a ele em 1922:

> Eu me tornei espantosamente "mexicanizada" [...] parece-me que me sentirei consideravelmente menos estrangeira estando com você do que me sentiria em qualquer outro país. O retorno ao meu próprio país é definitivamente impossível não devido aos eventos políticos, mas sim porque não consigo me encontrar entre meus compatriotas.

Na mesma carta, ela chegou a propor-lhe que ele ficasse livre:

> Muitas vezes, eu penso, também, que talvez as supostas dificuldades e complicações de uma vida *à deux* sejam mais assustadoras para você do que o fantasma de certa responsabilidade imaginária possa detê-lo. Eu tenho pensado muito nisso, mas acredito que em seu país, onde nunca vivemos juntos, cada um de nós poderia criar uma vida para si mesmo, na qual um não daria mais ao outro do que se está disposto a dar. Eu imagino que ganhando o meu próprio sustento na medida do possível (e consequentemente estando bastante ocupada) e você trabalhando como está atualmente, nós poderíamos nos encontrar, com um pouco de boa vontade de ambas as partes, numa base comum a ambos, e unicamente nessa base.

Beloff continuou em Paris por muitos anos ainda e, embora ela tenha se mudado para o México posteriormente, existe apenas o registro de um encontro entre eles, mas não antes de ela já ser uma mulher idosa, quando ela pediu a Rivera que assinasse alguns dos quadros dele que ela havia adquirido.

Depois de ter apagado o passado e se acomodado no México, Rivera começou a ter intimidade com uma de suas modelos, Guadalupe Marín, que o fotógrafo Edward Weston descreveu como "alta, de postura altiva, quase arrogante, seu andar parecia o de uma pantera". Lupe, como era chamada, vinha de "uma família de respeitabilidade burguesa", nas palavras do biógrafo de Rivera, Patrick Marnham, mas Rivera estava pintando-a como Mulher (nua) e como Canção (num roupão vermelho) em seu mural Criação na [escola] Preparatória. Com uma personalidade mais próxima ao temperamento colérico de Vorobiev do que ao de paciente tolerância de Beloff, Marín era intuitiva, espontânea e disposta a destruir uma tela para marcar sua posição. Rivera a descreve em sua autobiografia como

um animal dotado de um espírito maravilhoso, mas seu ciúme e sua possessividade deram à nossa vida em comum uma intensidade febril desgastante. E eu, infelizmente, não era um marido fiel. Estava sempre encontrando mulheres desejáveis demais para resistir. As brigas por causa dessas infidelidades se transformavam em brigas por qualquer coisa. Cenas assustadoras marcaram a nossa vida juntos.

Uma noite, por exemplo, Lupe serviu-me um prato de fragmentos de estatuetas de alguns ídolos astecas que eu havia acabado de comprar. Ela explicou que, como eu havia gastado meu dinheiro com aqueles ídolos, não havia sobrado nada para comprar comida.

Tanto defensores como críticos são unânimes em reconhecer a imaginação fértil e potente com que Rivera enfrentava a intensidade de Marín. Depois de seu mural *Criação* de 1922 — e em seguida com *Os Banhistas de Tehuantepec*, que demonstraram o mexicanismo convincente pelo qual ele ficaria conhecido —, Rivera se ocupou muito com murais. Ele se tornou o muralista preferido de Vasconcelos e, à medida que seu trabalho passou a ser acompanhado mais de perto, ele se tornou de tal maneira um herói da cultura mexicana que, quando começou a usar seiva de cacto para fixar as tintas em seus afrescos, ele foi celebrado por ter "redescoberto um dos antigos segredos dos astecas!". Mesmo em meados da década de 1920, quando os murais de Rivera e, em geral, todo o projeto dos murais haviam se tornado símbolos do governo agora impopular de Obregón — época em que seus murais foram mutilados e seu trabalho foi atacado pela imprensa —, mesmo quando outros muralistas pararam de pintar depois de Vasconcelos ter sido obrigado a deixar o cargo em 1924, Rivera procurou agradar os novos ministros e continuou a pintar no Ministério de Educação, além de desenvolver outros projetos.

Rivera ganhou a reputação de trabalhador incansável — trabalhando por muitas horas nos andaimes e depois fazendo aquarelas e pinturas a óleo à noite, entre uma e outra reunião política —, mas continuou alimentando também sua reputação de "sedutor incorrigível", embora Marín levasse uma "refeição quente" para ele nos andaimes para afastar outras mulheres. Essa medida era eficiente enquanto Rivera estava pintando na capital, mas quando Marín engravidou, em 1926, ele aceitou a incumbência de pintar um mural na capela profanada de Chapingo, nos arredores da Cidade do México, e ali iniciou um caso com Tina Modotti, que havia conquistado fama como modelo do fotógrafo Edward Weston.

Modotti havia permanecido no México depois de Weston voltar para os Estados Unidos e havia se tornado fotógrafa e personalidade local. Modotti havia feito amizade tanto com Rivera como com Marín, mas mais do que por uma dupla traição — pelo marido e pela amiga —, Marín se sentiu ofendida quando Rivera deu a Modotti um lugar proeminente no mural da capela de Chapingo. Ela e Rivera brigaram e se separaram, mas o caso com Modotti durou até junho de 1927, pouco depois de Marín dar à luz o segundo filho do casal. Como Marín não retornou ao casamento, Rivera deixou o México por quase um ano, aceitando um convite para ir a Moscou como convidado de honra para o décimo aniversário da Revolução de Outubro de 1917. (A caminho da Rússia, ele passou por Paris, mas não existe nenhuma evidência de que tenha se encontrado com Beloff ou Vorobiev.)

Rivera havia sido convidado para ir à Rússia como um proeminente pintor comunista, mas não conseguiu suprimir sua independência artística, e quando Stalin apertou o cerco contra os dissidentes — Rivera ainda estava na Rússia quando Trotsky foi exilado em janeiro de 1918 —, ele se ligou a um grupo de artistas dissidentes e escreveu uma carta que apareceu na revista de oposição *Revolution and Culture* [*Revolução e Cultura*]. Embora suas opiniões tenham resultado em sua expulsão da Rússia, o incidente não afetou sua fama quando ele retornou ao México em junho de 1928 — pelo contrário, reforçou sua autenticidade como artista livre-pensador que estava disposto a se pronunciar contra o totalitarismo.

O casamento de Rivera com Lupe Marín havia acabado por ocasião de seu caso com Tina Modotti e, em seguida, sua partida para a Rússia, mas agora que estava de volta ao México, ele estava livre para ter amantes quando bem lhe aprouvesse. Ele continuou a sustentar Marín e os dois filhos que tinha com ela

— e ocasionalmente também enviava dinheiro para Vorobiev para o sustento de Marika —, mas com 42 anos ele se encontrava num momento de transição em sua carreira de pintor. Depois de terminar os murais da escola Preparatória em novembro de 1928, ele fez uma pausa em seu trabalho de pintor — ele podia se permitir isso, uma vez que seus quadros de cavalete estavam sendo expostos em Los Angeles e Nova York — e no inverno de 1928-1929 ele trabalhou para a campanha presidencial de José Vasconcelos. Ele vinha pintando, expondo e vendendo quadros havia quinze anos e sua reputação — como artista, como personalidade e como comunista — estava consolidada tanto no México como internacionalmente. Faltava-lhe responder à pergunta que esclareceria de que forma e onde ele trabalharia, mas agora ele estava em condições de escolher o que lhe desse as melhores oportunidades para se expressar artisticamente — além de ter mais possibilidade de exercer sua liberdade erótica.

III.

No final de 1928, quando Rivera retornou da Rússia e começou a trabalhar na campanha [presidencial] de Vasconcelos, uma das belas jovens que ele conheceu nos círculos comunistas e salões frequentados por artistas foi Frida Kahlo, que tinha na época 21 anos e também era pintora. Kahlo havia acabado de passar três anos se recuperando do acidente que sofrera e que a deixara mutilada, mas também estivera se recuperando do término da relação de quatro anos com seu namorado, Alejandro Gómez Arias. A ruptura havia deixado Kahlo arrasada — além de extremamente debilitada pelo acidente e das muitas lesões que havia sofrido —, mas ela estava compensando ambas as perdas sofridas com uma nova vida social e atividades políticas. De acordo com todas as versões, ela levava sua nova vida com uma vivacidade que fazia de cada dia com saúde uma celebração: um crítico de arte surrealista descreveu mais tarde "seu talento teatral e sua alta excentricidade. Ela estava sempre conscientemente desempenhando um papel e seu exotismo atraía imediatamente as atenções".

Não é preciso dizer que esse não era um comportamento típico de uma jovem de família de classe média, mas Kahlo havia abandonado os valores de sua família. Ela nunca chegou a escrever um esboço biográfico substancial de sua família ou de sua infância, mas sabemos que seus pais vinham de culturas muito diferentes e, assim como o de Rivera, seu pai era um imigrante judeu alemão e sua mãe era mexicana e católica. O pai de Kahlo havia nascido em 1872, como Wilhelm Kahlo, de pais judeus húngaros na Alemanha. Ele fora obrigado a deixar a escola em Nuremberg aos 18 anos depois de sofrer uma lesão no cérebro que o deixou epiléptico; quando sua mãe morreu e seu pai voltou a se casar com outra mulher, ele se desentendeu com eles, foi para o México em 1891 e mudou seu nome para Guillermo. Seus pais haviam tido uma joalheria em Baden-Baden e, no México, ele voltou a trabalhar numa joalheria. Ele se casou e teve duas filhas, mas sua mulher morreu e ele se casou de novo, dessa vez com a mãe de Frida, Matilde Calderón y González, que era filha de um general espanhol e fotógrafo indígena mexicano. Com o equipamento do pai de sua mulher, Guillermo deixou a joalheria e, com os contatos da família materna de Matilde, ele recebeu o encargo de fotografar em 1904 a herança arquitetônica do México para as celebrações de seu aniversário em 1910.

Guillermo e Matilde tiveram quatro filhas — e um filho, que morreu ainda bebê antes de Frida nascer em 1907. Frida era a terceira dos filhos sobreviventes e depois veio Cristina, a última, em 1909. Guillermo e Matilde haviam prosperado com a Casa Azul, fundada em 1904, a casa que Guillermo construiu em Coyoacán, na periferia da Cidade do México, mas quando irrompeu a Revolução Mexicana, em 1910, Kahlo perdeu as encomendas lucrativas dos aristocratas e altos funcionários do governo. A Casa Azul ficava próxima de um dos campos de batalha e, quando criança, a própria Kahlo testemunhou tiroteios do lado de fora de sua casa. Mas a família Kahlo sentiu mais intensamente os efeitos da Revolução no declínio de sua situação financeira, e Guillermo e Matilde se retraíram respectivamente, ele no ateísmo germânico pessimista e ela no catolicismo mexicano.

As irmãs de Frida não foram enviadas à escola, mas, quando seu pai incentivou sua ambição de se tornar médica, não foi por gostar dela e querer que ela tivesse uma profissão, mas porque ele achava que ela teria dificuldade para se casar em consequência de sua perna atrofiada. Frida assumiu o papel de uma possível assalariada — ela até aparece vestida de homem num retrato da família — e capaz de proteger-se de suas frustrações — pela poliomielite, pelas perdas financeiras da família e pelas esperanças de casamento —, e passou a afetar uma personalidade ousada e irreverente que fez dela a *novia* do líder dos Cachuchas.

As cartas trocadas entre eles não deixam claro se Kahlo e Arias esperavam se casar — Kahlo simplesmente se prostrou diante dele e se refugiou do conflito entre irreverência e adoração. Mas se Kahlo já não estava disposta a ser desposada em consequência da poliomielite, o acidente de ônibus que sofreu em 1925 acabou com qualquer possibilidade de ela vir a levar uma vida normal, e agora seu próprio corpo havia se tornado um obstáculo e impedimento para sua relação com Arias. Sua família foi para a Cidade do México cuidar dela enquanto estivesse no hospital — até mesmo sua irmã expulsa de casa, Mati, a visitava quando seus pais não estavam —, mas, quando Kahlo foi para casa, ela teve que continuar imobilizada por mais dois meses, o que a deixava irritada. Ela começou a pintar na cama, mas a pintura não lhe trazia nenhum consolo: dentro de um mês ela escreveu para Arias, que também estava se recuperando dos próprios ferimentos, dizendo que estava "começando a se acostumar com o sofrimento", e suas cartas começaram a repetir o refrão: "Eu não tenho outra escolha senão suportá-lo".

O acidente não apenas piorou a situação financeira da família — ele pesou sobre o próprio senso de família de Kahlo. "Ninguém em minha casa acredita que eu esteja realmente doente", ela escreveu para Arias, "uma vez que não posso nem dizer isso porque minha mãe, que é a única que se aflige um pouco, fica doente, e eles dizem que eu mesma sou a culpada, por ser muito imprudente, de maneira que eu, e ninguém mais, sou a única a sofrer". Para aumentar sua desgraça, a casa de seus pais ficava a uma hora de ônibus de seus amigos libertinos e suas travessuras irreverentes, e atitudes revolucionárias não eram bem-vindas na casa dos Kahlo. Ela tinha que suplicar a Arias que fosse vê-la e, em muitas de suas cartas, se queixava de ter sido definitivamente abandonada. Muito preocupada com sua situação, com as despesas médicas e as finanças de sua família — e também com a saúde de seus pais —, Kahlo desenvolveu uma sensibilidade aguçada ao próprio corpo e a todas as suas dores. Ela não confiava nos médicos, pois nada do que eles faziam aliviava suas dores, mas seu corpo curava-se por si mesmo e, depois de três meses de recuperação, Kahlo pôde ir à Cidade do México e começar a realizar alguns trabalhos por meio período que a ajudariam a pagar as despesas médicas. Seu relacionamento com Arias pareceu desencadear a crise quando ele descobriu que ela teve um caso com Fernández, mas sua reconciliação não foi suficientemente forte para sobreviver ao fato de as lesões de Kahlo obrigá-la a ficar encerrada de novo dentro da casa dos pais, além de amordaçada por uma sucessão de coletes ortopédicos de gesso. Com a partida de Arias para a Europa em 1927, a relação chegou ao fim.

No final de 1927, fazia dois anos que Kahlo estava vivendo encerrada em um colete ortopédico após outro, fosse de gesso ou de aço, e ela chegou a um ponto crítico: em suas cartas ela passou a expressar o desejo de que preferia morrer se não começasse a melhorar. Enfim, ela melhorou o suficiente para acreditar que poderia suportar a dor e preferiu a invalidez e uma vida de sofrimento constante à morte. Ela foi compensada com uma nova visão que a deixou deprimida, mas também mais sensível ao mundo. Em setembro de 1927, ela escreveu para Arias na Europa:

Por que você estuda tanto? Que segredos você está procurando desvendar? A vida vai revelá-los a você subitamente. Eu já sei tudo, sem ler nem escrever.

Há pouco, parece que apenas alguns dias atrás, eu era uma menininha que andava por um mundo de cores, de formas fixas e tangíveis. Tudo era misterioso e ocultava algo: eu tinha prazer em decifrar, em aprender, como se fosse um jogo. Ah, se você soubesse como é terrível de repente saber tudo, como se o brilho de um relâmpago iluminasse a Terra. Agora eu vivo num planeta doloroso, transparente como o gelo, mas que não esconde nada, é como se eu tivesse aprendido tudo de uma vez em apenas um segundo. Minhas amigas, minhas companheiras, aos poucos se tornaram mulheres, eu me tornei adulta em apenas alguns instantes e agora tudo é lógico e claro. Eu sei que não há nada por detrás, se houvesse, eu veria.

Exasperada com os médicos cujos tratamentos dispendiosos nunca lhe traziam alívio, desolada diante do abandono e de seu corpo mutilado, Kahlo aprendeu primeiro a confiar em si mesma. Sua perna e sua coluna diziam a ela o que podia e o que não podia fazer e, com a ajuda de analgésicos e de álcool, na maioria das vezes, ela podia dar uma volta. Quando queria afirmar sua independência, ela ia além do que seu corpo permitia — mesmo que tivesse que, em consequência, ser confinada de novo.

Kahlo, no entanto, não se consolava apenas com bebidas e atitudes ultrajantes. Ela havia começado a ocupar o tempo que passava na cama pintando retratos de si mesma e de seus familiares; mais tarde, ela explicaria numa carta:

Desde aquela ocasião [do acidente] minha obsessão era recomeçar a pintar as coisas exatamente como eu as via com meus próprios olhos e nada mais... Assim, como o acidente mudou o rumo de minha vida, muitas coisas me impediram de realizar os desejos que todo mundo considera normais, e para mim nada parecia mais normal do que pintar o que não havia sido realizado.

Ela pintou mais a si mesma do que qualquer outra pessoa — "porque passo a maior parte do tempo sozinha, porque sou o tema que mais conheço", ela disse —, mas suas pinturas também refletem uma sensibilidade artística recém-desperta que ela jamais havia estudado formalmente, nem mesmo como aprendiz do professor de gravura. Seus autorretratos revelam a influência de Botticelli — cuja Vênus flutua em sua própria plácida perfeição, sobre pernas que não estão posicionadas para sustentá-la —, como também de Modigliani, cujas figuras alongadas também são livres de existência física. Ela extraiu da obra apocalíptica de William Blake e de Hieronymus Bosch, e da arte local dos *retablos*, as pinturas em minúsculos pratos de lata que os católicos mexicanos encomendavam para manifestar sua gratidão por graças recebidas. Combinando essa forma de arte popular com a mais burguesa e pessoal do autorretrato, as pinturas de Kahlo representavam o eu que suportava seus sofrimentos e, ao mesmo tempo, o eu que fazia rituais de preces e até mesmo tentava profetizar sua sobrevivência de agonias das quais nada até então havia podido salvá-la.

Depois de passar todo o tempo de confinamento pintando, Kahlo fez novos amigos na ausência de Arias. Tornou-se amiga próxima de Germán de Campo, que era amigo do amante de Tina Modotti, Julio Antonio Mella, e agora que finalmente podia sair, ela começou a frequentar o salão de Modotti. Durante todo o ano de 1928, Kahlo trabalhou com Modotti, De Campo e Mella na campanha presidencial de José Vasconcelos e também participou de protestos e manifestações para tornar a universidade independente do governo, causa que seria ganha em 1929, depois de Vasconcelos ter sido derrotado pelo fantoche do ditador Calles, Pascual Ortiz Rubio.

Mas apesar de suas novas atividades políticas, faltava ainda a Kahlo responder à pergunta relativa a sua vocação. Ela não ia mais à escola — e havia, portanto, abandonado seu plano de se tornar médica —, mas vinha pintando havia mais de dois anos e, como ainda existiam fundos para financiar as artes, ela chamou Diego Rivera — o mais famoso muralista do país — de cima de seus andaimes para pedir-lhe sua opinião sobre seus quadros e suas perspectivas.

IV.

O primeiro encontro de Rivera e Kahlo é cercado de mistérios, pois cada um deles contou o episódio diversas vezes em muitas diferentes versões — e ambos ficaram famosos por contá-lo de acordo com os desejos e as expectativas dos ouvintes. Mas é de consenso geral que eles se encontraram pela primeira vez no salão de Tina Modotti em 1928. Kahlo contou mais tarde que fora apenas depois de Rivera ter feito o gesto dramático de tirar uma fotografia durante uma discussão que ele havia chamado a sua atenção, embora Rivera tenha representado Kahlo, como uma militante distribuindo armas, num mural pintado por ele sobre a história política mexicana. Mas ela não era uma musa para ele, e Rivera a pintou totalmente vestida, usando o uniforme comunista, camisa vermelha com estrela vermelha e calças pretas. Conta-se que, quando Kahlo serviu de modelo para o mural dele, Rivera lhe teria dito que ela tinha cara de cão, mas que ela retrucou dizendo que era ele quem tinha cara de cão e passaria a chamá-lo pelo apelido de sapo-rã — *sapo-rana* em espanhol — durante todo o tempo de relacionamento deles. Quando Kahlo pediu a Rivera em 1929 que fizesse uma avaliação de seus quadros — e perguntou se ele achava que ela podia ganhar seu sustento com eles —, Rivera foi a casa dela dar sua opinião. Logo depois eles se beijaram e se casaram, de maneira que qualquer valor que ele tenha visto na pintura dela estava misturado com o valor que ele lhe atribuiu como objeto de seu desejo e, dali em diante, Kahlo jamais descreveu seus quadros como mais que um passatempo.

Os pais de Kahlo não ficaram nada felizes com aquele casamento, por Rivera ser 21 anos mais velho que Kahlo, que tinha na época apenas 22. Guillermo Kahlo fez questão de que Rivera soubesse que Frida era "*un demonio oculto*", além de inválida, mas, mesmo tendo permitido o casamento, conta-se que ele deixou a cerimônia civil depois de perguntar "Senhores, não é verdade que isto aqui não passa de uma representação?". A festa de casamento em si foi carnavalesca — pelo que se conta, Lupe Marín insultou Kahlo, Rivera de porre quebrou o dedo de um homem quando ele puxou e disparou o gatilho de seu revólver e Kahlo foi embora chorando —, mas, logo após o casamento, Rivera liquidou a hipoteca da Casa Azul e Marín se tornou amiga de Kahlo. Ela providenciou para que seu irmão fosse médico de Kahlo, ensinou-a a preparar os pratos preferidos de Rivera, solidarizou-se com ela ante as teimosias infantis dele e ajudou-a a suportar suas infidelidades.

Depois de ter atraído Rivera com suas pinturas, Kahlo parou de pintar nos meses seguintes ao casamento, enquanto se adaptava à agenda de trabalho e encontros do marido. Ela cozinhava para ele e administrava sua correspondência com patrocinadores e amigos e, quase imediatamente após o casamento, ela o ajudou a enfrentar uma grave crise. Por ter-se identificado com as correntes dissidentes e trotskistas no interior do Partido Comunista, Rivera passou a fazer oposição aos stalinistas mexicanos, que estavam tentando consolidar seu controle sobre as outras facções. Por suas ideias livres e seu comportamento imprevisível, Rivera havia se tornado um problema para o partido e, enquanto sua expulsão da Rússia havia aumentado sua reputação artística, quando foi expulso do Partido Comunista Mexicano em 1929, ele sofreu um duro golpe pessoal. Ele perdeu seu *status* na sociedade mexicana — e internacional — e também o contexto sobrepujante da luta de classes que havia dado a sua pintura o senso de propósito que ocultava suas peculiaridades de mulherengo e de boêmio. "Eu não tenho casa", ele escreveria mais tarde, "o Partido sempre foi minha casa". Kahlo continuava em boas relações com o Partido, mas acabou também o deixando por solidariedade, construindo um lar com sua família — de quem ela continuava próxima — e com Rivera.

Se Rivera não tinha mais casa, ele continuava tendo seus murais para pintar e, um mês depois de ter sido expulso do Partido Comunista Mexicano, ele recebeu a incumbência do embaixador dos Estados Unidos no México para pintar em

Cuernavaca. Em lugar da luta de classes entre proletariado e burguesia, Rivera passou então a pintar a expropriação dos índios mexicanos pelos europeus e seu mural de Cuernavaca transformou o Palácio de Cortés — que o próprio Cortés havia erigido ao triunfo sobre a derrota dos índios mexicanos — numa demonstração gráfica da crueldade e da força bruta dos dominadores espanhóis. Rivera correu certo risco ao pintar esse quadro — ele estava praticamente desfigurando o monumento ao triunfo e reescrevendo a história —, mas seus patrocinadores não intervieram e sua reputação de artista franco e ousado do mexicanismo ficou preservada na ausência de seu comunismo.

Kahlo viveu com ele em Cuernavaca enquanto ele pintou e seguiu o novo mexicanismo do marido com uma versão adaptada própria, pois agora, em lugar de usar o estrito uniforme comunista de camisa e calças de trabalhador, ela passou a usar a vestimenta tradicional tehuana, que Rivera idealizava. "As mulheres mexicanas não usam isto", Rivera escreveria mais tarde, "não pertencem ao povo, mas são mental e emocionalmente dependentes de uma classe estrangeira à qual não pertencem, ou seja, a enorme burocracia americana e francesa." A vestimenta tehuana que Kahlo passou a usar ocultava sua perna defeituosa — ela escreveria mais tarde que "Eu tenho que usar saias longas, agora que minha perna defeituosa é tão feia" —, mas isso foi para ela o que foi para Rivera seu retorno da Europa: permitiu que ela deixasse suas origens burguesas e, em seu lugar, se associasse com *las indígenas*, cuja identidade era culturalmente genuína e fisicamente robusta, uma vez que a região de Tehuantepec era reputada por ser governada por suas mulheres fortes.

Além de usar vestimentas tradicionais, Kahlo aprendeu a ser franca e direta, teatralmente mexicana, para afastar possíveis rivais, e cantava de maneira obscena e chamava atenção para si mesma, conquistando Rivera para si sempre que podia. Mas, apesar de todos os seus esforços, Rivera se recusava a abandonar suas aventuras extraconjugais. De Cuernavaca, ele ia com frequência à Cidade do México, onde mantinha relações com sua assistente americana Ione Robinson e com sua modelo Dolores Olmedo — que na realidade era de Tehuantepec. Rivera iniciou novos casos depois de concluir o mural de Cuernavaca e deixou o México no final de 1930. Quando ele foi para San Francisco pintar dois afrescos na Pacific Stock Exchange, ele também ali começou a ter um caso com sua modelo, a campeã de tênis Helen Wills Moody.

Kahlo fingia tolerar os casos de Rivera, e o assistente dele Bertram Wolfe a parafraseia em sua biografia de Rivera dizendo que por ele ter "grandes dons, era também dotado de uma grande indulgência". Mas embora ela dissesse "não estou nem aí", muitas vezes ela ficava magoada e passava, segundo Lupe Marín, por "noites de desespero", quando Diego não voltava para casa. Ela começou então a também ter seus próprios casos e, quando viajou para San Francisco com Rivera, ela teve um caso com Cristina Cassati, a italiana que era esposa de um dos assistentes dele, John Hastings, e também um caso secreto com Nickolas Muray, fotógrafo húngaro que ela voltaria a encontrar no final da década de 1930. Mas enquanto Rivera estava com outras mulheres, Kahlo também voltou a pintar e dedicou-se a fazer novos retratos — de si mesma e de Rivera, de Luther Burbank e do seu médico, o cirurgião Leo Eloesser.

Em primeiro lugar, Kahlo se dedicava a ser a esposa de Rivera e sua vestimenta e conduta teatralmente mexicanas, somadas aos sentimentos políticos contraditórios do marido — sua disposição de pintar a história indígena para os conquistadores —, transformaram o casal de pintores num pacote atraente aos patrocinadores americanos. Depois dos murais de Cuernavaca e da Pacific Stock Exchange, Rivera aceitou a incumbência lucrativa de fazer uma retrospectiva no Museu de Arte Moderna de Nova York em 1931. Por pintar murais em Nova York — no próprio coração do capitalismo —, Rivera foi criticado pelos marxistas como um vendido, enquanto os capitalistas americanos o viam como um comunista, mas o catálogo de abertura da retrospectiva no MoMA negligenciou seu envolvimento político dizendo que "a própria coluna vertebral de Diego é a pintura, não a política". Rivera disse que ele e Kahlo foram "homenageados em festas, jantares, recepções" e que, apesar de seu envolvimento político, compareceram ao *vernissage* no MoMA os mais ricos patrocinadores financeiros de Nova York, inclusive os Goodyear, os Rockefeller e os Bliss, além de celebridades como Edward G. Robinson, Greta Garbo, Hedy Lamarr, Paul Robeson e Georgia O'Keeffe.*

Depois da retrospectiva no MoMA, Rivera e Kahlo mudaram para Detroit em abril de 1932, onde Rivera recebeu mais de 20 mil dólares** para pintar murais no Detroit Institute of Arts. No momento mais profundo da Depressão, a reputação de Rivera era tão cobiçada pelos patrocinadores que, mesmo depois das enormes perdas que sofrera com o colapso financeiro de 1929, o filho de Henry Ford, Edsel Ford, pagou grande parte dos custos. Rivera recompensou-o com um mural otimista que representava a ingenuidade e o potencial de harmonia da cultura da máquina. Rivera ainda insistia numa perspectiva comunista — depois de uma visita às fábricas da Ford, ele escreveu que "Henry Ford tornou possível o trabalho do Estado socialista" —, mas ele já era então um artista internacional e

---

* Kahlo disse mais tarde que ela e O'Keeffe haviam sido íntimas por parte dessa ocasião, mas, afora essa declaração de Frida, não existe nenhuma evidência de tal encontro.
** Aproximadamente 300 mil dólares em 2011.

sua obra não era explicitamente política, uma vez que retratava uma visão otimista dos possíveis benefícios da indústria.

Agora que Rivera estava aceitando encomendas lucrativas, Kahlo podia dar-se ao luxo de consultar batalhões de médicos que propunham uma série de soluções para as dores num de seus pés e nas costas. Muitos de seus tratamentos impunham novas cirurgias — mas muitas delas apenas complicaram ainda mais suas lesões e Kahlo ficou desanimada ao ver que seus problemas não melhoravam com os tratamentos e suas dores continuavam. Na cultura tecnológica da indústria americana — que seu marido estava celebrando —, dores como as dela deviam ser curadas por meio de tratamentos e equipamentos inovadores. O fato de continuar sofrendo só fez com que ela sentisse saudade do México, onde seu sofrimento não sabotava a cultura do progresso.

Enquanto Rivera estava pintando ou tendo encontros com patrocinadores ou amantes, Kahlo permanecia muitas vezes sozinha e sem nenhum propósito. Ela não precisava se sustentar, mas sua inatividade aumentava suas dores e decepções. No começo, ela ficou isolada por não dominar o inglês, embora em poucos anos ela escrevesse a patrocinadores e amigos num inglês razoável. Mas em sua solidão ela começou a colocar sua saudade de casa em quadros como *Meu vestido pendurado ali* — no qual pintou seu exótico traje tehuana sem que ela estivesse nele — e *Autorretrato na fronteira entre México e Estados Unidos*. Esses quadros excederam os autorretratos que ela havia pintado na cama, porque agora ela usava imagens simbólicas — muito à maneira de Rivera em seus murais — para retratar toda a sua situação cultural, não apenas sua aparência e seus sentimentos.

Enquanto Rivera pintava sua homenagem à cultura da máquina nos murais do Detroit Institute of Arts, Kahlo fez suas primeiras tentativas sérias de uma produção visceralmente própria. Tendo sofrido um aborto logo após o casamento, em 1930, ela voltou a engravidar quando chegou a Detroit em abril de 1932. Ela tinha então 25 anos e estava determinada a ter um filho — apesar de ter admitido numa carta a uma amiga que "Eu não acho que Diego esteja muito interessado em ter um filho, pois o que mais o preocupa é seu trabalho, e ele está absolutamente certo a esse respeito. Ter filhos vem em terceiro ou quarto lugar". Kahlo havia sido advertida de que poderia morrer no parto, mas agora seus médicos lhe diziam que ela poderia parir por meio de uma cesariana. Seus médicos só podiam lhe prometer isso, no entanto, se ela se abstivesse do álcool e fizesse repouso absoluto e, como não seguiu nenhuma dessas recomendações, ela acabou provocando o aborto que ocorreu em julho: ao voltar para casa depois do trabalho, Rivera encontrou-a numa poça de sangue.

"Eu estava tão empolgada com a perspectiva de ter um pequeno Dieguito que chorei muito", ela escreveu numa carta, "mas agora que tudo acabou, não há nada a fazer senão suportar... Afinal, existem milhares de coisas que permanecem envoltas em total mistério." Para compensar a perda e penetrar nesse mistério, ela adquiriu um livro médico ilustrado e pintou o [quadro] *Hospital Henry Ford*, mostrando-a na cama, com uma série de cordões umbilicais ligados a um feto, a um modelo médico, a uma lesma, a um osso pélvico e a uma máquina. Ela também pintou o quadro *Meu nascimento*, no qual representou sua própria cabeça de adulta emergindo de entre as pernas de sua mãe. Rivera elogiou a coragem de Kahlo e, para promover seus quadros, ele anunciou que "nunca antes uma mulher expôs tal agonia poética numa tela como Frida fez aqui em Detroit".

V.

Logo após o aborto que sofreu em 1932, Kahlo foi chamada a voltar ao México — sua mãe estava doente e ela chegou apenas alguns dias antes de ela morrer. Sozinho em Detroit — trabalhando incansavelmente para concluir os murais a tempo de iniciar outra encomenda em Nova York e depois mais outra em Chicago —, Rivera empreendeu uma dieta drástica de frutas cítricas e perdeu por volta de 45 de seus 137 quilos, apesar de essa dieta ter lhe causado problemas renais e glandulares que o afligiriam até 1936, quando seus médicos acabaram prescrevendo que ele deveria "reinflar-se e sob hipótese alguma voltar a desinflar".

Em março de 1933, depois do enterro de sua mãe, Kahlo voltou a se reunir com Rivera em Detroit e eles viajaram juntos para Nova York, onde os Rockefeller haviam encomendado um mural num dos dezenove arranha-céus que eles estavam construindo em Midtown Manhattan. Rivera havia encontrado uma ouvinte sensível e politicamente tolerante em Abby Rockefeller, a esposa de John D. Rockefeller, mas pode ter sentido alguma pressão a fazer alguma declaração política, porque seu amigo muralista mexicano David Siqueiros havia acabado de ser banido de Los Angeles no final de 1932 por atacar o imperialismo americano. É possível que, depois de ter homenageado o processo industrial em Detroit, ele tenha sentido necessidade de afirmar suas referências comunistas no coração do capitalismo, mas, independentemente de seus motivos, quando os patrocinadores viram o retrato de Lenin que ele havia pintado — num mural que decorava a entrada de um prédio repleto de clientes capitalistas —, eles alegaram que ele havia desrespeitado o contrato e o demitiram juntamente com seus assistentes enquanto trabalhavam em cima dos andaimes. Durante a controvérsia em torno dos murais de Detroit, o próprio Edsel Ford havia defendido Rivera e uma delegação de trabalhadores até havia ficado de vigília para proteger a obra de vândalos, mas, em Nova York, Rivera não teve ninguém para protegê-lo, e sua proposta tíbia de contrabalançar a cabeça de Lenin com um busto de Lincoln foi rejeitada. Ele próprio não estava em condições de fazer concessões, porque seus assistentes eram todos comunistas assumidos e ameaçaram entrar em greve se ele alterasse o retrato de Lenin. O mural foi abandonado e acabou sendo destruído no início de 1934, e com sua destruição Rivera perdeu sua reputação de ultrajante muralista em voga. E, mais importante, aos 46 anos de idade, no auge de sua carreira, ele perdeu sua capacidade de obter verbas altas para suas obras controversas, quando a encomenda para pintar na World's Fair de Chicago foi cancelada em consequência dessa controvérsia.

Kahlo tomou o partido de Rivera no desastre do prédio da RCA, mas ela estava se sentindo muito infeliz em Nova York e pressionou Rivera para que voltassem para o México. Rivera tinha achado que a indústria moderna de Nova York lhe proporcionaria os elementos figurativos indispensáveis para ele profetizar uma nova ordem mundial, mas quando, com a pintura de Lenin no mural do prédio da RCA, ele atraiu para si a fatalidade e acabou concordando em voltar para o México, sua assistente Lucienne Bloch disse que "ele acha que precisa voltar para lá pelo bem de Frida, porque ela está muito farta de Nova York". Rivera e Kahlo deixaram definitivamente Nova York em dezembro de 1933 e voltaram, praticamente com os bolsos vazios, ao México — onde, Kahlo escreveu, "as pessoas [...] sempre respondem com obscenidades e piadas sujas... É só [Rivera] chegar para elas começarem a atacá-lo nos jornais".

Rivera estava infeliz por voltar para casa. Sua saúde continuava precária em consequência de sua extremada perda de peso, e ele não pintou enquanto se recuperava, mas não lhe agradava ter de se submeter aos cuidados de Kahlo. Ele já a culpava por suas frustrações, mas, para se rebelar contra seus cuidados, ele iniciou um caso com Cristina, a irmã mais nova de Frida. Cristina era a irmã com quem Frida tinha mais proximidade — e que havia cuidado dela depois do acidente —, mas desde que fora abandonada pelo marido, em 1930, ela tomava conta dos filhos sozinha na Casa Azul e Rivera logo percebeu que ela era receptiva a seus assédios. Se Kahlo havia até então tolerado os casos de Rivera, agora, como havia ocorrido com Beloff e Marín, ela se sentiu duplamente traída, e quando ele instalou Cristina num apartamento — e depois comprou uma casa para ela em Coyoacán —, Frida e Rivera se separaram no final de 1934. Eles haviam acabado de construir uma casa juntos — iniciada em 1931, a casa San Angel era, na realidade, formada por duas casas, interligadas por uma ponte —, mas Frida encontrou um apartamento no centro da Cidade do México para ela mesma morar com um de seus macacos-aranha. Depois do desastre envolvendo o mural da RCA, Kahlo não havia pintado nada em 1934 — estivera sofrendo sua própria crise em consequência de outro aborto e duas outras internações —, mas em 1935 ela transformou suas emoções em quadros que marcaram um novo rumo em sua pintura: um *Autorretrato*, no qual ela aparece em traje ocidental e cabelo encaracolado incomumente curto; e *Uns quantos piquetitos* — que representava uma cena que ela havia montado a partir de notícias nos jornais, na qual um homem que havia esfaqueado vinte vezes a sua amante dizia ter apenas dado uns beliscõezinhos nela.

Separada de Rivera, Kahlo se sentia tão deslocada quanto Beloff havia se sentido quando Rivera retornou ao México em 1921. Ela escreveu em inglês para Bertram e Ella Wolfe (o assistente de Rivera e sua mulher, respectivamente):

Aqui no México eu não tenho ninguém. Eu tinha apenas Diego e os membros da minha família, que encaram o problema do ponto de vista católico, e eu estou tão longe das conclusões que eles tiram que não posso contar com nada deles. Meu pai é uma pessoa magnífica, mas ele passa dias e noites lendo Schopenhauer e não me dá a mínima atenção...

Qualquer tentativa de minha parte acaba se revelando ridícula e idiota. Ele quer manter sua total liberdade. Uma liberdade que ele sempre teve e também teria agora se tivesse agido com sinceridade e honestidade comigo; mas o que me deixa mais triste é que agora nem mesmo a amizade que costumava haver entre nós existe mais. Ele está sempre mentindo para mim e esconde de mim todos os detalhes de sua vida, como se eu fosse o pior de seus inimigos...

Mas agora eu percebo que não tenho nada mais do que qualquer garota desiludida no amor e abandonada pelo homem que ama; sou imprestável, não sei fazer nada. Não sou suficiente nem para mim mesma; minha situação me parece tão ridícula e tão idiota que vocês não podem imaginar quanto eu abomino e odeio a mim mesma. Eu desperdicei a melhor parte da minha vida vivendo às custas de um homem sem fazer nada a não ser o que eu achava que pudesse ajudá-lo ou ser-lhe útil. Eu nunca pensei em mim mesma e, depois de seis anos, a resposta dele é que a fidelidade é uma virtude burguesa e só existe para a exploração e a obtenção de vantagens econômicas.

A sorte de Rivera não melhorou durante a sua separação de Frida. Depois de o mural no prédio da RCA ter sido destruído em fevereiro de 1934, ele o havia recriado no Palácio de Belas-Artes na Cidade do México, mas o efeito estava longe de ser o mesmo fora do contexto capitalista de Manhattan. Ele deixou por algum tempo de pintar murais públicos, e mesmo o mural privado que ele pintou a seguir — o bizarro e cáustico *Burlesco da Política e do Folclore Mexicano*, no Hotel Reforma — não chegou a ser exposto, por ter sido julgado crítico demais tanto em relação aos políticos mexicanos como turistas americanos.

Em julho de 1935, Kahlo viajou para Nova York com duas amigas e, com isso, propôs a Rivera a mesma liberdade que Beloff havia lhe proposto de Paris treze anos antes:

> Por que eu tenho que ser tão teimosa e estúpida para não entender que as cartas, as atitudes mulherengas, as professoras de "inglês", as modelos ciganas, as assistentes de "boa vontade", as discípulas interessadas na "arte de pintar" e as "enviadas plenipotenciárias de lugares distantes" significam apenas distrações e que no fundo você e eu nos amamos muito e, mesmo que passemos por incontáveis casos, portas estilhaçadas, insultos e aclamações internacionais, nós sempre nos amaremos, eu acho que é por eu ser um pouco estúpida e só um pouquinho hipócrita, porque todas essas coisas aconteceram e voltaram a acontecer durante os sete anos que vivemos juntos e todos os ataques de fúria que eu tive apenas me levaram a entender melhor que eu amo você mais do que a minha própria pele e, apesar de você não me amar da mesma maneira, de qualquer forma, você me ama um pouco [...] ou não? E se isso não for verdade, eu sempre terei a esperança de que possa ser, e isso me basta.
>
> Ame-me apenas um pouco. Eu te adoro.
> Frieda

VI.

Quando Kahlo voltou para o México mais tarde, em 1935, ela já havia se resignado em relação ao caso de Rivera com Cristina e não tinha nenhuma expectativa de que ele fosse terminar seus outros casos. Mas, apesar de Rivera ter terminado sua relação com Cristina no final daquele ano, a traição e a separação haviam mudado a natureza do casamento deles, e Kahlo começou a ter seus próprios casos, com mais independência. De acordo com a versão de um biógrafo, ela teve pelo menos onze amantes entre 1935 e 1940, embora muitos deles não tenham deixado evidências documentais satisfatórias. Numa carta para Lucienne Bloch — aprendiz de Rivera e confidente de Kahlo —, ela informou:

> Eu estou pintando, o que afinal já é alguma coisa, pois passei minha vida inteira amando Diego e fazendo de conta que trabalhava, mas agora, além de continuar amando Diego, eu também comecei a levar a sério minhas figurinhas. Quanto a preocupações de natureza sentimental e romântica [...] tenho tido algumas, mas elas não têm sido mais do que distrações.

Além de lhe proporcionar acesso a uma vasta gama de afetos, os casos de Kahlo serviram para ela ganhar certo respeito de Rivera, pois ela estava provando que tinha coragem suficiente para ter seus próprios amantes. O escultor Isamu Noguchi descreveu mais tarde sua relação com Kahlo dizendo que

> amava-a muito [...] [Frida] era uma pessoa adorável, uma pessoa absolutamente maravilhosa. Como Diego tinha fama de ser mulherengo, ela não podia ser culpada de ter outros homens... Naquela época, todos nós [...] pulávamos a cerca, Diego pulava e Frida também. Mas ele não aceitava de bom grado... Eu conheci bem Frida durante um período de oito meses. Nós sempre saíamos para dançar. Frida adorava dançar. Essa era a sua paixão, você sabe, ela adorava fazer tudo que não podia. Não poder fazer as coisas a deixava extremamente furiosa.

Em geral, Rivera ria dos encontros de Kahlo com mulheres, mas seus casos com homens o ameaçavam. Ela teve que esconder dele o caso que teve com seu colega [rival], o muralista mexicano Ignacio Aguirre, mas quando Rivera soube do caso com Noguchi, ele afastou o escultor com seu revólver.

Depois que seu caso com Cristina Kahlo terminou, 1936 foi um ano de problemas de saúde para Rivera — em parte pelos efeitos prolongados da dieta drástica que ele havia começado em Detroit e, em parte, por sua depressão. Ele passou um tempo hospitalizado devido a problemas renais — e depois para ser operado da vista —, mas retornou à política entrando para a Liga Comunista Internacional, de filiação trotskista. Depois do que havia visto das técnicas repressivas de Stalin na Rússia, ele voltou sua lealdade para Leon Trotsky, que se opôs à consolidação do poder na burocracia soviética. O próprio Trotsky havia estado na França e, em seguida, em Oslo, depois de ter se exilado da Rússia em 1928, e quando ele foi ameaçado com mais uma deportação em 1937, Rivera tomou providências para obter do governo mexicano permissão para ele ficar na casa dos pais de Kahlo. Trotsky chegou ao México em dezembro de 1936 e, depois de ter sido instalado em segurança na Casa Azul, retribuiu a admiração de Rivera. Ele disse a Rivera que seus murais descreviam "as molas ocultas da revolução social" e escreveu que um mural de Rivera "não era simplesmente um 'quadro', um objeto de contemplação estética passiva, mas parte viva da luta de classes".

Trotsky sentiu atração pela irmã de Kahlo, Cristina, quando ele chegou a Coyoacán, mas, como teve dificuldade para escapar de seus seguranças, ele achou mais fácil iniciar um caso com a própria Kahlo, colocando bilhetes dentro dos livros que trocavam. Kahlo tinha 29 anos e Trotsky 57; ela pintou o retrato dele e, depois, quando usou a casa de Cristina para seus encontros, exigiu a cumplicidade da lembrando-a de seu papel como amante de Rivera. Mas o caso com Trotsky não durou muito. Quando começaram os rumores, os conselheiros dele o advertiram que um escândalo poderia prejudicar sua situação política no momento em que ele estava tentando se livrar das acusações de Stalin. A esposa de Trotsky também havia tomado conhecimento do caso e estava entrando em depressão, e Kahlo, portanto, rompeu com o homem mais velho, apesar de logo ter iniciado um caso com o secretário dele, Jean van Heijenoort.

Rivera não soube imediatamente do caso de Kahlo com Trotsky, mas a partir de 1937, como ela estava pintando prolificamente — tanto para se expressar como com a esperança de conquistar sua independência —, ele a ajudou a fazer de seus quadros um meio de ganhar o próprio sustento. Com a ajuda dele, ela expôs seus quadros numa mostra coletiva na Cidade do México em abril de 1938 e quando o dono de uma galeria de Nova York, Julien Levy, os viu, ele convidou Kahlo para expor em sua galeria em Nova York. Naquele verão, ela fez a primeira grande venda de suas pinturas, para um colecionador, por um bom dinheiro, e quando André Breton — o líder dos surrealistas franceses — viu sua obra, ele também lhe propôs fazer uma exposição em Paris.

A ida de Kahlo para Nova York foi um sucesso profissional — ela expôs suas pinturas com certa aclamação na galeria de Julien Levy em 1938 e o Museu de Arte Moderna adquiriu um quadro para sua coleção, e de Nova York ela viajou para Paris em janeiro de 1939. Breton havia visto algo de um surrealismo mexicano nos quadros *Hospital Henry Ford*, *Recuerdo* [ou *Lembrança*] e *Meu vestido pendurado ali*, mas apesar de Kahlo ter aceitado a proposta de exposição, ela recusou a qualificação de surrealismo. "Eles achavam que eu era surrealista", ela disse, "mas eu não era. Eu nunca pintei sonhos. Apenas a minha própria realidade." Enquanto os surrealistas franceses distorcem e justapõem imagens para colocar ênfase na natureza incompreensível da vida cotidiana, as pinturas de Kahlo são surreais apenas na medida em que ela teve de inventar um vocabulário visual para representar a realidade de sua experiência: ela criou uma linguagem na qual o seu rosto sobre o corpo de um veado trespassado de flechas seria uma realidade emocional, não apenas uma imagem onírica perturbadora. Surrealista ou não, as exposições de Kahlo em Nova York e Paris foram sucessos de crítica — e o pessoal de Paris, ela escreveu, "gosta muito de mim e todo mundo me trata de uma maneira extremamente gentil". Mas ela teve que cancelar a exposição seguinte, que seria em Londres, porque com a perspectiva de eclosão da guerra o mercado de arte estava perdendo a força e também porque ela ficou gripada.

Agora que Kahlo estava expondo e vendendo seus quadros no cenário internacional, ela tinha a prova de que era independente de Rivera e ela usou essa nova liberdade para ter uma série de casos amorosos — com Jacqueline, a esposa de Breton, no México em 1938, e depois, de novo, em Paris; com Julien Levy em Nova York e, também, com um refugiado da Guerra Civil Espanhola — todos eles casos passageiros. Mas em Nova York, quando a caminho de volta para o México, Kahlo retomou o contato com o fotógrafo húngaro, esgrimista olímpico, piloto e patrocinador de artistas Nickolas Muray, que ela havia conhecido em San Francisco em 1931.

Agora que eles haviam voltado a se encontrar, a relação tornou-se profundamente afetuosa. "Como você, eu tenho me sentido extremamente carente de verdadeiro afeto", Kahlo escreveu a ele e, de novo, "Eu não tenho palavras para lhe dizer quanta alegria [sua carta] me trouxe. Eu te adoro, meu amor, acredite-me, como eu nunca amei ninguém — apenas Diego permanecerá em meu coração tão próximo quanto você — sempre". Kahlo não abandonaria Rivera, mas enquanto permaneceu em Paris ela impôs algumas restrições a Muray: "Você só pode beijar quanto quiser a sua mãe. Não faça amor com ninguém, se puder evitar. Apenas se encontrar alguém que seja um prodígio na cama, mas *não se apaixone por ela*". Eles passaram alguns meses juntos em Nova York antes de ela ir a Paris e voltaram a se encontrar na Pensilvânia em seu retorno, mas então a relação foi rompida por conta da pressão ostensiva de seu casamento com Rivera. Depois que Kahlo retornou ao México, Muray escreveu que "de nós três, duas eram você", e agradeceu-a pela felicidade que "a metade de você me deu tão generosamente", mas disse que não podia continuar.

Mas quando Muray estava liberando Kahlo para Rivera, este já estava planejando se divorciar dela. Ele havia tomado conhecimento do caso de Kahlo com Trotsky enquanto ela estava em Paris e imediatamente inventou uma briga e se desligou de Trotsky e da Liga Comunista Internacional. Outra vez, Rivera perdeu, como Trotsky havia advertido Kahlo, "um ambiente de entendimento e simpatia não apenas como artista, mas também como revolucionário e pessoa".

Kahlo tampouco voltou para casa com disposição para se reconciliar. Ela havia deixado os braços afetuosos de Muray e, apenas depois de ter chegado ao

México, soube do casamento de Muray em abril de 1939. Nessas circunstâncias, ela estava apenas mais necessitada de Rivera, não menos, e o casamento deles se dissolveu sob essa pressão. Enquanto Rivera parece ter ficado exasperado ante as intermináveis carências de Kahlo, em sua autobiografia, ele coloca os problemas que os levaram ao divórcio apenas em termos de sua própria liberdade:

Nós estávamos casados havia treze anos. Ainda nos amávamos. Eu simplesmente queria estar livre para me relacionar com qualquer mulher que me atraísse. Mas Frida não colocava objeções a minha infidelidade em si. O que ela não podia entender era eu escolher mulheres que ou não me mereciam ou eram inferiores a ela. Ela tomava como uma humilhação pessoal ser trocada por vagabundas. Deixar que ela traçasse os limites não seria, entretanto, circunscrever a minha liberdade? Ou seria eu simplesmente uma vítima depravada de meus próprios apetites? E não seria meramente uma mentira consoladora achar que o divórcio pudesse dar fim ao sofrimento de Frida? Será que Frida não ia sofrer ainda mais?

VII.

Rivera e Kahlo se divorciaram em 1940, em meio a uma torrente de justificativas contraditórias. Rivera declarou numa entrevista que "nada mudou nas excelentes relações entre nós. Nós nos divorciamos para melhorar a situação legal de Frida [...] puramente uma questão de conveniência legal no espírito dos tempos modernos". Em outra ocasião, ele declarou que "Eu já estou velho e não tenho mais muito a lhe oferecer". De sua parte, Kahlo disse que eles haviam se divorciado porque "ele gosta de viver sozinho e ele diz que eu sempre quero colocar seus papéis e outras coisas em ordem e ele gosta de tê-los desarrumados". Rivera escreveu em sua autobiografia, talvez de forma mais reveladora, que ele "temia tanto uma longa discussão violenta que impulsivamente [...] inventei um pretexto estúpido e vulgar" para deixarem de se ver e Kahlo ficou tão magoada com a história que ele inventou que concordou com o divórcio.

Divórcio, no entanto, era um termo tão vago quanto havia sido o casamento, pois a relação não mudou muito e eles continuaram passando seu tempo juntos nas casas interligadas de San Angel. Rivera também morava em outros apartamentos e continuou tendo seus casos, mas também continuou precisando da companhia de Kahlo: apenas por ela, entre todas as suas mulheres, ele nutria suficiente respeito para pedir suas opiniões sobre pintura e política.

Agora que Kahlo havia provado que era capaz de ter seus próprios casos, Rivera passou até a ajudá-la em suas conquistas. Enquanto ele anteriormente a havia entretido com as confissões de seus próprios casos, agora ele arranjava amantes para ela, com o propósito de afirmar a independência de ambos e também para desviar Kahlo de sua relação de dependência para com ele.* Um de seus assistentes, Heinz Berggruen, escreveu posteriormente que Rivera

> levou-me ao hospital e eu jamais vou esquecer o jeito com que ele me olhou quando, diante da porta do quarto de Frida, ele disse, "Você vai ficar muito impressionado com Frida", de uma maneira muito sugestiva. Diego era extremamente perceptivo e intuitivo; ele sabia o que estava para acontecer. Talvez até desejasse. Havia algo de demoníaco nele. Ele pegou minha mão e me arrastou.

Kahlo foi amante de Berggruen por pouco tempo e, à medida que se tornava mais autossuficiente — ela escreveu para Muray que "desde que nos divorciamos, eu não aceito nenhuma porcaria de centavo dele" —, também ficava mais fácil para ele falar dela como uma pessoa muito querida. Mas eles estavam divorciados e, envolvida como ela estava com o assistente que ele havia apresentado a ela, Rivera escreveu para um dos médicos de Kahlo dizendo que "a vida dela tem mais valor para mim, muito mais, do que a minha própria. Ela sintetiza em si mesma, num único ser humano, por possuir gênio artístico, tudo que existe no mundo que tem algum interesse para mim, que eu amo e que me dá algum sentido para viver e lutar".

Porém Rivera não permaneceu por muito tempo no México para cuidar de Kahlo. Quando o colega muralista Siqueiros fez um atentado contra a vida de Trotsky em 1940, Rivera deixou o México. Ele arranjou um visto para pintar nos Estados Unidos e, acompanhado da modelo e atriz Paulette Goddard, ele foi pintar um mural na Golden Gate International Exposition em San Francisco. Paulette Goddard foi amante de Rivera durante o tempo de realização daquele projeto, e o mural a retrata olhando desejosa para ele, enquanto ele está sentado de costas para Kahlo e o marido de Paulette Goddard, Charlie Chaplin, está ao lado desempenhando o papel de um Hitler ridículo em seu filme *O Grande Ditador*.

Com as vendas de seus quadros, Kahlo podia sustentar a si mesma no México enquanto Rivera pintava em San Francisco. Diferentemente de Rivera, que

---

* Um dos biógrafos de Kahlo, Hayden Herrera, escreveu que ele tentava distraí-la da dependência também do álcool, pois Kahlo continuava sendo afligida pelas dores num pé e nas costas. Herrera diz que "no final de 1939 [...] ela bebia uma garrafa inteira de conhaque por dia".

participava de um processo público de licitação com propostas e ofertas que eram avaliadas e aceitas por comitês, Kahlo sempre tratara seus patrocinadores e amigos como se estivessem lhe prestando um favor pessoal ao lhe solicitarem um quadro. Mas depois de 1937, quando Rivera começou a divulgar o trabalho dela — e depois da exposição surrealista na Cidade do México e de outras em Nova York e Paris —, suas pinturas começaram finalmente a se vender por si sós. No entanto, como continuava passando muito tempo em hospitais e, em seguida, na cama, recuperando-se das cirurgias, ela nunca pôde pintar tão proficuamente quanto Rivera, que ocasionalmente comprava quadros dela para dar-lhe dinheiro, apesar de ela ficar tanto furiosa como se sentindo diminuída ao tomar conhecimento disso:

Quando soube que você adquiriu o primeiro autorretrato que eu pintei este ano [...] entendi muitas coisas... Continuo vivendo à sua custa, criando para mim ilusões de que as coisas são diferentes. A conclusão que tirei é que tudo que fiz é insuficiente. Quando era pequena eu queria ser médica e um ônibus me esmagou. Eu vivi com você por dez anos sem fazer, em resumo, nada a não ser causar problemas e aborrecer você. Comecei a pintar e minhas pinturas só servem para mim e para você comprá-las, sabendo que ninguém as compraria. Agora que eu daria a minha vida para ajudar você, outras mulheres se revelam as verdadeiras "salvadoras". Talvez eu esteja pensando isso agora por me encontrar totalmente ferrada e sozinha e, acima de tudo, cansada de toda essa exaustão interior. Eu não acredito em nenhum sol, nada que eu tenha de engolir nem que nenhum remédio seja capaz de me curar, mas terei de esperar mais para ver do que depende este estado de ânimo: o ruim é que eu acho que já sei e não há nenhum remédio. Nova York não me interessa mais, e muito menos agora com as Irenes etc., lá. Não tenho o menor desejo de trabalhar com a ambição que eu gostaria de ter. Continuarei pintando apenas para que você veja o que faço. Não quero saber de exposições ou coisas semelhantes. Vou pagar o que devo com minha pintura e, mesmo que tenha que comer merda, farei exatamente o que tiver vontade de fazer e quando quiser. A única coisa que me resta é ter suas coisas perto de mim, e a esperança de voltar a ver você basta para me manter viva...

Eu suplico a você que não deixe esta carta largada em qualquer lugar, porque todas as outras foram colocadas com muitas outras acompanhadas de bilhetes de Irene e outras vagabundas.

Rivera e Kahlo continuaram, no entanto, a depender um do outro, e o divórcio durou apenas pouco mais de um ano. Trotsky foi assassinado em 1940 e, depois de ter sido brutalmente interrogada, Kahlo viajou para San Francisco para se submeter a outra cirurgia. Quando ela se encontrou com ele junto ao mural para a Golden Gate International Exposition, Rivera havia começado a pedir que ela voltasse a se casar com ele, apesar de continuar envolvido com Paulette Goddard e com a modelo Irene Bohus. Kahlo escreveu que "ele quer se casar de novo comigo, porque diz que me ama mais do que a qualquer outra". Rivera pediu ao cirurgião de Kahlo que desse um atestado médico para ela se casar de novo e o doutor Eloesser escreveu a Kahlo para interceder em favor dele:

> Diego a ama muito e você o ama. É também verdade, e você sabe melhor do que eu, que, além de você, ele tem dois outros grandes amores: 1) a pintura e 2) as mulheres em geral. Ele nunca foi nem nunca será monogâmico, algo que é estúpido e antibiológico.
> Reflita, Frida, sobre isso. O que você quer fazer?
> Se você acha que pode aceitar os fatos como eles são, que pode viver com ele nessas condições e, para viver mais ou menos em paz, que pode transformar seu ciúme natural numa paixão pelo trabalho, pela pintura, trabalhando como professora ou o que quer que seja [...] e se deixar consumir até a hora de ir para a cama à noite exaurida pelo trabalho [então case com ele].
> Pelo sim ou pelo não, reflita, querida Frida, e decida.

Kahlo aceitou esses termos e no dia 8 de dezembro de 1940 — aniversário de 54 anos de Rivera, Kahlo estava com 33 — eles se casaram de novo. O estado de saúde dela foi outro motivo ostensivo, apesar da exasperação de Rivera com o fato de o permanente péssimo estado de saúde dela ter sido um dos fatores que haviam provocado o divórcio deles.

Não demorou muito para eles retornarem aos velhos hábitos, com ela administrando a correspondência dele e cozinhando para ele, além de ouvir as histórias de seus casos como se não passassem de fofocas apimentadas. Em face disso, o segundo casamento de Rivera e Kahlo excluía totalmente qualquer expectativa de fidelidade — como também de ela fazer perguntas sobre suas aventuras —, apesar de os diários de Kahlo sugerirem que eles continuava dormindo juntos. O biógrafo de Rivera, Patrick Marnham, escreve que, mesmo tendo retomado o casamento, durante a década de 1940, Rivera dormia com "as atrizes de cinema Dolores Del Rio e Paulette Goddard... Linda Christian e María Félix, que ele pintou e seduziu em 1948" — embora Marnham também observe que "María Félix, Dolores Del Rio e Pita Amor tenham sido amantes tanto de Rivera como de Frida".

Em julho de 1941, Frida descreveu o casamento para o doutor Eloesser: "O novo casamento está indo bem. Poucas brigas, maior entendimento mútuo e, da minha parte, menos perguntas irritantes sobre outras mulheres que de repente ocupam lugar preponderante em seu coração". E em 1944 ela escreveu para Bert e Ella Wolfe dizendo que o casamento ia "melhor do que nunca porque há entendimento mútuo entre os cônjuges, sem prejuízo da liberdade equitativa em tais casos para cada um dos consortes: eliminação total do ciúme, discussões violentas e desentendimentos. Mais *dialética* com base nas experiências passadas".

VIII.

Se havia mais dialética, isso se devia em parte ao fato de no começo da década de 1940 os problemas de saúde de Kahlo e as dificuldades que enfrentava estarem tomando conta dela. As cirurgias nunca haviam corrigido realmente seus problemas — seu corpo sempre havia demorado a sarar, mas ela tampouco havia tido paciência para convalescer totalmente — e agora ela estava ficando na cama por ainda mais tempo. Ela havia começado a dar aulas de pintura em 1942, quando ela e Rivera foram ambos nomeados [professores] do Seminário de Cultura Mexicana, mas a saúde precária dela forçou-a a reduzir sua carga horária depois de 1944, quando ela teve de se ajustar a outra série de coletes ortopédicos. Ela voltou a pintar por conta própria e registrou suas dores, em 1944, no quadro *A Coluna Partida*, no qual sua coluna é vista através do colete ortopédico como uma coluna de pedra quebrada, enquanto lágrimas escorrem por suas faces e seu corpo nu é atravessado por ferroadas de dor. Em 1945, novas cirurgias a levaram a pintar *Sem Esperança*, um autorretrato no qual ela está deitada na cama com um funil que emite um esguicho de sangue de seus lábios — ou então é um espeto que está sendo preparado para ser enfiado nela. Em 1946, suas dores assumiram a forma de *A Corça Ferida*, em cujo quadro sua cabeça aparece sobre um veado que é trespassado por nove flechas numa floresta de árvores moribundas.

Uma cirurgia realizada em 1946 uniu cinco vértebras de Kahlo, mas depois de oito meses de recuperação num colete ortopédico de metal, ela não conseguia pintar por mais de três horas, tendo que parar por causa das "dores lancinantes". Ela havia esperado que essa cirurgia fosse lhe trazer alívio, mas teve uma infecção nas incisões e, quando essas foram reabertas, ficou claro que a cirurgia só havia piorado os problemas anteriores. Agora que Kahlo precisava se submeter a novas cirurgias — para reduzir as dores que haviam se tornado quase insuportáveis —, eram-lhe ministradas tamanhas doses de morfina que ela se tornou dependente de analgésicos pelo resto da vida.

Sofrendo cada vez mais, todos os seus relacionamentos passaram por mudanças, não apenas seu casamento. A deterioração de seu corpo desviou sua atenção dos relacionamentos sexuais para os místicos, que ela tendia a descrever em termos maternais. A um amante, José Bartolí — pintor espanhol com quem ela teve encontros entre 1946 e 1952 —, ela escreveu:

> Os átomos do meu corpo são também do seu [corpo] e vibram juntos para nos amarmos. Eu quero viver e ter forças para amar você com toda a ternura que você merece... Perto ou longe, eu quero que você se sinta em minha companhia, para viver intensamente comigo, mas que jamais o amor por mim seja uma sobrecarga a seu trabalho ou seus planos, eu quero fazer parte tão íntima de sua vida para me tornar seu próprio ser, que o meu amor por você não se torne nunca uma exigência, mas que o deixe viver livremente, porque todos os seus atos terão minha total aprovação. Eu o amo como você é, sua voz me faz amar você, tudo que você diz, tudo que você planeja. Eu sinto que sempre amei você, desde que você nasceu, e antes ainda, quando você foi concebido. E sinto às vezes que você me fez nascer. E gostaria que todas as coisas e todas as pessoas tivessem por você o mesmo carinho e amor que eu tenho, que sentissem orgulho, como eu sinto por ter você. Você é tão lindo e tão bom que não merece ser magoado pela vida.

Em 1947, ela sentiu um amor cósmico semelhante pelo poeta mexicano Carlos Pellicer: "Eu sinto que estamos juntos desde o nosso lugar de origem, que somos feitos da mesma matéria, das mesmas ondas, que temos em nosso interior a mesma percepção... Muito obrigada por [me] receber, muito obrigada por existir, porque ontem você me deixou tocar em sua luz mais profunda e por você ter dito com sua voz e seus olhos o que eu passei a vida toda esperando".

Quando Kahlo não pôde mais se dar fisicamente, ela passou a se dar espiritualmente, e começou a criar um vocabulário novo, usando a palavra *céu*, por exemplo, como verbo para designar "abrigar, incluir, encobrir". Mas agora as cartas apaixonadas, místicas ou maternais de Kahlo passaram também a ser escritas para as amantes de Rivera com a mesma frequência com que ela escrevia a seus próprios amantes. Para Emmy Lou Packard, ela escreveu: "Eu confio a você de todo o coração a criança grande e você não imagina quanto sou agradecida por você se preocupar e cuidar dele por mim. Diga a ele para não ter tantos rompantes e que se comporte".

Enquanto Kahlo passava, ao longo de toda a década de 1940, a dar a seus relacionamentos um tom cada vez mais etéreo, Rivera se ancorava no mexicanismo. Desde o seu retorno da Europa em 1921, ele vinha se identificando com o povo mexicano e as culturas pré-colombianas, e quando recebeu a proposta de pintar um mural no Palácio Nacional em 1941 — depois de sete anos sem pintar nenhum mural no México —, ele glorificou as culturas indígenas mexicanas sem alimentar controvérsias. Ele vinha colecionando artefatos pré-colombianos desde a década de 1920 e agora ele também havia começado a erigir o Anahuacalli, uma imensa construção de pedra que ele próprio projetou para ser seu ateliê e também um museu para seus artefatos pré-colombianos.

Rivera fez 60 anos em dezembro de 1946 e, enquanto consolidava seu legado e erigia seu monumento ao México, ele foi homenageado com uma retrospectiva na Cidade do México em 1949, para celebrar seus quarenta anos de pintura. Quando Kahlo escreveu o "Retrato de Diego" para a retrospectiva, ela o descreveu como uma força da natureza:

> Diego existe à margem de todas as relações pessoais limitadas e precisas. Contraditório como tudo que tem vida, ele é de uma só vez uma enorme carícia e uma descarga violenta de forças singulares e poderosas...
>
> Eu não acredito que as margens de um rio sofram por deixá-lo correr entre elas... Em meu papel, difícil e obscuro, como aliada de um ser extraordinário, eu me regozijo com a recompensa de ser uma mancha verde numa imensidão de vermelho: a recompensa do *equilíbrio* [...] Se tenho preconceitos e sou atingida pelos atos de outros, mesmo pelos de Diego Rivera, eu assumo a responsabilidade por não ser capaz de ver claramente; e se eu não os tenho, devo aceitar que é natural que os glóbulos vermelhos combatam os glóbulos brancos sem o menor preconceito, e esse fenômeno significa apenas saúde.

Em seus quadros desse período, Kahlo começou a misturar seu rosto com o de Rivera. Ela pintou-o como um bebê em seu colo e, muitas vezes, colocou o rosto dele no local de sua terceira visão. Rivera, por sua vez, descreveu Kahlo como "a maior prova do renascimento da arte mexicana", mas quando a incluiu em seu mural no Hotel del Prado, ele também retratou a si mesmo como uma criança, com uma cobra num bolso e um sapo na mão, de mãos dadas com uma carcaça morta, enquanto uma figura de Kahlo adulta aparece atrás dele, com uma mão em seu ombro e a outra segurando um [símbolo] yin-yang.

Enquanto Rivera dependesse da administração e orientação de Kahlo, ela estaria protegida da ameaça de ser substituída, mas Rivera nunca deixou de ter amantes e isso não aliviou as tensões no casamento, e a possibilidade de um segundo divórcio chegou a ser aventada por várias vezes. Ele nunca, no entanto, chegou a acontecer, pois quando Rivera falou em se casar com María Félix em 1949 — depois de Kahlo ter sido submetida a mais uma cirurgia —, Kahlo pintou *Diego e Eu*, mostrando sua própria face em lágrimas, o rosto de Rivera no ponto da sua terceira visão e outro olho no ponto da terceira visão de Rivera. Kahlo tomou uma overdose de drogas depois de ter terminado o quadro e, embora com esse gesto ela tenha trazido Rivera de volta de Félix, a exasperação dele não diminuiu pelo constante peso dos problemas físicos de Kahlo, nem a dela pelos casos dele.

Enquanto seu sofrimento aumentava cada vez mais, Kahlo continuou insistindo na distinção entre ter problemas ortopédicos e estar doente. Ela se recusava a deixar que alguém, além de seus amigos mais próximos, presenciasse sua dor e, assim, fez de seu sofrimento uma atitude irreverente e passou a consolar seus amigos antes de ser consolada por eles. Para um patrocinador, Eduardo Safa, ela escreveu:

> Você sofre um bocado nesta porcaria de vida, irmão, e, mesmo aprendendo, você continua sofrendo em longo prazo e, por mais que eu me esforce para ter forças, há vezes em que eu simplesmente tenho vontade de chutar o balde, como se fosse um homem de verdade!
>
> Escuta, eu não gosto de ver você tão triste, você sabe que existem neste mundo pessoas nas mesmas condições que eu, ou ainda piores, e que assim mesmo continuam seguindo em frente, não se deixando afundar na lama.

Com o agravamento de sua saúde — ela passou hospitalizada a maior parte do ano de 1950 e teve os dedos de seus pés e a perna direita amputados em 1953, quando gangrenaram —, Kahlo não conseguiu manter seu ânimo elevado. Em sua autobiografia, Rivera escreveu que "em consequência da perda de sua perna, Frida ficou profundamente deprimida. Ela não queria mais nem saber de ouvir minhas aventuras amorosas, coisa que ela vinha curtindo depois de nosso segundo casamento. Ela havia perdido a vontade de viver".

Mas Kahlo continuou a pintar e, no começo da década de 1950, ela disse que "muitas coisas me aborrecem nesta vida. Sempre receio que possa me cansar da pintura. Mas a verdade é que: continuo apaixonada pela pintura", e à medida que sua saúde ia se deteriorando, ela pintava mais e mais naturezas-mortas — que começavam a mostrar a influência dos analgésicos. Ela também passava a se identificar cada vez mais como comunista, com a esperança de que sua obra pudesse ter "alguma utilidade" para a edificação de uma sociedade revolucionária. No início dos anos 1950, a obra de Kahlo — e seus sofrimentos — já era famosa e, por ocasião de sua exposição solo na cidade do México, em 1953, suas condições físicas foram consideradas precárias demais para que ela comparecesse, mas chegou à galeria em cima da cama — fortemente medicada —, para ser cumprimentada pela multidão de admiradores. Porém, ela nem sempre conseguia suportar suas dores — ou seu desespero ante os casos de Rivera —, e por todos os primeiros anos da década de 1950, por mais de uma vez, ela tentou se suicidar.

Com o agravamento da saúde de Kahlo, Rivera ficava constantemente com ela — a não ser quando estava pintando, ou com outra mulher. Mas quando Kahlo passou a ficar cada vez mais tempo hospitalizada, Rivera começou a procurar outra esposa para manter seus casos em ordem e também sofrer por eles e, em 1946, ele iniciou um caso com sua *marchand*, Emma Hurtado, com quem ele se casaria um ano depois da morte de Kahlo. Ele deixou Kahlo aos cuidados da irmã dela, Cristina, e de um grupo de enfermeiros e amigos devotados. Embora seus amigos recordem que "havia festa todos os dias no quarto de Frida", quando suas dores nas costas e pernas aumentaram, Kahlo passou a suplicar a morte. "Eles amputaram minha perna seis meses atrás", ela escreveu em seu diário.

Eles me deram séculos de tortura e por instantes eu quase perdi minha "razão". Eu continuo querendo me matar. Diego é quem me detém, por minha futilidade em achar que ele sentiria minha falta. Ele me disse isso e eu acredito nele. Mas nunca em minha vida eu sofri mais que agora.

Não se sabe ao certo se a morte de Kahlo, aos 47 anos de idade, em julho de 1954, foi resultado de uma overdose deliberada. A última coisa que escreveu em seu diário foi "Eu espero que a partida seja jubilosa — e espero nunca mais voltar — Frida".

IX.

Descumprindo suas repetidas promessas de não fazer declarações políticas, Diego Rivera transformou o funeral de Frida Kahlo, em 1954, numa manifestação comunista, cobrindo seu caixão com a bandeira russa durante o tempo em que seu corpo foi velado no Palácio de Belas-Artes. Os altos funcionários do governo não gostaram, mas não quiseram retirar a bandeira à força, e a proeza rendeu a Rivera sua readmissão no Partido Comunista — em resposta à sua quinta solicitação desde que fora expulso em 1929. Mais de quinhentas pessoas seguiram em cortejo até o crematório e apenas Rivera permaneceu diante do forno quando o corpo de Kahlo foi empurrado para dentro das chamas. Segundo a versão de alguns, ele comeu um punhado das cinzas de Kahlo quando elas foram retiradas do forno, mas de acordo com outros, ele rabiscou rapidamente o esqueleto dela enquanto este mantinha sua forma nas cinzas por alguns minutos antes de desaparecer.

Em 1955, Rivera se casou com Emma Hurtado, sua *marchand*, embora quase imediatamente após o casamento ele tenha ido morar com Dolores Olmedo, que era a testamenteira de Kahlo e colecionadora das pinturas de cavalete de Rivera. Quando contraiu câncer naquele ano, ele viajou para se tratar na Rússia e, durante sua convalescença, ele refletiu sobre seu casamento e seu comportamento:

Tarde demais eu percebi que a parte mais maravilhosa de minha vida foi meu amor por Frida. Mas eu não podia dizer realmente que, se me fosse dada "outra chance", eu teria me comportado de maneira diferente da que me comportei. Todo homem é o produto do meio social no qual ele cresceu, e eu sou o que sou.

E que espécie de homem era eu? Eu nunca havia tido absolutamente nenhuma moral e vivi apenas pelo prazer onde podia encontrá-lo. Eu não era um bom homem. Podia discernir facilmente as fraquezas dos outros, especialmente as dos homens, e então eu podia jogar com elas sem nenhuma razão que valesse a pena. Se eu amava uma mulher, quanto mais a amava, mais eu queria magoá-la. Frida foi apenas a vítima mais evidente desse meu traço asqueroso.

E, mesmo assim, minha vida não foi nada fácil. Tudo que eu havia conseguido fora com muito esforço. E depois de conquistado, eu tinha que lutar ainda mais para mantê-lo. Isso valia igualmente para coisas tão díspares como bens materiais e afetos humanos. Das duas, eu havia, felizmente, conseguido assegurar mais das últimas do que das primeiras.

Acamado no hospital, eu procurei entender o sentido de minha vida. Ocorreu-me que eu jamais tivera a experiência do que é comumente chamado de "felicidade". Para mim, "felicidade" sempre soou algo banal, como "inspiração". Tanto "felicidade" como "inspiração" são palavras de amadores.

Quando o próprio Rivera morreu em 1957, aos 71 anos, ele deixou muito pouco tanto para Emma Hurtado como para suas filhas e ex-esposas vivas. Para o Estado do México, no entanto, ele deixou o [museu] Anahuacalli, com todos os artefatos que ele havia colecionado, e a Casa Azul, que havia transformado num museu da vida e da obra de Kahlo. Rivera havia determinado que suas cinzas fossem misturadas com as de Kahlo, mas, depois de tê-las desafiado por décadas com seus murais, as autoridades mexicanas finalmente se vingaram, decidindo que os restos mortais dele deveriam glorificar o país e enterraram suas cinzas na Rotunda dos Homens Ilustres no Panteão Civil das Lamentações.

X.

Desde 1946, Gladys March, uma das assistentes de Rivera, vinha transcrevendo as histórias que Rivera contava — palavra por palavra, supostamente, e em 1960 suas fantásticas aventuras autoglorificantes foram publicadas sob sua autoria com o título *Mi Arte, Mi Vida*. Nessa "autobiografia", Rivera adota o que parece ser um tom fantástico — ele até parece honestamente autocrítico — quando fala do sofrimento que causou a Kahlo e às outras mulheres de sua vida. Mas, por último, ele descreve a si mesmo — como Kahlo já o havia descrito — como uma força da natureza, como se suas seduções fossem simplesmente tão inevitáveis quanto o sofrimento de Kahlo. A própria Kahlo parece tê-las aceitado como tais no final de sua vida e, se ela também relatou ter percebido uma vontade obstinada ou infantil por trás da fachada de engenharia cósmica — se ela amava Rivera e procurava obter o amor dele em retorno, e se ela sofria quando ele não demonstrava nenhuma consideração pelos sentimentos dela —, ela ainda assim encontrou um lugar para si mesma na desconsideração dele. Se Kahlo colaborou ao pintar o retrato dele como um monstro sagrado, talvez ela estivesse usando seus males e sofrimentos para definir seu papel de vítima sacrificial dele. Se ele infligiu a ela uma humilhação e uma ofensa após a outra, ela já estava suportando, em seus males físicos, mais do que qualquer dano que ele pudesse lhe causar. Usando cada um a sua arte, como também os males que ambos sofreram e infligiram, Rivera e Kahlo pintaram um quadro de seu casamento como o de um vínculo ousado e intenso, e esse retrato jamais mudou. Eles foram, ambos, forças da natureza e jamais mudaram sua história, nem mesmo enquanto decidiram viver como viveram — mesmo enquanto começavam a perceber que estavam escolhendo seu sofrimento, mesmo enquanto estavam fazendo arte em arrebatamentos de criatividade que eles esperavam dar-lhes alguma justificativa para tudo que suportaram.

Capítulo Cinco

O Milagre Realizado com Sangue e Júbilo
Henry Miller e Anaïs Nin

Henry se encontrou porque eu não fiz dele um escravo. Eu respeitei sua individualidade — ele sabe que eu nunca me intrometi em sua liberdade. E disso emergiu sua força. E é com essa força que ele me ama, inteiramente, sem guerras, ódios ou reservas. É estranho como para Henry eu tenha sido capaz de dar a maior das dádivas: a de *não prender*, de manter nossas almas independentes, ainda que fundidas. O maior milagre do amor *sábio*. E é isso que ele também me dá.

— Anaïs Nin

Eu digo para mim mesmo "eis a primeira mulher com quem eu posso ser absolutamente sincero". Eu me lembro de você ter dito — "você poderia tentar me enganar. Eu saberia". Quando caminho pelos bulevares, eu penso nisso. Eu não posso enganar você — no entanto eu gostaria de poder. O que quero dizer é que jamais posso ser totalmente leal — não está em mim sê-lo. Eu amo as mulheres, ou a vida, demais — o que é isso, eu não sei... [...] Oh, é maravilhoso amar e ser livre ao mesmo tempo.

— Henry Miller

O diário é resultado de minha doença, talvez uma ênfase e um exagero dela. Eu falo de alívio quando escrevo; talvez, mas é também um ato de inculcar dor, de gravar uma tatuagem em mim mesma, um prolongamento da dor.

— Anaïs Nin

I.

Quando Anaïs Nin conheceu Henry Miller no final de 1931, ela vinha por mais de um ano brincando com a ideia de encontrar satisfação sexual fora de seu casamento. Ela e o marido, Hugo Guiler, haviam passado seis anos em Paris e, embora vivessem confortavelmente da renda de banqueiro de Guiler, ambos estavam infelizes com os desejos que eram tímidos demais para manifestar. Eles estavam

começando a considerar "festas, orgias", bordéis e aventuras extraconjugais — bem como buscar "satisfação em outras direções" —, mas Nin também começava a distinguir sua própria satisfação da de Guiler: "Eu amo o meu marido", ela escreveu em seu diário, "mas vou buscar a minha própria satisfação". Ela entrou para um curso de dança espanhola e flertou com seu professor e com um músico, depois envolveu-se em alguns abraços preliminares com um assistente editorial e também com o professor universitário de seu marido, John Erskine. Ela não estava preparada para assumir uma infidelidade completa, mas estava se preparando: quando Erskine a apresentou a D. H. Lawrence e à literatura moderna, na primavera de 1930, ela começou a escrever um livro sobre o sexo nos romances de Lawrence.

No final de 1931, o livro estava começando a expandir os horizontes dela. Seu marido havia solicitado a Richard Osborn, um advogado americano, para que escrevesse os contratos de publicação, e quando Osborn soube que Nin estava escrevendo sobre sexo, ele se ofereceu para apresentar a ela seu amigo Henry Miller, um escritor americano que também estava escrevendo sobre sexo na cultura moderna. Miller havia fugido da vida afogada em sexo que levava em Nova York: lá, a esposa dele, uma dançarina de aluguel e interesseira, o havia atormentado com ciúme dos admiradores, clientes e amantes dela. Agora que Miller estava sozinho em Paris — e livre das tramoias de sua mulher —, ele estava se dedicando à escrita de um livro profano que fazia uso deliberado de uma linguagem vulgar para proclamar sua libertação de um mundo que estava morrendo de tanta repressão, hipocrisia e esforço sem sentido.

Miller havia chegado a Paris completamente sem dinheiro e, apesar de ter hospedagem gratuita na casa de Osborn, ele vivia procurando quem lhe pagasse as refeições e atrás de possíveis patrocinadores, de maneira que Osborn lhe fez o favor de lhe apresentar Nin, que vinha ela própria cultivando um círculo de artistas, dançarinos e escritores. Quando Osborn levou Miller para jantar na casa de Nin no bairro residencial de Louveciennes, Miller desempenhou o papel do típico artista boêmio diante de Nin e seu marido banqueiro, mas se de um lado Nin se espantou com a facilidade com que Miller discutia temas sexuais, de outro a vulgaridade dele enojou-a. "Eu jamais permitiria que Henry me tocasse", ela escreveu em seu diário. "Eu só posso atribuir [o motivo] à própria linguagem dele. 'Eu simplesmente não estou a fim de deixar que mijem em cima de mim'." Nin podia não ter sentido atração por Miller, mas estava a fim de exercer o papel de patrocinadora de seus escritos e, por isso, convidou-o a voltar a sua casa e, dessa vez, ele apareceu acompanhado de sua esposa, que havia chegado de Nova York para visitá-lo — e foi apenas quando Nin conheceu June Mansfield que ela finalmente se sentiu segura para se entregar às próprias premências eróticas.

As opiniões são unânimes no que diz respeito a June Mansfield ser uma mulher linda e encantadora que atraía as pessoas por meio de uma combinação de submissão sexual e histórias fascinantes de veracidade suspeita. Antes de se casar com Miller, ela havia trabalhado como dançarina de aluguel, ganhando a vida com seu poder de sedução, mas complementava sua renda arrancando presentes e dinheiro de seus clientes, com nebulosas promessas de sexo e intimidade. June estava sempre contando histórias intrigantes e quase sempre contraditórias sobre suas viagens, seus planos, suas experiências e seus casos, e Nin reagiu a elas da mesma maneira que Miller havia reagido quando conheceu June em 1923: a metade dela queria seguir June em suas fantasias, mas algum impulso para a busca da verdade a empurrou para dentro do próprio âmago das mentiras de June para saber quem ela era realmente.

Miller havia sido casado com outra mulher antes de June, mas sua primeira esposa vivia enchendo o saco dele por causa de dinheiro e respeitabilidade, e se, de um lado, a atração sexual e as histórias estrambóticas de June o haviam libertado, de outro, ele havia se lançado no esgoto para acompanhá-la. Agora era Nin quem pensava em também se lançar aos pés de June, levando-a às compras e gastando sua mesada com presentes para ela. Quando June retornou a Nova York em janeiro de 1932, ela e Nin haviam trocado apenas alguns beijos e abraços, mas Nin havia sido arrebatada. June, ela disse, "foi a única mulher que correspondeu às exigências de minha imaginação".

June tinha seus próprios motivos para flertar com Nin: ela havia mandado Miller a Paris para desenvolver sua escrita, mas, como não queria que ele fosse longe demais, decidiu então conhecer sua nova patrocinadora. Se June pudesse despertar ciúme em Miller por roubar o afeto de Nin — e mais, se ela conseguisse colocar a masculinidade de Miller em questão por ter um caso com ela —, então ela poderia reafirmar seu controle sobre ele, pois, mesmo tendo sido efetivamente ele que a empurrara para Nin e tolerasse todos os seus casos, ele teria a estabilidade e a respeitabilidade que ela admirava — Miller sempre havia lhe prometido se tornar um escritor famoso e que a imortalizaria em sua obra —, e ela queria, portanto, tê-lo em suas mãos. Mas como ela não tinha como ganhar dinheiro em Paris, voltou para Nova York e para seus clientes após uma estada de apenas seis semanas em Paris.

Logo após June ter embarcado de volta para Nova York, Nin foi passar férias com seu marido na Suíça, mas June a havia fisgado e para saber dela entrava em contato com Miller. O próprio Miller era fascinado por June — desde que lera Proust, ele a tratava como sua Albertine, sua obsessão — e gostava de escrever longas cartas para declarar seu amor a ela, bem como sua exasperação. No começo, as cartas de Miller e Nin discutiam teorias sobre a personalidade de June, mas logo Nin começou a demonstrar apreço pelo apetite voraz de Miller tanto por literatura quanto pela vida: ali estava um colega escritor cujo romance em processo de gestação descrevia a decadência de sua cultura e o poder liberador do sexo. Respondendo a uma de suas cartas, Nin exclamou:

> Por Deus, Henry, apenas em você eu encontrei a mesma intumescência de entusiasmo, a mesma súbita aceleração da corrente sanguínea, a totalidade, a totalidade.
>
> Antes, eu costumava achar que havia algo de errado [comigo]. Todas as outras pessoas pareciam ter os *parafusos no lugar*. Uma cena de filme, uma voz, uma frase não tinha para elas nada de vulcânico. Eu nunca me sinto com os parafusos no lugar. Eu me esparramo. E ver seu entusiasmo pela vida resplandecendo perto do meu me causa vertigem.

Em seguida, eles começaram também a enviar seus escritos um ao outro: Miller enviou a Nin seu primeiro romance — *Crazy Cock*, sobre sua vida com June — e Nin achou partes dele "*éblouissants*, estonteantemente maravilhosas".

Em retorno, ela enviou para Miller o seu livro sobre Lawrence, além do diário de sua infância, e Miller se derramou em elogios. "Ninguém jamais nos disse como e o que as mulheres pensam", ele despejou e, mais adiante, "ninguém mais faz coisa semelhante. Extasiante. Maravilhoso." Depois de trocarem seus escritos, eles começaram também a falar de suas leituras e, em pouco tempo, eles estavam discutindo Spengler, Joyce e o livro de Unamuno, Do Sentimento Trágico da Vida — além de Jung e Freud. De repente, a correspondência entre eles havia se distanciado de June e, juntos, eles exploraram temas sobre liberdade, sexo e arte, loucura, doença e morte, decadência e renovação cultural e, apesar de nenhum deles ter sido publicado ou ser reconhecido como escritor, logo eles ficaram ambos um pouco embriagados pelo reconhecimento da genialidade um do outro e por serem eles próprios reconhecidos, um aos olhos do outro.

Quando Nin percebeu o tipo de contribuição que Miller daria à literatura moderna, ela começou a ajudá-lo materialmente. Ela gastava sua pensão em livros, comida e vinho para ele, emprestou a ele sua máquina de escrever quando a dele estava no conserto e fez com que seu marido arranjasse um cargo de professor para ele em Dijon. Miller continuou escrevendo de Dijon longas cartas para ela e, quando ele soube que não receberia nenhuma remuneração, ela alugou um apartamento em Clichy para ele e um amigo. Depois de poucos dias do retorno de Miller de Dijon em março, eles se tornaram amantes e, em abril, Miller prometeu dar a ela o que ele chamava — com uma crueza estudada — "uma orgia literária — que significa trepar e falar e falar e trepar [...] com uma garrafa de Anjou entre um e outro, ou um vermute Cassis". Depois de todos os seus preparativos, Nin havia finalmente encontrado um homem que lhe diria que ia "arregaçar suas virilhas". "Você é comida e bebida para mim", Miller escreveu a ela, "toda a porra de maquinaria, por assim dizer. Deitar por cima de você é uma coisa, mas chegar perto de você é outra. Eu me sinto próximo de você, uno com você, você é minha, seja isso reconhecido ou não".

Nem Miller nem Nin estavam preparados para reconhecer publicamente seu amor, mesmo que usassem essa linguagem, de casamento que era real, embora não fosse reconhecido. Ambos continuavam casados e Nin não deixou que Miller revelasse o caso a seu marido — nem ela podia abrir mão da pensão substancial que seu marido lhe dava, não com Miller completamente duro, e apenas o dinheiro de seu marido possibilitava que eles passassem os dias juntos, trepando, bebendo, falando e despejando seus manuscritos um sobre o outro.

Nem Miller nem Nin tinham necessidade de desfazer seus casamentos para estarem juntos: eles eram casados como escritores, eles podiam se dar ao luxo de manter seus casamentos humanos menores. Escrever já os eximia de uma vida normal: eles descreviam seu amor como desumano, diabólico e infernal, monstruoso e heroico alternativamente. O casamento não era para eles — eles eram escritores: estavam casados sem terem casado. Como Nin escreveu em seu diário:

> [...] eu realmente acredito que, se não fosse escritora, criadora e experimentalista, eu poderia ser uma esposa totalmente fiel. Eu tenho muita consideração pela fidelidade. Mas meu temperamento pertence à escritora, não à mulher... Tirando a intensidade exagerada, o cozimento de ideias, você tem uma mulher que ama a perfeição. E a fidelidade é uma das perfeições. Perfeição é algo estático e eu estou em pleno movimento. A esposa fiel é apenas uma fase, um momento, uma metamorfose, uma condição.

Como escritores diabólicos, Miller e Nin incentivavam-se mutuamente para que tivessem outras experiências — com seus respectivos cônjuges, ou com prostitutas, no caso de Miller, ou com June, no caso de Nin. O amor entre eles deveria incluir a permissão um ao outro de cada um exercer a sua liberdade e a fidelidade entre eles se basearia no fato de cada um usar suas experiências sexuais — inclusive as infidelidades — em seus escritos. A ideia de serem honestos com respeito à natureza voraz do desejo embriagou a ambos. "Isso é um pouco como estar de porre", Miller escreveu para Nin.

> Eu digo para mim mesmo "eis a primeira mulher com quem eu posso ser absolutamente sincero". Eu me lembro de você ter dito "você poderia tentar me enganar. Eu saberia". Quando caminho pelos bulevares, eu penso nisso. Eu não posso enganar você — no entanto eu gostaria de poder. O que quero dizer é que jamais posso ser totalmente leal — não está em mim sê-lo. Eu amo as mulheres, ou a vida, demais — o que é isso, eu não sei... Você parece me incitar a traí-la. Eu amo você por isso. E o que leva você a fazer isso [...] amor? Oh, é maravilhoso amar e ser livre ao mesmo tempo.

Miller havia sido casado duas vezes e havia tido ligações com prostitutas por tempo suficiente para já ter experiência de relações sexuais casuais, mas Nin não estava menos ávida do que Miller para usar sua nova liberdade. "O que eu descobri em Henry é único", ela escreveu. "Não pode ser repetido. Mas existem outras experiências a serem vividas." Logo ela estaria fazendo amor com ardor e habilidade — com seu marido, e quando seu primo homossexual convenceu-a a fazer terapia, ela também o seduziu e depois iniciou um processo lento de sedução do próprio terapeuta, que culminou num encontro clandestino num quarto de hotel.

Nin escondia todas essas aventuras de seu marido, mas a Miller ela contava tudo em detalhes e, então, além de sexualmente envolvidos e apaixonados um pelo outro, Miller e Nin passaram a compartilhar também a intimidade conspiratória de escritores que guardavam um segredo comum: a monogamia era uma convenção artificial burguesa, símbolo de um mundo em decadência. "Nós estamos vivendo algo novo", Nin escreveu e, enquanto a experiência deles — enquanto o amor, os casos e até o ciúme deles — pôde alimentar seus escritos, eles se mantiveram confiantes de que compartilhavam a mais exclusiva, audaciosa e sincera intimidade possível. Nin escreveu ter dito a Miller que "'A montanha de palavras ruiu. A literatura desmoronou'. Eu quis dizer que verdadeiros sentimentos haviam começado a existir e que a intensa sensualidade da escrita dele era uma coisa e a nossa sensualidade juntos era outra, uma coisa real".

Mas nem Miller nem Nin jamais haviam expressado o desejo de uma união exclusiva ou um estilo de vida convencional e acomodado, em que eles seriam basicamente responsáveis por suprir as necessidades materiais um do outro. Eles continuaram fazendo sacrifícios e tendo compromissos enquanto esperavam que suas obras fossem publicadas e reconhecidas e estavam satisfeitos por se manterem nos mundos em que eles eram casados e nos mundos que estavam criando em seus escritos. Entre uma e outra relação sexual, eles se ajudavam mutuamente a dar os retoques finais em seus livros e diziam um ao outro que, quando fossem publicados — quando o mundo reconhecesse a coragem e a genialidade que eles já viam nos escritos um do outro —, eles poderiam estabelecer um tipo inteiramente novo de união, baseada na total liberdade erótica e artística. Mas por enquanto nenhum deles estava em condições de sustentar o outro e eles tampouco se importavam com o casamento do outro, então continuaram, portanto, a depender do dinheiro que Nin recebia do marido e, enquanto Guiler continuasse sustentando-os — enquanto eles pudessem manter o caso escondido dele —, haveria tempo de sobra para eles escreverem e se amarem em preparação para o tal mundo novo.

II.

Para Henry Miller, os excessos injuriosos das orgias com uma bela e talentosa escritora que, além disso, era esposa de um respeitável banqueiro, representavam uma forma de rebeldia contra o sucesso que seus pais sempre haviam esperado dele. Sucesso e desenvolvimento pessoais significavam praticamente uma religião para os pais luteranos de Miller, que criaram seu primogênito num regime severo de respeitabilidade e trabalho árduo. Essa fórmula havia funcionado para os avós de Miller que haviam emigrado separadamente da Alemanha para Nova York em 1862. Valentin Nieting, o avô de Miller pelo lado materno, havia aprendido seu ofício em Londres depois de escapar ao serviço militar obrigatório prussiano. Em Londres, ele fazia roupas para clientes abastados na Savile Row e, quando emigrou para Nova York, seu sucesso foi tamanho que ele instalou sua família num reduto germano-americano elegante do Upper East Side de Manhattan.

Foi ali que sua filha Louise de 20 anos conheceu Heinrich Miller de 24, cujo pai também era alfaiate. Porém o pai de Miller não havia trabalhado para a mesma clientela abastada de Nieting, e depois que Heinrich e Louise se casaram, em 1890, a diferença de *status* de seus pais produziu uma fissura entre marido e mulher. Louise Nieting não permitia que seu marido esquecesse que, pela lei do galinheiro que regia as famílias germano-americanas, seu pai tinha um *status* mais elevado do que o do pai dele, e Heinrich nunca alcançou o nível de sucesso de seu sogro: quando o casal se mudou para o Brooklyn em 1892 e, de novo, para Bushwick em 1900, foi para apartamentos de propriedade de Nieting. De acordo com algumas biografias, e também segundo a versão autobiográfica do próprio Miller, Louise criticava a falta de tino comercial de seu marido e, em geral, ela nutria ressentimentos pela facilidade que ele tinha para se relacionar com seus amigos e camaradas, que acabou levando-o ao hábito de beber, quando começou a achar desagradável voltar para casa, logo depois do casamento, e começou a preferir a companhia dos vendedores, fornecedores e clientes à de sua esposa.

Louise Nieting Miller mantinha a casa em ordem extremamente rigorosa e, desde o dia em que nasceu Henry, seu primeiro filho, no dia seguinte ao do Natal de 1891, ela estava determinada a transformá-lo num modelo de virtude. Os talentos e a precocidade dele compensariam a sua decepção com o marido, cuja falta de ambição já estava deixando-a exasperada. O pequeno Henry era sempre a criança mais bem-vestida de sua classe e chamava tanta atenção que ele achava que, na realidade, devia ter nascido no dia de Natal, como um novo messias. Ele se achava tão privilegiado e generoso que renunciava aos presentes ou dava a outras crianças seus próprios brinquedos para, com isso, dividir sua boa sorte com os outros. (Com a intenção de preservar a distinção de sua família, Louise certa vez puxou-o pela orelha para que fosse pegar de volta seus brinquedos.) Henry não cresceu cercado de obras de arte e literatura, mas fotografias de familiares de sua mãe, muitos dos quais continuavam na Alemanha, tinham lugares proeminentes no apartamento deles, e suas imagens evocavam a autoridade do Velho

Mundo numa América ainda inculta. Louise e Heinrich não eram eles próprios pessoas cultas, mas a religião americana do desenvolvimento pessoal combinava bem com o respeito germânico pela cultura e, por isso, davam a Henry livros como presentes e, a partir dos 10 anos, ele passou a ter aulas de piano e cítara.

Apesar de sua cultura, Miller descreveria mais tarde sua família como um manicômio — e não inteiramente sem razão, uma vez que a loucura corria no sangue da família. Sua mãe havia assumido a responsabilidade pela casa dos pais dela quando sua mãe, Emilia Insel, "enlouqueceu" e foi "levada embora", nas palavras de Miller. Miller relatou que sua mãe havia "*tido* que ser uma autocrata para manter suas irmãs na linha". Quando a irmã mais nova de Miller, Lauretta, nasceu em 1895 com um defeito que a impediu de se desenvolver intelectualmente, Miller recordou que sua mãe, "[erguendo] as mãos para o alto em desespero, perguntava 'O que foi que eu fiz para merecer isto?'". Miller, no entanto, nutria certo afeto por sua irmã — ele a chamava de "uma espécie de monstro inofensivo, um anjo a quem foi dado o corpo de um idiota" —, mas sua mãe não foi tão generosa e as deficiências de Lauretta não a eximiram das leis severas de sua mãe, e a menina era, portanto, castigada com rigor quando não cumpria a contento suas lições ou tarefas. Além da debilidade de sua irmã, a irmã da mãe de Miller, a tia Melia, "pirou" quando foi abandonada pelo marido. Ao próprio Miller, quando jovem, foi confiada a tarefa de levá-la para o manicômio, deixando-a lá com os atendentes e dando-lhe as costas quando ela correu até a cerca, suplicando que ele não a deixasse lá.

A casa dos Miller era organizada em torno dos princípios segundo os quais o pequeno Henry estava sendo educado para se autodisciplinar e ser bem-sucedido, mas, à luz da debilidade de sua irmã e dos castigos, ele se ressentia com o ambiente severo e, embora ele às vezes se aliasse à mãe contra seu pai folgado, mais tarde ele a condenaria por ser "séria, diligente e frugal". Ele obtinha boas notas na escola, mas disse que "era fácil demais para mim. Eu me sentia como um macaco adestrado". Quando percebeu que nada do que ele fazia impedia os ataques de fúria de sua mãe ou de seu pai, ele acabou por deixar totalmente de respeitar a autoridade deles. Ele se rebelou e se tornou um problema disciplinar na escola, apesar de continuar obtendo facilmente notas altas.

Quando não conseguiu mais escapar das cenas de sua mãe repreendendo seu pai ou batendo em sua irmã, Miller aprendeu a viver em sua imaginação. Ele lia com voracidade, encontrando melhor companhia nos romances e contos de cavalaria, nos quais o homem era salvador e protetor. Como seu pai, Miller escapava de casa, passando o tempo na rua; ele e os garotos da vizinhança percorriam as ruas, que eram povoadas por vagabundos e bêbados e animadas pelas guerras entre as gangues de garotos e ocasionais brigas domésticas. Isso proporcionava a Miller uma deliciosa sensação de liberdade — ele recordava o período entre os 5 e os 10 anos como o melhor de sua vida —, mas em 1900, quando tinha 8 anos, a família se mudou para Bushwick, que era um bairro menos desordeiro do que Williamsburg. Se os pais de Miller estavam felizes por sua ascensão social, para o próprio Miller a mudança significou apenas a perda de seus amigos num momento em que a deficiência de sua irmã estava aumentando cada vez mais as tensões familiares, e Miller mergulhou nos livros para substituir a vida colorida das ruas e para se libertar de sua família. Lendo romances como *Ivanhoé* e *Robinson Crusoé*, ele aprendeu a idealizar o cavalheirismo, segundo o qual o homem devia ser um cavalheiro comedido, que sustenta e protege sua mulher, embora, nas ruas, seus amigos considerassem o sexo uma armadilha na qual os homens caíam e eram devorados por suas esposas encrenqueiras. Miller idealizava a camaradagem entre amigos, mas também conservava um sentimentalismo romântico, e quando se apaixonou por Cora Seward, seu primeiro amor, aos 13 anos de idade, ele concluiu que "nunca nem pensei em trepar": ela permaneceu sendo um ideal em seu coração e, em seu livro de memórias, *First Love*, ele se refere a ela como "a inatingível". Relembrando as histórias da infância dele em seus diários, Anaïs Nin escreveu que, em lugar de um amor sublime, Miller teve "sua primeira experiência sexual aos 16 anos num bordel e pegou uma doença".

Se Miller já via o amor como fora de seu alcance, quando não conseguiu a bolsa para estudar na Cornell depois de ter concluído o colegial em segundo lugar de sua classe, ele também colocou o sucesso mundano fora de seu alcance. Em 1909, ele frequentou aulas no City College, mas desistiu depois de apenas um semestre e abandonou completamente os estudos. Ele investiu suas energias nas amizades e entrou para o clube Xerxes, um grupo de músicos que ele passaria a encontrar regularmente até 1925. Ele conseguiu um emprego como arquivista numa fábrica de cimento e complementava seu salário dando aulas de piano.

Em lugar de uma carreira, Miller começou um caso com uma mulher de 32 anos que era mãe de um de seus alunos de piano. Em suas memórias, Miller descreve Pauline Chouteau como

> delicada, pequena, com as formas bem proporcionadas e de natureza alegre. Sem instrução, mas não estúpida [...] ela tinha bom gosto, discrição e um profundo entendimento da vida [...] havia muitos anos que ela estava privada de sexo. Ela nunca voltou a se casar e, até onde eu soube, ela não havia tido nenhum amante. Estávamos ambos famintos [de sexo]. Trepávamos até derreter nossos miolos.

"Pauline não foi apenas minha amante", Miller escreveu, "mas também minha mãe, minha professora, minha cuidadora, minha companheira, tudo junto." Essa relação afastou Miller dos garotos de sua idade, uma vez que ele já estava sendo levado a sério como amante de uma mulher quinze anos mais velha do que ele, além de criar uma aresta entre Miller e sua mãe, que odiava o fato de seu querido filho estar trocando suas ambições por uma divorciada de quase o dobro de sua idade.

Depois de deixar de respeitar a autoridade de seus pais — e ter escolhido um emprego estúpido e um relacionamento sem futuro em vez de se empenhar em progredir pelo trabalho árduo —, Miller logo se desiludiu com as virtudes do emprego e deixou de respeitar totalmente qualquer autoridade. Aos 18 anos, ele não queria saber de trabalhar e dedicava-se inteiramente a evitar qualquer trabalho sem sentido, embora considerasse sua preguiça uma rebeldia contra as contradições, o absurdo e a futilidade de tudo, e dirigia sua rebeldia antes de qualquer coisa para sabotar suas próprias perspectivas. Ele ainda nutria a ideia de que era alguém especial e diferente — e continuava achando que tinha um propósito único —, mas não conseguia apontar nenhum trabalho em que pudesse se distinguir e flertava com o fracasso em lugar de se arriscar a ter sucesso. Mesmo quando seus pais podiam finalmente pagar para ele estudar na Cornell, ele pegou o dinheiro e esbanjou-o com Pauline.

Depois de passar quatro anos se sentindo culpado, durante os quais Miller não decidia nem se casar com Pauline e nem deixá-la, ele finalmente, em 1913, aos 22 anos, decidiu deixar Nova York em busca de aventura; entretanto, quando conseguiu um emprego não como vaqueiro, como esperava, mas como colhedor de limões numa lavoura, ele descobriu que o trabalho pesado e a camaradagem de mãos ásperas não serviam de substitutos para os livros e a relação que havia deixado em Nova York e resolveu voltar para casa. De volta a Nova York, Miller voltou também para Pauline, mas quando a mulher mais velha perguntou ao vagabundo sem propósito que continuava sonhando com uma infundada glória artística "Qual é a utilidade de todas essas leituras?", ele achou que ela não lhe servia. Miller sentia ter "uma tremenda obrigação moral" com Pauline, mas quando comunicou à mãe que pretendia se casar com ela, ele escreveu que ela ameaçou-o com uma faca de trinchar e ele nunca mais voltou a tocar no assunto.

Miller começou a trabalhar com seu pai, que havia comprado a metade da participação numa alfaiataria depois de receber o dinheiro da herança do sogro. Ali Miller estava encarregado de vigiar o pai — basicamente de tirá-lo dos bares —, mas também de escrever cartas mordazes, senão diretamente acusatórias, aos devedores da firma. Ele continuava sem rumo, mas disse a um amigo na época que vinha sofrendo

> os tormentos do próprio demônio nos últimos tempos, imaginando que tenho algo para dar ao mundo. Não consigo acreditar que eu seja realmente capaz de escrever qualquer coisa de valor ainda que, por nada neste mundo, eu consiga reprimir o desejo de colocar meus pensamentos no papel... Se existe alguma coisa pior do que ter uma veia artística, esta é achar que se tem.

Depois de voltar da Califórnia, Miller vinha fazendo leituras vorazes sobre filosofia e literatura anarquistas e assistindo a concertos no Carnegie Hall quando os clientes de seu pai lhe arranjavam ingressos. Os clientes do pai de Miller o introduziram num mundo de classe, refinamento e cultura — apesar de seu estado bruto —, e Miller escreveu que o poeta galês John Cowper Powys era "como um oráculo para mim" por introduzi-lo a Dostoievsky e à literatura russa, numa época em que ele mesmo não estava produzindo nada a não ser ficar imaginando tremendos diálogos.

Num casamento em 1915, Miller conheceu uma linda jovem de 23 anos chamada Beatrice Wickens, um ano mais nova do que ele e já pianista profissional, o que dava a ela, aos olhos de Miller, muita respeitabilidade. Ele pediu a ela que lhe desse aulas de piano e, em seguida, tratou de seduzi-la, e logo ele seria consumido por seu novo amor por Beatrice. Quando finalmente terminou a relação com Pauline, ele escreveu no *Book of Friends* que "me sentia tão envergonhado" que "nunca mais a procurei, nunca telefonei para ela e jamais voltei a vê-la".

O caso com Beatrice pode não ter durado muito, mas quando Miller foi convocado para prestar serviço militar em 1917, ele lhe propôs casamento para se livrar daquela obrigação. Mais tarde, ele escreveria que "eu casei da noite para o dia, para demonstrar a tudo e a todos que eu não estava nem aí para nada". Miller e Beatrice começaram a se desentender quase imediatamente após o casamento: Miller continuava trabalhando para seu pai, mas Beatrice assumiu o controle das finanças da casa, deixando-lhe apenas o dinheiro necessário para cada dia e, para se vingar das regras rígidas dela, ele levava amigos para casa, com quem ficava até altas horas. Ele passava o tempo assistindo a espetáculos burlescos, nos quais o sexo era tratado abertamente e que eram frequentados por homens que não tinham nada para fazer — e os espetáculos eram uma forma de se livrar de Beatrice, que era sexualmente inexperiente e se sentia culpada. Como Miller mais tarde escreveria, "quanto melhor era a transa, pior ela se sentia depois".

Miller havia mantido muitas de suas amizades de infância no Brooklyn e, por suas maneiras agradáveis, ele estava sempre atraindo novos amigos, de modo que vivia cercado de pessoas impetuosas em quem ele despejava suas leituras e suas opiniões polêmicas e quase niilistas sobre trabalho, sexo e a sociedade. A partir dessa época e até o fim de sua vida, Miller chamaria todos os seus amigos de "Joey", em homenagem a seu amigo Joe O'Reagan, que se hospedava com ele e Beatrice de vez em quando. Miller recorria a uma série interminável de amigos e conhecidos com os quais protagonizava sua personalidade, e se Beatrice objetava contra a presença constante deles, suas objeções se tornaram ainda mais intensas depois do nascimento da filha deles, Barbara, em setembro de 1919: a partir de então Miller ou perturbava o bebê com suas discussões ou farras com os amigos ou simplesmente não ficava em casa.

Quando o pai de Miller deixou de beber em 1920, como Miller não tinha mais que vigiá-lo, ele deixou de trabalhar na alfaiataria e começou a escrever textos curtos, que oferecia a uma pequena revista literária e pelos quais ele recebia um *penny* por palavra. Isso não bastava de maneira alguma para sustentá-lo e, como Beatrice o aporrinhava para que arranjasse trabalho, ele se candidatou a um emprego como mensageiro da Western Union. Seu pedido foi recusado e, indignado com a recusa, no dia seguinte, ele vestiu seu melhor terno e foi aos escritórios da empresa para falar com o presidente. Ele foi atendido pelo vice-presidente — a quem impressionou com sua crítica bem articulada do processo de seleção da empresa. Uma série de lutas internas pelo poder na Western Union tornava um pai germano-americano bem articulado e de cara limpa uma promessa atraente dentro de uma empresa que tomava cuidado para não contratar muitos judeus. Depois de passar um mês nas ruas como mensageiro, em fase de experiência, ele foi encarregado de uma mesa com três telefones e poder para, ele próprio, admitir e demitir mensageiros.

Miller tentou, no início, levar o emprego a sério, mas, quando percebeu que a empresa não se importava com os mensageiros, ele perdeu o interesse. Seu cargo era praticamente um convite a ser um tirano: os candidatos formavam um conjunto de tipos imprestáveis — e a rotatividade de empregados era um problema de tal maneira implacável — que ele se deixou corromper por sua autoridade sobre os candidatos. Ele começou a admiti-los e demiti-los arbitrariamente, além de exigir pagamento pelos favores. Ele deixou de cumprir horários regulares e passou a frequentar, em companhia de mensageiros, bordéis, casas de cômodos, salões de dança e bares, onde ele tanto degradava a si mesmo numa tentativa de degradar o sistema no qual trabalhava como exaltava a si mesmo em conversas noite adentro com sujeitos marginais que não conseguiam — ou se recusavam a — fazer parte do sistema.

O casamento que Miller sustentava com seu emprego não ia nada bem. A certa altura, Miller tentou penhorar sua mulher a um músico que morava com eles, mas o pensionista se ofendeu com a proposta e voltou para o Meio-Oeste. Miller e Beatrice se separaram em 1921 — ela levou a filha para ficar com uma tia em Rochester, Nova York, mas voltou depois de dois meses e, quando engravidou de novo, ele tomou emprestados 100 dólares de uma amante para pagar o aborto. Numa tentativa de reconciliação, Beatrice deu de presente a Miller o romance *Fome* de Knut Hamsun. Ela sugeriu que ele tentasse escrever e, em 1922, ele tirou três semanas de folga e escreveu *Clipped Wings*, um romance sobre sua experiência como mensageiro, onde descreveu seu amigo Emil Schnellock como "um mandachuva pomposamente enfeitado entre corvos-marinhos, como um paxá entre bastonários". Miller estava ansioso demais por provar a amplitude e a profundidade de sua experiência e de sua rebeldia e, em consequência, o romance acabou sendo uma mixórdia. "Foi uma tremenda frustração", ele disse quando o romance foi rejeitado. "Mas serviu para injetar ferro em minha espinha dorsal e enxofre em meu sangue. Pelo menos eu fiquei sabendo o que era fracassar."

Não obstante as reconciliações com Beatrice, Miller estava sempre à procura de novas amantes, e quando conheceu June Mansfield num salão de dança — ela ouviu-o falando sobre Pirandello com uma das outras dançarinas —, ele foi cativado pelo primeiro sorriso "deliberado, misterioso, fugaz" dela, como Miller mais tarde descreveria. Com 21 anos, June era estonteantemente linda, com seus cabelos escuros e sua pele clara. Nascida Juliet Edith Smerth no Império Austro-Húngaro, ela chegou aos Estados Unidos com a família em 1907 e, com seus relatos suspeitos sobre si mesma — e também sobre os homens misteriosos que a amavam —, atraiu Miller. Ele foi movido pelo impulso de protegê-la — e *conhecê-la* — e, quando ele viajava para a casa dela e lhe escrevia longas cartas, era de tal maneira tomado de amor por ela que, quando June não as respondia, ele era apenas levado a escrever mais cartas. Quando finalmente ela passou uma noite com ele, a desenvoltura sexual dela o satisfez apenas por um breve período de tempo, antes de ele se ver na situação do amante que fica imaginando claramente as cenas em que sua amada deve ter aprendido a ser tão desenvolta. Essa insegurança pode ter sido uma tortura, mas excelente impulso para fazer literatura, e Miller passou a ter a ocasião ideal para escrever diatribes, queixas, declarações, narrativas, explicações e reconciliações.

Para acabar com seu casamento — que passou a ser impedimento a seu novo amor —, Miller tramou uma cena na qual Beatrice o flagraria na cama com June, mas, apesar de isso ter fornecido a Beatrice motivos para o divórcio, ela e Miller só foram realmente se separar em dezembro de 1923. Miller ficou oscilando entre June e Beatrice por um tempo, e June acabou conseguindo comprometê-lo, acendendo o fogo da paixão, provocando ciúmes nele com as histórias que contava sobre seus amantes anteriores. Miller e June se casaram no dia 1º de junho de 1924 e, quando ele finalmente largou o emprego na Western Union no final de 1924, ele já se encontrava à beira de ser despedido por faltar ao trabalho e por sua frequência irregular. Solidária com a repulsa dele ao trabalho, June resolveu fazer dele um escritor: aceitou ser ela própria a provedora para que ele dedicasse seu tempo a escrever, mas se instalou com ele num apartamento que não tinha como pagar, numa parte nobre de Brooklyn Heights. Eles atrasaram o pagamento do aluguel já quase desde o primeiro mês, mas June revelava uma rebeldia, uma anarquia e uma impetuosidade que agradava a Miller. Ela o ajudava em sua rebeldia contra tudo que sua esposa e filha simbolizavam — respeitabilidade burguesa, trabalho árduo, progresso e sucesso — e ele se entregou aos cuidados dela.

Se Miller achava que podia salvar June de si mesma, um de seus meios de ganhar dinheiro foi abrir um boteco clandestino no porão da casa de arenito em que moravam em Nova York, onde basicamente ele acabou sendo seu cafetão, levando comida e bebida aos "clientes dela" na parte da frente do apartamento deles enquanto ela entretinha um cliente de cada vez no quarto dos fundos. Miller parecia aceitar bem os negócios dela, pelo menos enquanto June continuasse sendo aquela em que ele confiava. Como Miller escreveria anos mais tarde em *Sexus*: "Quanto mais amantes ela atraía, maior era o meu próprio triunfo pessoal. Porque era a *mim* que ela amava, sobre isso não havia nenhuma dúvida."

Para sustentar a si mesma e a Miller, June acabou deixando o salão de dança para trabalhar numa casa de chá, onde os homens ficavam sentados por muito tempo com as mulheres, pagando bebidas caras. June estava convencida de que poderia ser atriz e alimentava a ilusão de um dia tornar-se uma importante personalidade; e com Miller agora escrevendo, ele próprio imerso em suas ideias grandiosas, eles passaram a dar incentivo um ao outro para acreditar em seus talentos e no futuro promissor que tinham pela frente. Mas na verdade eles mal estavam conseguindo sobreviver e passavam boa parte do tempo imaginando meios criativos de ganhar dinheiro sem ter de realmente trabalhar. Em seu "tormento pelo fato de June ser uma interesseira, que constantemente vem perturbar a minha mente" — em seu desprezo pelo mundo que não reconhecia a sua genialidade, em seu desespero ante a sua própria passividade e omissão —, Miller transformou sua fraqueza naquilo que ele chamou de "bufonaria literária proposital".

Se ele não estava escrevendo, estava pelo menos vivendo um pouco mais perto da vida de um escritor rebelde e boêmio. Ele começou a enxergar em tudo possíveis materiais para um livro: começou a viajar pela cidade, compondo textos sobre as vizinhanças, seus moradores e suas histórias, enquanto June trazia seus clientes para conhecê-lo. Quando as recusas já formavam uma pilha, Miller resolveu publicar seus textos por conta própria e, com a ajuda de June, imprimiu pequenos textos em papel grosseiro. Eles não tiveram muito sucesso em suas vendas de porta em porta, mas quando June levava-os aos cafés, tinha vezes que esgotava seu estoque, embora nunca tenha ficado claro se os impressos eram mais do que pretextos para June contar pessoalmente suas histórias e até mesmo se vender para os clientes. Começando por ofuscar o seu marido nas vendas, June acabou propondo que tirassem totalmente o nome Miller e imprimissem o dela nas capas, com a esperança de ganhar mais dinheiro se ficasse parecendo que o trabalho era seu. Miller não deixou que June imprimisse seu nome nos escritos dele, mas os dois continuaram tentando diferentes formas de ganhar dinheiro — venderam doces que transportavam em maletas em bares e cafés, os *mezzotints*, como chamavam seus livretos impressos —, mas todas as tentativas acabavam da mesma maneira: June era melhor vendedora e quando ela saía para vender, voltava com mais dinheiro do que valiam suas mercadorias, e Miller ficava se perguntando o que mais ela teria vendido ou prometido a seus clientes.

Mesmo com todos os expedientes que tramavam, o dinheiro nunca era suficiente. Miller não estava pagando a pensão a sua ex-mulher e temia ser preso por isso. Depois de uma viagem a Flórida para tentar tirar proveito de uma bolha imobiliária que já havia estourado, ao voltar para Nova York, Miller descobriu que ele e June haviam sido despejados. Ela voltou para a casa de sua família e ele foi morar com seus pais e sua irmã, onde tinha de se esconder dentro de um armário quando seus pais tinham visitas. Depois de novas investidas para escapar aos "idiotas" e "estúpidos" que viviam oferecendo dinheiro a June, Miller tentou escrever roteiros turísticos e contos para revistas, mas não conseguiu vender nada, e ele e June tiveram que confiar em seus talentos para arrancar dinheiro de "patrocinadores". Quando Miller finalmente arranjou um emprego por estarem em extrema necessidade, June o desencorajou e ele desistiu depois do primeiro dia, colocando-se de novo inteiramente nas mãos dela.

June acabou detestando Miller por não cumprir sua promessa de tornar-se um escritor famoso e, em 1926, ela conheceu Jean Kronski, artista que havia alcançado o sucesso que ela esperava de Miller. June levou Jean para morar com eles no apartamento e passou a humilhar Miller, colocando tanto sua arte como sua virilidade em questão com sua paixão lésbica por Jean. Anaïs Nin descreveria em seu diário como eles viviam:

> Cama desarrumada o dia todo; muitas vezes com pilhas de sapatos sobre ela; lençóis revirados. Usavam camisas sujas como toalhas. As roupas sujas raramente eram lavadas. Pias entupidas por excesso de lixo. A louça era lavada na banheira, que vivia engordurada e com as bordas escuras. O banheiro era gelado como um refrigerador. Os móveis eram quebrados para servir de lenha. As cortinas viviam fechadas e nunca eram lavadas, uma atmosfera sepulcral. O piso estava sempre coberto de gesso calcinado e havia ferramentas, tintas, livros, pontas de cigarro, lixo, louça suja e potes esparramados. Jean andava o dia todo pela casa de macacão. June sempre seminua e se queixando do frio.

Miller caiu em depressão profunda e, quando ouviu June dizendo a Jean que "meu amor por Val [Miller era chamado por seu segundo nome, Valentine] é apenas o de uma mãe por seu filho pequeno", ele fez uma tentativa fracassada de suicídio. Tomou alguns comprimidos que seu amigo psiquiatra havia lhe dado, mas eram apenas comprimidos fracos para dormir e Miller não concretizou a cena dramática que supostamente esperava, embora ele tenha tentado escrever um bilhete suicida.

Em fevereiro de 1927, Miller passou dez dias de cama por causa de uma crise nervosa, com hemorroidas e mal-estar generalizado, mas também lendo Proust, cuja [personagem] Albertine forneceu a ele o modelo de como escrever sobre June. Em Proust, Miller encontrou uma forma narrativa de converter suas memórias e experiências em literatura, sem a trama complicada e estruturada que exigiria dele assumir um ou outro personagem-narrador para contar uma história convincente. Miller concluiu que ele já era o personagem sobre quem poderia escrever.

June e Jean viajaram juntas para Paris na primavera de 1927, logo depois de um amigo ter arranjado um emprego para Miller no Brooklyn Parks Department. Com um emprego fixo — e com June e Jean longe —, Miller tinha tempo para voltar a pensar em escrever e, numa noite após o trabalho, ele escreveu cerca de trinta páginas de anotações que, mais tarde, se tornariam o núcleo da trilogia *A Crucificação Encarnada*, na qual narraria sua vida com June e Jean como uma grande história de amor e traição. Ele também começou *Moloch*, um romance em que contava seu primeiro casamento e, embora o livro só fosse publicado postumamente, o esforço para organizar e registrar suas lembranças serviu para reanimá-lo e ele começou a trabalhar seriamente. Ele tinha todo o material necessário e já havia sido tão humilhado que não tinha nada a perder com um novo fracasso. Quando June voltou sozinha de Paris — Jean havia ficado com um escritor austríaco —, embora ela o tenha convencido a largar seu emprego imediatamente, ele agora tinha um plano e estava mais do que nunca determinado a escrever.

Logo após seu retorno, June mostrou os escritos de Miller a "Pop" Freedman, um cliente dela que ficou impressionado com *Moloch*, acreditando que tivesse sido escrito por ela. Pop propôs a June pagar-lhe um salário regular desde que ela lhe mostrasse novas páginas a cada semana. Isso permitiu a Miller escrever e, quando terminou o romance na primavera de 1928, Pop aprovou o manuscrito. Com o dinheiro — que era suplementado pelo que a própria June ganhava —, Miller e June viajaram para Quebec. Depois, no verão de 1928, eles foram para a Europa, onde viajaram de trem e bicicleta. De volta a Nova York, Miller começou a escrever outro romance sobre ele mesmo, June e Jean. Enquanto Miller escrevia *Lovely Lesbians* — ou *Crazy Cock*, como acabaria sendo publicado postumamente —, June começou a usar cocaína e álcool, o que tornava suas narrativas cada vez mais desordenadas, e Miller tinha que despender cada vez mais tempo à sua procura de bar em bar ou tentando estabelecer a verdade por meio do que ela lhe contava.

Em fevereiro de 1930, Miller partiu de novo para Paris, dessa vez sozinho. Levava apenas dez dólares consigo, mas estava otimista, porque June lhe enviaria dinheiro quando recebesse de seus clientes. Havia mudanças no ar: Beatrice havia se casado de novo e, com isso, ele não estava mais preocupado com a possibilidade de ser preso por tê-la abandonado; e Jean havia voltado para Nova York e se matado num manicômio. Em Paris, Miller conheceu Alfred Perlès, o escritor austríaco com quem Jean havia ficado, e encontrou Richard Osborn, um amigo de Nova York. Perlès e Osborn o ajudaram a procurar trabalho e patrocinadores e ele também conheceu os poetas americanos Walter Lowenfels e Michael Fraenkel, que o introduziram num tema que ele usaria em *Trópico de Câncer*: que o mundo estava francamente decaindo rumo à morte. E, o mais importante, Fraenkel instigou Miller a adotar o estilo revolucionário de narrativa com que escreveria as obras que o tornariam famoso, ou seja, a narrativa que segue o fluxo da linguagem falada.

Então Miller começou a escrever seriamente; levando sempre consigo um caderno de anotações, ele começou a escrever textos curtos sobre suas andanças por Paris. Ele estava em processo de ebulição: "a seiva está circulando", ele escreveu numa carta para Emil Schnellock. "Eu acordo com a mão cheia de sêmen, ideias me ocorrem no banheiro, no metrô, nas cabines telefônicas etc. Bom sinal.

Ótimas notícias." Ele estava sempre escrevendo, traduzindo suas andanças em cartas épicas que chegavam a ter vinte páginas, repletas de observações exorbitantes e detalhadas sobre Paris. Tais cartas eram os primeiros esboços indisfarçados de artigos, resumos, histórias e textos que ele escreveria para revistas e jornais, bem como textos que ele acabaria usando em *Trópico de Câncer*. Muito em breve seus rascunhos — sobre corridas de bicicleta no Cirque Medrano e sobre as prostitutas parisienses e os filmes de Luís Buñuel — começariam a ser aceitos pelo *Herald* de Paris e pela *New Review* de Samuel Putnam e, com isso, Miller começaria a angariar certa notoriedade nos cafés de Paris, como escritor boêmio altamente promissor.

June chegou a Paris em setembro de 1930 para uma breve permanência e, em novembro, Miller estava considerando a possibilidade de voltar para Nova York, a não ser que Richard Osborn, que trabalhava na agência de Paris do National City Bank, lhe oferecesse moradia gratuita. Miller continuou em Paris e escrevendo. Ele continuava sem dinheiro, mas tinha uma longa lista de amigos a quem podia recorrer para obter pequenos favores — sem jamais se tornar pesado demais para nenhum deles — e contou a Emil Schnellock que havia até se tornado amigo de uma prostituta que gostava tanto dele que não cobrava pelas transas. Ele tinha uma lista de amigos dos quais ele podia esperar uma boa refeição e, seguindo um rodízio cuidadoso, ele podia sobreviver com apenas uma boa refeição diária. Desincumbido das principais despesas, ele estava livre para tirar proveito da boa sorte em pequenas oportunidades, e sua vasta experiência em pobreza começou a parecer algo inspirador e até mesmo sagrado. Miller estava se tornando uma personalidade em Montparnasse e chegou a aparecer com destaque na coluna de fofocas do *Herald Tribune*. Por intermédio de Alfred Perlès, ele arranjou um trabalho de meio expediente como revisor de provas dos relatórios financeiros do *Herald Tribune* em agosto de 1931, mas quando June chegou a Paris em outubro, ela convenceu-o outra vez a largar o emprego. Porém ela estava perdendo o controle sobre ele e também teve que voltar para Nova York sozinha.

No verão de 1931, Miller terminou de escrever *Crazy Cock* e começou o que ele chamou de livro "que vá tudo pro inferno", *Trópico de Câncer*, que era uma narrativa livre sobre sexo, bebida e desprezo por todos os costumes e limites burgueses. O livro não era um romance, mas um livro de memórias surreais, repleto de discursos cáusticos contra a inutilidade do trabalho numa cultura onde progredir era uma forma de insanidade. Miller estava finalmente transformando sua própria vida em literatura, catalisando seus fracassos e suas humilhações. Ele havia por acaso encontrado uma nova forma de abordar a literatura — uma literatura tão desestruturada, honesta e pessoalmente reveladora em que arriscava ser totalmente desmoralizado, por expor-se inteiramente como autor. Ele disse a Schnellock que o livro "vai deixar o leitor ainda mais alienado. É quase como se eu tivesse decidido impedir que o leitor viesse a gostar de mim", embora, à medida que sua escrita começou a ganhar importância, um número cada vez maior de pessoas passou a mostrar-se disposto a apoiá-lo. Em outubro de 1931, Miller escreveu para Schnellock dizendo que estava precisando de "um pouco de paz, um pouco de segurança para poder trabalhar. Na realidade, eu devo parar de viver por um bom tempo e dedicar-me apenas a trabalhar. Estou farto de acumular experiências". Nessa nova atmosfera de propósito literário, Miller disse a Schnellock que considerava o amor "um mundo para o qual eu bati a porta e jamais vou tentar voltar a abri-la, mas devo confessar que, às vezes, à noite, eu vou até lá e fico parado desejoso diante da porta, ciente de que deixei para trás uma das dádivas mais caras e preciosas".

Assim, quando Miller aceitou o convite de Richard Osborn para jantar com a esposa de um banqueiro que havia escrito um livro sobre D. H. Lawrence, ele estava interessado apenas em conhecer personalidades interessantes e desfrutar refeições gratuitas oferecidas por pessoas que poderiam vir a apoiá-lo. Ele estava desempenhando o papel de boêmio que, com sua linguagem sexual grosseira, se colocava deliberadamente fora de lugar nas casas refinadas de possíveis patrocinadores. Quando conheceu Nin, ela ficou escandalizada com sua linguagem grosseira, seu escárnio sexual e seus relatos de experiências na rua, mas considerou-o alguém "cuja vida tornou-o um ébrio". Quando Nin e Guiler voltaram a convidá-lo para jantar, June havia acabado de chegar de Nova York. June ficou com ciúme da nova patrocinadora de Miller e, quando convidou a si mesma para ir junto, ela liberou os desejos reprimidos de Nin e deu a Miller e a Nin os motivos para as conversas que os levariam a uma profunda intimidade literária e sexual.

III.

Em 1923, ao mesmo tempo que Miller estava apenas começando sua batalha autodestrutiva com June, Anaïs Nin, doze anos mais nova, estava se casando com 20 anos e começando uma vida financeiramente segura. Sua própria família era bastante pobre, mas, apesar de sua relativa pobreza, Nin havia mostrado a seu recente marido uma aparência de riqueza e cultura. Sua mãe, Rosa Culmell, era a filha mais velha de um afamado mercador cuja família dinamarquesa tinha vínculos com usineiros de açúcar cubanos, e o pai de Nin era um pianista reconhecido e de grande cultura. Anaïs havia, portanto, sido criada em alto estilo em cidades de toda a Europa.

Rosa Culmell era a filha mais velha de uma família numerosa e havia atuado tanto como secretária social de seu pai quanto como mãe de seus oito irmãos menores depois que sua mãe — avó de Anaïs — que abandonou a família. Rosa conquistou muita liberdade e autoridade coordenando a agenda social muito concorrida de seu pai e, mesmo depois de três de suas quatro irmãs terem se casado, continuou preferindo sua independência na casa do pai ao papel de esposa na de seus pretendentes.

Com 30 anos, no entanto, Rosa foi atraída para o jovem garboso de 22 anos que ela viu tocando piano numa loja de instrumentos musicais. Joaquín Nin y Castellanos havia nascido em Cuba, mas fora batizado na Espanha, o que o distinguia nos círculos seletos da alta sociedade cubana. Ele havia, no entanto, fugido da Espanha e voltado para Cuba depois de ter sido ameaçado com um chicote pelo pai de uma menina que estava cortejando, e agora via um atraente prospecto em Rosa Culmell — não apenas por ela ter sido atraída para ele, mas também porque sua família rica tinha condições de sustentá-lo em grande estilo. A família de Rosa chegou de fato a proibir o casamento no início, mas Rosa conseguiu introduzir Joaquín na casa para aulas de canto e, depois de um ano de namoro e preparativos, eles deram juntos um concerto em 1902 e logo depois se casaram. Eles viajaram então para a Europa, onde a família dela sustentou-os enquanto eles davam os concertos e as aulas que fizeram deslanchar a carreira de Joaquín.

A família dela pode ter ajudado a deslanchar a carreira de Joaquín, mas quando Rosa deu à luz Anaïs, a primogênita — nascida em fevereiro de 1903 —, ele se recusou a ser ligado à sua própria família. Em viagem, Anaïs escreveria que seu pai fora sempre "paparicado por mulheres" e que isso deixava Rosa enciumada, mas se ele era "um príncipe incrivelmente cortês" em público, Anaïs o descreveu como "grosseiro, muito diferente" na vida privada, enquanto ele se queixava das manhas e da saúde precária da filha. Quando seus irmãos nasceram — Thorvald em 1905, em Havana, e Joaquín em 1908, em Berlim —, todos os três irmãos passaram a sentir a desaprovação do pai em forma de surras. Se Rosa objetava as críticas que Joaquín lhe fazia — ou as investidas dele à sua irmã Juana, entre outras mulheres —, ele trancava as crianças para bater nela ou trancava-a para bater nas crianças, torturando-a com os gritos dos filhos.

Mais tarde, a própria Nin descreveria as surras como ocasiões para a prática de abuso sexual, embora seus relatos sejam duvidosos. Depois de uma anotação em seu diário em que descreve um ato sexual com seu pai em detalhes vívidos, ela prossegue: "Eu acho que isso realmente aconteceu. Eu não acredito que meu pai tenha me penetrado sexualmente, mas acredito que ele tenha me acariciado enquanto me batia (ou em vez de me bater)". Embora ela própria não confirme que tenha sido sexualmente abusada, as evidências em seus diários e romances, como também em suas atitudes, levaram seus biógrafos a especular que mais provavelmente isso tenha acontecido. Independentemente de ele ter ou não feito sexo com a filha, Anaïs recorda que seu pai sempre a tratara como uma criança feia, embora a perseguisse com sua câmera, fotografando-a nua no banho. Joaquín fotografava todos os seus filhos nus — ele acreditava na beleza do corpo humano —, mas quando Anaïs tentou descobrir o que agradava a seu pai, a sua nudez era o que distinguia o afeto da desaprovação dele e, posteriormente, ela escreveria que "ele sempre me queria nua. Toda admiração dele se dava através da câmera". Pelo resto do tempo, seu pai era crítico e severo. "Meu pai não queria uma menina", ela escreveu em seu diário. "Ele dizia que eu era feia. Quando eu escrevia ou desenhava alguma coisa, ele não acreditava que havia sido eu. Não me lembro de alguma vez ter sido acariciada ou recebido um elogio dele, a não ser quando eu quase morri quando tinha 9 anos. Havia sempre cenas, surras e seus implacáveis olhos azuis em cima de mim."

Como se a combinação de surras e assédios sexuais não bastasse para perturbá-la, Nin ficou arrasada em 1914 quando seu pai abandonou a família para cortejar uma estudante rica, Maruca Rodriguez, que era apenas seis anos mais velha do que Anaïs. Ninguém conseguia convencer Anaïs de que ela não era a responsável pelo abandono de seu pai e, por muito tempo, ela acreditou que, com certos atos virtuosos, ela poderia convencer o pai a voltar para casa. Porém ela andava apavorada com a possibilidade de sofrer outros abandonos, e Rosa se lembra de que a filha chorava desconsoladamente toda vez que a mãe ou avós saíam de casa para fazer alguma coisa, certa de que eles não voltariam.

Quando o pai de Rosa morreu em 1906, os testamenteiros de seus bens haviam determinado que ela e seu marido já haviam recebido mais do que sua parte da herança e, por isso, quando Joaquín a abandonou para ficar com Maruca, ela não pôde voltar para a casa de sua família: e foi com as crianças viver com os pais de Joaquín na Espanha. A mudança não significou nada em termos de reconciliação do casal — Joaquín só escrevia a Rosa para impor suas exigências quanto a como ela devia educar os filhos, mas escrevia bilhetes ternos para Anaïs, instando-a a cultivar uma sensibilidade artística e gosto pelas coisas belas. Anaïs, sua mãe e seus irmãos podiam estar vivendo na Espanha com a família de Joaquín, e ela podia estar falando espanhol em sua vida cotidiana, mas seu pai exigia que ela lhe escrevesse em francês — língua que ele usava em sua carreira musical — e, assim, Anaïs começou a escrever um diário num francês fonético próprio e, por muito tempo, ela continuou se identificando com tudo que era francês, por lealdade a seu pai.

Apenas alguns meses antes de irromper a Primeira Guerra Mundial, Rosa levou Anaïs e seus irmãos para morarem com sua irmã em Nova York, a tia Edelmira; e sua outra irmã, a tia Antolina, deu dinheiro a Rosa para comprar uma casa. A essa altura, Anaïs havia crescido numa série de cidades europeias — a família havia se mudado para Berlim em 1905, para Bruxelas em 1909, depois para a Espanha e agora para os Estados Unidos em 1914 — e sua educação havia sido irregular, mas como europeia em Nova York, ela era diferente das estudantes americanas e tirava proveito de seu exotismo: ela passou a usar roupas chamativas que, segundo ela escreveu em seu diário, "criavam uma distância entre mim e as outras pessoas". Mas Nin era uma aluna desobediente que não gostava de ir à escola nem de se submeter à disciplina do currículo escolar. Ela preferia sua própria visão das coisas; na escola, ela disse: "eu aprendo coisas que não me interessam e, às vezes, eu chego a temer perder inteiramente a imagem mental delicada e única que tenho da beleza das coisas ao meu redor". Essa imagem mental residia basicamente em seu diário, no qual ela registrava tudo que acontecia em sua vida, além de experimentar diferentes aspectos de sua personalidade: durante todos os anos de sua adolescência, ela descrevia a si mesma ou como namoradeira ou como mãe sacrificada e ainda como esposa cumpridora de seus deveres, filha devotada, amante sedutora, iconoclasta rebelde e mulher moderna independente.

Em Nova York, Rosa deu alguns concertos, mas não cantava suficientemente bem para se sustentar e acabou alugando quartos em sua casa para músicos, de maneira que Nin cresceu cercada de artistas e, tendo as irmãs de Rosa por perto, ela também ouvia muitas histórias de prósperos relacionamentos. Rosa ganhava algum dinheiro intermediando compras, primeiro para suas irmãs e depois também para outras famílias cubanas endinheiradas: ela enviava para Cuba os últimos lançamentos da moda em Nova York e acrescentava 10% em comissão. Em 1919, quando Nin estava com 16 anos, seu pai finalmente pediu o divórcio, mas foi quando, na mesma época, a indústria açucareira cubana entrou em colapso, acabando com o negócio de Rosa. Quando Rosa começou a lutar com dificuldades financeiras, Anaïs convenceu-a a deixar que ela largasse a escola para ajudá-la na pensão. Ela conseguia algum dinheiro extra desenhando figurinos e fazendo roupas para artistas e ilustradores, ocupação que lhe permitia "ficar horas e horas", ela escreveu, "tão calada e tão parada que eu podia sonhar, sonhar e sonhar, enchendo meu coração de alegria", mas também a expunha aos assédios indecorosos dos artistas, aos quais ela respondia com a confusão típica de uma virgem. Mas Anaïs mal havia começado a tomar consciência de seu corpo e iniciou o que se tornaria um hábito seu por toda a vida, o de abster-se de comer — o que colocou sua figura mais esguia em evidência por um ato de vontade própria, que contrariava uma existência até então passiva, embora ela justificasse a iniciativa com a desculpa de ajudar a mãe a reduzir as despesas.

Nin lia muito e variadamente naquela época, mas seus esforços para concluir seus estudos, frequentando cursos na Columbia, foram apenas pela metade — não em literatura, mas em "composição, gramática, francês e garotos". Ela era conhecida como o flerte da moda nos bailes locais e, em 1919, ela iniciou uma correspondência romântica com seu primo Eduardo Sanchez, cujo pai, um rico criador de gado em Cuba, desdenhava sua sobrinha pobre e conseguiu mantê-la longe de seu filho. Mas em 1921, numa festa em Forest Hills, ela conheceu Hugo Guiler, que havia se formado pela Columbia University depois de uma infância severa na Escócia. Quando conheceu Nin, Guiler vinha trabalhando havia dois anos no National City Bank de Nova York: ele convenceu a si mesmo de que estava criando uma "base sólida" para suas ambições poéticas, mas parece que ele gostou do trabalho de administrar contas bancárias e eventualmente recrutar clientes. Guiler e Nin iniciaram uma correspondência e trocaram poemas, e Guiler foi o primeiro a dizer que "um dia o mundo reconhecerá Anaïs Nin Guiler como uma de suas mulheres mais importantes de todos os tempos".

Assim como os pais de Sanchez, os de Guiler também tentaram impedir o casamento. Guiler vinha de uma família de escoceses abastados, que haviam prosperado na indústria açucareira de Porto Rico, e o jovem Guiler havia sido criado numa combinação de ideias progressistas sobre arte e individualismo e o que ele chamava de "extrema opressão moral e religiosa". Ele foi educado em Porto Rico até a idade de 10 anos, quando então foi enviado para uma escola na Escócia. Durante todo o tempo que passou na escola, ele só via seus pais nas saídas a cada dois anos, mas agora eles se opunham a seu interesse por Nin — por ela ser de família pobre e também por ser católica — e o mandaram para longe de Nova York, mas Guiler e Nin persistiram e noivaram. Em 1923, eles se casaram em Cuba, numa cerimônia da qual participaram as tias de Nin, mas não os pais de nenhum deles. Em consequência, Guiler foi excomungado pela família — e seria finalmente deserdado —, mas se tornou o patriarca e provedor de Nin, como também da mãe e dos irmãos dela em dificuldades.

Nin e Guiler eram ambos reprimidos e ignorantes sexualmente e Nin escreveu que eles não consumaram o casamento de imediato. Ela escreveu em seu diário que acreditava que "Hugo controla e reprime grande parte de seus impulsos", mas isso pode ter sido em parte o que a atraía nele, pois ele havia prometido não forçá-la sexualmente. A própria Nin não era mais arrojada, no entanto. Ela mesma havia sido mantida ignorante dos assuntos relativos ao sexo e escreveu que sua mãe a havia desaprovado severamente quando lhe perguntara sobre a mancha molhada em seu maiô que havia resultado das carícias de Guiler. Agora que eles estavam casados, Nin dizia que a relação era de "incesto entre irmão e irmã".

Como Nin e Guiler não constituíram uma família própria, Guiler submergiu em seu trabalho no banco, enquanto Nin se ocupava de administrar a casa. Quando a mãe e os irmãos de Nin fugiram para Paris para escapar dos credores de Rosa em 1924, Nin e Guiler os seguiram e Guiler assumiu um cargo na agência do banco em Paris, em 1925. O franco havia sido grandemente desvalorizado desde a Primeira Guerra Mundial e, por isso, todos moravam juntos confortavelmente e viviam do salário dele, mas como Nin estava ávida por experiências artísticas, ela vivia se excedendo em luxos e tinha muitas vezes que tomar dinheiro emprestado da mesada de sua mãe e até do salário da empregada. Ela decorou seu apartamento com velas e peças raras de móveis e decoração para tornar o ambiente apropriado para a poesia, a sensualidade e o exotismo. O amigo de Miller, Alfred Perlès, descreveria mais tarde a casa de Guiler e Nin como "aconchegantes painéis de mogno, vitrais coloridos como em Granada, claraboias mouriscas, sofás baixos com almofadas de seda, mesas embutidas, mosaicos em pedra e vidro, café turco servido em bandejas de cobre batido, licores espanhóis agridoces. Num canto escuro, queimava-se incenso". A decoração artística de Nin paradoxalmente rendeu lucros à carreira de Guiler, uma vez que seus clientes apreciavam os gostos refinados e os cuidados de sua esposa, mas, quando sua carreira realmente deslanchou, Guiler foi impedido de se desenvolver como artista e Nin acabou se queixando em seu diário de que "nossa vida foi totalmente estragada por seu trabalho no banco".

Nin estava cultivando sua própria arte, além da decoração da casa. Durante uma visita de John Erskine, professor universitário de Guiler, Nin conheceu Hélène Boussinescq, tradutora de francês de Sherwood Anderson, que ensinava literatura americana num liceu, e Erskine e Boussie, como era chamada, despertaram Nin para a literatura moderna. Ela começou a ler amplamente a literatura surrealista, como também a literatura erótica francesa, tentando entender por que o sexo estava tornando seu casamento tão miserável. Depois do colapso da bolsa de valores em 1929, ela começou a economizar, ficando em casa, pesquisando e escrevendo um pequeno livro de crítica focada no tema sexual dos romances de D. H. Lawrence. Quando foi finalmente publicado com o título *D. H. Lawrence: An Unprofessional Study*, o livro escandalizou tanto sua mãe e seu irmão que eles se mudaram da casa em que moravam com ela e Guiler.

Fazendo suas próprias pesquisas, Nin se tornou mais aberta a experiências sexuais e começou a flertar livremente. Quando ela frequentou aulas de dança, despertou a paixão de seu instrutor, como também de um dos músicos e, enquanto tentava publicar seu manuscrito, ela permitiu a um assistente editorial, Lawrence Drake, que se masturbasse até gozar entre suas pernas. Ela começou também a testar a prática da traição e, depois de algumas esfregações inconclusivas com Erskine — o professor reverenciado por seu marido que era trinta anos mais velho que ela —, Anaïs fez uma descoberta revolucionária em outubro de 1931, quando confessou o ato a seu marido: Guiler ficou arrasado, mas o ciúme despertou nele uma paixão que os fizeram saltar por cima das delicadas sensibilidades que os havia inibido desde o começo. Nin havia aprendido a usar o ciúme para incitar paixão nos homens — ela estava começando a aprender, como June, a acender a paixão dos amantes, jogando um amante contra o outro. No entanto, ela continuava reservada e — também como June — se recusava a se entregar totalmente a qualquer homem, até mesmo para seu marido.

IV.

Nin pode ter colocado June contra Miller e Miller contra seu marido para obter a atenção de cada um deles, mas, depois que Nin e Miller se descobriram por meio de seus escritos, o sexo deixou de ser simplesmente uma necessidade física: ele era agora uma forma de intimidade rebelde e a infidelidade sexual tornava-se um ato pelo qual ela e Miller devotavam-se aos escritos um do outro, como também a suas carreiras literárias. Inspirada na vida sexual desinibida de Miller, Nin começou a se liberar numa época em que as teorias de Freud sobre sexo e repressão faziam com que a liberdade erótica parecesse a última fronteira de um mundo desumano, mecanizado e decadente: os tempos eram definidos pela carnificina da Grande Guerra, pela explosão da indústria e pela recente onipresença das máquinas, de maneira que era fácil perceber a intimidade emocional alcançada por meio do sexo como a derradeira experiência humana numa cultura moribunda. Rebelando-se contra a mecanização do mundo — tanto quanto contra a complacência e a hipocrisia da burguesia —, Miller e Nin consideravam o casamento um compromisso obsoleto e absurdo, que servia apenas para distrair as pessoas do verdadeiro propósito de suas vidas: conhecer e expressar a si mesmas e viver plenamente suas vidas — especificamente suas necessidades contraditórias — a despeito das restrições da sociedade. Unidos por esse propósito comum, o que Miller e Nin viveram juntos era mais do que amor: era uma missão sagrada de subverter o mundo.

A partir de abril de 1932, Miller e Nin assumiram com prazer sua rebeldia. Eles estavam transformando seu amor em literatura e nova vida — eles estavam "fecundando" o mundo, como eles diziam, e Nin usava o dinheiro de seu marido para suprir todas as necessidades de Miller para que ele pudesse se dedicar a escrever. Como ela descreveu em seu diário, ela sentia "a perfeita divina *objetividade* inumana. Depois eu [lhe] dava amor: faça o que quiser — use-me. Eu amo você. Eu quero servir você, alimentar você. Henry fez bom uso do meu amor, maravilhosamente bem. Ele criou livros com ele". A tensão gerada pelos diversos casos amorosos — primeiro o flerte com June, depois o caso mais sério com Miller, a seguir, a atenção renovada que dava a seu marido e, por fim, a ainda outros casos — tornou a escrita de Nin igualmente incandescente e ela passou a transformar sua vida sexual numa literatura confessional totalmente sem precedentes em seus diários.

Nin reconhecia que estava desafiando todas as leis da sociedade, mas ela estava se aventurando na exploração de sua própria natureza como criatura sexual e estava descobrindo por si mesma as leis que governavam o amor e a escrita, o sexo e a psicologia. Ela estava descobrindo o distanciamento do escritor, a autoconfiança do poeta e o autodomínio de que Nietzsche falava — e todos juntos lhe permitiram suportar até as experiências mais degradantes. Ela estava descobrindo que, enquanto registrasse a verdade de suas experiências, ela estaria cumprindo o dever maior de se realizar pessoalmente. Quando ela mostrava seus escritos a Miller, ele via uma lealdade à literatura por trás da infidelidade dela ao marido — e até mesmo por trás da infidelidade a ele próprio — e encorajava-a a se vingar da vida que a havia limitado, ofendido e divorciado-a dela mesma durante seus anos de repressão.

Quando June voltou a Paris em outubro de 1932, Miller e Nin vinham passando dias e noites em conversas literárias e fazendo sexo e, ao mesmo tempo, experimentando um amor que podia ser profundamente solidário e incentivando um ao outro a se rebelar contra as convenções: então eles já nutriam uma desconfiança saudável antes das histórias caóticas que June contava e de suas promessas duvidosas. Naquela época, June andava mal de saúde — provavelmente por causa do uso de drogas —, mas por amar Nin e gozar do apoio financeiro dela, Miller se mostrou mais paciente com as manipulações de June e suportou sem reagir da maneira que costumava aos tormentos e ciúme. Segundo Nin, June finalmente pareceu a ele ser "uma criança doente — interessante como tal, porém estúpida e vazia".

Nin ficou então também exasperada com June, mas também se sentia ameaçada pelos efeitos que June causava em Miller, pois ele parecia oscilar, apesar de seu novo afeto por Nin. Para conquistar Miller de volta, Nin mostrou a ele seu diário sobre "June", com suas intuições femininas sobre o poder da mulher de Miller, aliando-se a ele contra June. June percebeu a aliança deles e, uma noite, depois de um tremendo porre, a "viagem maravilhosa" de Nin acabou quando ela viu June "inerte no chão, rolando sobre seu vômito". June deixou Paris em janeiro de 1933 depois de repudiar todos os presentes de Nin. Ela os deixou num pacote, amarrado a uma carta de amor que Nin havia lhe escrito, juntamente com um bilhete para Henry, dizendo: "Por favor, peça imediatamente o divórcio".

A partida de June deixou Miller e Nin sozinhos de novo em seu enlevo. Nin escreveu em seu diário:

> Ontem à noite Henry e eu nos casamos. Com isso, eu quero dizer uma cerimônia particular que une duas pessoas até que o divórcio as separe! Eu deixei que ele lesse a maior parte de meu diário (inclusive a que se refere aos beijos de June etc.). Foi um terremoto para ambos. Ele revelou a mais gentil e calorosa das tolerâncias e acabou me *perdoando* por todas aquelas coisas.

Casados mais por suas confidências mútuas do que por "suas trepadas tão primorosas e intensas que chegam ao âmago", eles estavam ligados por aquilo que Nin chamou de "a evolução [...] as novas necessidades" que os haviam unido. Eles estavam vivendo naquilo que Nin chamou "fogo branco", comendo, bebendo e trepando e ajudando-se mutuamente a transformar suas vidas e seu amor numa nova espécie de literatura, uma arte viva que perdoava todos os pecados desde que a experiência pudesse ser expressa em forma de arte.

Em suas cartas e conversas, eles atribuíam à sua relação toda a significação da alta literatura e estabeleciam uma vasta série de associações literárias, de maneira que estavam atentos a uma grande audiência presente em seus quartos. Se de um lado eles sabiam que Rabelais, Emerson, Nietzsche, Proust, Freud, Unamuno e Lawrence iriam apreciar a liberdade e a importância vital do que eles estavam fazendo, de outro, eles estavam sempre receosos de que Guiler pudesse vir a descobri-los e, com isso, acabar ao mesmo tempo com o caso deles e o casamento dela. Mesmo assim, Nin continuou cortejando a catástrofe e, quando Guiler disse a ela que "seus instintos lhe garantem que não há nada entre Henry e eu", ela dormiu com uma carta apaixonada de Henry embaixo de seu travesseiro. Guiler não encontrou a carta, mas Nin admitiu em seu diário que "este diário é uma tremenda prova esmagadora da verdade, uma vez que ao escrevê-lo eu me arrisco a destruir todos os castelos de minhas ilusões, todas as coisas que eu fiz, tudo que eu criei, a vida de Hugo, a vida de Henry; todos a quem eu privei da verdade eu destruo aqui".

Guiler nunca pegou os diários, apesar de haver evidências de que ele sabia do caso. Depois de um incidente em que chegou muito perto da verdade, ele começou a dizer a Nin a hora exata em que deveria voltar para casa. Nin continuou fazendo esforços para proteger a si mesma — e a Guiler — daquela catástrofe: ela mentiu para o marido depois de ele ter lido o diário que ela havia deixado aberto e ele pareceu engolir as invenções dela sobre manter um diário à parte para suas experimentações ficcionais — e aceitou também suas mentiras quando confrontou-a com respeito às contas que não haviam sido quitadas, porque o dinheiro havia sido dado a Miller.

Protegidos pelas mentiras de Nin e pela cegueira — ou cumplicidade — de Guiler, Miller e Nin passaram os anos de 1932 e 1933 numa rotina prazerosa de escrever e editar, trepar e conversar. O crime deles contra Guiler fazia apenas com que eles se sentissem justificados por seguirem as leis de suas naturezas impiedosas de escritores que cumpriam seus propósitos últimos. "Há em nossa relação tanto humanidade como monstruosidade", Nin escreveu.

> Nosso trabalho, nossa imaginação literária, é monstruoso. Nosso amor é humano. Eu pressinto quando ele sente frio. Preocupo-me com a sua visão. Compro óculos para ele, uma lâmpada especial, cobertores. Mas quando conversamos e escrevemos, uma deformidade maravilhosa assume o comando, por meio da qual nós aumentamos, exageramos, colorimos e inflamos. São prazeres satânicos que apenas os escritores conhecem. O estilo muscular dele e o meu maquiado competem e copulam independentemente. Mas quando eu o toco, o milagre humano é realizado. Ele é o homem para quem eu esfregaria o chão.

Apesar de ela se recusar a deixar seu casamento, Nin era fiel a Miller como sua patrocinadora. Ela extraía o máximo possível das finanças de sua casa e abria mão de necessidades próprias para satisfazer todas as necessidades dele — vinho, cigarros, papel, livros, fotografias e até um apartamento —, enquanto ele podia relaxar na situação confortável do escritor que dispunha de material rico sobre o qual trabalhar e tempo e segurança para escrever.

Enquanto Nin trabalhava em seus diários, além de um romance sobre June, Miller terminava o *Trópico de Câncer* no verão de 1932 e, em seguida, no mesmo fluxo, iniciou um livro de reflexões biográficas intitulado *Primavera Negra*. Quando um editor sugeriu que ele escrevesse algo literário, que o distinguisse dos escritores de pornografia, Miller mergulhou em pesquisas e, em seguida, escreveu também um livro sobre D. H. Lawrence. Em abril de 1933, depois de contar por um ano com o amor, o apoio e o incentivo de Nin, Miller tinha "trabalho em preparação, o suficiente para me ocupar por no mínimo três anos inteiros. Estou trabalhando simultaneamente em quatro livros — porque uma veia se abriu eu preciso exauri-la".

V.

Miller aproveitou tão bem seu novo estilo de vida tranquilo e produtivo que, no final de 1933, ele começou a desejar viver com Nin como marido e mulher, sem Hugo e o banco na retaguarda. Mas Nin não podia imaginar tal futuro tão facilmente. Ela começou a suspeitar que talvez necessitasse de experiências sexuais fora de qualquer relação. "Eu adoro a rotina na qual meu amor por Henry vem ocorrendo", ela escreveu em seu diário. "Mas ainda assim sou compelida por forças diabólicas fora de todos os esquemas." Agora que Miller a havia libertado de suas repressões, ela começou a ter outros amantes. Seu primo Eduardo Sanchez voltou para a sua vida e, embora ele tivesse assumido sua homossexualidade, ela fez dele seu amante e, quando ele a convenceu a fazer psicanálise, não demorou muito para ela seduzir o próprio terapeuta, René Allendy, e depois seduzir o escritor francês homossexual Antonin Artaud, meio que para punir os outros homens de sua vida, com uma intimidade movida em parte pela simpatia com sua sensibilidade artística. Em seu diário, ela escreveu que estava "sempre *entre* dois desejos, sempre em conflito", e durante todo o ano de 1932 e até o começo de 1934, ela passou saltando entre um caso de amor e outro. "A cada um", ela escreveu em seu diário, "eu digo 'Você é o favorito'."

Esses atos de malabarismo começaram, no entanto, a perturbar a paz de espírito de Nin e ela escreveu em seu diário que "havia contado com a facilidade com que distribuía meu corpo. Mas isso não é verdade. Nunca foi verdade. Quando eu corria para os braços de Henry, era inteiramente Henry... Eu deveria romper com tudo, mas não consigo". Quando Miller concretamente lhe propôs casamento, ela escreveu que "esse papo de casamento me soa incrível. Nesse momento, minha imaginação emperra. Eu não quero encarar o problema", mas o problema financeiro — ou seja, que Guiler provia um nível de ajuda financeira que Miller não tinha como prover — "é apenas a metade do problema, eu tenho meu problema *humano*, um problema insolúvel que Henry entende... Eu não posso abandonar Hugo [...] e como [Miller], espero que o outro faça alguma coisa".

Em quase todas as cartas, Nin sempre disse que não podia deixar Guiler porque Miller não tinha dinheiro e, portanto, não podia sustentá-la, mas quando consideramos a disposição de Guiler a ignorar os casos dela, somos levados a perguntar se Nin intuía realmente que Miller não permitiria que ela desfrutasse a mesma liberdade que Guiler lhe proporcionava. Mas se Nin, de um lado, praticava seus atos de malabarismo para manter seus vários amantes, de outro, ela impunha a si mesma uma moral estrita para proteger Guiler: ela se recusava a fazê-lo sofrer. Pesava sobre ela a lembrança dele chorando desconsoladamente no enterro do pai em 1928 — quando soube que este o havia de fato deserdado —, e ela não tinha coragem de magoá-lo novamente. "Eu tenho medo da minha liberdade...", ela confessou a seu diário.

> Hugo é o homem a quem eu devo a minha vida. Devo a ele tudo de belo que tenho; sua devoção foi o ponto de partida para *tudo* que tenho hoje [...] ele é meu único e verdadeiro deus generoso. Serei eternamente agradecida a ele — a sua lealdade comovente e grandiosa. Eu só conseguiria me libertar se ele fosse cruel, opressivo, mesquinho — mas realmente não tenho absolutamente nenhuma razão para fazê-lo. Ele é o melhor homem do mundo, o único capaz de *amor* e *generosidade*. *Il est facile pour les autres à donner.*

Apesar de ter casos secundários ou terciários, Nin oscilava fundamentalmente entre Guiler e Miller. Ela admitiu em seu diário que era "feliz [...] por ter conhecido Henry, um gênio ao qual servir, adorar. Alguém forte o bastante para *usar* minha força, subjugá-la e fazer dela complementos seus. Deus, Deus, *casamento*, casamento, um casamento *fecundo*. Não há nenhuma fecundidade em meu casamento com Hugo. Nós não *criamos* nada". Mas quando Henry propôs que confessassem o caso para Hugo, Nin se lembra de ter-lhe dito: "mais uma palavra sobre esse assunto e eu vou embora daqui para você nunca mais me ver".

Quando Nin percebeu que não tinha coragem para terminar seu casamento — mesmo reconhecendo que Miller a preenchia de uma maneira que seu marido não podia —, ela voltou sua deslealdade a seus próprios sentimentos contra si mesma e, em seguida, contra a vida, e escreveu desgostosa que "a realidade merece ser descrita nos termos mais vis". Ela fez um balanço audacioso de suas traições:

> Eu venho pregando peças não nos homens, mas na vida, por não me dar o que eu pedi dela e, portanto, eu aceito esse meu malabarismo e minha maneira fraudulenta de lidar com a vida — é contra a vida que eu guardo rancor, por sua falta de perfeição, de completude, de indulgência. Eu quero viver

minhas mentiras com bravura e ironia, e duplicidade, triplicidade. Apenas assim eu poderei exaurir o amor que existe em mim.

Reconhecendo a verdade de seus muitos casos, ela usou a escrita como uma maneira de "ferir o mundo que nos feriu a ambos [ela própria e Miller]". Enquanto Miller estava feliz por transformar seu conflito com o mundo numa escrita irada que criticava a sociedade, Nin mantinha sua autocrítica para si mesma em seu diário, onde as contradições que envolviam seus casos rebeldes permaneceriam intactas. "Por Deus, eu odeio a mim mesma", ela escreveu — mas na frase seguinte acrescentou: "Mas mesmo assim sou feliz, saudável."

Enquanto Nin torturava a si mesma por suas infidelidades, Miller continuava vendo-a como uma patrocinadora que o apoiava, uma amante corajosa e escritora ousada e, em 1934, ele começou a amá-la de verdade, além de sua própria rebeldia e da exorbitância dos casos de ambos. Certa lealdade para com a pessoa dela estava começando a obscurecer sua crença na ideia da liberdade sexual dela, e ele imaginava um tempo em que eles deixariam de ter seus casos e viveriam apenas um para o outro. Eles sempre haviam falado de seu relacionamento em termos de casamento diabólico, mas agora Miller estava começando a querer ter um casamento honesto com Nin e a instava a encarar claramente um rompimento. "Ouça, Anaïs", ele disse a ela, "se as coisas tiverem que se despedaçar, deixe que se despedacem. Não tente remendá-las. Não se preocupe comigo [...] nós daremos um jeito."

Nin havia sempre se recusado a romper com Guiler, mas assim mesmo sempre deixava que Miller tivesse um fio de esperança: ela havia se recusado a considerar um futuro com Miller enquanto ele continuasse dependendo do salário de Guiler — mas agora ela permitia que ele acreditasse que, se publicasse seus livros e ganhasse algum dinheiro, eles poderiam ter um futuro sem Guiler. Ao terminar de escrever *Trópico de Câncer* em julho de 1932, Miller mergulhou por inteiro em seus outros manuscritos, acreditando que estava dando passos largos em direção a seu futuro casamento.

Mas já no final de 1932, outras pessoas além de Nin começaram a perceber a genialidade de Miller. Ele foi descoberto pelo agente literário William Bradley — a quem a autora Janet Flanner chamava de "agente mais importante e profeta [...] em negócios transatlânticos" —, e quando Bradley entregou *Trópico de Câncer* à Obelisk Press, o editor Jack Kahane considerou-o "o mais terrível, mais sórdido e magnífico manuscrito que já veio parar em minhas mãos; nada que eu já tenha recebido é comparável a ele, por sua escrita esplêndida, a profundidade insondável de seu desespero, o sabor único de sua narrativa, a impetuosidade de seu humor". Mas havia problemas para a publicação de *Trópico de Câncer*: os meados

dos anos 1930 não eram propícios à publicação de literatura controversa, uma vez que a Europa estava sofrendo os efeitos da Grande Depressão e já havia rumores de uma nova guerra com a Alemanha. Quando Kahane — que havia publicado principalmente livros eróticos que haviam sido banidos por obscenidade — pediu a Miller para escrever uma "brochura" sobre D. H. Lawrence, o livro começou a aumentar em volume a ponto de escapar ao controle e, apesar de Miller trabalhar mais arduamente e de forma mais produtiva do que nunca, o futuro com Nin continuava fora de alcance.

Enquanto Nin pagava para Miller escrever com o dinheiro de sua mesada e das despesas de sua casa, enquanto Miller se lançava na brochura sobre Lawrence e enquanto ele fazia a sua parte para ser reconhecido e publicado, Nin escrevia que a perspectiva de normalizar sua relação com Miller era uma grande e temível prova: "seguir Henry significaria expor-me ao *maior sofrimento* e a meu maior *medo*! Toda vez que penso nisso eu tremo de pavor, na mais abjeta das covardias". Ela escreveu em seu diário que lhe "falta coragem" para dizer até mesmo para Allendy, o menos importante de seus amantes, que a relação estava acabada. Quando ela se encontrou com Allendy num hotel para romper com ele, ele nem suspeitou de que ela tivesse algo em mente — ele havia levado o chicote para humilhar Nin sexualmente e, em vez de dizer alguma coisa quando ele o brandira, ela deixou que Allendy a chicoteasse: ela não pôde deixar de "lembrar que ele expôs a si mesmo, seus segredos, sua carne, suas dúvidas, seus medos diante de mim, e eu não posso magoá-lo".

"Seu único defeito", Miller disse mais tarde a ela, "é sua incapacidade de ser cruel." Nin não conseguia dizer a verdade a seus amantes e, por isso, inventava mentiras para proteger a si mesma — e a seus amantes —, procurando dar a cada um deles aquilo de que necessitava. Como seus casos prosseguiram, ela só pôde concluir em seu diário que devia estar "despejando algum tipo de vingança sobre os homens... Sou compelida por alguma força satânica a conquistá-los e abandoná-los... A vida, ou a minha própria ingenuidade, me oferece belas justificativas". Mas Miller continuava cultivando suas próprias forças satânicas em sua escrita — e usando a linguagem das forças satânicas para descrever o caso deles — de maneira que Nin não estava apenas livre, mas também estava sendo incentivada a perpetuar seus múltiplos relacionamentos.

VI.

Depois de ter flertado com June e seduzido Miller, Sanchez, Allendy e Artaud — sem, no entanto, criar nenhum futuro para qualquer um desses relacionamentos —, Nin deu as costas a todos eles e foi procurar seu pai na primavera de 1933. Ela havia se distanciado dele desde que o pai abandonara a família em 1914, quando Nin tinha 11 anos, mas então ela disse a alguns músicos conhecidos dele que gostaria de vê-lo de novo. Joaquín havia se casado com Maruca Rodriguez e continuado a dar concertos que eram bem recebidos e ainda era aparentemente tão "maravilhosamente cortês" — e capaz de usar a atenção de uma mulher em proveito próprio — para enviar a Anaïs o que ela classificou de uma carta "linda e terna". Em resposta, ela lhe escreveu:

Quando sua carta chegou, pareceu-me que de repente eu estava sendo recompensada por toda a arte e ingenuidade que durante toda a minha vida coloquei no amor. É lindo receber [...] algo que vem com tanta delicadeza, tanta ternura e com uma consideração com tanta habilidade para me envolver, uma qualidade que é exclusivamente sua.

Animada pela liberdade e autoconfiança demoníacas que Miller havia inspirado nela, Anaïs aceitou o convite de seu pai para um encontro em maio de 1933 e depois em junho para passar férias com ele em Chamonix.

Anaïs tinha 30 anos — e seu pai 54 — quando eles se reencontraram, e ela escreveu que ele lhe parecera "jovem e imaculado em seus trajes de extrema elegância, ainda que sutil". Tendo seguido as ordens de seu pai e se tornado uma mulher sensível e sensual, exótica, refinada e misteriosa, ela era a mulher ideal para ele, e quando ele esbanjou suas atenções sobre ela, Nin sentiu que finalmente estava sendo recompensada por toda a atenção que dera a Miller e a seus outros amantes. Quase imediatamente após sua chegada a Chamonix, ela e seu pai seduziram um ao outro e fizeram amor muitas e muitas vezes, apesar da dor lombar dele.

Imediatamente após o encontro, ela escreveu em seu diário: "Eu digo, vamos foder nossos pais e, com isso, nos libertar deles. As sombras malditas deles não levam a nada". Miller aconselhou-a também: "*Ame* — sem tirar a roupa! Deixe que seu pai a devore. Isso vai deixá-lo dispéptico". Ela escreveu em seu diário que "havia desejado que pelo menos meu amor incestuoso ficasse fora de meus escritos. Eu havia prometido a meu pai sigilo absoluto", mas não conseguiu resistir a traí-lo em seu diário, escrevendo longos e explícitos relatos de suas transas, inclusive as exigências feitas por seu pai e os movimentos dela para satisfazê-las, as risadas que deram juntos em sua deliciosa cumplicidade e até a abundância de esperma que ele fez jorrar.

Depois do encontro com seu pai, Nin passou férias com Miller em Avignon, mas as atenções de seu pai para seduzi-la fizeram com que Nin percebesse mais claramente a sua relação com Miller. Depois das refinadas seduções do pai, ela queria "o amor que eu mereço. Nada menos", e ela estava "de saco cheio de me dar, de me esvaziar". Via com olhos críticos a plena satisfação de Miller e se lamentou em seu diário. "Ele está sempre me desejando porque eu o faço feliz, me querendo pelo que eu lhe dou — não pelo que eu sou." Mas agora ela lamentava:

Eu estou abominavelmente sozinha. O que eu necessito é de alguém que possa me dar o que eu dou a Henry: essa atenção constante. Eu leio cada página que ele escreve, eu ouço atentamente o que ele me lê... Estou disposta a qualquer momento a desistir de quem quer que seja por ele. Eu acompanho seus pensamentos, participo de seus planos — com atenção apaixonada, maternal e intelectual.

Ele não consegue fazer isso. Ninguém consegue. Ninguém sabe *como* fazê-lo. É uma arte, um dom... Eu fico sozinha e tenho que recorrer a meu diário para dar a mim mesma o tipo de resposta de que preciso. Eu tenho que nutrir a mim mesma. Eu obtenho amor, mas amor não basta. As pessoas não sabem *como* amar.

Quando Miller ouviu Nin dizer que se sentia sozinha, ele se propôs a romper com tudo para viver com ela, mas ela continuou se recusando a se entregar a ele. Usando a desculpa de que ele era egoísta e não tinha como sustentá-la, ela se distanciou, embora não tenha rompido com Miller nem tampouco interrompido o fluxo de dinheiro e apoio a ele.

VII.

Anaïs Nin voltou a encontrar o pai em agosto de 1933 no sul da França e, no mês de novembro seguinte, ele foi a Paris com sua mulher. Em sua própria casa, ela reconheceu no pai a personalidade fraca, irritável e violenta, exatamente como ele era, e começou a perceber que sua escrita e seus amantes haviam lhe proporcionado um mundo mais rico do que aquele que ela havia perdido. Apesar de ter sido sempre incapaz de romper com qualquer um de seus amantes, ela rompeu de forma clara com seu pai. "Pai [...] não é absolutamente o bastante para fazer a gente sofrer", ela escreveu em seu diário — e declarou-se livre de todas as possíveis consequências de ter violado o tabu do incesto. Ela escreveu que "se sou perversa, monstruosa a certos olhos, *tant pis*. Tudo que me importa é meu próprio julgamento. Eu sou o que sou".

Uma dose de culpa estava, no entanto, exercendo uma pressão interna, e em julho de 1933 ela disse que queria procurar "Rank para obter absolvição pela paixão por meu pai". Otto Rank era um psicanalista que ela e Guiler haviam conhecido por intermédio de Allendy — ele havia sido treinado por Freud antes de os dois seguirem caminhos diferentes em 1926, pois Rank era um dos poucos psicanalistas que consideravam a criatividade como sendo algo mais do que traumas sexuais da infância. "Diferentemente dos outros psicanalistas", Miller escreveu a seu amigo Emil Schnellock, "[Rank] está interessado quase exclusivamente no 'artista'." Nin havia se sentido particularmente interessada no livro de Rank, *A Sombra de Don Juan,* no qual ele articulava a teoria do amor "incestuoso", pelo qual um busca essencialmente a si mesmo no outro. Nin e Miller haviam ambos se entusiasmado com o livro *A Arte e o Artista* que havia reforçado neles o sentimento de que o artista estava sozinho na vanguarda da sociedade, expressando os sonhos e os temores de seu povo.

Já no primeiro encontro, Rank percebeu que o diário de Nin era uma "defesa contra a análise", e ele o tirou dela e, em seguida, pediu a ela que desse mais um passo no sentido de romper com sua rotina, morando sozinha num hotel pelo tempo em que eles estivessem trabalhando em sua análise. Nin entregou seu diário, mas quase imediatamente passou a escrever em qualquer pedaço de papel que encontrasse, e quando se mudou para o hotel, ela reservou um quarto extra para Miller, que trabalhou ali ao lado dela durante os meses que ela passou em análise com Rank.

Enquanto aumentava a pressão para que a obra de Miller fosse publicada e para que ela vivesse abertamente com ele — e enquanto a culpa pelo caso que tivera com o pai pesava mais em sua consciência —, Nin acabou seduzindo o próprio Rank. Este disse a Nin que "'antes eu havia me negado a vida, ou ela me fora negada — primeiro por meus pais, depois por Freud e, por último, por minha mulher'. Seu ingresso na vida", Nin escreveu, "é um belo espetáculo". Logo, o novo "gigante intelectual" de Nin ficou sem fala ao ser arrebatado por seus gigantescos enlevos: "todo o nosso júbilo consiste em estarmos deitados corpo a corpo", ela escreveu em seu diário. "Nós não queremos saber de cartas, conversas, ideias. Nós não temos nada para criarmos juntos. A criação dele já foi realizada. Ele quer viver." Tendo perdido a cabeça de paixão por ela, Rank começou, ela escreveu, "a destruir sua própria criação (sabotando a psicanálise da qual ele vive)". Ela assistia às aulas dele e escreveu que Rank "fala para mim em suas aulas, não para os outros, e sua fala é perturbadora e desconcertante aos outros". Ligada tão intimamente a seu analista, Nin começou a se empenhar em obter sua própria licença em psicanálise — o que justificaria o tempo cada vez maior que passava com Rank —, mas como continuava avessa aos trabalhos acadêmicos, ela largou o curso de seis semanas na Cité Universitaire sem concluí-lo.

O caso com Rank não ajudou Nin a esclarecer seus outros casos. Ele havia se tornado, ela disse, "um amante excitante", apesar de ela fazer a "misteriosa expressão de fidelidade [a Miller], para conter o orgasmo, como fazem as prostitutas". Nin havia se distanciado de Miller, mas estava determinada a não magoá-lo. "Eu tenho que fazer com que o livro de Henry seja publicado", ela escreveu em seu diário. "Eu tenho que fazer isso por ele. Tenho que assegurá-lo em seu trono antes de abandoná-lo." Mas se Jack Kahane continuava confiante no valor do livro, ele também continuava realista com respeito a seus prospectos: *Trópico de Câncer* seria quase com certeza banido e, na barafunda de suas correções e notas, a brochura de Miller sobre Lawrence estava ameaçando sair do controle e virar uma imensa obra em quatro volumes de crítica da literatura moderna. Kahane se recusava a publicar *Trópico de Câncer* se Nin não pagasse os custos de impressão — e Nin dizia que Guiler não pagaria para publicar o livro de seu "rival", então ela tomou emprestados os primeiros 5 mil francos de Rank e pagou a Kahane pela publicação de *Trópico de Câncer*.

Abandonar Miller tornou-se mais complicado para Nin, em abril de 1934, quando ela engravidou do que considerava ser filho do escritor. Miller instou-a para que tivesse a criança e terminasse seu casamento para viver com ele — na pobreza se fosse necessário, mas com amor —, porém Nin procurou uma *sage-femme* para fazer o aborto. Ela escreveu em seu diário: "Eu matei a criança... Para não ser abandonada... Eu amo o homem como amante e criador. No homem como pai eu não confio... Com [o homem como amante e criador] eu sinto que tenho uma aliança. No homem como pai, eu sinto que tenho um inimigo, um perigo." As poções que a aborteira lhe dera foram, no entanto, ineficientes, e ela prosseguiu com a gestação até novembro, quando ela só poderia ser abortada por trabalho de parto induzido.

No hospital, Nin recebeu visitas de Miller, Rank e Guiler separadamente, e enquanto Nin se recuperava, *Trópico de Câncer* estava saindo da gráfica. Quando Miller levou a ela uma cópia encadernada do livro, ela escreveu em seu diário: "Eis aqui um nascimento que me é mais interessante". Nin e Miller haviam escrito juntos o prefácio, mas constava apenas o nome dela, de maneira que o livro também a anunciava. "Eis um livro", dizia o prefácio, que, se isso fosse possível, talvez restaurasse nosso apetite pelas realidades fundamentais. A nota predominante parecerá de amargura, e amargura existe, ao máximo. Contudo há também uma selvagem extravagância, uma louca jovialidade, uma verve, um prazer, por vezes quase um delírio. Uma oscilação contínua entre extremos, com passagens cruas que têm o gosto da impudência e deixam o pleno sabor do vazio. Fica além do otimismo e do pessimismo. O autor deu-nos o último *frisson*. A dor não tem mais recessos secretos.

A resposta ao livro foi positiva — o bastante para abrandar o fato de ele ser imediatamente proibido na Grã-Bretanha e nos Estados Unidos. O escritor francês Blaise Cendrars anunciou o livro num artigo intitulado "Um escritor americano surge entre nós", e Miller foi reconhecido por autores renomados — T. S. Eliot, Ezra Pound, Jean Cocteau e Aldous Huxley, entre outros —, mas, em consequência do banimento, o livro não vendeu cópias suficientes para mudar a situação financeira de seu autor: ele continuava duro, ainda dependente das mesadas de Nin e de quaisquer outros mecenas que pudessem ajudá-lo.

Enquanto *Trópico de Câncer* estava se aproximando da publicação — e apesar de seus casos com Rank e com seu pai, e de sua determinação em abandonar Miller —, Nin continuava fazendo planos de viver com o escritor. Em agosto de 1934, depois de estabelecido o prazo para a publicação, mas antes do aborto, Nin havia começado a pagar o aluguel de uma quitinete no número 18 da Villa Seurat, onde Miller poderia trabalhar e onde ele esperava que ela fosse morar com ele depois do lançamento do livro. Miller e Nin curtiram mobiliar o lugar como se fosse sua casa, mas quando eles souberam que o livro não lhes traria nenhum dinheiro, a mudança nunca ocorreu e ela jamais foi morar com ele.

Contudo Nin continuaria pagando o aluguel para Miller até ele deixar a Europa em 1939. Na Villa Seurat, Miller vivia cercado por um grupo que Perlès descreveu como "excêntricos, loucos, bêbados, escritores, artistas, vagabundos, desamparados de Montparnasse, vadios, psicopatas". Nin dedicou-se a fazer do apartamento uma moradia confortável, mas não para ela mesma morar. Agora, além de Rank e Miller, ela se envolveu com novos amantes — um chamado Harry Harvey e outro Louis Andard, além de um colega de Guiler, George Turner, com quem ela "trepou no elevador". Suas mentiras estavam se tornando cada vez mais sérias e despertando ciúme entre Miller, Rank e Guiler. Sem saída, Nin escreveu despejando suas explosões de raiva em Miller:

> Nesta manhã, Hugo me deu 200 francos para comprar peças íntimas e meias. Eu os levo a você. Enquanto isso, você dá a Lowenfels os cheques que recebe, os primeiros que recebeu. Nunca lhe ocorreu pensar em mim. Não. Nunca pensou na possibilidade de me dar algo — que poderia fazer algo com ele por mim. Eu estou muito *cansada*. Se eu for para N.Y. será com uma ideia desesperada de fazer *algo*, qualquer coisa para sair de minha situação financeira cada vez mais apertada. Eu peço que você não faça esse livro encadernado — seria um luxo. Há outras coisas das quais eu realmente necessito, como um casaco. Você já fez isso uma centena de vezes. E sempre irá fazê-lo. Sempre. Eu estou extremamente cansada da falta de consideração e compreensão de sua parte. Você se comporta como uma criança, uma criança que só pede e pede e pede sem nunca pensar e suga a gente até a morte, e eu estou aqui sentada chorando por não ter nenhuma esperança de você vir a se comportar de outra maneira. Não mande encadernar um livro para mim. Não faça gestos vazios. Eu quero coisas de verdade, coisas calorosas.

Em vez de solidariedade ou de se disponibilizar para ela, ele continuou achando que Nin havia lhe dado dinheiro para cultivar a própria liberdade pessoal — Miller apenas se defendeu das acusações dela:

> Se for para escolher entre fazer um trabalho em que não acredito e dormir no chão de outrem, eu escolho a última alternativa. Eu não me importaria de fazer algum trabalho humilhante, sem relação com a escrita, se fosse obrigado a fazê-lo, mas depois de tanto esforço para preservar a integridade — não apenas minha, *mas também sua* —, eu me consideraria um traidor se agisse de outra maneira.

Se Nin manteve Miller na pobreza para contrariá-lo, ela, no entanto, não rompeu com ele. Ela manteve seu casamento e continuou tendo seus casos e documentando-os em seu diário. No tempo de que dispunha, ela lia a obra de Miller e se esforçava para transformar seu diário em romances que poderiam ser publicados sem revelar muito de sua vida e seus casos — e sem constranger Guiler. No entanto, como romances, sua linguagem não convencia — era extremamente irregular em consequência de sua educação ter sido informal —, e Nin continuou sem ser publicada mesmo depois de a carreira de Miller ter deslanchado. Agora era Nin quem estava esperando para começar vida nova depois de seus livros serem finalmente publicados.

VIII.

Enquanto Miller estava começando a ser notado no final de 1934, Nin estava começando a se sentir cada vez mais enredada nas mentiras que vinha pregando para dispor de tempo para cada um de seus amantes; e quando suas mentiras começaram a colocá-la contra a parede, ela passou a procurar uma maneira de deixar Paris. Quando Rank aceitou um novo cargo em Nova York, ela acolheu de bom grado o convite dele para ser sua secretária e assistente.

Quando, no entanto, ela viajou com Rank em dezembro de 1934, ela disse a Miller que ia viajar com seu marido, não com Rank, e quando Miller finalmente descobriu que ela havia mentido, ele ficou dilacerado por um ciúme que nenhuma outra de suas amantes havia lhe causado. Com a longa demora das cartas entre eles, Miller entrou em pânico, e no pânico ele declarou seu amor com uma nova premência: "Seu corpo arde em mim", ele escreveu,

> e eu o quero unicamente para mim. Este é o erro que eu cometi — dividir você [com outros]. Com isso, eu temo, restou menos da mulher. Agora, terá que ser você inteira, sete dias por semana, e viagens incluídas... Se você acha que me tornei um puritano, tudo bem, eu não me importo. Mas não vou dividir você com mais ninguém! Você é minha e eu vou retê-la só para mim. Tornei-me encarniçadamente possessivo.

Miller enviou a Nin uma torrente de cartas falando de seus tormentos e suas reflexões e quando percebeu que já havia se tornado uma pessoa melhor — mais amoroso, mais confiante e menos disposto a suportar os tormentos do ciúme —, quando ele descobriu que estava disposto a acreditar em sua existência humana e em sentimentos, ele atribuiu a mudança a Nin e escreveu a ela longas cartas apaixonadas, repudiando as bravatas sexuais a que eles haviam se encorajado mutuamente.

Com a distância separando-os, Nin nunca passou de enigmática em suas respostas, mas quando Miller levantou acampamento e tomou um navio para Nova York em janeiro — quase ao mesmo tempo que Guiler —, ela demonstrou que quase nada havia realmente mudado em sua maneira de lidar com as coisas desde que deixara Paris: ela instalou Miller num hotel e Guiler em outro e seguiu em frente com seus casos, com promessas, mas sem nenhum compromisso real. Se algo havia mudado, esse algo foi que Nin demonstrou um grau mais elevado de atrevimento, e sua biógrafa Deirdre Bair descreve os casos de Nin com "meia dúzia de homens" que eram clientes de Hugo. Rank havia lhe passado pacientes com os quais ela pudesse trabalhar, e a biógrafa acrescenta que Nin chegou a transar com um de seus pacientes no divã, com Rank na sala ao lado, "degradando tudo que era sagrado, profanando, rebaixando", ela própria escreveu em seu diário.

Na primavera de 1935, sua paixão por Rank havia passado e Nin retornou a Paris — com Miller e Guiler a reboque — e retomou o papel de esposa de ambos. Nada, no entanto, havia mudado, e embora Miller estivesse sendo celebrado como um novo escritor promissor, ele continuava lutando com o mesmo eterno problema: seu livro continuava proibido e sua carreira ainda não havia realmente deslanchado. Ele havia esperado que seu livro fosse tão ofensivo a ponto de ser no mínimo linchado e ficou decepcionado por ter de continuar enfrentando o problema de ganhar a vida e dedicar-se a escrever apenas nas horas vagas. Ele havia conhecido e. e. cummings, William Carlos Williams, William Saroyan e Nathanael West em Nova York, mas alguns livreiros americanos estavam presos por terem vendido seus livros e o nome de Miller continuava sendo mencionado apenas em círculos literários: seus livros não haviam causado a conflagração que ele havia esperado.

Com sua obra-prima banida por obscenidade e com dois outros livros obscenos a caminho — *Primavera Negra* e *Trópico de Capricórnio* também seriam banidos —, Miller completou 44 anos em 1935 sentindo que tanto havia produzido a obra de sua vida como não havia feito nada. Depois de todos os esforços que Nin havia feito para publicar e divulgar a obra de Miller, a falta de sucesso pesou sobre a relação deles. Em seu diário, Nin continuou reconhecendo muitas vezes Miller como seu verdadeiro marido e continuou sustentando-o, mas também continuou se recusando a deixar Guiler enquanto eles não ganhassem algum dinheiro como escritores. Miller sugeriu sutilmente que "você tem que admitir que existem outras razões além da financeira para a sua hesitação", mas a razão financeira era suficiente e eles continuaram como amantes ilícitos com sonhos de um futuro literário compartilhado.

Naquele momento, Miller e seus amigos da Villa Seurat desovavam uma ideia após outra sobre como terem seus livros publicados, mas, assim como seus expedientes com June, seus projetos se perdiam em detalhes desordenados e nunca se realizavam. Como todos os projetos dependiam do trabalho de escrever, Miller produziu alguns escritos menores, os quais ele acabou publicando numa coletânea intitulada *Max and the White Phagocytes* [Max e os Glóbulos Brancos]. Um dos textos descrevia um retrato de Nin, "Un Être Etoilique", ou "Um Ser Estelar", que Miller publicou com o intuito de divulgar os escritos dela. Mas em vez da artista demoníaca, cujo trabalho expunha a decadência da sociedade, Miller descreveu-a como uma integração da arte à vida. Ele escreveu que ela havia

> ofuscado quase completamente a si mesma em seu empenho para chegar a um verdadeiro entendimento da vida. É nesse sentido também que o testemunho humano compete com a obra de arte ou, em tempos como os atuais, *substitui* a obra de arte. Pois, num sentido profundo, esta *é* a obra de arte que jamais chega a ser escrita — porque o artista cuja missão é criá-la nunca chega a nascer. Temos aqui, em lugar da obra consciente ou tecnicamente acabada (o que hoje nos parece mais do que nunca vazia e ilusória), a sinfonia inacabada que alcança sua consumação porque cada linha está imbuída da luta de sua alma.

A obra de Nin só havia atraído rejeições — sua linguagem era não convencional e forçada, e suas imagens eram de sonhos e de difícil entendimento —, mas Miller defendeu-a dizendo que "sua linguagem [...] é uma violação da linguagem que corresponde à violação do pensamento e do sentimento. Ela não poderia ter sido escrita no inglês que todo escritor hábil emprega". Mas apesar da assistência editorial e do apoio de Miller, Nin continuou sendo rejeitada pelos editores, e ela própria continuaria sensível às críticas e sua escrita seria sempre marcada pelo que ela mesma identificou como "falta de habilidade, erros de ortografia, locuções estrangeiras, incorreções gramaticais, extremos". Sem nada além da rejeição dos editores, Nin resolveu publicar ela mesma sua obra, e ela e Miller, juntamente com Perlès e Frankel, fundaram a Siana (anagrama de Anaïs, dona do dinheiro que usaram) Press, para publicar os escritos deles, na ausência de interesse comercial.

Se Nin havia decidido abandonar Miller durante seus casos, primeiro com seu pai e depois com Rank, na verdade, ela iniciou um novo período de rotina produtiva com ele que funcionou por todo o ano de 1935. Eles viajaram juntos para Nova York em janeiro de 1936, para uma permanência que deveria ser de um mês, mas acabou durando três meses, em que ambos trabalharam como analistas. Miller chegou a começar a ter algum sucesso com seus pacientes, que ele tratava com "um pouco de influência de Santo Agostinho e outro pouco de Emerson", mas quando Nin retornou a Paris, em abril, ele a acompanhou, atraído pela eterna promessa dela de terminar o casamento e viver com ele — e, é claro, também pelo fluxo de ajuda financeira que ela continuava desviando do salário de Guiler.

Nin nunca deixou de pagar o aluguel do apartamento na Villa Seurat, mas em abril de 1936 ela também alugou um barco-moradia para si mesma sobre o Sena e, em julho, ela começou um caso com Gonzalo Moré, um alto e belo comunista escocês-peruano exilado em Paris que tinha problemas com álcool e drogas, mas fazia serenatas para Nin com seu violão e contava-lhe histórias românticas do Peru. Miller e Moré sabiam da existência um do outro, e a esposa de Moré, Helba, também sabia do caso deles: quando ela soube que Nin temia que seu marido ficasse algum dia sabendo de seus casos, Helba começou a extorquir dinheiro dela, para as despesas com médicos e medicamentos como também para roupas caras e até para viagens de férias. Nin comprou uma máquina de impressão, exclusivamente para o propósito de imprimir os panfletos e cartazes revolucionários de Moré para o Partido Comunista Americano, mas, assim que adquiriram proficiência em composição, ela e Moré trabalharam juntos na impressão de seus próprios livros. Pela falta de publicidade, no entanto, os livros raramente cobriam o custo da impressão, mas o importante era que Nin estava sendo publicada.

Mesmo com um livro publicado e outros em processo de escrita, Miller continuava com dificuldades para se sustentar. Ele não aceitaria um emprego regular enquanto estivesse escrevendo e, além de uma vasta correspondência, que ele continuava acreditando ser possível de ser publicada e render-lhe lucros, ele escreveu e distribuiu sua primeira carta suplicante, *What Are You Going to Do About Alf?* (em que Alf era Alfred Perlès). Miller escreveria uma série dessas cartas nos vinte anos seguintes — apesar de elas raramente renderem o suficiente para cobrir os custos de impressão e postagem —, mas ele sempre havia tentado fazer da literatura um negócio pessoal — não propriamente uma arte, mas uma forma de comunicação e confiança entre pessoas com os mesmos interesses, e tais cartas suplicantes eram melhores do que as obras impessoais que circulavam no mercado. Apareceram pessoas dispostas a ajudá-lo com dinheiro suficiente para ele continuar escrevendo e, no final dos anos 1930, seus horizontes estavam finalmente começando a se expandir. Em setembro de 1935, *Trópico de Câncer* teve a sua segunda edição, com elogios de Ezra Pound, William Carlos Williams e Aldous Huxley. A fama de Miller não lhe trouxe nenhum dinheiro, mas continuou levando-o a conhecer outros artistas e escritores, e ele estava sendo recompensado com a infâmia de ter escrito um livro proibido, o que o transformava numa causa e continuava a trazer-lhe patrocinadores.

Em março de 1937, Miller conheceu Lawrence Durrell, um britânico expatriado que vivia na Grécia e havia escrito uma carta sensível a Miller, a quem o escritor se referiu como "pela primeira vez alguém acertou em cheio". Durrell também reconheceu o valor de Nin: ele disse que "o que ela diz é biologicamente verdadeiro — desde o cordão umbilical". Os três se tornaram amigos leais quando Durrell foi a Paris — eles passariam a se chamar de Os Três Mosqueteiros —, e durante os anos seguintes eles tentariam publicar as obras uns dos outros pela gráfica Siana, que Nin fundou, e depois pela série Villa Seurat, com dinheiro da esposa de Durrell. Nenhuma das séries atraiu qualquer atenção por parte da crítica, mas em 1938 jornais da Inglaterra e dos Estados Unidos começaram a se mostrar cada vez mais dispostos a publicar textos mais curtos de Miller e também alguns de Nin. Miller convenceu Kahane a publicar *A Casa do Incesto* de Nin — que ela havia desenvolvido a partir da metade do livro sobre June — e o livro saiu em 1936, mas as críticas a Nin não foram tão entusiásticas como as que foram feitas a Miller. Ela havia se esforçado muito para publicar excertos dos diários, mas os editores jamais encontraram uma maneira de "dar ao material a forma de um livro que possa ser publicado", nas palavras de uma carta de rejeição. Os romances de Nin nunca tiveram uma vasta circulação, e quando ela tentou publicar seu diário, a natureza crua e direta do material — bem como a ameaça de processos judiciais da parte das pessoas cujo nome era mencionado — impediu que o diário fosse publicado sem cortes enquanto ela viveu. Nin continuou, no entanto, a despejar em seu diário detalhes de seus três casamentos — com Guiler, Miller e Moré — bem como de seus encontros passageiros; e ficou ainda mais livre para mantê-los depois de Guiler ter sido transferido para Londres em 1937. Nin ficou em Paris, com os dias úteis da semana para si mesma — Guiler voltava para passar os fins de semana em casa — e os dividia entre Miller e a Villa Seurat e seu barco-moradia com Moré.

Ao primeiro sinal de ameaça belicosa da Alemanha ao território dos sudetos, Miller comprou uma passagem para os Estados Unidos e, embora a crise de 1936 tivesse sido passageira, em 1939, ante a iminência da guerra, ele tratou de deixar rapidamente a Europa e ir para os Estados Unidos, recusando-se a participar de qualquer combate em nome do que quer que fosse. Ele guardou seus pertences num depósito em Paris, entregou o apartamento da Villa Seurat e escreveu um testamento, deixando tudo o que tinha para Nin, antes de viajar para a Grécia em visita a Durrell em Corfu. Quando Nin o encontrou em Aix, a caminho da Grécia, aquela seria a última vez em que eles se encontrariam como amantes. Quando a França e a Inglaterra declararam guerra em setembro de 1939, Nin foi para Londres, mas agora era por Gonzalo que ela ansiava. "Este é um amor moribundo", ela escreveu com respeito a Miller. "A coisa mais viva em mim hoje é a paixão que sinto por Gonzalo e, por isso, tenho que segui-la."

IX.

Em 1940, Miller deixou a Grécia quando os americanos foram todos mandados embora daquele país por causa da guerra. Quando voltou aos Estados Unidos, ele não estava, no entanto, à procura de outra amante: ele ainda esperava que Nin fosse começar uma vida nova com ele. Aproveitando uma onda de hospitalidade, Miller fez visitas a Nova York, Virgínia e Washington, D. C., mas quando Nin e Guiler chegaram a Nova York em 1940, Nin não o procurou. Ela estabeleceu seu próprio circuito entre Provincetown, Woodstock e a cidade de Nova York, onde foi recebida por Dorothy Norman e outros que a introduziram no meio e tentaram ajudá-la a publicar sua obra. Porém toda editora com a qual ela fazia contato insistia em afirmar que ela própria deveria arcar com os custos da impressão, e quando Nin conheceu escritores e pintores jovens que estavam iniciando novas revistas literárias, ela lhes ofereceu incentivo e ajuda financeira: seu marido continuava trabalhando no banco e permitindo que ela investisse seu dinheiro em qualquer causa que pudesse resultar na publicação de seus escritos.

Agora que eles estavam de volta aos Estados Unidos — com 49 e 37 anos de idade respectivamente —, Miller e Nin já haviam realizado a maior parte da obra que os definiria. Eles já haviam feito as inovações que definiriam seus estilos, mas estavam dispostos a tentar coisas novas que pudessem lhes render dinheiro. Determinado a escrever algo que não fosse ser censurado, Miller viajou pelo país em agosto de 1940 para coletar material para o livro *Pesadelo Refrigerado*, recebendo 500 dólares* em adiantamento da editora Doubleday. Em 1941, Miller encerrou a viagem em Hollywood, Califórnia, onde artistas, atores e diretores o receberam como um escritor importante, mas o livro que resultou dessa viagem teria de ser adiado: como o país estava se preparando para a guerra, as opiniões ácidas de Miller sobre o vazio e a falta de sentido da indústria americana não eram particularmente bem vistas, e o livro sóz seria publicado em 1945. Nin também se desviou do mercado e passou a escrever pornografia para um colecionador particular, Barnet Ruder. Até ser recrutado em 1946, Ruder pagava 1 dólar por página — mais ou menos 10 dólares nos dias de hoje — contanto que as páginas fossem de descrições vívidas, sem sentimentalismos, o que ela, com a ajuda de outros escritores, passou a fornecer — pelo menos uma centena de páginas por mês.

Enquanto ambos lutavam para ganhar dinheiro, Miller escrevia continuamente para Nin, pedindo para que ela deixasse Guiler e fosse viver com ele, mas as res-

---
* Correspondendo a aproximadamente 7.500 dólares em valores de 2011.

postas de Nin o repreendiam por sua "clara relutância" a viver com ela, apesar de as cartas dele serem súplicas evidentes para que ela reconhecesse o vínculo entre eles:

> A qualquer momento que você estiver preparada para uma ruptura, eu também estarei. Está claro? Eu não vou forçar você a fazer algo que possa vir a torná-la infeliz. Se algum dia chegarmos a ter uma verdadeira vida juntos, provavelmente ela será muito mais difícil da que já conhecemos. Mas será como tiver que ser. Nós estamos pagando um preço muito alto por nos protegermos — principalmente *você*. Eu vejo tudo com muita clareza e volto a repetir mais uma vez que tudo depende de você. Não tenho mais nenhum problema — estou disponível.

Nin, no entanto, sempre levantou objeções. Ela continuou alegando a pobreza de Miller como desculpa, apesar de em 1941 ele ganhar o suficiente para sobreviver. Em julho de 1941, quando ele chegou a Hollywood, escreveu a Nin para dizer que "Eu descubro que sou cada vez mais comentado em todas as partes — e você também. Nós quase viramos uma lenda". Miller estava recebendo, ele escreveu, "convites de pessoas (inclusive de críticos e professores) de todas as partes do país. Eu poderia simplesmente ficar perambulando de um lugar a outro. Mas não é o que eu realmente quero... Repito, eu sempre esperei e acreditei que você viria se juntar a mim em algum lugar". Mas nem mesmo os primeiros indícios de fama amplamente difundida os ajudaram a voltar um para o outro. Miller não estava ainda em condições de sustentar Nin e não há nenhuma evidência de que ele daria a ela a liberdade que Guiler dava, para ter seus outros amantes, e assim eles continuaram vivendo em costas opostas, com cartas indo e vindo, enviando um ao outro sugestões de leitura, contatos com amigos e pistas de possíveis apoio e publicação.

X.

Quando Nin sentiu que ela própria estava envelhecendo — completaria 40 anos em 1943 —, e preocupada com manter-se jovem, ela teve amantes casuais, cujo afeto lhe daria evidências de sua atratividade. Mas seus inúmeros casos e encontros pareciam não deixá-la satisfeita: ela descreveu em seu diário "o ato de suicídio que acontece depois de eu estar com alguém. Um sentimento de vergonha pelo defeito, pela falta, pelo deslize ou erro mais banal, por qualquer coisa dita ou pelo meu silêncio, por não ser suficientemente pé no chão ou por me mostrar apaixonada demais, por não ser livre ou por ser impulsiva demais, por não ser eu mesma ou por sê-lo em demasia". Agora que havia desistido da ideia de viver com Miller — agora que ela havia renunciado ao futuro heroico que ela e Miller haviam antecipado —, agora que ela se encontrava essencialmente conformada com a vida de esposa de um banqueiro, Nin deixou de escrever anotações detalhadas em seu diário e muitos de seus casos foram relegados ao silêncio ou apenas a menções enigmáticas e só se tornaram conhecidos por intermédio de seus biógrafos, que realizaram entrevistas ou deduziram suas presenças por meio de triangulações.

Quando refletia sobre seus casos, ela não os descrevia com o mesmo tom audacioso que havia usado com respeito a Miller ou mesmo a seu pai. Ela escreveu em seu diário: "Eu sou na verdade uma pessoa muito doente, que precisa de um amor como o de Hugo para me manter afastada da insanidade e da morte". Mais tarde, ela reconheceria que "há algo de muito errado comigo. Eu preciso de constantes provas de amor, e isso não está certo e *é* cruel para com os outros". Finalmente, ela teve um colapso nervoso em setembro de 1942: ela tinha tantos amantes — e tantas pessoas que a procuravam em busca de encorajamento e ajuda financeira — que estava se esgotando por tentar ajudar a todos, quando ela mesma não tinha nenhum êxito e nem contava com qualquer apoio a seu próprio trabalho. Depois de um breve período de internação, Nin trabalhou com uma jovem terapeuta junguiana que a convenceu a começar a cuidar de si mesma, a ganhar algum peso e a reconhecer que era limitada em sua capacidade de ajudar a seus amantes e os jovens artistas homossexuais, cujas revistas e publicações ela financiava.

Na Califórnia durante toda a guerra, Miller continuou recebendo dinheiro de Nin, mas também estava desfrutando sua reputação de escritor de livros proibidos e continuava tentando diversos expedientes para ganhar dinheiro. Depois de tentar escrever roteiros de cinema em Hollywood, ele se instalou numa choupana em Big Sur em 1944, onde escrevia cartas suplicantes e escrevia *A Crucificação Encarnada*, sua trilogia de romances sobre seu casamento com June. Como havia prometido a Nin que jamais escreveria sobre a relação deles, ele teve de recorrer a seu segundo casamento — relegando a relação com Nin à correspondência entre eles. Ele também começou a pintar aquarelas e, pelos anos subsequentes, ganhou mais dinheiro pintando do que com seus escritos. Depois de anos de miséria, Miller estava se tornando mais espiritual, mais disposto do que nunca a entregar-se ao destino. Ele escreveu para Nin em 1943: "Como eu sempre digo, não existe na realidade nenhuma segurança, com certeza não neste plano material. Existe apenas a segurança interior — e essa eu tenho... Eu acredito tanto na liberdade que arriscaria tudo por ela. O que quer que você faça, empenhando-se de corpo e alma, vale. Tente acreditar o mesmo de mim". Em breve, ele diria a Nin que estava em condições de "dar a você o que for preciso para iniciar [a impressão do diário dela]". Mas Nin não podia aceitar dinheiro de Miller — ela só conseguia ver a generosidade dele, para com ela e outros, como desperdício, e quando ele recebeu dinheiro de um mecenas anônimo, ela declarou que "sempre soube que no dia em que você conseguisse o que queria (um ano livre de preocupações com dinheiro, tempo para escrever) você o jogaria fora". Como sempre, ela considerava sua própria generosidade como um martírio, sem reconhecer a independência dele, e se queixava de que estivera "prestes a entregar 100 páginas do Diário ao linotipista e me abstive, porque você vai precisar [do dinheiro]".

Em 1944, Nin finalmente obteve algum sucesso em ter sua obra notada, mas isso não alterou as bases de seu relacionamento com Miller nem de seu casamento. A sua própria custa, ela imprimiu *Under a Glass Bell,* uma coletânea de contos que haviam sido publicados em pequenas revistas antes da guerra. A coletânea deu aos contos uma continuidade que não tinham separadamente e, com isso, ela foi bem acolhida, enquanto individualmente os contos haviam passado de um editor a outro. Edmund Wilson, crítico do *The New Yorker*, escreveu uma resenha em abril de 1944 que firmou a reputação de Nin: "o mais importante a dizer é que Miss Nin é uma grande artista, como talvez nenhum dos surrealistas literários seja". A reputação de Nin foi também impulsionada por sua amizade com Gore Vidal, que ela conheceu em novembro de 1945. Ela e Vidal usaram essencialmente um ao outro para publicidade, mas, apesar dos comentários maliciosos que faziam um do outro em particular, Vidal ajudou a negociar o contrato com sua editora para Nin publicar seu romance *This Hunger*. No entanto Nin só conseguiu publicar seus romances, pois nenhum editor se mostrava disposto a enfrentar possíveis processos judiciais resultantes da publicação de seus diários. Ninguém conseguia tampouco encontrar uma maneira de resumi-los sem prejudicar seu sentido — e ela retornou, portanto, a seus amantes e a seu diário como suas principais atividades.

No final da guerra, Nin começou a receber convites para ministrar palestras em faculdades, nas quais ela disse "passar diretamente a visão dos neuróticos". Numa de suas palestras, nos anos 1940, ela conheceu o escritor James Herlihy, que se tornaria um grande amigo pelo resto de sua vida. Quando ela disse que queria "oferecer ao mundo uma vida perfeita" por "viver o sonho", Herlihy se sentiu inspirado: ele descreveu uma atmosfera de "jovens que estavam apenas começando a se desenvolver depois da espessa obscuridade da guerra e que viam nessa criatura efervescente e tilintante a própria perfeição... Quando ela disse que nós, também, podíamos viver nossos sonhos, bem — nós fomos convertidos, para dizer o mínimo".

Os sucessos de Miller e Nin começaram na realidade a ganhar impulso apenas depois da guerra, quando as cortes de justiça da França interditaram os livros de Miller. Proeminentes escritores, filósofos e intelectuais franceses — Jean-Paul Sartre, entre outros — correram em defesa de Miller e, em 1946, eles apelaram contra a proibição. O Caso Miller tornou Miller famoso na França e seus direitos autorais passaram a valer mais de 30 mil dólares,* apesar de ele ter dificuldade para levar o dinheiro para fora da França devido às restrições para a circulação monetária estabelecidas pela economia francesa do pós-guerra. Miller recebeu por volta de 75 mil dólares em 1946 e, em 1948, ele retiraria 500 dólares por mês** — quando apenas quatro anos antes ele mal conseguia ganhar 50 dólares mensais. As vendas dos livros de Miller na Europa o libertaram e finalmente ele pôde enviar dinheiro para que Nin pudesse imprimir e distribuir seus próprios livros.

Se Miller e Nin ainda tentavam ajudar um ao outro a publicar seus livros, a relação deles não era nada mais do que uma amizade nostálgica. Nin entrou para um círculo de homossexuais e jovens artistas em Nova York e Provincetown e Miller fixou residência em Big Sur, e suas vidas não mais se cruzavam a não ser em cartas. Nin continuou a enviar para Miller todo dinheiro que podia, mas em 1944 Miller se casou com uma estudante de filosofia de Yale, Janina Martha Lepska — que deu à luz uma menina em outubro de 1945 —, e isso finalmente pôs um ponto final à ajuda de Nin. Miller e Nin voltaram a se ver em 1947, quando ela foi a Califórnia dar uma palestra, e eles continuaram se correspondendo, mas eram apenas seus livros que a essa altura os ligavam um ao outro.

XI.

Depois do casamento de Miller com Lepska, Nin começou um novo relacionamento importante. Em 1947, ela conheceu Rupert Pole, um ator divorciado de 28 anos que era então estudante de silvicultura na Califórnia. Pole era filho de um proeminente ator e neto de Frank Lloyd Wright e estava deixando Nova York para fazer uma viagem pelo país para voltar à escola e convidou Nin para ir com ele. Como críticas mordazes e fofocas malévolas estavam tornando difícil para Nin suportar as rejeições literárias e lidar com seus múltiplos casos, ela reprisou sua fuga de Paris com Rank e deixou a cidade com Pole, iniciando o relacionamento durante a viagem. Para Nin, a juventude de Pole foi revigorante: ela disse que ele era o melhor amante que já tivera e começou a dividir seu tempo entre sua vida com Guiler em

---

* Mais ou menos 330 mil dólares nos valores de 2011.
** Aproximadamente 5.600 dólares nos dias de hoje.

Nova York e a vida com Pole nas estações de silvicultura, de onde ela administrava o trabalho que sua empregada deveria realizar em Nova York. Nin havia dito a Pole que ela e Guiler estavam em processo de separação e sustentou essa mentira por anos, embora ela e Guiler jamais tivessem discutido a possibilidade de divórcio.

Para justificar suas idas e vindas entre Nova York e a Califórnia, Nin inventou uma série de problemas de saúde e compromissos com revistas europeias. Essas "obrigações" permitiam que ela disfarçasse a mesada regular que recebia de Hugo como renda e ela disse a Rupert que seu divórcio de Hugo estava andando muito lentamente por causa de complicações em Cuba, Nova York e Paris. Quando um compromisso em Nova York foi cancelado, ela não disse nada a Pole, mas continuou usando-o como motivo para retornar à costa leste. Às vezes, ela tinha que usar certos amigos como colaboradores em suas mentiras, para ajudá-la a manter as aparências, mas sempre conseguia impedir que seus relacionamentos colidissem. Guiler e Pole acreditavam ambos que ela não tinha telefone, embora ela tivesse que inventar prontamente novas mentiras quando algum amigo inocentemente mencionava um ou outro de seus números. Mas apesar de alguns telefonemas tarde da noite de Pole para Nin no apartamento de Guiler, ela conseguiu manter as aparências em ambos os relacionamentos.

Nin conseguiu por anos impedir que Pole falasse em casamento, mas numa viagem de carro em 1955, quando passaram por uma placa indicando o juizado de paz do Arizona, pelo que Nin escreveu, ela não podia "abortar a felicidade dele" sem se sentir uma "assassina", por isso, pararam para se casar, desconsiderando seu casamento com Guiler. Ela conseguiu manter seus casamentos nas duas costas separados, mas, ao planejar seu testamento, ela confiou seus diários a seu agente e seu analista e a nenhum de seus maridos. Enquanto seguia trapaceando seus dois maridos, o ritmo de seus casos desacelerou e ela mantinha trancada sua "caixa de mentiras" com fichas de arquivo para registrar suas mentiras e não mantinha mais um diário encadernado, mas pastas de arquivo nas quais guardava cópias-carbono de suas cartas, assim como qualquer outra folha de papel em que fazia anotações em suas idas e vindas entre seus dois maridos.

Segundo Deirdre Bair, Guiler e Pole tampouco eram fiéis a ela, mas, quando Hugo finalmente parecia feliz com outra mulher, Nin tentava lhe dizer que também tinha um amante. Bair escreve que Guiler não queria nem ouvir, que se recusava a aceitar a possibilidade de algum deles ser mais feliz com outras amantes. Amigos e conhecidos tentavam explicar a cumplicidade de Guiler nos casos de Nin, mas o próprio Guiler nunca escreveu nada a respeito e dispomos apenas de relatos de segunda mão sobre sua recusa a admiti-los. No entanto não nos é possível acreditar que ele os ignorasse totalmente: quando um amigo de Nin, Robert Duncan, recitou acidamente uma litania de infidelidades de Nin a Guiler durante um almoço, Bair escreve que Guiler "pagou calmamente a conta e saiu sem dizer nada".

Nin não era mais monogâmica em seus relacionamentos literários do que o era nos amorosos, pois muitas vezes negociou contratos sem consultar seus agentes, que quase sempre ficavam furiosos quando tomavam conhecimento de que ela havia assinado contratos por conta própria, e a agência que arranjava suas conferências desistiu dela, porque ela sempre fazia seus próprios arranjos sem consultá-la. Depois de ter se tornado conhecida no decorrer dos anos 1940, seus livros passaram a ser recebidos com cada vez menos aprovação da crítica, mas ela continuou sendo respeitada e seguida por círculos *underground* de artistas mais jovens. Ela continuava sem conseguir publicar seu diário sem magoar as pessoas mais próximas e continuou, portanto, a transformar seus personagens em ficção, em livros tão surreais e repletos de significados simbólicos enigmáticos que continuam até hoje a serem lidos apenas em pequenos nichos. "Eu estou vivendo no futuro", ela dizia, quando incompreendida pelos críticos.

XII.

Miller e Nin continuaram ligados por suas reputações como personalidades, tanto pelo que escreveram como pelo tempo que passaram juntos em Paris trabalhando em suas obras-primas. Entretanto, depois da guerra, os dois *Trópicos* finalmente começaram a vender — soldados voltavam para casa da França com eles — e como os americanos idealizavam a rebeldia e a liberdade sexual que Miller passara a representar, o interesse por ele aumentou continuamente e, por associação, por Nin. Na década de 1950, quando estudantes e jovens artistas descobriram a obra deles — quando esses jovens começavam a fazer experimentos com drogas, experiências surreais e estilos de vida não convencionais —, Nin finalmente começou a atrair um público e escreveu a Miller: "Eu acho que a juventude americana escolheu seguir a mim e a você".

Depois de se distanciarem durante e após a guerra, Miller e Nin se redescobriram no início dos anos 1960, quando Barney Rosset da Grove Press se empenhou em acabar com a proibição dos livros de Miller. Rosset havia conseguido revogar a proibição de *O Amante de Lady Chatterley* e, como antecipava um mercado também para a obra de Miller, ele assumiu a plena responsabilidade pelas despesas legais e se empenhou no caso. Quando os *Trópicos* foram liberados pela censura em 1961 (a Suprema Corte dos Estados Unidos não isentaria os livros por obscenidade antes de 1964), Miller e Nin estavam com 70 e 58 anos respectivamente e, enfim, o fluxo de dinheiro estava revertido para sempre, então Miller enviou a Nin quantias significativas de dinheiro. Nin havia recebido a oferta de 50 mil dólares por seus diários, mas essa era a quantia que Miller havia recebido da Grove Press apenas pelo *Trópico de Câncer*, e o orgulho impediu-a de aceitar a mesma quantia por todos os seus diários. Ela estabeleceu seu preço em 100 mil dólares* e se conformou com o fato de seus diários só serem publicados depois de sua morte. As obras de Nin haviam começado a render dinheiro depois de terem sido organizadas por uma única editora em 1960, quando Alan Swallow publicou seus romances e contos, em volumes separados, bem como seus cinco romances numa série. Era a primeira vez que Nin seria publicada sem ter de pagar pelos custos de impressão, embora seus primeiros direitos autorais tenham lhe rendido apenas 32,56 dólares.

Foi também apenas quando os leitores americanos descobriram a obra de Miller — os primeiros livros dos *Trópicos*, bem como a trilogia mais recente e ostensivamente erótica de *A Crucificação Encarnada* —, foi apenas quando Miller irrompeu plenamente desabrochado no cenário literário dos Estados Unidos e o público ficou fascinado por tudo que tinha a ver com Miller que também a obra de Nin começou a despertar algum interesse real. Tirando proveito desse interesse, Miller publicou suas *Cartas a Anaïs Nin* em 1965, em versão cheia de cortes, e quando entregou a ela todo o montante de seus direitos autorais, estava devolvendo de uma tacada todo o dinheiro que ela lhe dera. Porém o livro serviu apenas para levantar questões sobre o relacionamento de Nin com Miller — além de outras perguntas envolvendo o casamento e os casos extraconjugais dela — e para colocar a polêmica em perspectiva, a [editora] Harcourt Brace publicou em 1965 o primeiro volume de seus diários, altamente editado. O ano de 1966 despejou sobre Nin o que ela chamou de "uma avalanche!" de afetos, quando ela finalmente se tornou uma personalidade nacional. Enquanto lhe acorriam montanhas de cartas de leitores, ela escreveu a um amigo que "todo o amor que eu dei retornou para mim". Seu editor deixou claro em seu prefácio que "a verdade de Miss Nin, como vimos, é psicológica", mas então a enigmática absorção em si mesma de que sempre fora acusada podia finalmente ser vista, nas palavras de um crítico, como um corajoso "ato de revelação de si mesma".

Agora, no entanto, que seus diários estavam lhe rendendo dinheiro, seus rendimentos estavam sendo declarados em dois endereços e surgiram problemas com o IRS [a receita federal americana] que a obrigaram a confessar a Pole que o casamento deles não tinha validade: ela revelou a ele que sempre havia sido casada com Guiler, e o casamento com Pole foi formalmente anulado em junho de 1966, pouco depois da publicação de seus diários. A essa altura, Miller já havia

---

* Em torno de 360 mil dólares atualmente.

se divorciado e voltado a se casar. Ele e Lepska haviam se separado em 1951 e, em seguida, ele havia se casado com Eve McClure, uma pintora de 25 anos que havia acabado de se divorciar de seu primeiro marido de 60 anos. Miller e McClure se casaram em 1953, depois de uma viagem juntos à Europa, onde Miller estava finalmente sendo reconhecido como escritor importante, mas se divorciaram em 1960. Miller começou a considerar a ideia de viver na Europa, pois estava ficando cansado da Califórnia — e também por não conseguir retirar facilmente dinheiro da França. Ele viajou por alguns anos, à procura de um lugar para se acomodar com sua namorada alemã, mas acabou retornando à Califórnia e, em 1966, aos 75 anos, se casou com uma cantora japonesa de boate de 28 anos, Hiroko Tokuda. Amigos de Miller suspeitaram que ela fosse uma interesseira, como June havia sido, uma vez que, como seus livros já podiam então ser vendidos nos Estados Unidos, Miller estava ganhando mais do que jamais ganhara. Em 1977, ele e Tokuda também se divorciaram, depois do que seus biógrafos chamaram de casamento incompatível.

Após a publicação de suas cartas a Nin, Miller se sentiu livre para recordar o tempo que haviam passado juntos e, em seu *Book of Friends* — publicado em 1976, um ano antes da morte de Nin —, ele descreveu suas "mentiras inveteradas, suas tramoias, sua duplicidade etc.". Ele a chamou de "mentirosa monstruosa" que não conseguia "aceitar a realidade", então "tinha que alterar a realidade para encaixá-la em sua visão de mundo". Isso foi, no entanto, tudo que ele diria publicamente: ele continuou honrando sua promessa de não escrever sobre o relacionamento deles.

Depois de Nin morrer de câncer em 1977 — e depois de Miller morrer de velhice em 1980 e Guiler em 1985 —, o editor de Nin, Gunther Stuhlmann, publicou a correspondência entre eles sob o título de *A Literate Passion* em 1987. Porém foi apenas com a publicação dos diários sem cortes de Nin — vários volumes, sob os títulos de *Henry e June*, em 1990, e *Incest* e *Fire*, em 1992 e 1996, respectivamente —, foi apenas depois de as cartas deles e de o diário dela serem publicados que Miller e Nin passaram a ser conhecidos como os amantes ousados e sacrílegos que eles próprios haviam passado a se considerar depois que a partida de June de Paris os havia deixado sozinhos na companhia um do outro em janeiro de 1931. Os escritos de Nin eram finalmente lidos por um vasto público — até então apenas sua obra erótica *Delta de Vênus*, que também havia sido publicada postumamente, em 1977, havia sido vendida em larga escala —, mas agora seu diário provocador, com seus discernimentos diabólicos sobre o amor e as emoções, psicologia e arte, podia finalmente ocupar seu lugar ao lado dos romances sacrílegos de Miller.

Epílogo

Amor e Arte nos Limites da Cultura Moderna

❧

O esforço contínuo para erguer-se acima de si mesmo, para se colocar um degrau acima do alcançado da última vez, evidencia-se nas relações do homem. Por mais que desejemos a aprovação, não conseguimos perdoar quem nos aprova... Se eu tenho um amigo, sou atormentado por minhas imperfeições. O amor em mim denuncia a outra parte... O desenvolvimento de um homem é visto nos sucessivos grupos de seus amigos. Para cada amigo que ele perde por ser honesto, ele ganha outro melhor.
— RALPH WALDO EMERSON

Cada vez mais, à medida que a nossa era vai se aproximando do fim, nós tomamos consciência da enorme importância do documento humano. A nossa literatura, não mais capaz de se expressar por meio de formas moribundas, tornou-se quase exclusivamente autobiográfica. O artista se esconde por trás dessas formas moribundas para redescobrir em si mesmo a eterna fonte de criação.
— HENRY MILLER

Sempre que se busca ou se alcança a liberdade sexual, o sadomasoquismo não vem muito atrás.
— CAMILLE PAGLIA

Tomadas lado a lado, essas histórias acrescentam mais do que detalhes das cartas, obras de arte e do tempo que esses artistas passaram juntos: elas descrevem uma resposta específica à modernidade, uma experimentação coerente com suas liberdades. Esses artistas foram indivíduos excepcionais e únicos — não aberrações —, eles não foram, em seu conjunto, patológicos; todos eles começaram como filhos brilhantes da classe média alta que achavam que poderiam usar sua liberdade e criatividade para tornar seus casamentos mais autênticos — mais próximos da natureza humana — do que os casamentos que testemunhavam. Eles foram criativos no amor como foram na arte, o que quer dizer que eles não aceitaram o que herdaram — ou até mesmo o que eles criaram — sem um senso de jocosidade irreverente e até amoral, colocando cada forma e termo em questão e rearranjando-os de acordo com o que entendiam ser suas próprias verdades individuais — ou verdades mais profundas, que eles próprios articulariam para os demais. Porém eles não estavam apenas usando palavras, formas e cores para meramente organizar suas experiências pessoais: eles achavam que estavam dando algum tipo de contribuição à cultura moderna também pelo modo como conduziam seus relacionamentos. Essas histórias não são, portanto, apenas relatos de certas vidas: em nossos tempos turbulentos e confusos, elas são exemplos do que pode ser feito — deliberadamente, e mesmo de forma conscientemente — em nome da liberdade e da autocriação modernas.

Entretanto essa história coletiva é também a história do que os artistas descobriram após terem jurado reinventar seus próprios casamentos. Se todos eles ficaram surpresos — ou desalentados, em certo momento — com o que seus casamentos singulares exigiriam deles — ou com o que eles revelariam deles —, eles usaram, no entanto, sua criatividade — em sua arte e em suas decisões — para criar um futuro no qual eles podiam se reconhecer e ainda assim gozar de certa liberdade em seus relacionamentos. Se suas experiências levaram cada um deles a uma ou outra crise — e se, por meio de suas crises, eles adquiriram certo grau de sabedoria —, se, no final, eles desenvolveram certo autoconhecimento com respeito a seus desejos e certo respeito pela realidade dos sentimentos de outras pessoas, a arte deles permaneceu, apesar disso, sendo parte de sua maturidade, na mesma medida em que formaram o cerne de suas rebeliões juvenis, contra o casamento e mesmo contra seus próprios sentimentos.

As similaridades entre as vidas desses artistas são espantosas — mas, é claro, eles devem ter tido temperamentos semelhantes para poder usar seus próprios relacionamentos como base para suas experimentações. Eles não foram, afinal, nenhum Rodin, nenhuma Gertrude Stein ou Willa Cather, que tiveram relacionamentos duradouros com parceiros não artistas; eles não foram nenhum Faulkner, com esposa e amante não artista, como tampouco nenhum Hemingway ou Picasso, que foram casados diversas vezes com lindas mulheres que tampouco eram artistas. Em termos gerais, todos os artistas aqui apresentados seguiram Emerson, no sentido de levarem a sério sua autoconfiança — ou Nietzsche, no sentido de encontrarem certa autenticidade no ato de distanciamento de suas próprias vidas. O prospecto da autoconfiança deu a eles a oportunidade artística de realizar algo sem precedentes — simplesmente vivendo suas vidas de acordo com suas próprias verdades. O que tais verdades lhes elucidariam com respeito ao sexo, aos relacionamentos, ao ciúme e a outros impulsos irracionais? Ninguém até então havia imaginado ou definido como seres livres poderiam basicamente confiar em seus cônjuges ou buscar o que lhes faltava em amantes, mas as perguntas estavam no ar e, por volta das décadas de 1910 e 1920, muitos deles estavam conduzindo seus casamentos, e D. H. Lawrence, o profeta da sensualidade anti-industrial, estava escrevendo os livros que levariam gerações ao amor e ao sexo como caminhos legítimos para o encontro de si mesmos. Porém os artistas aqui abordados ainda não viviam numa cultura abertamente confessional — eles teriam de criar por eles mesmos os termos dessa cultura. No ponto em que eles se encontravam na virada do século XX, o amor era um terreno propício para a exploração e experimentação filosófica, e todos eles tinham suas vidas com as quais fazer suas próprias experimentações.

Quando se olha para essa disposição coletiva, parece quase haver uma fórmula para tornar uma criança criativa na vida e no amor. Para começar, quase todos esses artistas foram ou primogênitos ou filhos únicos — dois foram filhos caçulas e O'Keeffe foi o segundo filho, porém filha mais velha —, e todos cresceram entre diferentes culturas, como a de O'Keeffe entre a herança aristocrática de sua mãe e a descendência de agricultores irlandeses pobres de seu pai; a de Beauvoir entre seu pai aristocrático e sua mãe burguesa; ou no caso de Diego e Frida, com seus pais de descendência europeia e mães católicas mexicanas. Todos eles tiveram a liberdade de escolher com qual cultura eles queriam se identificar — a nobreza dos aristocratas ou as paixões e a vitalidade mais bruta dos pobres —, e a condição de artista deu a cada um deles a liberdade de assumir a própria identidade.

Com liberdade para escolher suas culturas, eles se encontraram enquanto seres únicos: eles foram aqueles a quem a liberdade ocorreu como um conjunto de escolhas entre tradições e oportunidades, e eles desfrutaram tanto sua liberdade que a mantiveram em suspenso. Eles não escolheriam — nem criariam — nada que pudesse limitar sua liberdade para criar algo novo no futuro. Sempre que possível, eles queriam manter ambas as possibilidades em aberto: eles queriam a dignidade e a rebeldia, a liberdade e a cultura, e não se comprometer com nenhuma identidade em particular. Eles se identificaram consigo mesmos antes de com qualquer outra coisa — mesmo quando não tinham, ainda, nenhuma evidência da individualidade com que cada um estava se comprometendo — e criaram potentes racionalizações para as coisas que não podiam controlar ou realizar.

Quando atingiram a maioridade e entenderam que queriam acima de tudo fazer da arte um meio de vida, eles tiveram de confrontar as questões relativas ao sexo e ao casamento e escolher quais compromissos eles poderiam realmente assumir. Tendo eles, em sua maioria, assistido às humilhações que seus pais impingiam uns aos outros com seus casos extraconjugais, todos eles estavam determinados a não arriscar seus relacionamentos consigo mesmos com tais atitudes hipócritas. Eles seriam verdadeiros — ao menos ante seus próprios olhos — e, se praticassem alguma hipocrisia em seus relacionamentos com seus primeiros amantes, continuariam, no entanto, a procurar seus iguais. Quando eles encontraram artistas que sentiam o mesmo que eles — que estavam dispostos a usar a criatividade, como na realidade o fizeram, ao confrontarem a questão da liberdade de escolha —, eles deram um ao outro a liberdade de que eles próprios necessitavam. Este era o maior de seus dons, a realização de sua liberdade e a confirmação de sua filosofia artística, permitir que o outro tivesse seus próprios amantes — permitir a si mesmo estabelecer um vínculo aberto, mais forte do que qualquer juramento, por meio de uma ativa criatividade compartilhada.

Os relacionamentos abertos — os quais, evidentemente, precederam à descoberta deles pelos artistas — deram a eles maior liberdade de identificações, uma vez que sua criatividade podia então ser reconhecida. Esse foi sempre o cerne do vínculo, mas eles podiam ainda experimentar cada um dos diferentes aspectos que assumiam na presença de outros amantes. Essa liberdade os libertou de seus próprios sentimentos, uma vez que podiam então decidir — e o próprio relacionamento aberto dava a eles um roteiro para determinar — quais de seus sentimentos seguir e quais deles ignorar. Seus parceiros sofreriam, e eles próprios sofreriam, um pouco, mas havia uma razão para tudo isso, e todo sofrimento era justificado — e até dignificado — pela obra de arte que produziam. Nesse sentido, o relacionamento aberto — aberto no sentido de "livre" e também no sentido de "reconhecido" — não era apenas uma aberração boêmia das convenções da classe média, parecia ser uma nova e mais elevada forma de moralidade — ou, no mínimo, uma tentativa de fazer algo mais legítimo do que o casamento tradicional. Era essa nova forma moderna que acomodaria as realidades do desejo e até daria aos artistas o vínculo mais elevado de confiança mútua que ia além do ciúme.

Os relacionamentos desses artistas não eram abertos apenas para a existência de amantes: eram também abertos aos impulsos sexuais e aos ciúmes, bem como a todas as emoções caóticas das quais seus pais haviam esperado se livrar por meio do casamento convencional. Mas com o poder de tomar decisões com respeito ao que reivindicar como próprio e ao que renunciar como meramente parte do mundo, da história ou da natureza, as individualidades dos próprios artistas pareciam obrigá-los a tomar decisões e criar coisas que revelariam suas personalidades. Em seus relacionamentos uns com os outros — como iguais que compartilhavam das mesmas visões —, eles realmente entravam em relações profundamente íntimas consigo mesmos. Em seus relacionamentos, eles se incentivavam mutuamente para que se tornassem as ideias que tinham de si mesmos; a abandonar ou transformar o que não era deles e a inventar as formas que lhes dariam expressão; para dizer as coisas e ser o que ninguém nem nada havia lhes permitido ser. Agora seus defeitos e frustrações, desejos e rebeldias e fracassos se tornavam simplesmente compreensíveis, e até reações humanas eram perdoáveis, e tudo isso constituía simplesmente a matéria-prima de sua arte: juntos eles podiam se perdoar mutuamente por sua condição humana e seus fracassos — enquanto eles continuassem criando.

Nas décadas de 1910 e 1920, tais relacionamentos eram ousados e atraentes — os artistas eram tão conhecidos por suas aventuras amorosas quanto por suas obras de arte —, de maneira que, se amantes chegavam a se oferecer e até mesmo arriscar-se em relacionamentos sem nenhum futuro a não ser na arte, eles deviam achar que a arte e a complexidade dos relacionamentos abertos eram preferíveis aos outros tipos de casamento disponíveis na época. A própria sociedade boêmia ou artística parecia requerer relacionamentos não convencionais, e os artistas faziam muitas vezes o papel de família substituta, ligada por valores comuns: como excluídos, exilados, profetas ou celebridades, todos eles tinham em comum certa dose de resignação — certa aceitação que abrangia não apenas tristeza e pesar, mas também todas as aversões que surgiram em respostas à modernidade industrial; eles estavam ligados também por certo desespero e por certa postura rapsódica ou criativa ante aquele mesmo desespero, e esse entendimento comum constituía a atmosfera na qual eles conduziam todos os seus relacionamentos. Enquanto os próprios artistas fossem livres, essa contracultura parecia dizer que ninguém se importava com o grau em que as coisas haviam se tornado desumanas, violentas ou mecanizadas. Eles podiam sentir suas próprias vidas entaladas na garganta; eles podiam perceber as visões uns dos outros com tanta realidade como se fossem suas próprias. Eles podiam permitir que tudo de belo e de horrendo lhes acontecesse e continuariam tendo a arte para justificar ou testemunhar suas vidas de indivíduos únicos.

Certamente, em cada uma dessas histórias, houve momentos em que os sentimentos do artista *foram* desprezados, em que seus sofrimentos *foram* justificados pela beleza e integridade da arte e as pessoas se dispuseram a suportar "uma grande quantidade de contradições absurdas", para usar os termos de Georgia O'Keeffe, em nome das "claras e brilhantes e maravilhosas" coisas que encontrariam nas obras de arte e na criatividade uns dos outros.

Desde o princípio, no entanto, sempre houve um conjunto de evidências acumuladas de que os relacionamentos abertos teriam que pagar um preço — mesmo que esse preço fosse tão alto, em termos emocionais, quanto o do casamento tradicional. Sempre ocorreram momentos em que os artistas quase não conseguiram suportar suas emoções, mas a pressão por criar — e conquistar o amor um do outro pelo ato de criação — era quase irresistível. Tampouco sua arte conseguia sempre justificar ou compensar a intensidade dos sentimentos de solidão, ciúme e insegurança, além de os desafios associados com a manutenção de seus relacionamentos — com os outros, com os amantes e com eles próprios — parecerem quase intransponíveis. Houve momentos em que os artistas deixaram de proclamar mais seus júbilos, em seus relacionamentos abertos, mas os sentimentos que eles haviam se recusado a reconhecer voltavam em forma de mágoas de seus amantes ou de seus cônjuges — ou suas próprias. Eles sofreram colapsos nervosos ou se voltaram para as drogas e o álcool, para namoricos e casos desprazerosos, para fugir de si mesmos e dos relacionamentos aos quais eles não conseguiam, por definição, dar simples e diretamente o prazer genuíno da entrega e do pertencimento. Os artistas sempre chegavam a um ponto em que o desespero pelo fato de seus relacionamentos — suas próprias identidades artísticas — sempre se complicarem em consequência de suas reservas hipersensíveis e suas inúmeras técnicas desenvolvidas para manter o distanciamento e alimentar a singularidade de suas visões — para não mencionar suas bravatas artísticas e vaidades sexuais. Sempre houve um momento em que eles não podiam mais continuar ignorando, e tinham que confrontar — encarar a vergonha pelas mentiras ou crueldades ou atitudes insensíveis com que faziam os seus diversos relacionamentos andar. Mesmo quando sua arte e seus relacionamentos proclamavam a complexidade e as contradições de suas individualidades únicas, algo em seu interior continuava querendo um amor simples e puro: seus relacionamentos abertos não estavam exatamente lhes dando isso.

Em cada um dos casos aqui tratados, houve sempre o momento em que os relacionamentos abertos acabaram colocando os artistas contra si mesmos: eles teriam de arcar com o custo de suas individualidades — e o custo de sua criatividade — em termos do nível de sofrimento que infligiam tanto a si mesmos como aos outros. Houve sempre um momento em que as decisões que eles haviam tomado em nome da liberdade artística os afetavam visceralmente, com sentimentos que sua arte não podia nem justificar nem recompensar. O estilo de vida artístico cobrava seu tributo: apenas um dos homens dos casos aqui tratados não abandonou a mulher que lhe deu filhos e três das cinco mulheres interromperam a gravidez. Os corpos dos artistas eram quase meros acessórios — muitas das mulheres eram tão magras que tinham de ser forçadas a comer e, em muitos dos relacionamentos, havia quase uma hostilidade à vida sensual. Quando descobriam a sensualidade fora de seus relacionamentos, constatavam que seus casos triviais haviam adquirido uma premência dolorosa, que se tornava torturante quando descobriam que tais aventuras, ou relacionamentos secundários, jamais poderiam ser assumidos como relações legítimas.

Nenhum desses sofrimentos podia afinal encontrar justificativa na arte. O dilaceramento do coração que o artista tentara evitar, desde a infância, voltava a atacá-lo, apesar de suas evasões criativas e dos casos que um dia haviam sido provas de sua liberdade — e a arte que um dia havia justificado seus casos amorosos —, a própria individualidade, que fazia da arte e do amor seus sinônimos — tornavam-se todos por si mesmos tormentos, ou não conseguiam mantê-los protegidos da mordida da dor da perda, do arrependimento ou do autoconhecimento ou autodesprezo. Eles podiam criar uma arte que transcendia a moralidade, de acordo com as leis da vida humana, da natureza — mas em suas vidas, suas decisões tinham consequências psicológicas em forma de dores de consciência, pontadas de arrependimento ou remorso e, portanto, já não podiam sentir-se livres. Se eles amavam ou não um ao outro à sua maneira ousada — se criavam ou não a sua arte —, eles teriam de pagar o preço de seus relacionamentos.

Vistas dessa perspectiva, todas essas histórias juntas parecem dizer que as liberdades modernas não conseguiram elevar os artistas acima de sua própria consciência, e se tivessem mais liberdade para alcançar a realização em seus casamentos alternativos, nem assim eles teriam transcendido o eterno desenvolvimento, que vale para todo ser humano: da inocência à arrogância e da experiência à sabedoria. Porque apesar de seus ousados esforços para se colocarem acima dos sentimentos humanos — para se tornarem, eles próprios, eternos em suas decisões e em sua arte —, ainda assim certas verdades do coração humano se aplicaram a eles, e eles tiveram de aceitar que o ciúme e a raiva, o medo e o desejo, o orgulho e o autodesprezo, tudo isso exigia tempo e uma determinada quantidade de energia emocional. Todos os artistas tiveram de reconhecer, em algum momento, que haviam se enredado em dramas humilhantes ou torturantes, e descobriram que podiam apenas degradar ou complicar suas vidas até onde eles estavam dispostos a ir para se purificarem interiormente.

O sentimento de degradação, eles concluíram, não era um mero produto da cultura moderna — era real em seus corações, e era também o próprio remédio, assim como a reconciliação, o arrependimento e a sensação de ter a consciência limpa também eram muito reais. Grande parte dos atrativos do relacionamento aberto advinha da permissão que dava aos artistas para afirmarem que eram diferentes dos outros, mas também advinha da culpa que sentiam por conta dessas mesmas diferenças. Os relacionamentos abertos eram atraentes pela maneira como davam aos desejos o que eles queriam, sem deixar de preservar uma imagem de honestidade, e até mesmo de virtude, nos excessos que eles permitiam. Nos relacionamentos abertos, os artistas exerciam sua individualidade, ainda que continuassem imersos na vida transcendental da arte — uma vez que utilizavam a totalidade da vida dos artistas, e não apenas suas inspirações, como matéria-prima para suas obras de arte. Tirados desses contextos, no entanto — considerados finalmente apenas com base nas emoções humanas, nos estados humanos de carência bruta —, sua arte e seus relacionamentos não eram, enfim, satisfatórios. A arte podia ser parte do processo de purificação do eu, mas não era a salvação de tudo, não quando os artistas haviam expressado a si mesmos e a suas visões artísticas nos próprios relacionamentos.

Não, para se sentirem purificados, para continuarem convivendo consigo mesmos, os artistas teriam que redimir seus próprios atos, ou, se não pudessem realmente redimi-los, eles teriam que determinar se os seus sofrimentos — e os sofrimentos que infligiram a outrem — faziam parte de quem eles realmente eram ou se teriam de abrir mão de seu próprio comportamento e renunciar à autoconfiança para dar lugar à outra confiança — a confiança no cônjuge, nos editores ou *marchands*, no casamento, na família, na cultura ou em qualquer coisa transcendente que pudesse manter viva sua individualidade quando eles, com suas falhas, ofensas e sofrimentos, chegassem a morrer. Se os artistas não pediram perdão um ao outro — nem todos eles o fizeram —, eles o pediram a seus públicos e sua arte tornou-se uma espécie de oferenda à eternidade e à cultura, pelo que eles não haviam sido capazes de realizar em suas próprias vidas.

Se perdoaram a si mesmos, foram perdoados por outros ou simplesmente viveram suas vidas sem essa graça, os artistas usaram o relacionamento aberto como convite a um confronto com sua própria consciência de que, quando em comunhão com sua arte, esse era também um convite ao mais vasto reconhecimento de si mesmo. Finalmente, todos eles confrontaram, de uma maneira ou de outra, não apenas as visões artísticas, mas também o caos emocional que lhes deu origem — não apenas a deliciosa intimidade, mas também a imensidão de sexo e ciúme em que ela se originou, não apenas a experiência de estarem vivos como seres humanos, mas também a experiência de ser um entre as massas. Da mesma maneira que o casamento agrupa as pessoas em famílias e grupos consanguíneos que transcendem as vidas individuais, assim também em sua arte os artistas morreram para suas individualidades, para, acima de seus próprios sentimentos, olharem para suas vidas das alturas celestiais — mesmo enquanto ainda viviam nelas — e contemplarem a eternidade na qual suas próprias vidas seriam apenas conhecidas pelas obras que deixaram. Da perspectiva dessa eternidade, eles sabiam que seriam apenas conhecidos — ou amados — por outras pessoas. Certamente, outros artistas usaram a arte e o amor para abordar esses mistérios de outras perspectivas e, como expressões culturais, os relacionamentos abertos ainda proviam apenas um tipo particular de transcendência — mas, em certo momento, todos os artistas tiveram que decidir quais seriam os seus legados, não apenas seus legados artísticos, mas também seus legados humanos, que histórias as outras pessoas contariam com respeito às decisões que tomaram.

O que conhecemos hoje como literatura autoconfessional começou com esses artistas, num esforço para definir o testemunho em seus próprios termos, e nós não estaríamos vivendo na cultura aberta e permissiva de hoje sem seus exemplos. E é claro que somos remissos por não contarmos em detalhes também todas as outras histórias: as histórias coletivas não apenas dos artistas, mas também dos maridos como Hugo Guiler e Fred Andreas, que preferiram fechar os olhos para os casos de suas esposas; das mulheres como June Mansfield e Simone Jollivet; das jovens Natalie Sorokine e Olga Kosakiewicz; e dos muitos outros jovens artistas e modelos que eram atraídos para os círculos dos artistas. Deveríamos contar as histórias de mulheres como Clara Westhoff e Angelina Beloff, que se ligaram a homens que as abandonariam; de outras como Malwida von Meysenbug ou Elizabeth Nietzsche, ou ainda da família de Beauvoir, que consideravam os relacionamentos dos artistas corrosivos para a civilização. Se quisermos realmente conhecer a vida dos artistas, teremos que descrever milhares de pequenas ajudas que eles receberam, das pessoas que os incentivaram, das pessoas que os publicaram, leram ou coligiram e, provavelmente, também das pessoas que se opuseram a eles, que detonaram suas rebeliões e represaram suas vontades. Teríamos enfim, é claro, que contar toda a história da civilização moderna e, então, os relacionamentos ousados dos artistas seriam reduzidos a minúsculos casos individuais entre outras tendências muito mais amplas, no casamento, na religião e na arte, nos mercados e nas novas tecnologias, nas indústrias e nos meios de comunicação e na cultura.

Dificilmente eu me atreveria a contar essa história abrangente. Mas se considerarmos essas histórias da perspectiva cronológica, elas parecem indicar uma determinada trajetória do próprio relacionamento aberto. De Andreas-Salomé e Rilke até Miller e Nin, ela evolui de escritores que minimizaram ou suprimiram suas infidelidades — mas promoveram sua criatividade a uma forma de devoção religiosa — a escritores que celebraram suas próprias infidelidades como uma espécie de devoção transcendente à arte. Mas quando Miller e Nin deixaram Paris no final da década de 1930, eles tomaram caminhos muitos diferentes com respeito ao amor e à arte: Anaïs Nin acabou mentindo compulsivamente para impedir que seus dois maridos tomassem conhecimento um do outro — e Henry Miller retornou a uma rotina doméstica com esposa e filhos numa casa caindo aos pedaços na região de Big Sur. Ele pode ter se divorciado de Lepska e voltado a se casar mais duas vezes depois dela, mas nunca mais voltou a ser o mesmo depois de 1935, quando descobriu que Nin havia mentido para ele, e renunciou ao relacionamento aberto que tinham: "seu corpo arde em mim", em pânico, ele havia escrito,

> e eu o quero unicamente para mim. Este é o erro que eu cometi — dividir você [com outros]. Com isso, eu temo, restou menos da mulher. Agora, terá que ser você inteira, sete dias por semana, e viagens incluídas... Se você acha que me tornei um puritano, tudo bem, eu não me importo. Mas não vou dividir você com mais ninguém! Você é minha e eu vou retê-la só para mim. Tornei-me encarniçadamente possessivo.

Estes são dois legados muito diferentes: o retorno voluntário ao casamento e à insistência obstinada na verdade psicológica, à moralidade provisória que acomoda todos os desejos contraditórios. É claro que o próprio relacionamento aberto vem se desenvolvendo desde que os últimos desses artistas morreram nos anos 1970 e 1980, mas o registro histórico ainda não teve tempo para digerir os casos mais recentes: porque não apenas os próprios artistas têm de estar mortos como também seus amantes, e seus documentos teriam de ser coligidos e publicados para que pudéssemos dizer como essas pessoas usaram sua criatividade, na arte e no amor, de modo a entender suas vidas na cultura pós-moderna. De maneira que o campo continua em aberto e, enquanto os jovens continuarem tentados a usar seus relacionamentos para expressar sua individualidade, essa história continuará se desenvolvendo. Com a revolução sexual e as reivindicações do movimento gay, essas perguntas serão respondidas — e publicadas deliberadamente — por um número cada vez maior de pessoas. Apesar de parecer hoje que observamos os relacionamentos uns dos outros em tempo real, levará anos, no entanto, para que possam ser feitos relatos completos das vidas contemporâneas e, no futuro, as pessoas saberão onde elas estão pelos padrões ocultos que serão capazes de discernir em nossas vidas, nossos amores e nossas atividades.

Enquanto esse futuro se desenvolve, a vida desses artistas nos mantém presos a certas questões que são inseparáveis de nossa liberdade e autoconfiança moderna: estamos vivendo de maneira genuína e deliberada, tanto no que criamos quanto em como amamos? Estamos dando a nós mesmos aquilo de que necessitamos, enquanto criamos a nós mesmos? De que maneira aprendemos a lidar com aquela parte nossa que reclama o que lhe é devido em situações caóticas, em experiências profundas e até autodestrutivas? Estamos sendo totalmente honestos com respeito a nossos impulsos? Estamos alcançando o mundo que queremos como benefício de sua supressão? As vidas desses artistas são apenas exemplos genéricos de como essas perguntas podem ser respondidas. Enquanto tivermos as liberdades da individualidade moderna — enquanto acreditarmos que a nossa individualidade possa se realizar por meio de nossas atividades e amores —, teremos de confrontá-las nós mesmos e deixar que as gerações futuras contem as histórias relativas ao tipo de cultura que deixamos para elas.

Notas e Bibliografia

Introdução
REFERÊNCIAS

PÁG.

7 "Eu sei que seus olhos estão agora bem abertos..." (Miller, Henry e Anaïs Nin. *A Literate Passion. Letters of Anaïs Nin and Henry Miller, 1932-1953*. Gunther Stuhlmann, org. Nova York: Harcourt Brace Jovanovich, 1987, 96).

9 "O que mais queremos saber..." (Emerson, Ralph Waldo. *Essays*. Nova York: Thomas Nelson and Sons, 1905, 129).
"Até hoje tudo que deu cor à vida..." (Nietzsche, Friedrich. *The Gay Science*. Bernard Williams, org. Josephine Nauckhoff, trad. Cambridge: Cambridge University Press, 2001, 34).
"Estamos apenas chegando a ponto..." (Rilke, Rainer Maria. *Letters to a Young Poet*. Joan Burnham, trad. Novato: New World Library, 2000, 62).
"Os antigos ideais estão mortos e enterrados..." (Lawrence, D. H. *Women in Love*. Nova York: Penguin, 1950, 109).

Capítulo Um
Os Grandes Trianguladores: Lou Andreas-Salomé e Rainer Maria Rilke
REFERÊNCIAS

23 "A pessoa que não é 'fiel' não necessariamente abandona um parceiro..." (Andreas-Salomé, Lou. *The Freud Journal*. Stanley Leavy, trad. Londres: Quartet, 1964, 142).
[...] "toda companhia só pode consistir..." (Rilke, Rainer Maria. *Letters of Rainer Maria Rilke*. Jane Bannard Greene e M. D. Herter Norton, trad. Nova York: W. W. Norton, 1945, 150).
"Ele simplesmente tinha a ideia fixa..." (Andreas-Salomé, Lou. *Looking Back*. Ernst Pfeiffer org.; Breon Mitchell, trad. Nova York: Paragon House, 1991, 131).

25 "Jamais esqueça que seria uma calamidade..." (Binion, Rudolph. *Frau Lou: Nietzsche's Wayward Disciple*. Princeton: Princeton University Press, 1968, 79).
"Eu não quero ver nenhuma flor, nenhum céu e nenhum sol — que não seja em você..." (Rilke, Rainer Maria. *Rilke and Andreas-Salomé: A Love Story in Letters*. Edward Snow e Michael Winkler, trad. Nova York: W. W. Norton & Co., 2008, 12).

26 "Eu odiava você como algo *grandioso demais*..." (Rilke, Rainer Maria. *Diaries of a Young Poet*. Edward Snow e Michael Winkler, trad. Nova York: W. W. Norton & Co., 1997, 75).

27 "só você sabe quem eu sou." (*Love Story in Letters*, 46-47).
"aliados nos difíceis mistérios da vida e da morte..." (Ibid., 67).

28 "Se eu fui sua mulher por anos..." (*Looking Back*, 85).

29 "ligados por pequenas demonstrações secretas de ternura..." (Ibid., 24).
"Por que você não se afoga apenas uma vez?" (Ibid., 26).
"amargamente solitária entre todos eles..." (*Frau Lou*, 9).
"Meus pais e seus pontos de vista..." (*Looking Back*, 2).

30 "que me mimava imensamente..." (Ibid., 2).
"Talvez eu soubesse demais..." (Ibid., 20).

"dificilmente [...] terá tudo à sua própria maneira como ela tinha." (Ibid., 17).
"agora toda solidão chega ao fim..." (Ibid., 156).
"se rendeu inteiramente" (Ibid., 157).
"assumiu o lugar de Deus." (*Frau Lou*, 15).
31 "*quer[ia]* ser responsável pela menina" (*Looking Back*, 156, itálico de Lou).
"quando me julgou mal..." (*Looking Back*, 156).
"insônia, perda de apetite..." (*Frau Lou*, 19).
"excessiva irritação nervosa e esgotamento mental..." (Ibid., 17).
"[...] eu escolhi você; eu chamei seu nome, você é minha." (Ibid., 19).
"Viver por séculos, pensar..." (*Looking Back*, 158).
"na versão de Freud [...] o sofrimento pode ser meramente mental." (*Frau Lou*, 23).
32 "A sua missão é grandiosa [...] ainda vamos falar muito sobre isso." (Ibid., 39).
"uma afirmação completamente falsa, para meu pesar e minha raiva..." (*Looking Back*, 45).
"para fazê-lo ver e entender..." (Ibid.).
"um sonho muito simples foi o que me convenceu da exequibilidade de meu plano..." (Ibid.).
33 "um novo ideal e uma imagem do espírito livre" (*Frau Lou*, 70).
"esse ser impetuoso e incrivelmente inteligente..." (Ibid., 52).
"envie minhas saudações à garota russa..." (Ibid., 49).
"ardendo de desejo por um novo estilo de vida..." (Ibid., 55).
"surpreendentemente bem preparada..." (Ibid., 108).
"jardim de Epicuro." (Ibid., 46).
"uma relação não matrimonial e mentalmente apaixonada..." (Ibid., 55).
34 "devia me considerar compelido a..." (Ibid., 53).
"[...] firmemente convencida de *sua* neutralidade..." (Ibid., 62).
"Nem a Sra. Rée em Warmbrunn nem a Srta. Von Meysenbug..." (Ibid., 63).
"Eu não posso viver de acordo com nenhum modelo..." (*Looking Back*, 45-6).
"*Você é a única pessoa do mundo que eu amo.*" (*Frau Lou*, 57).
35 "não sou tão inteiramente franco e honesto..." (Ibid., 59).
"Lou despejou uma torrente de injúrias contra meu irmão..." (Ibid., 76).
36 "Eu *jamais* achei que você devesse 'ler em voz alta e escrever' para mim..." (Ibid., 67).
"Snailie [Salomé] era a locatária ou a proprietária de sua casinha [de Rée]..." (Ibid., 73).
"A partir do momento que Lou chegou a Stibbe..." (Ibid., 71).
"Não posso negar [que ela] é a *personificação* da filosofia do meu irmão..." (Ibid., 84).
"é e continuará sendo para mim um ser de primeira grandeza..." (Ibid., 108).
37 "Capaz de se entusiasmar por pessoas sem amá-las..." (Ibid., 98).
"Esse tipo de pessoa que carece de respeito tem de ser evitado." (Ibid., 135).
"Não, de uma proposição a outra, de uma conclusão a outra" (Nietzsche, Friedrich. *On the Genealogy of Moral*. Walter Kaufmann, trad. Nova York: Vintage, 1969, 18).
"uma relação que poderá nunca voltar a existir..." (*Looking Back*, 51; 174).
"Uma mulher pode muito bem estabelecer uma relação de amizade com um homem..." (*Frau Lou*, 91).
38 "o efeito de hinos..." (Livingstone, Angela. *Salomé, Her Life and Work*. Mt. Kisco, Nova York: Moyer Bell Ltd., 1984, 13).
"em extremidades opostas" de Berlim "como crianças furiosas uma com a outra" (*Frau Lou*, 132).
39 "não era a de uma *mulher*..." (*Looking Back*, 125).
"meu amor por meu marido começou [...] com uma demanda interna..." (Ibid., 213).
"aceitasse o nosso vínculo [...] uma condição do casamento" (Ibid., 125).
"algo que *temos*, mas algo que *fazemos*." (*Frau Lou*, 141).
40 "último presente a ele, a prova última de amor." (Ibid., 175).
"facas e lágrimas" (Ibid., 175).
"Eu não conseguia parar de pensar nas *facas ao lado dos pratos*..." (Ibid., 176).
41 "a liberdade total que ambos tínhamos para sermos nós mesmos..." (*Looking Back*, 134).
"tendo se tornado um pouco feminina" e por exibir "a necessidade de ser desejada" (*Frau Lou*, 191).
"certamente 'havia abusado' de Z. e dos outros..." (Ibid., 204n).
42 "vida amorosa natural [...] "se baseia no princípio da infidelidade" (Ibid., 207).

"deprimente futuro num escritório de contabilidade" (Prater, Donald. *A Ringing Glass: The Life of Rainer Maria Rilke*. Nova York: Oxford University Press, 1986, 13).
"Ontem não foi a primeira hora do crepúsculo..." (*Love Story in Letters,* 3).
44 "Meu pai iniciou a carreira de oficial..." (*Letters of Rainer Maria Rilke,* I, 98).
"pela maior parte do dia [...] a uma jovem criada..." (Ibid, I, 18).
"a mulher que devia ser a primeira a cuidar de mim..." (Ibid, I, 17-21).
45 "muito bom" a "excelente", "calmo e de bom gênio" e "esforçado" (*A Ringing Glass*, 8).
"com problemas mais espirituais do que físicos" (Ibid, 10).
"um verdadeiro afeto fraternal baseado numa simpatia recíproca..." (*Letters of Rainer Maria Rilke,* I, 21).
"Eu deixei de usar o uniforme do Imperador..." (*A Ringing Glass*, 10).
46 "flerte estúpido" (Ibid, 13).
"não existe ninguém como eu, nunca existiu" (Ibid, 408).
"tudo que eu faço custa cada vez mais dinheiro..." (Ibid, 34).
"[só quando] encontrei você, minha querida e adorada Vally..." (*Letters of Rainer Maria Rilke,* I, 21).
47 "Enfim eu tenho um *lar*" (*Love Story in Letters,* 8).
48 "dividida em dois seres..." (*Frau Lou*, 216).
"todo o destino trágico [de Rilke] se faz dessa tensão..." (*Looking Back*, 83).
"minha alegria estará longe de ser exultante..." (*Diaries of a Young Poet,* 6).
"os artistas devem evitar uns aos outros..." (Ibid., 21).
"não pôde fazer nenhuma apreciação..." (*Love Story in Letters,* 364n).
49 "algo grandioso *demais*..." (*Diaries of a Young Poet*, 75).
"esteja sempre assim à minha frente..." (Ibid., 77).
"Eu poderia dizer de mim mesma que (embora nenhum artista)..." (*Love Story in Letters,* 75).
50 "vida espiritual [dos russos], [que] continua tão inocente..." (*Looking Back*, 36).
"nos advertiu veementemente de que não deveríamos participar..." (Andreas-Salomé, Lou. *You Alone Are Real to Me: Remembering Rainer Maria Rilke*. Angela von der Lippe, trad. Rochester: BOA Editions, 2003, 37).
"uma cidade distante [...] uma palavra sua para mim será uma ilha..." (*A Ringing Glass*, 57).
"só pode vir até alguém, ou a um casal..." (Ibid., 57).
"talvez sua mãe ou uma irmã mais velha" (Ibid., 62).
"dois só formam uma unidade quando permanecem sendo dois" (*Frau Lou*, 259).
51 "ansiedade, quase estados de terror" (*A Love Story in Letters,* xiii).
"quase depravado..." (Ibid., 31).
"Tudo que é verdadeiramente visto *tem que* se tornar um poema" (*Diaries of a Young Poet*, 218).
"estar desperto e estar vivo são conquistas..." (*A Love Story in Letters,* 35).
"Se é possível aprender com as pessoas..." (*Diaries of a Young Poet,* 195).
52 "Quanto eu aprendo observando essas duas garotas..." (Ibid., 174).
"sua casa foi para mim, desde o primeiro momento..." (*Letters of Rainer Maria Rilke,* I, 43-44).
53 "Existe sempre apenas *uma coisa* em mim..." (*A Love Story in Letters,* 84).
"Antes de você me possuir, / eu não existia..." (Ibid., 39).
"para fazer Rainer ir embora, *se afastar totalmente*..." (Ibid., 39).
54 "*tem que* a qualquer preço encontrar apoio, e uma devoção exclusiva..." (*A Ringing Glass*, 75).
"Propiciadora de minhas alegrias! A primeira! A eterna!" (Ibid., 76).
"por maior que fosse o fervor de nossa relação..." (*Looking Back*, 146).
"Último Apelo..." (*A Love Story in Letters,* 41-42).
"se algum dia muito mais tarde você se sentir em apuros..." (Ibid., 41-2).
"consciência absolutamente tranquila..." (*Frau Lou*, 205).
55 "dilacerado" e "tragado" por um abismo (*A Ringing Glass*, 76).
"conectados de alguma maneira a Deus..." (Ibid., 83).
"é impossível que duas pessoas..." (Ibid., 79).

"perdido muito de seu antigo eu e o estendido como um manto..." (Leppmann, Wolfgang. *Rilke: A Life*. Nova York: Fromm International, 1984, 139).
"dissolução de nosso pequeno lar" (*Letters of Rainer Maria Rilke*, I, 74).
"Eu sou meu próprio círculo" (*A Ringing Glass*, 86).
56 "cada um poderá viver sua vida de acordo com seu próprio trabalho e suas necessidades..." (Ibid., 86).
"de cuja arte, eu espero as melhores coisas..." (*Letters of Rainer Maria Rilke*, I, 74).
"com incrível seriedade... *Il faut travailler, rien que*... (Ibid., I, 84).
"como jamais trabalhamos antes" (*A Ringing Glass*, 91).
57 "enorme prisão assustadora" (Ibid., 97).
"apenas um único dia..." (*A Love Story in Letters*, 44).
"ficar conosco a qualquer momento, tanto nas horas difíceis como nas aprazíveis..." (Ibid.).
"Eu não tenho ninguém [...] com quem me aconselhar" (Ibid. 46-47).
"têm agora você como seu poeta" (Ibid., 57).
58 "onde mesmo nos melhores momentos subsequentes..." (Ibid., 58).
"escrever o que está sentindo e o que o está atormentando..." (Ibid., 48).
"Eu costumava achar que tudo ficaria melhor..." (*You Alone*, 45).
"ninguém pode depender de mim..." (*A Love Story in Letters*, 60).
"que leia (as monografias) [...] como lê estas cartas..." (Ibid., 62).
59 "Quando o seu *Rodin* chegou..." (Ibid., 65).
"tinham que voltar suas energias..." (Ibid., 66).
"Você passou por abalos tão sérios..." (Ibid., 67).
"você se deu ao seu contrário..." (Ibid., 67).
60 "Amar é [...] bom, porque o amor é difícil..." (Rilke, Rainer Maria, *Letters to a Young Poet*. Joan Burnham, trad. Novato: New World Library, 2000, 62).
61 "Clara e eu..." (*Letters of Rainer Maria Rilke*, I, 150).
"já parece [ter] uma personalidadezinha complicada própria..." (*A Ringing Glass*, 115).
"Por milhas ao redor, eu não vejo nenhum outro pensamento..." (*A Love Story in Letters*, 123).
61 "pessoas excêntricas" (*Frau Lou*, 228).
"um encontro com você é a única ponte para o meu futuro..." (*A Love Story in Letters*, 144).
"pela primeira vez a própria 'obra'..." (*Looking Back*, 91).
63 "essa pessoa, que exerce um papel tão importante..." (*Letters of Rainer Maria Rilke*, I, 186).
"como pode a circunstância refutar-me..." (Ibid., I, 245).
"você me superestimou [...] eu não sirvo de apoio [...] sou apenas uma voz" (*A Ringing Glass*, 153).
64 "*Eu imploro* àqueles que me amam..." (Ibid., 177).
"ser amado significa ser consumido..." (Ibid., 162).
"mais proximidade com essa jovem do que com qualquer outra mulher" (Freedman, Ralph. *Life of a Poet: Rainer Maria Rilke*. Nova York: Farrar, Straus & Giroux, 1996, 311).
"não há nenhuma má vontade entre nós..." (*A Love Story in Letters*, 190).
66 [...] "quão excepcionalmente a vida lhe favoreceu..." (Ibid., 166).
"uma ajuda demasiadamente fundamental..." (Ibid., 177).
67 "Quem, se eu gritasse, me ouviria dentre as hierarquias dos anjos?" (Rilke, Rainer Maria. *Ahead of All Parting*: The Selected Poetry and Prose of Rainer Maria Rilke. Stephen Mitchell, trad. Nova York: Modern Library, 1995, 331).
"o grito de júbilo do artista consumado..." (*You Alone*, 58).
"quando você sente desejo /... Cante / as mulheres abandonadas..." (*Ahead of All Parting*, 333).
"uma divisão artificial da psique..." (*Frau Lou*, 336).
68 "nos apossamos do trabalho que é nosso, algo almejado, como nós mesmos." (Ibid., 348).
"mesmo depois de termos falado sobre as coisas mais terríveis..." (*Looking Back*, 104).
"deveria ser possível para nós..." (*A Love Story in Letters*, 206).
"*tem que* sofrer e que sempre será assim" (Ibid.).
69 "ser mais uma vez meu próprio médico mais austero: solitário e calmo" (*A Ringing Glass*, 237).

"longas caminhadas no bosque, andando descalço..." (*A Love Story in Letters,* 202).
"sempre diante de um telescópio..." (Ibid., 225).
"Eu não tenho nem a experiência que poderia ajudar num caminho independente..." (Prater, 223).
70 "O que afinal, para minha desgraça..." (*A Love Story in Letters,* 238).
"terror, a fuga, o recuo de volta..." (Ibid., 270).
"o que eu no máximo consigo ter em comum..." (*A Ringing Glass,* 281).
"nesses três últimos anos..." (*Frau Lou,* 438).
71 "Eu tenho que lembrar sempre a mim mesma..." (*A Love Story in Letters,* 306).
72 "obra" de um "autor" quando o que ele estava tentando era "criar um universo" (*Life of a Poet,* 311).
"Mas nós somos seres humanos, René" (*A Ringing Glass,* 320).
"Para um espírito que encontra sua realização..." (Ibid., 334).
"agora eu volto a conhecer a mim mesmo" (*A Love Story in Letters,* 332).
73 "fiquei sentada, lendo e chorando de alegria..." (Ibid.).
"*Eu jamais vou poder lhe dizer* quanto isso significa para mim..." (Ibid., 338).
"Que você esteja aí, caríssima Lou, para selá-lo..." (Ibid., 334).
"Durante dois anos inteiros, eu tenho vivido..." (Ibid., 354).
74 "A queda no domínio dos atormentados..." (Ibid., 359).
"um mistério inevitável, que não é para ser analisado de muito perto" (*A Ringing Glass,* 403).
"Lou precisa saber de tudo..." (Ibid.).
"perguntado a ele se devia lhe escrever de novo..." (*Frau Lou,* 455).
"adeus, meu amor" (*A Love Story in Letters,* 360).
"mantive distância [dos colegas do seu marido], antagonizei-os, ofendi-os contra todas as regras de civilidade..." (*Frau Lou,* 457).
75 "poder olhar em sua face nem que fosse apenas por dez minutos..." (Ibid., 377).
"Mesmo naquela proximidade ardente e preocupada..." (*Looking Back,* 90).

BIBLIOGRAFIA

Andreas-Salomé, Lou. *The Freud Journal.* Stanley Leavy, trad. Londres: Quartet, 1964.
_____. *Looking Back.* Ernst Pfeiffer, org.; Breon Mitchell, trad. Nova York: Paragon House, 1991.
_____. *Nietzsche in His Work.* Siegfried Mandel, trad. Urbana e Chicago: University of Illinois Press, 1988.
_____. *You Alone Are Real to Me: Remembering Rainer Maria Rilke.* Angela von der Lippe, trad. Rochester: BOA Editions, 2003.
Andreas-Salomé, Lou, e Rainer Maria Rilke. *Rainer Maria Rilke, Lou Andreas-Salomé: Briefwechsel.* Ernst Pfeiffer, org. Weisbaden: Insel Verlag, 1975.
Bernoulle, Carl. *Franz Overbeck und Friedrich Nietzsche: Eine Freundschaft.* Diederichs, Jena, 1908.
Binion, Rudolph. *Frau Lou: Nietzsche's Wayward Disciple.* Princeton: Princeton University Press, 1968.
Freedman, Ralph. *Life of a Poet: Rainer Maria Rilke.* Nova York: Farrar, Straus & Giroux, 1996.
Hendry, J. F. *The Sacred Threshold: A Life of Rainer Maria Rilke.* Manchester: Carcanet New Press, 1983.
Leppmann, Wolfgang. *Rilke: A Life.* Nova York: Fromm International, 1984.
Livingstone, Angela. *Salomé, Her Life and Work.* Mt.Kisco, NY: Moyer Bell Ltd., 1984.
Nietzsche, Friedrich. *On the Genealogy of Morals.* Walter Kaufmann, trad. Nova York: Vintage, 1969, p.18.
Prater, Donald. *A Ringing Glass: The Life of Rainer Maria Rilke.* Nova York: Oxford University Press, 1986.
Prose, Francine. *The Lives of the Muses.* Nova York: HarperCollins, 2002.
Rilke, Rainer Maria. *Ahead of All Parting: The Selected Poetry and Prose of Rainer Maria Rilke.* Stephen Mitchell, trad. Nova York: Modern Library, 1995.

Rilke, Kaimer Maria. *Das Testament*, Frankfurt: Insel Verlag, 1975.
_____. *Diaries of a Young Poet*. Edward Snow e Michael Winkler, trads. Nova York: W. W. Norton, 1997.
_____. *Letters on Cézanne*. Joel Agee, trad. Nova York: Fromm International, 1952.
_____. *Letters to a Young Poet*. Joan Burnham, trad. Novato: New World Library, 2000.
_____. *Letters of Rainer Maria Rilke*. Jane Bannard Greene e M. D. Herter Norton, trads. Nova York: W. W. Norton, 1945.
_____. *Rilke and Andreas-Salomé: A Love Story in Letters*. Edward Snow e Michael Winkler, trads. Nova York: W. W. Norton & Co., 2008.
_____. *Rilke and Benvenuta: An Intimate Correspondence*. Joel Agee, trad., Nova York: Fromm International, 1987.
Torgersen, Eric. *Dear Friend: Rainer Maria Rilke and Paula Modersohn-Becker*. Evanston, IL: Northwestern University Press, 1998.
Vickers, Julia, *Lou von Salomé: A Biography of the Woman Who Inspired Freud, Nietzsche and Rilke*. Jefferson, NC: McFarland, 2008.

Capítulo Dois
Visões que se Apoiam Mutuamente: Alfred Stieglitz e Georgia O'Keeffe
REFERÊNCIAS

77 "Eu acho que foi o trabalho..." (O'Keeffe, Georgia. *Georgia O'Keeffe: Art and Letters*. Sarah Greenough, org. Boston: Little, Brown & Company, 1987, 200).
"A minha biografia será [feita de] um único caso..." (McGrath, Roberta. "Rereading Edward Weston: Feminism, Photography and Psychoanalysis." *Illuminations: Women Writing on Photography from the 1850s to the Present*. Durham: Duke University Press, 1996, 265).
"A relação foi sempre muito boa..." (Robinson, Roxanna. *Georgia O'Keeffe: A Life*. Nova York: Harper Perennial, 1990, 340).
79 "Eu não o amo — e nem pretendo amá-lo..." (O'Keeffe, Georgia, e Anita Pollitzer. *Lovingly, Georgia: The Complete Correspondence of Georgia O'Keeffe & Anita Pollitzer*. Clive Giboire, org. Nova York: Touchstone, 1990, 53).
"mais perto de me apaixonar..." (*Georgia O'Keeffe: A Life*, 119).
"homem com quem não sei o que fazer..." (*Lovingly, Georgia*, 47).
80 "preferiria que Stieglitz gostasse de alguma coisa..." (*Georgia O'Keeffe: Art and Letters*, 144).
"olhou [...] ele contemplou profundamente e captou-os..." (*Lovingly, Georgia*, xxii).
81 "espírito da 291 — Não eu." (Eisler, Benita. *O'Keeffe and Stieglitz: An American Romance*. Nova York: Penguin, 1991, 169).
82 "porque o que me era prometido me incitava..." (Norman, Dorothy. *Alfred Stieglitz: An American Seer*. Nova York: Random House, 1973, 13).
83 "naturais, não manipuladas e desprovidas de qualquer truque..." (Stieglitz, Alfred. *Alfred Stieglitz on Photography*. Nova York: Aperture, 2000, 18).
"em Stieglitz, não há nenhuma revolta..." (*O'Keeffe and Stieglitz*, 422).
84 "Quando faço uma fotografia, estou fazendo amor" (*Alfred Stieglitz: An American Seer*, 13).
"tão pura como sua mãe" (*O'Keeffe and Stieglitz*, 45).
"mais feliz e mais livre" (Ibid., 44).
"por sentir uma solidão opressiva..." (*Alfred Stieglitz: An American Seer*, 35).
85 "durante todo o período de cinco anos..." (Ibid., 42).
"Por que você sempre fala dessa maneira meio abstrata?" (*O'Keeffe and Stieglitz*, 96).
"Você não imagina quanto é odioso para mim..." (Fryd, Vivien Green. *Art and the Crisis of Marriage: Edward Hopper and Georgia O'Keeffe*. Chicago: University of Chicago Press, 2003, 32).
86 De que serve o progresso da arte..." (Ibid., 289).
"Eu gostaria que meu pai falasse de coisas..." (*Alfred Stieglitz: An American Seer*, 225).
87 "numa sala com quadros na parede..." (*O'Keeffe and Stieglitz*, 289).
"Não se deixe influenciar por nada que eu tenha dito..." (Stieglitz, Alfred. *Alfred Stieglitz Talking: Notes on Some of His Conversations, 1925-1931*. Herbert J. Seligman, org., New Haven: Yale University Press, 1966, 33).

"chamar estas salas de galeria..." (*Alfred Stieglitz: An American Seer*, 115).
"Finalmente uma mulher no papel" (*Lovingly, Georgia*, xxii).
88 "Entre um homem e uma mulher existe esse movimento..." (*Alfred Stieglitz: An American Seer*, xi).
90 "'Patsy', apelido que recebera tanto por seu humor irlandês..." (Referências ao apelido e à androginia de O'Keeffe), cf. Eisler, 128.
"Eu estou desgostosa comigo mesma..." (*Lovingly, Georgia*, 119).
91 "me excitaram a ponto de eu me sentir um ser humano" (Ibid., 159).
"eles impressionaram também a mim, do contrário, eu não teria lhe dado a mínima importância" (Ibid., 116).
"É impossível eu colocar em palavras" (*O'Keeffe and Stieglitz*, 81).
92 "Acho que nunca antes eu havia recebido uma carta com tanta humanidade..." (Ibid., 122).
"ficamos ambas fascinadas por ele [...] quase perdi a cabeça" (*Lovingly, Georgia*, 132).
93 "gostaria de envolvê-lo em meus braços..." (*Georgia O'Keeffe: A Life*, 184).
"tantas pessoas me beijaram..." (Ibid., 185).
"Parece que de alguma maneira eu sinto... (Ibid.).
94 "duas mulheres com frio" (*O'Keeffe and Stieglitz*, 164).
"ele [Stieglitz] provavelmente é mais necessário para mim do que qualquer outro que conheço..." (*Georgia O'Keeffe: A Life*, 196).
"Ela é o espírito da 291..." (*O'Keeffe and Stieglitz*, 169).
95 "Se eu tivesse dinheiro..." (Ibid., 172).
"A melhor maneira de lhe dizer como as coisas estão..." (Ibid., 177).
"Tenho certeza de que ela decidiu vir para Nova York..." (Ibid., 173).
"Vir ou não vir está inteiramente nas mãos dela..." (Ibid., 174).
96 "Por que eu não consigo acreditar que ela existe..." (Ibid., 184).
"Ela é muito mais extraordinária do que até mesmo eu jamais pude acreditar..." (Ibid., 184).
"Não consigo me acostumar..." (*Georgia O'Keefe: A Life,* 206).
97 [Emmy] difamou uma mulher-menina-inocente." (*O'Keefe and Stieglitz*, 193).
"toda vez que olha para as provas..." (Ibid., 188).
98 "ele a ama tanto" (Ibid., 236).
"Se havia alguma coisa que eu quisesse fazer..." (*Georgia O'Keeffe: A Life*, 206).
99 "O trabalho dele sempre me surpreende..." (Lisle, Laurie. *Portrait of an Artist: A Biography of Georgia O'Keeffe*. Nova York: Washington Square Press, 1997, 128).
"A[lfred] assume uma atitude provocativa..." (*Georgia O'Keeffe: A Life*, 422).
"sofria enquanto seus quadros eram discutidos..." (*O'Keeffe and Stieglitz*, 213).
"tão desligada como se não tivesse nada a ver com os quadros" (Ibid.).
"Eu acho cada quadro muito bom assim que acabo de pintá-lo..." (*Georgia O'Keeffe: A Life*, 290).
100 "Eu termino meu trabalho e examino-o sozinha..." (O'Keeffe, Georgia. *Georgia O'Keeffe*.
101 Nova York: Penguin, 1976, 31).
"As coisas que eles escrevem me soam muito estranhas..." (*Georgia O'Keeffe: A Life*, 241).
"Ter ou não ter sucesso..." (*Georgia O'Keeffe: Art and Letters*, 174).
102 "isso, meu senhor, é a mesma coisa que sugerir que sua filha seja virgem..." (*Georgia O'Keeffe: A Life*, 265).
"Eu sabia muito bem que você passou..." (*O'Keeffe and Stieglitz*, 264).
103 "Se eu pudesse, arrancaria pela raiz..." (Ibid., 398).
104 "Parece que passamos o inverno inteiro nos mudando..." (*Georgia O'Keeffe: Art and Letters*, 177).
105 "desde as exposições na 291 eu não gozava de tanta atenção..." (Ibid., 183).
"Stieglitz gostava da ideia de grupo..." (*Georgia O'Keeffe: A Life*, 369).
106 "tem sido muito doloroso para ele, e o pobrezinho está bastante esgotado..." (Ibid., 296).
"'Você vai descobrir', ele disse..." (*Alfred Stieglitz: An American Seer*, 10-1).
107 "a maneira de ver dele, de dizer e falar abertamente de sua vida..." (*O'Keeffe and Stieglitz*, 121).
"Eu entro na Sala mais uma vez..." (*Encounters*, 56).
"Tão logo Stieglitz fala com você..." (*O'Keeffe and Stieglitz*, 121).

"Ou se trabalhava com Stieglitz em perfeita confiança ou absolutamente não se trabalhava..." (*Alfred Stieglitz: An American Seer*, 203).
"nenhum quadro era dele..." (*O'Keeffe and Stieglitz*, 285).
108 "era uma daquelas pessoas que adoravam Stieglitz..." (*O'Keeffe and Stieglitz*, 367).
"a cidade é muito dura" (*Georgia O'Keeffe: A Life*, 317).
"praticamente morto para mim" (*Georgia O'Keeffe: Art and Letters*, 195).
"Muitas vezes — a maior parte das vezes — eu me sinto um criminoso..." (*Georgia O'Keeffe: A Life*, 307).
"Eu gostaria que você visse o meu trabalho..." (*Georgia O'Keeffe: Art and Letters*, 180).
"Estou de novo no Oeste, e ele continua tão belo quanto em minhas recordações..." (*Georgia O'Keeffe: A Life*, 326).
109 "Agora que acabo de sair renovada de seis dias..." (*O'Keeffe and Stieglitz*, 397).
"A vagina não tem memória" (Miller, Donald. *Lewis Mumford: A Life*. Grove Press, 2002, 340).
"fraldas de meus filhos" e "sonhos de juventude" (*O'Keeffe and Stieglitz*, 401).
"Isso é a morte voando alto no céu..." (*Georgia O'Keeffe: A Life*, 337).
"finalmente além de toda dor" (Ibid., 336).
"minhas fotografias — as *Equivalents* — são aquele Eu..." (*O'Keeffe and Stieglitz*, 399).
110 "Eu recebi um telegrama maravilhoso de Georgia..." (*Georgia O'Keeffe: A Life*, 337).
"é maravilhoso estar aqui e na companhia do meu pequeno engraçadinho Stieglitz..." (*Georgia O'Keeffe: Art and Letters*, 196).
"dividida entre meu marido e uma vida com ele..." (Ibid., 207).
111 "Eu penso em você e, pensando em você..." (*O'Keeffe and Stieglitz*, 399).
112 "Nos dez primeiros dias, eu fiquei mais ou menos sozinho na casa..." (*Georgia O'Keeffe: A Life*, 396).
"O que você me dá me faz sentir mais capaz de me manter sozinha..." (Ibid., 401).
"cada vez mais rumo a uma espécie de solidão..." (*Georgia O'Keeffe: Art and Letters*, 219).
"O seu centro parece-me ser..." (Ibid., 216).
113 "houve conversas que pensei que fossem me matar..." (Ibid., 219).
114 "dá uma sensação de pureza intocada..." (*Georgia O'Keeffe: A Life*, 448).
115 "a segunda das escravas de O'Keeffe..." (*O'Keeffe and Stieglitz*, 472).
"Se eu simplesmente pudesse pintar tudo que penso..." (*Georgia O'Keeffe: Art and Letters*, 179).
"você parece um pouco solitário aí no alto do morro..." (*O'Keeffe and Stieglitz*, 464).
116 "Eu saúdo a sua chegada mais uma vez..." (*O'Keeffe and Stieglitz*, 264).
117 "Faz uma semana ou mais que eu não escrevo para você..." (*Georgia O'Keeffe: Art and Letters*, 264).
118 "Você escreveu a imagem fantasiosa que tem de mim." (*Lovingly, Georgia*, 320).
120 "Para ser verdadeiro, o casamento tem de que estar baseado no desejo..." (*Art and the Crisis of Marriage*, 42).
121 "Não podemos deixar que as coisas que não temos como impedir nos destruam." (*Georgia O'Keeffe: Art and Letters*, 200).

BIBLIOGRAFIA

Eisler, Benita. *O'Keeffe and Stieglitz: An American Romance*. Nova York: Penguin, 1991.
Fryd, Vivien Green. *Art and the Crisis of Marriage: Edward Hopper and Georgia O'Keeffe*. Chicago: University of Chicago Press, 2003.
Hapgood, Hutchins. *A Victorian in the Modern World*. Seattle: University of Washington Press, 1967.
Lisle, Laurie. *Portrait of an Artist: A Biography of Georgia O'Keeffe*. Nova York: Washington Square Press, 1997.
Miller, Donald. *Lewis Mumfield: A Life*. Grove Press, 2002.
Norman, Dorothy. *Alfred Stieglitz: An American Seer*. Nova York: Random House, 1973.
_____. *Encounters: A Memoir*. Nova York: Harcourt, 1987.

O'Keeffe, Georgia. *Georgia O'Keeffe: Art and Letters*. Sarah Greenough, org. Boston: Little, Brown & Company, 1987.

_____. *Georgia O'Keeffe*. Nova York: Penguin, 1976.

_____. O'Keeffe, Georgia e Anita Pollitzer. *Lovingly, Georgia: The Complete Correspondence of Georgia O'Keeffe and Anita Pollitzer*. Nova York: Touchstone, 1990.

Pollitzer, Anita. *A Woman on Paper: Georgia O'Keeffe*. Nova York: Simon & Schuster, 1988.

Robinson, Roxanna. *Georgia O'Keeffe: A Life*. Nova York: Harper Perennial, 1990.

Rudnick, Lois. *Mabel Dodge Luhan: New Woman, New Worlds*. Albuquerque: University of New Mexico Press, 1984.

Stieglitz, Alfred. *Alfred Stieglitz Taking Notes on Some of His Conversations, 1925-1931*. Herbert J. Seligman, org. New Haven: Yale University Press, 1966.

Stieglitz, Alfred. *Alfred Stieglitz: With an Essay by Dorothy Norman*. Nova York: Aperture Foundation, 1997.

_____. *Alfred Stieglitz on Photography*. Nova York: Aperture, 2000.

_____. *Dear Stieglitz, Dear Dove*. Ann Lee Morgan, org. Newark: University of Delaware Press, 1988.

_____. *Stieglitz, Alfred*. Nova York: Aperture, 1976.

Whelan, Richard. *Alfred Stieglitz: A Biography*. Boston: Little, Brown, 1995.

Capítulo Três
Os Intelectuais e seus Amores: Jean-Paul Sartre e Simone de Beauvoir
REFERÊNCIAS

122 "O único tipo de pessoa..." (Beauvoir, Simone de. *Prime of Life*. Peter Green, trad. Nova York: Paragon House, 1992, 69).
"Eu sou um gênio porque estou vivo..." (Hayman, Ronald. *Sartre: A Life*. Nova York: Simon & Schuster, 1987, 64).
"Com Sartre também eu tenho uma relação física..." (Rowley, Hazel. *Tête-à-Tête*. Nova York: HarperCollins, 2005, 91).

123 "num mundo sem Deus..." (*Prime of Life*, 151).
"haviam explorado muito mais profundamente..." (Beauvoir, Simone de. *Memoirs of a Dutiful Daughter*. James Kirkup, trad. Nova York: Harper Perennial, 1958, 344).

124 "homem teria de ser reformulado..." (*Prime of Life*, 18).
"sobre todos os tipos de coisas, mas especialmente..." (*Memoirs of a Dutiful Daughter*, 340).
"não tínhamos nenhum escrúpulo, nenhum sentimento de respeito..." (*Prime of Life*, 19).

125 "uma paixão avassaladora [...] mas uma felicidade... (*Tête-à-Tête*, 23).
"demoliu [...] a filosofia pluralista..." (*Memoirs of a Dutiful Daughter*, 344).
"muitas de minhas opiniões..." (Ibid.).

126 "inclinado a ser monogâmico..." (*Prime of Life*, 23).
"firmássemos um contrato por dois anos [...] por um período maior ou menor..." (Ibid., 24).
"Não apenas jamais mentiríamos um para o outro..." (Ibid.).

127 "Anne Marie, cheia de gratidão..." (Sartre, Jean-Paul. *The Words*. Bernard Frechtman, trad. Nova York: Fosset Crest, 1964, 17).
"sob vigilância [...] obedecendo a todos" (Ibid., 13).
"Minha mãe e eu tínhamos a mesma idade..." (Ibid., 136).

128 "meu fracasso não havia me afetado..." (Ibid., 49).
"Quer os adultos ouçam minhas baboseiras..." (Ibid., 25).
"Já que ninguém me reivindicava *seriamente*..." (Ibid., 69).

129 "amado demais para ter dúvidas" (Ibid., 136-46).
"temperamento de físico, pessimismo, dissimulação..." (Sartre, Jean-Paul. *Witness to My Life: The Letters of Jean-Paul Sartre to Simone de Beauvoir, 1926-1939*. Simone de Beauvoir, org. Lee Fahnestock e Norman MacAfee, trads. Nova York: Scribners, 1992, 381).
"fora de tom e de papel [...] em meio a grupos de homens..." (Ibid., 399).
"o que havia mudado profundamente desde a minha chegada a Paris..." (Sartre, Jean-Paul. *War Diaries*. Quintin Hoare, trad. Nova York: Pantheon Books, 1984, 270-1).

130 "Tornei-me traidor e continuei a sê-lo..." (*The Words*, 149).
"Embora eu me ponha de corpo inteiro naquilo que empreendo..." (Ibid.)
131 "Você pode também comunicar isso à Liga das Nações..." (*Witness to My Life*, 17).
"Por que você seria menos capaz de ver do que eu?" (Ibid., 20).
"Quem fez você ser o que é?..." (Ibid., 9).
132 "apreciava gestos elegantes..." (*Memoirs of a Dutiful Daughter*, 33).
"desprezava os sucessos..." (Ibid.).
"as virtudes mais sérias valorizadas pela burguesia". (Ibid.).
"primeiras lembranças dela são de uma jovem mulher risonha" (Ibid., 37).
"a capacidade de ignorar em silêncio..." (Ibid., 17).
"em nosso universo, a carne não tinha direito de existir." (Ibid., 58).
"mundo isento de anormalidades" (Ibid., 66).
"proibidas de brincar com meninas estranhas..." (Ibid., 47).
"*alter ego*, meu outro eu; nós não conseguíamos viver uma sem a outra..." (Ibid., 42).
"mesmo quando eu estava apenas copiando..." (Ibid., 43).
183 "Se eu estava descrevendo em palavras um episódio de minha vida..." (Ibid., 70).
"o trabalho o deixava aborrecido..." (Ibid., 98).
"Minha mãe me vestia mal..." (Ibid., 182).
184 a "viver perigosamente. A não recusar nada." (Ibid., 273).
"À parte [...] raras exceções..." (Ibid., 187).
135 "as majestosas sacerdotisas supremas do Conhecimento..." (Ibid., 122).
"expuseram suas vidas" (Ibid., 223).
"tudo que ela [Zaza] fazia..." (Ibid., 93).
"não correspondia inteiramente..." (Ibid., 118).
"uma solução e não como um ponto de partida" (Ibid., 218).
"não era possível conciliar..." (Ibid., 212).
"secretamente em busca de experiências extraordinárias" (Ibid., 282).
"à vontade com o calor da mão de um estranho..." (Ibid., 273).
"Eu não sabia o que fazer nem dizer..." (Ibid., 161).
"começaram a falar em me mandar para o exterior..." (Ibid., 192).
"pessoas que, sem trapacear..." (Ibid., 230).
"haviam dedicado a vida a combater..." (Ibid., 160).
137 "nada melhor do que um bordel autorizado." (Ibid., 175).
"estudar para ter uma profissão era sinal de fracasso" (Ibid., 175).
"vida de devassidão" (Ibid., 293).
"destino revoltante que tínhamos pela frente" (Ibid., 360).
"irão expor a realidade nua e crua..." (Ibid., 114).
"um único propósito nos inflamava..." (*Prime of Life*, 26).
138 "acordo perfeito" (Ibid., 27).
"jamais passaria de uma vil prostituta." (Bair, Deirdre. *Simone de Beauvoir: A Biography*. Nova York: Summit Books, 1990, 197).
"entristecem-me..." (*Witness to My Life*, 129).
"todas as joias de menor importância..." (*Prime of Life*, 42).
139 "aquelas heroínas de Meredith..." (Ibid., 54).
"os capítulos iniciais até que estavam indo bem..." (Ibid., 179).
"havia passado um trote em alguém" (Ibid., 16).
"Eu cumpria as obrigações de um professor de filosofia..." (Ibid., 275).
"vantagens de serem nomeados para um mesmo lugar..." (Ibid., 66).
"aos hábitos e costumes de nossa sociedade" (Ibid., 67).
"tinha uma falta de afinidades..." (Ibid.).
140 "para mostrar, sem qualquer complacência..." (*Words*, 158).
"tinha todas as vantagens de uma vida em comum..." (*Tête-à-Tête*, 72).
"relação ilegítima era vista..." (*Prime of Life*, 288).
Com respeito ao encontro de Beauvoir com Pierre Guille em 1931, ver *Tête-à-Tête*, 42.
141 "nem me tomou de surpresa..." (*Prime of Life*, 149).

"concordado que a relação não teria nenhum futuro." (Ibid.).
"Absolutamente nada..." (Beauvoir, Simone de. *Adieux: A Farewell to Sartre*. Patrick O'Brian, trad. Nova York: Pantheon Books, 1984, 296).
"Na maioria das vezes, a mulher..." (Ibid., 298).

142 "revirávamos [a vida] dos amantes e conhecidos pelo pelo avesso..." (*Prime of Life*, 104).
"como todo burguês..." (Ibid., 288).

143 "apetite voraz e indiscriminado..." (Ibid., 186).
"pureza de criança de seus entusiasmos" (Ibid.).
"sua impetuosa natureza sem reservas." (Ibid.).
"haviam, primeiro, incutido nela ódio..." (Ibid., 184).
"o sonho de Olga de se tornar bailarina." (Ibid.).

144 "em situação privilegiada para ajudá-la..." (Ibid.).
"prometi que ela abriria seu próprio caminho." (Ibid., 185).
"o sentimento de solidariedade particular..." (Ibid.).
"fantasias crônicas ganharam asas" (Ibid., 225).
"Eu quero que você saiba que não há nenhuma expressão facial sua..." (*Tête-à-Tête*, 54).
"Profundamente semelhantes em suas rebeldias, Beauvoir e Olga podem ou não ter sido amantes" (Ibid., 60 — Bair afirma o contrário).
"evitou sobrecarregar uma estranha..." (*Prime of Life*, 192).
"Pela primeira vez em minha vida..." (Hayman, Ronald. *Sartre: A Life*. Nova York: Simon & Schuster, 1987, 116).

145 "a música me aborrece. Apenas os sons me aprazem." (*Prime of Life*, 192).
"Sartre começou então a dedicar..." (Ibid.).
"tornou-se Rimbaud, Antígona..." (Ibid., 194).
"ninguém deveria significar tanto quanto ele para Olga" (Ibid., 193).
"levar [a relação com Olga] ao clímax..." (Ibid., 192).
"expressar qualquer reserva ou indiferença". (Ibid., 204).

146 "quando eu disse 'Nós somos uma só pessoa'..." (Ibid., 209).
"se toda a minha felicidade..." (Ibid., 209).
"uma entre outras pessoas" (Ibid., 233).

147 "filha perante Lúcifer" (Ibid., 204).
"nenhuma ambição..." (Ibid., 197).
"senso de humor satânico" (Ibid., 199).
"Toda consciência visa à morte de outra" (Beauvoir, Simone de *She Came to Stay*. Nova York: W. W. Norton, 1999).
"ao matar Olga no papel..." (*Prime of Life*, 270).

148 "Eu pretendia escrever um breve prefácio..." (*Witness to My Life*, 180).

149 "Eu passei duas belas e trágicas noites..." (Ibid., 156).
"Foi muito amável de sua parte me contar..." (Beauvoir, Simone de. *Letters to Sartre*. Quintin Hoare, trad. Nova York: Arcade Publisher, 1992, 21).
"eu tenho apenas *uma* vida sensual..." (*Tête-à-Tête*, 91).
"tem uma sensibilidade mais aguçada e mais plena..." (Sartre, Jean-Paul. *Quiet Moments in a War: The Letters of Jean-Paul Sartre to Simone de Beauvoir, 1940-1963*. Simone de Beauvoir, org. Lee Fahnestock e Norman MacAfee, trads. Nova York: Scribners, 1993, 38).

150 "eu preciso da violência das disputas..." (*Tête-à-Tête*, 92).
"Eu sinto sua falta..." (*Witness to My Life*, 183).
"o lado insípido." (Ibid., 197).
"se incumbido de aos poucos destruir..." (Ibid., 198-199).
"beleza evidente [...] inteligência brilhante, ousada e penetrante..." (Lamblin, Bianca. *A Disgraceful Affair*. Julie Plovnik, trad. Boston: Northeastern University Press, 1993, 17).
"Eu acho que definitivamente..." (*Tête-à-Tête*, 90).
"estamos de acordo quanto a dissuadir você..." (*Witness to My Life*, 204).

151 "Eu nunca senti com tanta intensidade..." (Ibid., 242).
"Escreva-me tudo em detalhes..." (Ibid., 252).
"É uma tremenda chateação..." (*Quiet Moments in a War*, 138).

"renovar imediatamente o contrato por mais dez anos." (*Witness to My Life*, 280).
152 "menos em minha própria vida e mais nas coisas" (*Letters to Sartre*, 72).
"um ser sem raízes..." (Ibid., 64).
"levo uma vida ocupada, mas terrivelmente estéril..." (Ibid., 254).
"a vida dela sou eu..." (*Witness to My Life*, 377).
"considerava [...] [o trio] como uma exata divisão em três partes..." (*Letters to Sartre*, 160).
"podia ter nos censurado [...] por não deixar as coisas claras" (Ibid.).
"sinal de perversidade..." (Ibid., 155).
"a vaga ideia torpe [...] de que eu devia ao menos 'tirar vantagem'". (Ibid.).
"Meu amor, que alimento estéril..." (Ibid., 74).
153 "me dá o que costumava ser precioso..." (Ibid., 269).
"tinha consideração pelos alunos brilhantes..." (*A Disgraceful Affair*, 19).
"Eu me sinto um pouco como um sedutor desajeitado..." (*Letters to Sartre*, 107).
"Vou ter que dormir com ela..." (Ibid., 212).
154 "o interesse de Sorokine era mais na experiência..." (Ibid., 243).
"uma sensibilidade muito aguçada ao corpo..." (Ibid., 255).
"harém de mulheres" (*Witness to My Life*, 424).
"Ou ela [Sorokine] *exige* promessas..." (*Letters to Sartre*, 294).
"jamais me fez qualquer pergunta..." (Ibid., 227).
"sua consciência é algo tão absoluto para mim..." (*Prime of Life*, 7).
"dias conjugais" (*Letters to Sartre*, 299).
155 "aceitar até onde for possível..." (*Letters to Sartre*, 156).
"teorize *sua própria vida* em lugar de nós..." (Ibid., 161).
"nos condenou — na verdade tanto a mim como a você..." (Ibid., 285).
"Birnenschatz é curiosamente parecido..." (*A Disgraceful Affair*, 74).
"carta branca..." (*Quiet Moments in a War*, 165).
156 "Eu nunca amei você..." (Ibid., 73).
"profundamente desgostoso comigo mesmo." (Ibid., 74).
"dar uma de Don Juan?..." (Ibid.).
"Hoje eu escrevi: 'você bem sabe...'" (Ibid., 75-76).
157 "Meus sentimentos por ela [Wanda]..." (Ibid., 84).
"àquela espécie de generosidade volúvel..." (Ibid.).
"carta áspera" (Ibid., 88).
"Eu nunca estive tão pouco à vontade comigo mesmo..." (Ibid., 87-89).
158 "*extremamente* desagradável saber que ela estava em pânico." (Ibid., 179).
"É estranho que ela esteja se tornando..." (Ibid., 180).
"assumiria se casar" (Ibid., 183).
159 "sofrendo de um intenso e terrível ataque..." (*Letters to Sartre*, 389).
"fauna encantadora." (Ibid., 231).
160 "A polícia submeteu todos os envolvidos a interrogatório, mas eles tinham combinado e ensaiado os depoimentos que prestariam e, com isso, o caso foi dado por encerrado." (*Tête-à--Tête*, 131).
162 "Pelo que ele disse..." (Beauvoir, Simone de. *Force of Circumstance*. Volume I. Richard Howard, trad. Nova York: Harper Colophon, 1964, I, 69).
163 "o amor que 'Dolores sente por mim me assusta...'" (*Quiet Moments in a War*, 274).
"achei-a exatamente como havia imaginado." (*Letters to Sartre*, 415).
164 "O desejo dele me transfigurou..." (Beauvoir, Simone de. *The Mandarins*. Leonard M. Friedman, trad. South Bend, IN: Regnery/Gateway, 1979, 139).
"o único amor verdadeiramente apaixonado de minha vida" (*Simone de Beauvoir: A Biography*, 344).
"Eu amo você demais..." (Beauvoir, Simone de. *A Transatlantic Love Affair: Letters to Nelson Algren*. Sylvie Le Bon Beauvoir, org.. Ellen Gordon Reeves, trad. Nova York: The New Press, 1998, 116).
"vida conjugal" (Ibid., 479).
"Não posso lamentar o fim deste caso..." (*Letters to Sartre*, 460).

165 "saia você mesmo da melhor maneira possível..." (Ibid.).
"aprendizado em entrega..." (Beauvoir, Simone de. *Second Sex*. H. M. Parshley, trad. Nova York: Knopf, 1953, 711).
"a mulher livre está nascendo." (Ibid., 715).
166 "a melhor coisa do amor sexual..." (Madsen, Axel. *Hearts and Minds: The Common Journey of Simone de Beauvoir and Jean-Paul Sartre*. Nova York: Morrow Quill Paperbacks, 1977, 140).
"A dor e o prazer de escrever..." (*Force of Circumstance*, I, 128).
167 "código moral provisório" (*Tête-à-Tête*, 246).
"ter dificuldade para entender" (Bair, 513).
169 "faz tanto parte de minha vida..." (Ibid., 507).
"Castor me disse muitas vezes..." (*Tête-à-Tête*, 310).
"isso não tê-la impedido de incentivar Le Bon a ter um caso" (Ibid., 320).
"É uma relação absoluta..." (Bair, 509).

Bibliografia

Bair, Deirdre. *Simone de Beauvoir: A Biography*. Nova York: Summit Books, 1990.
Beauvoir, Simone de. *Adieux: A Farewell to Sartre*. Patrick O'Brian, trad. Nova York: Pantheon Books, 1984.
_____. *Force of Circumstance*. Volume I. Richard Howard, trad. Nova York: Harper Colophon, 1964.
_____. *Letters to Sartre*. Quintin Hoare, trad. Nova York: Arcade Publisher, 1992.
_____. *The Mandarins*. Leonard M. Friedman, trad. South Bend, IN: Regnery/Gateway, 1979.
_____. *Memoirs of a Dutiful Daughter*. James Kirkup, trad. Nova York: Harper Perennial, 1958.
_____. *Prime of Life*. Peter Green, trad. Nova York: Paragon House, 1992.
_____. *Second Sex*. H. M. Parshley, trad. Nova York: Knopf, 1953.
_____. *She Came to Stay*. Nova York: W. W. Norton, 1999.
_____. *A Transatlantic Love Affair: Letters to Nelson Algren*. Sylvie Le Bon Beauvoir, org. Ellen Gordon Reeves, trad. Nova York: The New Press, 1998.
Hayman, Ronald. *Sartre: A Life*. Nova York: Simon & Schuster, 1987.
Lamblin, Bianca. *A Disgraceful Affair*. Julie Plovnik, trad. Boston: Northeastern University Press, 1993.
Madsen, Axel. *Hearts and Minds: The Common Journey of Simone de Beauvoir and Jean-Paul Sartre*. Nova York: Morrow Quill Paperbacks, 1977.
Rowley, Hazel. *Tête-à-Tête*. Nova York: HarperCollins, 2005.
Sartre, Jean-Paul. *Quiet Moments in a War: The Letters of Jean-Paul Sartre to Simone de Beauvoir, 1940-1963*. Simone de Beauvoir, org. Lee Fahnestock e Norman MacAfee, trads. Nova York: Scribners, 1993.
_____. *Witness to My Life: The Letters of Jean-Paul Sartre to Simone de Beauvoir, 1926-1939*. Simone de Beauvoir, org. Lee Fahnestock e Norman MacAfee, trads. Nova York: Scribners, 1992.
_____. *War Diaries*. Quintin Hoare, trad. Nova York: Pantheon Books, 1984.
_____. *The Words*. Bernard Frechtman, trad. Nova York: Fosset Crest, 1964.

Capítulo Quatro
Os Monstros Sagrados: Diego Rivera e Frida Kahlo
Referências

171 "Eu não sou apenas um 'artista', mas também um homem..." (Marnham, Patrick. *Dreaming with His Eyes Open: A Life of Diego Rivera*. Nova York: Knopf, 1998, 260).
"Não vou me referir a Diego como 'meu marido'..." (*Frida by Frida*, 310).
"Os momentos mais felizes..." (Rivera, Diego. *My Art, My Life*. Nova York: Dover, 1991, 180).

"Sempre que você sentir desejo de acariciá-la..." (Kahlo, Frida. *Frida by Frida*. Raquel Tibol, org. Gregory Dechant, trad. Mexico Editorial RM, 2003, 25).
173 "com tanto fervor..." (*Dreaming*, 69).
"preparada para ser sua noiva..." (*Dreaming*, 69).
"Eu estava me sentindo mais ou menos arrasado por minhas reações..." (Ibid., 73).
175 "tigresa mal treinada" (Ibid., 123).
"'diaba, não apenas por sua beleza selvagem..." (*My Art, My Life*, 68).
"ele estava interessado em lançá-la como pintora" (*Dreaming*, 121).
"estava envolvida num jogo perigoso..." (Ibid.).
"uma jovem que se dizia amiga..." (Ibid.).
177 "De minha parte, eu gostaria de passar muito tempo com você..." (*Frida by Frida*, 24).
"Às vezes eu tenho muito medo à noite..." (Ibid.).
Para saber os detalhes dos casos de Frida no verão de 1925, ver Herrera, Hayden. *Frida: A Biography of Frida Kahlo*. Nova York: Perennial, 1984, 42-43.
178 "Com respeito ao que você diz sobre Anita Reyna..." (*Frida by Frida*, 26).
"tão má reputação" (*Frida by Frida*, 58).
"ter dito 'eu te amo' a muitos e beijado..." (Ibid., 46).
179 "Em seu coração, você me entende [...] você sabe que eu te adoro!..." (Ibid., 80).
"como uma verdadeira *mariachi*" (Ibid., 100).
180 "Por que, eu perguntei a ela, ela não confiava em meu julgamento?..." (*My Art, My Life*, 103).
"não importa quanto lhe seja difícil, você tem que continuar a pintar." (Ibid.).
"se demonstrasse meu entusiasmo, ela poderia nem deixar que eu fosse vê-los." (Ibid., 104).
182 "filho muito amado, mas extremamente ingrato..." (*Dreaming*, 132).
"imagens e ideias atravessam seu cérebro..." (*Frida by Frida*, 319).
183 "de maneira alguma desprezível" (*Dreaming*, 101).
"sempre foi um de meus pintores mais prolíficos..." (Wolfe, Bertram. *The Fabulous Life of Diego Rivera*. Nova York: Stein and Day, 1969, 86).
Com respeito a Maria SmvelowanaZetlin, ver Marnham, 125.
185 "Olhe para essas maravilhas, e nós brigando por tais *bagatelas* e absurdos." (Ibid., 131).
186 "Eu antevia uma nova sociedade..." (*My Art, My Life*, 66).
187 "Havia algo de hipnotizante nele..." (*Dreaming*, 305).
"As suas supostas mentiras estão em relação direta com a sua imaginação extremamente fértil..." (*Frida by Frida*, 315).
188 "Eu me tornei espantosamente 'mexicanizada'..." (*The Fabulous Life*, 125).
"Muitas vezes, eu penso, também, que talvez as supostas dificuldades..." (Ibid., 126).
189 "alta, de postura altiva, quase arrogante..." (*Dreaming*, 164).
"uma família de respeitabilidade burguesa." (Ibid., 165).
"um animal dotado de um espírito maravilhoso, mas seu ciúme e sua possessividade..." (*My Art, My Life*, 83).
"redescoberto um dos antigos segredos dos astecas!" (*Dreaming*, 170).
190 "sedutor incorrigível." (*My Art, My Life*, 150).
"refeição quente" (*Dreaming*, 196).
191 "seu talento teatral e sua alta excentricidade..." (*Frida: A Biography*, 234).
193 "começando a se acostumar com o sofrimento." (Ibid., 51).
"Eu não tenho outra escolha senão suportá-lo." (*Frida by Frida*, 36).
"Ninguém em minha casa acredita que eu esteja realmente doente..." (*Frida: A Biography*, 75).
"Por que você estuda tanto?..." (*Frida by Frida*, 47).
194 "Desde aquela ocasião [do acidente] minha obsessão era recomeçar..." (*Frida: A Biography*, 74).
"porque passo a maior parte do tempo sozinha, porque sou o tema que mais conheço" (Ibid.).
196 "*un demonio oculto*" (*Dreaming*, 224).
"Senhores, não é verdade que isto aqui não passa de uma representação?" (*My Art, My Life*, 104).

"Eu não tenho casa, o Partido sempre foi minha casa." (*Frida: A Biography*, 102).
197 "As mulheres mexicanas não usam isto..." (Ibid., 111).
"Eu tenho que usar saias longas, agora que minha perna defeituosa é tão feia." (Ibid., 234).
"grandes dons, era também dotado de uma grande indulgência." (Ibid., 108).
"não estou nem aí" (Ibid., 107).
198 "a própria coluna vertebral de Diego é a pintura, não a política." (Ibid., 128).
"homenageados em festas, jantares, recepções" (Ibid., 175).
"Henry Ford tornou possível o trabalho do Estado socialista." (*My Art, My Life*, 115).
199 "Eu não acho que Diego esteja muito interessado em ter um filho..." (*Frida by Frida*, 100).
200 "Eu estava tão empolgada com a perspectiva de ter um pequeno Dieguito..." (Ibid., 103).
"nunca antes uma mulher..." (*Frida: A Biography*, 124).
"reinflar-se e sob hipótese alguma voltar a desinflar." (*Dreaming*, 263).
201 "ele acha que precisa voltar para lá pelo bem de Frida..." (*Frida: A Biography*, 175).
"as pessoas [...] sempre respondem com obscenidades..." (*Dreaming*, 259).
202 "Aqui no México eu não tenho ninguém. Eu tinha apenas Diego..." (*Frida: A Biography*, 130-131).
203 "Por que eu tenho que ser tão teimosa e estúpida..." (Ibid., 136).
204 "Eu estou pintando, o que afinal já é alguma coisa..." (Ibid., 162).
"amava-a muito [...] [Frida] era uma pessoa adorável..." (*Frida: A Biography*, 200).
205 "as molas ocultas da revolução social" (*Dreaming*, 280).
"não era simplesmente um 'quadro'..." (*Frida: A Biography*, 209).
"Eles achavam que eu era surrealista..." (Ibid., 266).
206 "gosta muito de mim e todo mundo me trata de uma maneira extremamente gentil." (Ibid., 232).
"Como você, eu tenho me sentido extremamente carente de verdadeiro afeto" (Ibid., 270).
"Eu não tenho palavras para lhe dizer..." (*Frida by Frida*, 169).
"Você só pode beijar quanto quiser a sua mãe..." (Ibid., 176).
"de nós três, duas eram você" (*Frida: A Biography*, 269).
"um ambiente de entendimento e simpatia..." (*Dreaming*, 293).
207 "Nós estávamos casados havia treze anos..." (*My Art, My Life*, 139).
"nada mudou nas excelentes relações entre nós...." (*Frida: A Biography*, 273).
"Eu já estou velho e não tenho mais muito a lhe oferecer." (Ibid., 274).
"ele gosta de viver sozinho..." (Ibid., 275).
"temia tanto uma longa discussão violenta..." (*My Art, My Life*, 138).
"levou-me ao hospital..." (Ibid., 300).
"eu não aceito nenhuma porcaria de centavo dele". (*Frida by Frida*, 187).
"a vida dela tem mais valor para mim..." (*Dreaming*, 308).
208 (nota de rodapé) "no final de 1939... ela bebia..." (*Frida: A Biography*, 276).
209 "Quando soube que você adquiriu..." (*Frida by Frida*, 207).
210 "ele quer se casar de novo comigo, porque diz que me ama..." (Ibid., 215).
"Diego a ama muito..." (*Frida: A Biography*, 298).
"as atrizes de cinema Dolores Del Rio e Paulette Goddard..." (*Dreaming*, 306).
211 "María Félix, Dolores Del Rio e Pita Amor..." (Ibid., 306).
"O novo casamento está indo bem..." (*Frida by Frida*, 230).
"melhor do que nunca porque há entendimento mútuo..." (Ibid., 248).
"dores lancinantes." (*Frida: A Biography*, 353).
212 "Os átomos do meu corpo são também do seu [corpo]..." (*Frida by Frida*, 270).
"Eu sinto que estamos juntos..." (Ibid., 298).
"Eu confio a você de todo o coração a criança grande..." (*Frida: A Biography*, 303).
213 "Diego existe à margem de todas as relações pessoais limitadas e precisas..." (*Frida by Frida*, 312).
"a maior prova do renascimento da arte mexicana" (*Frida: A Biography*, 362).
214 "Você sofre um bocado nesta porcaria de vida..." (*Frida by Frida*, 275).
"em consequência da perda de sua perna..." (*My Art, My Life*, 178).
"muitas coisas me aborrecem nesta vida..." (*Frida: A Biography*, 396).

215 "alguma utilidade" (Ibid., 397).
"havia festa todos os dias no quarto de Frida" (Ibid., 390).
"Eles amputaram minha perna seis meses atrás..." (Ibid., 420).
"Eu espero que a partida seja jubilosa — e espero nunca mais voltar..." (Ibid., 431).
Para saber mais sobre Rivera no funeral de Kahlo, ver *Dreaming*, 311.
216 "Tarde demais eu percebi..." (*My Art, My Life,* 180*).*

BIBLIOGRAFIA

Herrera, Hayden. *Frida: A Biography of Frida Kahlo.* Nova York: Perennial, 1984.
Kahlo, Frida. *Frida by Frida.* Raquel Tibol, org., Gregory Dechant, trad. Mexico Editorial RM, 2003.
Levy, Julien. *Memoir of an Art Gallery.* Nova York: Putnam, 1977.
Marnham, Patrick. *Dreaming with His Eyes Open: A Life of Diego Rivera.* Nova York: Knopf, 1998.
McMeekin, Dorothy. *Diego Rivera: Science and Creativity in the Detroit Murals.* East Lansing, MI: Michigan State University Press, 1985.
Rivera, Diego. *My Art, My Life.* Nova York: Dover, 1991.
Wolfe, Bertram. *The Fabulous Life of Diego Rivera.* Nova York: Stein and Day, 1963.

Capítulo Cinco
O Milagre Realizado com Sangue e Júbilo: Henry Miller e Anaïs Nin
REFERÊNCIAS

218 "Henry se encontrou..." (Nin, Anaïs. *Incest.* Nova York: Harcourt Brace Jovanovich, 1992, 131).
"Eu digo para mim mesmo 'eis a primeira mulher'..." (Miller, Henry, e Anaïs Nin. *A Literate Passion. Letters of Anaïs Nin and Henry Miller, 1932-1953.* Gunther Stuhlmann, org. Nova York: Harcourt Brace Jovanovich, 1987, 33).
"O diário é resultado de minha doença..." (Nin, Anaïs. *Henry and June.* Nova York: Harcourt Brace Jovanovich, 1990, 207).
219 "festas, orgias" (*Henry and June*, II).
"satisfação em outras direções" (Ibid., 3).
"Eu amo o meu marido..." (Ibid., I).
220 "Eu jamais permitiria que Henry me tocasse..." (Ibid., 40).
221 "foi a única mulher que correspondeu..." (Ibid., 16).
"Por Deus, Henry, apenas em você eu encontrei..." (*A Literate Passion*, 36).
"*éblouissants*, estonteantemente maravilhosas." (*Henry and June*, 43).
223 "Ninguém jamais nos disse como e o que as mulheres pensam" (*A Literate Passion*, 98).
"ninguém mais faz coisa semelhante. Extasiante. Maravilhoso." (*Incest*, 75).
"uma orgia literária..." (*A Literate Passion*, 82).
"arregaçar suas virilhas." (Ibid.).
"Você é comida e bebida para mim..." (Ibid.).
223 "[...] eu realmente acredito que, se não fosse escritora..." (*Henry and June*, 12).
"Isso é um pouco como estar de porre..." (*A Literate Passion*, 33).
"O que eu descobri em Henry é único..." (*Henry and June*, 234).
224 "Nós estamos vivendo algo novo.". (Ibid., 67).
"A montanha de palavras ruiu..." (Ibid., 78).
226 "enlouqueceu" e foi "levada embora" (Dearborn, Mary. *The Happiest Man Alive: A Biography of Henry Miller.* Nova York: Touchstone, 1991, 21).
"*tido* que ser uma autocrata para manter suas irmãs na linha." (Ibid., 21).
"[erguendo] as mãos para o alto em desespero..." (Ferguson, Robert. *Henry Miller: A Life.* Nova York: W. W. Norton, 1991, 6).
"uma espécie de monstro inofensivo, um anjo..." (*Happiest Man Alive*, 27).
"séria, diligente e frugal." (Ibid., 21).
"era fácil demais para mim. Eu me sentia como um macaco adestrado." (*A Literate Passion*, 215).

227 "nunca nem pensei em trepar" (*Happiest Man Alive*, 39).
"a inatingível." (*Henry Miller: A Life*, 15).
"sua primeira experiência sexual aos 16 anos num bordel..." (*Henry and June*, 263).
"delicada, pequena, com as formas bem proporcionadas..." (Miller, Henry. *Book of Friends*. San Bernardino, Califórnia: Borgo Press, 1990, 274).
228 "Pauline não foi apenas minha amante..." (Ibid., 280).
"Qual é a utilidade de todas essas leituras?" (Ibid., 278).
"'uma tremenda obrigação moral' com Pauline" (*Henry Miller: A Life*, 29).
229 "os tormentos do próprio demônio nos últimos tempos..." (Ibid., 38).
"como um oráculo para mim." (Ibid., 36).
"me sentia tão envergonhado..." (*Book of Friends*, 283).
"eu casei da noite para o dia..." (Miller, Henry. *Tropic of Capricorn*. Paris: Obelisk Press, 1939, 284).
"quanto melhor era a transa, pior ela se sentia depois." (*Henry Miller: A Life*, 44).
231 "um mandachuva pomposamente enfeitado entre corvos-marinhos..." (Miller, Henry. *Letters to Emil*. Nova York: New Directions, 1989, 5).
"Foi uma tremenda frustração..." (*Tropic of Capricorn*, 32).
"deliberado, misterioso, fugaz" (*Henry Miller: A Life*, 77).
232 "Quanto mais amantes ela atraía..." (*Happiest Man Alive*, 86).
"tormento pelo fato de June ser uma interesseira que constantemente vem perturbar a minha mente". (*Henry Miller: A Life*, 197).
"bufonaria literária proposital" (Ibid.)
233 "idiotas" e "estúpidos" (*Happiest Man Alive*, 103).
234 "Cama desarrumada o dia todo..." (*Henry and June*, 46).
"meu amor por Val..." (*Henry Miller: A Life*, 147).
235 "a seiva está circulando." (*Letters to Emil*, 67).
236 "que vá tudo pro inferno" (Ibid., 60).
237 "vai deixar o leitor ainda mais alienado..." (Ibid., 73).
"um pouco de paz, um pouco de segurança..." (Ibid., 87).
"um mundo para o qual eu bati a porta..." (Ibid., 99).
"cuja vida tornou-o um ébrio" (*Henry and June*, 6).
238 "paparicado por mulheres..." (Nin, Anaïs. *Linotte: The Early Diary of Anaïs Nin*. Nova York: Harcourt Brace Jovanovich, 1978-1985, 326, 449).
"Eu acho que isso realmente aconteceu..." (Bair, Deirdre. *Anaïs Nin: A Biography*. Nova York: Putnam's, 1995, 18).
Para mais informações sobre a infância de Nin e sua relação sexual com o pai, ver *Anaïs: The Erotic Life*, páginas 124, 128, e *Anaïs Nin: A Biography*, 555.
239 "ele sempre me queria nua. Toda admiração dele se dava através da câmera". (Fitch, Noel Riley. *Anaïs: The Erotic Life of Anaïs Nin*. Boston: Little, Brown, 1993, 3).
"Meu pai não queria uma menina..." (*Henry and June*, 115).
240 "criavam uma distância entre mim e as outras pessoas." (Ibid., 31).
"eu aprendo coisas que não me interessam..." (*Anaïs Nin: A Biography*, 35-6).
"ficar horas e horas..." (Nin, Anaïs. *Early Diaries of Anaïs Nin*. Harcourt Brace Jovanovich, 1978, 2, 367).
241 "composição, gramática, francês e garotos." (Ibid., 2, 197).
"base sólida" (*Anaïs Nin: A Biography*, 56).
"um dia o mundo reconhecerá Anaïs Nin Guiler..." (Ibid., 68).
"extrema opressão moral e religiosas". (Ibid., 56).
"Hugo controla e reprime..." (*Early Diaries*, 2; 266).
242 "incesto entre irmão e irmã." (*Anaïs Nin: A Biography*, 65).
"aconchegantes painéis de mogno, vitrais coloridos..." (Perlès, Alfred. *My Friend Henry Miller*. Londres, Neville Spearman, 1955, 107).
"nossa vida foi totalmente estragada por seu trabalho no banco." (*Henry and June*, 46).
244 "a perfeita divina *objetividade* inumana..." (*Incest*, 34).
"uma criança doente — interessante como tal, porém estúpida e vazia." (Ibid., 12).

245 "viagem maravilhosa acabou..." (Ibid., 34).
"Por favor, peça imediatamente o divórcio." (Ibid., 43).
"Ontem à noite Henry e eu nos casamos..." (Ibid., 46).
"suas trepadas tão primorosas e intensas que chegam ao âmago." (*Henry and June*, 93).
"a evolução [...] as novas necessidades." (*Incest*, 42).
"seus instintos lhe garantem que não há nada entre Henry e eu." (*Henry and June*, 162).
"este diário é uma tremenda prova esmagadora da verdade..." (*Incest*, 232).
246 "Há em nossa relação tanto humanidade como monstruosidade..." (*Henry and June*, 265).
247 "trabalho em preparação, o suficiente..." (*Letters to Emil*, 117).
"Eu adoro a rotina na qual meu amor por Henry..." (*Henry and June*, 250).
"sempre *entre* dois desejos, sempre em conflito" (*Incest*, 25).
"A cada um eu digo 'Você é o favorito'." (Ibid., 116).
"havia contado com a facilidade com que distribuía..." (*Henry and June*, 143).
"esse papo de casamento me soa incrível..." (*Incest*, 85).
248 "Eu tenho medo da minha liberdade..." (Ibid., 29).
"feliz [...] por ter conhecido Henry..." (Ibid., 115).
"mais uma palavra sobre esse assunto..." (*Anaïs Nin: A Biography*, 165).
"a realidade merece ser descrita nos termos mais vis." (*Incest*, 148).
"Eu venho pregando peças não nos homens, mas na vida..." (Ibid., 100).
249 "ferir o mundo que nos feriu a ambos" (*Anaïs Nin: A Biography*, 162).
"Por Deus, eu odeio a mim mesma, mas mesmo assim sou feliz, saudável." (*Incest*, 60).
"Ouça, Anaïs, se as coisas tiverem que se despedaçar, deixe que se despedacem..." (Ibid., 163).
de "agente mais importante e profeta [...] em negócios transatlânticos" (*Henry Miller: A Life*, 212).
"o mais terrível, mais sórdido e magnífico manuscrito..." (*Happiest Man Alive*, 155).
250 "seguir Henry significaria expor-me ao *maior sofrimento...*" (*Incest*, 128).
"falta coragem [...] lembrar que ele expôs a si mesmo..." (Ibid., 154).
"Seu único defeito é sua incapacidade de ser cruel." (Ibid., 154).
"despejando algum tipo de vingança sobre os homens..." (Ibid., 196).
251 "linda e terna" (Ibid., 131).
"Quando sua carta chegou, pareceu-me..." (Ibid., 231).
"parecera 'jovem e imaculado em seus trajes de extrema elegância, ainda que sutil'." (Ibid., 205).
"Eu digo, vamos foder nossos pais..." (*A Literate Passion*, 191).
"*Ame* — sem tirar a roupa! Deixe que seu pai a devore..." (Ibid., 171).
"havia desejado que pelo menos meu amor incestuoso ficasse fora de meus escritos...." (*Incest*, 216).
252 "o amor que eu mereço. Nada menos..." (Ibid., 171).
"Ele está sempre me desejando porque eu o faço feliz..." (Ibid., 224).
"Eu estou abominavelmente sozinha. O que eu necessito..." (Ibid., 272).
"Pai [...] não é absolutamente o bastante para fazer a gente sofrer." (Ibid., 320).
253 "se sou perversa, monstruosa a certos olhos, *tant pis*..." (Ibid., 235).
"procurar 'Rank para obter absolvição pela paixão por meu pai'." (Ibid., 221).
"Diferentemente dos outros psicanalistas..." (*Letters to Emil*, 143).
"defesa contra a análise." (*Henry Miller: A Life*, 231).
"antes eu havia me negado a vida, ou ela me fora negada..." (*Incest*, 370).
"todo o nosso júbilo consiste em estarmos deitados corpo a corpo..." (Ibid., 367).
"a destruir sua própria criação..." (Ibid., 357).
254 "um amante excitante [...] misteriosa expressão de fidelidade..." (Ibid., 355).
"Eu tenho que fazer com que o livro de Henry seja publicado..." (Ibid., 229).
"Eu matei a criança... Para não ser abandonada..." (Ibid., 382).
"Eis aqui um nascimento que me é mais interessante." (Ibid., 383).
"Eis um livro que, se isso fosse possível..." (Nin, Anaïs. *Anaïs Nin Reader*. Philip Jason, org. Chicago: Swallow Press, 1972, 277).

255 "excêntricos, loucos, bêbados, escritores, artistas..." (*Henry Miller: A Life*, 255-56).
"trepou no elevador." (*Anaïs Nin: A Biography*, 224).
256 "Nesta manhã Hugo me deu 200 francos..." (*A Literate Passion*, 232).
"Se foi para escolher entre fazer um trabalho..." (Ibid., 331).
257 "Seu corpo arde em mim [...] e eu o quero unicamente para mim..." (Ibid., 269).
258 "meia dúzia de homens" (*Anaïs Nin: A Biography*, 206).
"degrandando tudo que era sagrado, profanando, rebaixando." (Ibid., 206).
"você tem que admitir que existem outras razões..." (*A Literate Passion*, 340).
259 "ofuscado quase completamente..." (Miller, Henry. *The Henry Miller Reader*. Lawrence Durrell, org. Nova York: New Dimensions, 1959, 295).
"sua linguagem [...] é uma violação da linguagem..."(*Henry and June,* 265).
"falta de habilidade, erros de ortografia, locuções estrangeiras, incorreções gramaticais, extremos." (*Anaïs Nin: A Biography*, 192).
"um pouco de influência de Santo Agostinho e outro pouco de Emerson." (*Happiest Man Alive*, 176).
260 "pela primeira vez alguém acertou em cheio." (*Henry Miller: A Life*, 251).
"o que ela diz é biologicamente verdadeiro — desde o cordão umbilical." (*Anaïs Nin: A Biography*, 240).
261 "dar ao material a forma de um livro que possa ser publicado" (Ibid., 235).
"Este é um amor moribundo." (Ibid., 252).
"A coisa mais viva em mim hoje..." (Ibid., 253).
"clara relutância." (*A Literate Passion*, 336).
263 "A qualquer momento que você estiver preparada para uma ruptura, eu também estarei. Está claro?..." (Ibid., 334).
"Eu descubro que sou cada vez mais comentado em todas as partes..." (Ibid., 335).
"convites de pessoas (inclusive de críticos e professores)..." (Ibid., 338).
"o ato de suicídio que acontece..." (*Anaïs Nin: A Biography*, 311).
264 "Eu sou na verdade uma pessoa muito doente..." (Ibid., 269).
"há algo de muito errado comigo..." (Ibid., 259).
"Como eu sempre digo, não existe na realidade nenhuma segurança..." (*A Literate Passion*, 358).
265 "dar a você o que for preciso para iniciar [a impressão do diário dela]." (Ibid., 360).
"sempre soube que no dia em que você conseguisse o que queria..." (*A Literate Passion*, 363).
"prestes a entregar 100 páginas..." (Ibid.).
Para mais informações sobre a situação financeira de Miller no pós-guerra, ver Dearborn, 242.
"o mais importante a dizer é que Miss Nin é uma grande artista..." (*Anaïs Nin: A Biography*, 297).
"passar diretamente a visão dos neuróticos" (Ibid., 312).
"oferecer ao mundo uma vida perfeita..." (Ibid., 330).
267 "abortar a felicidade dele..." (Ibid., 374).
Para saber mais sobre os casos de Guiler e Pole, ver *Anaïs Nin: A Biography*, 369.
268 "pagou calmamente a conta e saiu sem dizer nada." (Ibid., 272).
"Eu estou vivendo no futuro". (*Anaïs Nin: The Erotic Life*, 325).
"Eu acho que a juventude americana escolheu seguir a mim e a você." (*A Literate Passion*, 367).
269 "todo o amor que eu dei retornou para mim." (*Anaïs Nin: A Biography*, 480).
"a verdade de Miss Nin, como vimos, é psicológica." (Nin, Anaïs. *The Diary of Anaïs Nin*. Gunther Stuhlmann, org. Nova York: Swallow Press, 1966).
"ato de revelação de si mesma." (*Anaïs: The Erotic Life*, 373).
270 "mentiras inveteradas, suas tramoias, sua duplicidade etc..." (*Book of Friends*, 265).

BIBLIOGRAFIA

Bair, Deirdre. *Anaïs Nin: A Biography.* Nova York: Putnam's, 1995.
Dearborn, Mary. *The Happiest Man Alive: A Biography of Henry Miller.* Nova York: Touchstone, 1991.

Faure, Elie. *History of Art.* Walter Pach, trad. Garden City, NY: Garden City Pub. Co., 1937.
Ferguson, Robert. *Henry Miller: A Life.* Nova York: W. W. Norton, 1991.
Fitch, Noel Riley. *Anaïs: The Erotic Life of Anaïs Nin.* Boston: Little, Brown, 1993.
Franklin, V. Benjamin, org. *Recollections of Anaïs Nin.* Athens: Ohio University Press, 1996.
Kahane, Jack. *Memoirs of a Booklegger.* Londres: Michael Joseph, 1939.
Miller, Henry. *Letters to Anaïs Nin.* Nova York: Paragon House, 1988.
_____. *Art and Outrage.* Nova York: Dutton, 1961.
_____. *Book of Friends.* San Bernardino, Califórnia: Borgo Press, 1990.
_____. *The Books in My Life.* Nova York: New Directions, 1952.
_____. *Letters to Emil.* Nova York: New Directions, 1989.
_____. e Anaïs Nin. *A Literate Passion. Letters of Anaïs Nin and Henry Miller, 1932-1953.* Gunther Stuhlmann, org. Nova York: Harcourt Brace Jovanovich, 1987.
_____. *The Henry Miller Reader.* Lawrence Durrell, org. Nova York: New Dimensions, 1959.
_____. *Plexus* (*Book of the Rosy Crucifixion*). Paris: Olympia Press, 1953.
_____. *Sexus* (*Book of the Rosy Crucifixion*). Paris: Obelisk Press, 1949.
_____. *Stand Still Like the Hummingbird.* Nova York: New Directions, 1962.
_____. *Tropic of Cancer.* Nova York: Grove Press, 1961.
_____. *Tropic of Capricorn.* Paris: Obelisk Press, 1939.
_____. *The World of Sex.* Chicago: Ben Abramson, Argus Book Shop, 1940.
Nin, Anaïs. *Anaïs Nin Reader.* Philip Jason, org. Chicago: Swallow Press, 1972.
_____. *The Diary of Anaïs Nin.* Gunther Stuhlmann, org. Nova York: Swallow Press, 1966.
_____. *D. H. Lawrence: An Unprofessional Study.* Nova York: Harcourt Brace Jovanovich, 1964.
_____. *Early Diaries of Anaïs Nin.* Nova York: Harcourt Brace Jovanovich, 1978.
_____. *Henry et June.* Nova York: Harcourt Brace Jovanovich, 1990.
_____. *Incest.* Nova York: Harcourt Brace Jovanovich, 1992.
_____. *Linotte: The Early Diaries of Anaïs Nin.* Nova York: Harcourt Brace Jovanovich, 1978-1985.
Perlès, Alfred. *My Friend Henry Miller.* Londres: Neville Spearman, 1955.

Epílogo

"O esforço contínuo para erguer-se acima de si mesmo..." Emerson, Ralph Waldo. "*Circles*". em *Essays*.
"Cada vez mais, à medida que a nossa era vai se aproximando do fim..." (*Henry Miller Reader*, 288).
"Sempre que se busca ou se alcança a liberdade sexual..." (Paglia, Camille. *Sexual Personae*. Nova York: Vintage, 1991, 3).
Nota: As equivalências monetárias foram calculadas com base no "Consumer Price Index (CPI) Conversion Factors 1800 to estimated 2014 to Convert Dollars of 2004", © de Robert Sahr. © 2005. Esse documento encontra-se disponível no site: www.oregonstate.edu/cla/polisci/sahr/sahr.

Agradecimentos

Muitos dos fatos relativos às vidas dos artistas aqui abordados são de conhecimento público, mas eu não teria conseguido escrever este livro sem os muitos biógrafos que pesquisaram e documentaram essas vidas, os muitos editores e tradutores que publicaram suas obras e cartas, assim como as suas respectivas famílias, que permitiram que detalhes de seus relacionamentos se tornassem públicos.

Foi uma honra trabalhar com meu agente Bob Lescher, como também com Jack Shoemaker e Julie Pinkerton da Counterpoint. Meus agradecimentos vão também para Corinne Demas e o grupo de escritores do Cushman Café, além dos muitos amigos que leram capítulos e deram suas opiniões — não vou listá-los aqui por receio de deixar alguém de fora, mas o livro foi beneficiado por uma série de suas considerações. Devo agradecer, em particular, a Meaghan McDonnell, por suas incontáveis leituras, percepções aguçadas e contribuições críticas que melhoraram não apenas o manuscrito, mas também seu autor.

Finalmente, agradeço à minha família, a Dick Schappach e Terry D'Andrea, por seu apoio e encorajamento ao longo de muito tempo.

Créditos

O autor gostaria de estender seus agradecimentos às seguintes casas editoriais, organizações e aos detentores de direitos autorais pela permissão de usar partes das seguintes obras:

Diaries of a Young Poet de Rainer Maria Rilke, organizado por Ruth Sieber-Rilke & Carl Siebert, traduzido por Edward Snow e Michael Winkler. Copyright © 1942 Insel Verlag, © 1997 Edward Snow & Michael Winkler. Usados com a permissão de W. W. Norton & Company, Inc.

Frida by Frida. Copyright © 2006, Raquel Tibol, Gregory Dechant, tradutores. Traduções usadas com a permissão de D.R. 2006 Editorial RM.

Excertos de cartas e diários de Frida Kahlo conforme publicados em *Frida by Frida*. Copyright © 2006 Raquel Tibol, Gregory Dechant, tradutores. Reproduzidos com a permissão do Banco do México como curador do legado de Frida Kahlo.

Georgia O'Keeffe: Art and Letters, Sarah Greenough, org. Copyright © 2014. Usado com a permissão de Georgia O'Keeffe Museum/Artists Rights Society (ARS), Nova York.

Excertos de cartas de Georgia O'Keeffe para Elizabeth Stieglitz Davidson, de 16 de agosto de 1918 e de 16 de outubro de 1923; da carta de Georgia O'Keeffe para Joe Obermeyer, de 31 de outubro de 1918, reproduzidos com a permissão da Yale Collection of American Literature, Beinecke Library.

Excertos de *Henry et June: From a Journal of Love*, do *The Unexpurgated Diary of Anaïs Nin*. Copyright © 1986 Rupert Pole como favorecido pela última vontade e testamento de Anaïs Nin, reproduzidos com a permissão da Houghton Mifflin Harcourt Publishing Company.

Excertos de *Incest: Fron a Journal of Love*. Copyright © 1992 Rupert Pole como favorecido pela última vontade e testamento de Anaïs Nin, reproduzidos com a permissão da Houghton Mifflin Harcourt Publishing Company.

Letters of Rainer Maria Rilke, 1892-1910, tradução de Jane Bannard Greene e M.D. Herter Norton. Copyright © 1945 W. W. Norton & Company, Inc., renovado © 1972 M. D. Herter Norton. Textos usados com a permissão de W. W. Norton & Company, Inc.

Letters to a Young Poet. Copyright © 2000 Rainer Maria Rilke. Reimpresso com a permissão de New World Library. Novato, CA. www.newworldlibrary.com.

Excertos de *A Literate Passion: Letters of Anaïs Nin and Henry Miller, 1932-1953*. Copyright © 1987 Rupert Pole como favorecido pela última vontade e testamento de Anaïs Nin, reproduzidos com a permissão da Houghton Mifflin Harcourt Publishing Company.

Excertos de *Linotte, The Early Diaries of Anaïs Nin*. Copyright © 1978 Rupert Pole como favorecido pela última vontade e testamento de Anaïs Nin, reproduzidos com a permissão da Houghton Mifflin Harcourt Publishing Company.

Memoirs of a Dutiful Daughter de Simone de Beauvoir. Copyright © 1958 Librairie Gallimard. Copyright da tradução © 1959 The World Publishing Company. Reproduzido com a permissão de HarperCollins Publishers.

My Art, My Life de Diego Rivera e Gladys March. Copyright © 1960, Citadel Press. Reproduzido por cortesia de Dover Editions, Mineola, NY.

Quiet Moments in a War de Jean-Paul Sartre. Copyright © 1993 da tradução para o inglês de Scribners. Publicado originalmente em francês. Copyright © 1983 Editions Gallimard. Reproduzido com a permissão de Georges Borchardt, Inc., para Editions Gallimard.

Rilke and Andreas-Salomé: A Love Story in Letters, tradução de Edward Snow & Michael Winkler. Copyright © 1975 Insel Verlag, Frankfurt am Main. Copyright © 2006 Edward Snow & Michael Winkler. Usado com a permissão de W. W. Norton & Company, Inc.

Witness to My Life de Jean-Paul Sartre. Copyright © 1992 da tradução para o inglês by Scribners. Originalmente publicado em francês. Copyright © 1983 Editions Gallimard. Reproduzido com a permissão de Georges Borchardt, Inc., para Editions Gallimard.

O autor gostaria também de reconhecer as seguintes coleções e agradecer aos detentores de direitos autorais pela permissão de usar as seguintes fotografias:

Lou Andreas-Salomé, fotografada c. 1897. Cortesia de The Granger Collection, Nova York.

Rainer Maria Rilke: ullstein bild. Cortesia de The Granger Collection, Nova York.

Foto de Stieglitz e O'Keeffe e automóvel junto ao Lago George, fotógrafo desconhecido. Cortesia da Yale Collection of American Literature, Beinecke Rare Book and Manuscript Library.

Jean-Paul Sartre e Simone de Beauvoir no Boulevard Saint-Germain em Paris, c. 1955. Rue des Archives, cortesia de The Granger Collection, Nova York.

Frida Kahlo e Diego Rivera, México, 1934 por Martin Munkacsi. Copyright © Joan Munkacsi, cortesia da Throckmorton Gallery, Nova York.

As fotos de Henry Miller e Anaïs são cortesia do Anaïs Nin Trust.